2011年度
公安文学精选
（纪实文学卷）

追捕始于新婚之夜

全国公安文联◎选编

代表本年度中国公安文学最高创作水平

一年一度的中国公安文学盛宴

群众出版社

图书在版编目（CIP）数据

追捕始于新婚之夜／全国公安文联选编．—北京：群众出版社，2012.11
（2011 年度公安文学精选）
ISBN 978－7－5014－5069－5
Ⅰ.①追…　Ⅱ.①全…　Ⅲ.①纪实文学—中国—当代　Ⅳ.①I25
中国版本图书馆 CIP 数据核字（2012）第 262076 号

追捕始于新婚之夜

全国公安文联　选编

出版发行：群众出版社
地　　址：北京市西城区木樨地南里
邮政编码：100038
经　　销：新华书店
印　　刷：北京兴华昌盛印刷有限公司

版　　次：2012 年 11 月第 1 版
印　　次：2012 年 11 月第 1 次
印　　张：9.125
开　　本：880 毫米×1230 毫米　1/32
字　　数：248 千字

书　　号：ISBN 978－7－5014－5069－5
定　　价：32.00 元

网　　址：www.qzcbs.com
电子邮箱：qzcbs@sohu.com

营销中心电话：010－83903254
读者服务部电话（门市）：010－83903257
警官读者俱乐部电话（网购、邮购）：010－83903253
文艺分社电话：010－83901330　010－83903973

出版说明

公安部于2011年12月28日向全国公安机关下发了《公安部关于印发〈关于认真贯彻党的十七届六中全会精神进一步推动公安文化大发展大繁荣的实施方案〉的通知》（公通字［2011］55号），要求全国公安机关要站在全局和战略高度，以新的视角认识公安文化的重要地位和作用，以新的姿态担当起公安文化建设的重大责任，以新的思路和举措推动公安文化大发展大繁荣。其中，在“工作措施”部分，明确要求推出更多公安题材优秀文学作品，出版“年度公安文学精选”。

本书入选作品，代表2011年度我国公安文学创作在中篇小说、短篇小说、纪实文学、诗歌、散文等体裁中的最高创作水平，在思想性和艺术性方面具有突出特色，是奉献给广大关心和热爱公安文学读者的精神大餐。

这是中国公安文坛第一次主办的全国性年度公安文学作品精选的征集编选活动。

本次活动由全国公安文联主办，得到了中国作家协会、公安部宣传局、人民公安报社、中国人民公安出版社的大力支持，得到了知名评论家、作家、诗人、文学编辑、出版专家和全国各地公安文联、公安政工宣传部门领导的有力协助，以及群众出版社、《人民公安报》、《啄木鸟》、《现代世界警察》、《小说选刊》、《北京文学》、《青年文学》、《羊城晚报》、《山花》、《芳草小说月刊》、《南方法制报》等数十家全国各地报刊媒体、出版单位的积极配合。在此，谨致以最诚挚的谢意！

“2011 年度公安文学精选”编委会办公室

2012 年 7 月 23 日

目　录

追捕始于新婚之夜／李　迪 ………………………… 1

燃烧之后的爱情／郭　群 ………………………… 16

善与恶的较量十九年／李　动 ………………………… 60

中俄国际列车大劫案全揭秘

——公安部“清网行动”系列

报道之一／安　轩 ………………………… 73

嘉宾与逃犯

——追捕走进电视相亲节目的凶手／张　楚

………………………… 113

忠诚挚爱　青春如歌

——追记内蒙古呼和浩特市消防支队武川县消防中队攻坚班班长张旭 / 康立文 ……147

跨越太平洋的追捕

——中美警方联合摧毁全球最大中文色情网站纪实 / 闻　朔 ……156

守护你，到你静静离去 / 沈　雪 ……199

石玉之恋 / 一　合 ……208

平民警官马长林 / 郑天枝 ……254

汪雪艳——废墟之上的中国形象 / 仇恒泉 ……278

追捕始于新婚之夜

李　迪

古人曾作诗概括人生四大喜事：“久旱逢甘雨，他乡遇故知，洞房花烛夜，金榜题名时。”有好事者在每句后面戏添二字，我看到的版本如下：“久旱逢甘雨一滴，他乡遇故知债主，金榜题名时抓丁。”第三句“洞房花烛夜”，后面添的是什么？按下不表，留作悬念。

然而，2004年12月15日这天夜晚，在沈阳这座省会城市的一个霓虹闪烁的角落，新郎任贵丁却实实在在地经历了“洞房花烛夜”的乐极生悲。喜酒喝干，祝福满满，参加婚宴的宾客醉醺醺地离开饭店，喜上眉梢的任贵丁送客出门，转身刚要回房，暗处突然拥上几条汉子，一左一右架住了他。

叫什么名字？

任贵丁下意识地说出名字，双臂已被反剪。

公安局的！

干吗抓我？

你自己知道！走！

话音未落，一个黑布头套就隔绝了婚庆的霓虹。背后有人一推，任贵丁跌跌撞撞地上路了。他瞎走着，糊里糊涂，没想自己，想着新娘，担心她受不了这意外打击，心里痴情地喊着，红红啊，红红……

他的担心是多余的。

因为，这意外打击是新娘一手造成的。

新娘不叫什么红红，叫梁艳，吉林人，三十九岁。娇小柔弱，莺声燕语，看上去比实际年龄小很多。

一个月前的一天，梁艳从沈阳来丹东会网友。网友家住凤城，从视频上看是个值得一见的帅哥。凤城离丹东还有几十里，梁艳出了车站，看看天色将晚，就近找了家宾馆。入住后，打扮妥当，下楼出门，一辆出租车轻盈地驶到面前。捷达，九成新。

小姐，您去哪儿？

开车的男人四十来岁，操着本地口音，笑成一脸的大菊花。

去凤城多少钱？

用不了多少钱，不够您吃顿饭的！

好，我先给你二百元，拉我在丹东转一转，我头一回来！

二百元！转一转？十转也用不了啊！“大菊花”更灿烂了，嘴咧成瓢。想不到今天晚上碰上个大小姐，来了大买卖。

行了，上车吧您！

“大菊花”拉着大小姐到处转，来到鸭绿江边一座豪华的烧烤店，梁艳说，我饿了，咱们在这儿吃个饭吧，我请你。

“大菊花”一听，美得差点儿把车开上树。这家店他天天见，从来没进去过。两人坐下来，梁艳说你点吧，我没来过丹东，不知道什么好吃。“大菊花”心想，大小姐钱多人傻，不吃白不吃！就点了一桌子好菜，哪样贵点哪样，不但点了菜，还要了酒。

梁艳说，你开车少喝点儿！

你放心吧，我闭着眼也能把你送回去。

天下男人都是一个德行！

什么德行？

贪吃好色呗！

哈哈哈，我就不，我只贪吃不好色。“大菊花”说着夹了个海参放进嘴里，香，香！

梁艳笑道，别把话说早了，饱暖思淫欲。

不错，问题是我还没饱暖啊！

梁艳不再回话，咯咯笑着。笑得“大菊花”心里直痒痒。饭后，他把梁艳拉到了宾馆。

梁艳下了车，“大菊花”说，我也上去坐一会儿行不？

梁艳一脸暧昧，饱暖解决了？

“大菊花”一听有戏，跟着上了楼。财色双收，百年不遇！进了房间，梁艳打开一瓶矿泉水递给“大菊花”，自己也打开一瓶。“大菊花”接过来，咕咚咚，一饮而尽。喝完了，迷糊了，一手扶着床，一手还够梁艳呢。来，睡……睡还没说清楚，身子就摆成个大字，以形体艺术诠释了睡的内涵。

矿泉水里事先下了药，这是他万万想不到的。

眼看着“大菊花”开败了，梁艳不动声色，拿起房间的电话，拨通网友手机，喂，喂，我到丹东了，你快过来吧！

网友高兴得直放屁，搭了个顺风车，很快来到宾馆。一看床上的形体艺术，眼珠子差点儿掉出来。

梁艳咯咯地笑着，看你这点儿胆！这是我朋友，我就是坐他的车来的。他喝多了，开不了车，跟他合伙拉活儿的还等车用呢。你帮着把车开回沈阳去，咱俩一路兜风一路聊。

网友二话没说，接过梁艳递来的车钥匙，到楼下把捷达打着了火。一路上两人卿卿我我，梁艳给他灌足了迷魂汤。刚到沈阳，网友家就来了电话，说他妈病了，让他赶紧回去。梁艳说拜拜，后会有期！这个电话算是救了网友，不然，用不了半个小时，他也要玩儿形体艺术了。

当然，打这以后，他亲爱的“红红”就从网上蒸发了，让他相思风雨中。

第二天，梁艳找到热恋中的对象任贵丁，说我有个开出租的朋友不想开了，想把车卖了。你打听打听有人要吗。捷达，九成新，只要卖了我们就有利可图。正筹钱准备办喜事的任贵丁一听就乐了，正好有个哥们儿托他买车。可是人家要自己开，不跑出租。梁艳说那好办，见见新就行。两个人就把出租车的标志给蹭下来，重新烤了漆，换了行驶证。车顺利地成交了，梁艳给了任贵丁一万元，剩下的自己全笑纳了。

麻醉抢劫是要案，刑警队接到“大菊花”报警后，捷达车就被挂了号。车卖出去没一个月，买车的倒霉蛋就落网了。还没走出三步远，他就竹筒倒豆子把买车的来龙去脉说了个底儿掉。因为“大菊花”报案时心虚，说是一个男人干的，任贵丁当然成为警方的目标。

刑警队动手这天，是2004年12月15日，正赶上任贵丁跟梁艳办喜事。出于人性化考虑，队员一直在现场盯着没动，直到晚上客人走了，这才瓮中捉鳖。遗憾的是没想到新娘才是主犯。

当束手被擒的任贵丁心里念叨新娘时，他的俏佳人早已闻风而逃。逃到火车站，身上还穿着新娘装。发车铃一响，火车从沈阳开到了北京。

梁艳来到北京，一扎就是两年。靠什么过日子？

她有个小学女同学在北京租了个公共电话亭，业余时间在同仁医院倒卖专家号。梁艳下车就投奔了她，挤住在她的小屋里。住了两天，跟同学说你帮我找个活儿吧。同学说你跟我倒号吧，除了当“鸡”就这活儿来钱快。梁艳说咱卖艺不卖身，遂在同学传帮带下学起了倒号。这行当技术含量不高，梁艳两天就整明白了。晚上她熬夜排队，第二天一早挂上专家号，然后交给同学。同学转手加钱卖给外地来京看病的人，得利后两人平分。

眼没病的有号，眼有病的没号。加多少钱对方也得要啊！

就这样，干了两年号贩子，梁艳挣了钱。想到孩子在妈那儿养着，怕受委屈，想回去看看。

怎么，她还有孩子？

是的，她有个孩子。说起来话长，先按下不表。

梁艳一是想孩子，二是觉得在北京待长了不踏实，还是走为上。为了走得稳妥，她要完成三大战役：一是去大连做整容术，大变活人；二是用梁丽的名字做个足以乱真的身份证；三是再弄一笔钱，留给妈养孩子用。

有钱能使鬼推磨，前两项顺利完成。头一项，花了钱，受了罪，变了样儿；第二项，在电线杆上贴的密密麻麻的小广告里找到做身份证的，打电话过去说要做一个身份证，对方要二百元钱。梁艳说钱不是问题，证要真的！对方说假一赔十。梁艳说又不是扑克牌，要十个干吗？结果做好以后去网吧一试，真好使。这年头，从吃的到用的，哪儿还有真的呢？梁艳嘀咕着，又试着住了几家旅店，都很好使。她不由得佩服起这些做假证的，真是猫有猫道，狗有狗道。

第三项，要为孩子弄笔钱，这是重中之重。她相中河南郑州，上了火车。都说河南人不好对付，俺就来个入虎穴得虎仔。

入夜，车到郑州。梁艳安顿停当，梳洗打扮一番，来到一家华丽的涉外饭店，按示意图指引走进了酒吧。

幽暗的灯光，神秘的氛围。圆形小舞台上正有两个穿透视装的菲律宾女歌手，弹着吉他在唱英文歌。

梁艳点了一杯最贵的洋酒，一个人坐在皮沙发上，悠然地听着根本听不懂的洋歌，耐心地等待着前来埋单的男人。她信心满满，不慌不忙。她相信，别说她了，就是一个单身爷们儿坐在这儿品洋酒，都会有女人来为他埋单。

果然，当歌手唱到第三支曲子时，一个埋单的男人就挺着肚子走过来。

来人五十出头，是做建材生意的。金鱼眼，秃脑门儿。上来就搭讪，小姐，一个人喝闷酒多寂寞啊，让我陪陪你？

梁艳最恨这种男人，家里有老婆孩子，还出来找这些事！

梁艳却嫣然一笑。

“金鱼眼”晕得云里雾里，大屁股一抬就坐下了。

两人各怀鬼胎，却越说越投机，真是三生有幸，相见恨晚。没多一会儿，“金鱼眼”就喊埋单。他说他楼上有房间，就带梁艳上楼了。

进了房间，喝上咖啡，才侃了几句，“金鱼眼”就要灯下抱美人。手才伸出去，眼皮就不给力了。

梁艳的手脚多快啊，趁往咖啡里加糖时，多加了一味东西。

这东西很拿人，谁用谁知道。

这不，“金鱼眼”用了，还没怎么着，就灯下抱枕头了。

梁艳不慌不忙，从随身带的坤包里拿出绳子，把“金鱼眼”捆成嘉兴大肉粽，又用胶带纸封住他的嘴。然后，从他手腕上撸下金表，又从他随手放在床上的包里翻出了现金、手机、金卡。清点现金，小两万。金卡里有多少？很费猜想。没工夫等这猪睡到自然醒，梁艳拉开抽屉，取出饭店备的针线包，拔出针来，瞅准猪腿，一针下去——

啊啊啊！醒了。

睁开金鱼眼，吓得如筛糠。

梁艳说，我给你透透气，你敢叫唤，把你大卸八块！说完，扯开封嘴的胶带纸。

“金鱼眼”使劲儿喘了三口气，你是谁？

少废话！这张卡密码是多少？说了我让你活着出去！

“金鱼眼”要钱不要命，这卡不是我的，我不知道。

当我是小孩儿啊！梁艳说着，从包里掏出一条绳子，没头没脸，狠抽“金鱼眼”。“金鱼眼”还是不说。梁艳气极了，抄起茶几上的烟灰缸，朝他脑袋上砸去，嘭的一声，见了血。

“金鱼眼”身子疼得变成了三道弯。

梁艳不管，举起烟灰缸再砸。

“金鱼眼”一边躲闪一边说，卡真不是我的！

梁艳说，嘴硬啊！拿起牙签扎“金鱼眼”的指甲缝。

这一招管用，才扎了一个指甲，“金鱼眼”就撑不住了，浑身哆嗦着说出了密码。

梁艳下楼在取款机上试了三次，都不对，最后卡被吃了。她火冒三丈，上楼回房，抄起烟灰缸就砸“金鱼眼”的脑袋。嘭嘭嘭，口子像小孩儿嘴一样向外翻，血突突地冒。

你都结婚了，都有孩子了，还出来干这个！你知道一个女人生孩子多么不容易，多么遭罪！你跟她结了婚就要爱她一辈子！

梁艳边砸边叫，眼看人被砸成血葫芦了，担心闹出人命，这才收了手。她用胶带封住“金鱼眼”的嘴，拿好东西，关上房门，随手把“请即打扫”的提示牌挂在门柄上。

梁艳离开饭店，直奔火车站，随便上了一列马上就要出发的火车，离开了郑州。

车是到威海的，她就坐到终点站。下车后，在海边租了一间公寓住下来。一连几天，风平浪静。心想，现在正是学校放暑假的日子，就打算偷偷地跑回家去看看孩子。

夜深了，月光如水，屋里屋外笼罩在银灰色的梦中。

梁艳睡不着，想家，想孩子，也想起自己是孩子的时候——

东北的山里有很多野菜，闹饥荒的年月穷人靠它救命。野菜里有一种开小黄花的苦菜，苦得人舌头发直。当梁艳像苦菜花一样初放鹅黄的时候，她的命比苦菜还苦：一生下来就没有名分。学建筑的爸爸婚姻不幸，家里横挑鼻子竖挑眼地拆散了他的初恋，包办了他的终身。婚后，爸爸虽然成家有了孩子，但仍旧没割断对初恋情人的思念。两人暗中来往，初恋情人就成了梁艳的生母。为了至死不渝的爱，还是单身的女人偷偷地生下了她，偷偷地养起了她。但是，老天没给这苦命的娘儿俩一条活路，梁艳两岁的时候，生母因病而终。爸爸没办法养活梁艳，又舍不得把她送人，终于在一个凄风苦雨的日子，把可怜的骨瘦如柴的她抱回了家。可想而知，迎接梁艳的会是什么。怒目相向，拳脚相加，手里抓到什么就用什么砸她的脑袋。爸爸的老婆把对丈夫的一切愤恨都发泄到梁艳的身上。

有时不解恨，还把她捆起来，用三角带没命地抽。梁艳从记事时就在打骂中度日，这一切都深深地烙在她的心上。当她把“金鱼眼”捆起来，用绳子抽、用烟灰缸砸的时候，眼前不时闪现出自己小时候被绑起来遭抽打的惨景。越想，下手越狠。也活该“金鱼眼”色迷心窍自讨暴打。后来，梁艳的爸爸因为感情不和，还是跟老婆分居了。梁艳就跟着不是妈的妈过，跟着姐姐和妹妹过。爸爸常偷着来看她，给她买好吃的，给她零用钱。风里雨里，水里火里，梁艳总算长大了，上了小学。可是，家里没有温暖，也没有钱。小学毕业后，她没有继续念书，混入社会，有了第一次犯罪。

那是2001年夏天的事。当时，梁艳跟几个混社会的男女朋友在长春一起吃饭，大家都喝醉了。一个叫老江湖的对梁艳说你帮我看一下包，我上个厕所。对钱的渴望，让梁艳动了歪念。她想，反正“老江湖”的钱也不是好道来的，拿起包就跑，一直跑回了家。包里有八千元，这钱，让她兴奋也让她心跳。过了一个多月，相安无事，她鬼使神差又来长春玩儿。正在车站前吃麻辣烫，突然后背有人一拍，回头一看，不是别人，正是“老江湖”！“老江湖”的眼珠都要掉出来了，好啊，你偷了我的钱，居然又在这儿出现了！梁艳说你放我一马，我以后还你八万元。“老江湖”说，不是钱不钱的问题，我在长春也是有头有脸的，一个当大哥的让你这么个小丫头给办了，说出来叫人家笑话！于是，他报了警。警察赶到，把梁艳抓了起来。这是她第一次跟公安打交道，自己干的就承认，警察没费什么事。因为初犯，数额也不大，法院判了她两年。

梁艳进了监狱，也改造了，也学坏了。知道了最龌龊的事，也懂得了麻醉抢劫。两年后，她刑满释放，来监狱接她的姐姐说，我跟你说个事，你要挺住。梁艳忙问什么事。姐姐说，咱爸已经去世了，食道癌！梁艳一听，眼泪就下来了。直到这时，她才明白为什么入狱两年爸爸没来探过监。她最理解爸爸，也最爱爸爸，她觉得自己犯罪对爸爸的打击太大，太对不起爸爸。姐姐告诉她，你进去没多久，爸爸就病了，查出是癌，他不让对你说。他都吃不下东西了，可为了能见你一面，他一直没有闭眼，直到断了气。梁艳大声哭着，从大门跪着进了家。她为爸爸穿了重孝。别人穿百天，她穿了一年。她常一个人去看爸爸，在坟头摆两瓶酒，她一瓶，爸爸一瓶。喝一口，跟爸爸说一句话。她觉得，爸爸不是死人，他能听进去。

梁艳回家后，姐姐和妹妹都劝她，往后别再犯事了，不是好道来的钱，再多又有什么用呢，只能害了自己害了家人，还是找个工作好好过日子吧。更让梁艳感动的是，妈妈搂着她说，艳艳，生你的妈没了，现在你爸也没了。从今往后你就是我的亲女儿，我就是你的亲妈。妈以前打你不对，你别放在心上。梁艳听了这话，抱着她的腿哭起来，妈啊，妈……

梁艳理解了这个不是自己亲妈的女人。她已经六十多岁了，牙都掉了，头发全白了。她心脏不好，有严重的哮喘病，有时候还咳血。梁艳觉得她很可怜。尽管过去她打骂过自己，自己也恨过她，但是现在，梁艳觉得她是一位伟大的母亲。男人背叛了她，但她还是把他的骨肉收下了，带大了，并且最终当成自己的孩子，不抛弃，不放弃。

梁艳听了家人的劝，安顿下来，找了个工作。时间不长，经人介绍认识了一个戴眼镜的男人，叫刘安平。人看上去斯斯文文，谈吐不俗，对梁艳也很好。梁艳心想，如果能跟他成家，今后就好好过日子。她觉得，在外人看来自己心很硬，其实不然，自己挺容易被感动，也挺容易满足。自己梦寐以求的就是有个小房子，有个爱自己的男人，将来再有个孩子，不管男孩儿女孩儿都行。有了这些，就足够了。

梁艳就是怀着这样的心情，一心一意地对待刘安平。

可是，没过多久，她发现刘安平除了跟自己好，还有别的女人，而这个女人竟然是她的小学同学王佳！

梁艳问他怎么回事，刘安平含含糊糊。

梁艳觉得刘安平不可信，坚决地说，咱们分手吧。

分手后，梁艳发现自己有了孩子。

怎么办？要，还是不要？

想来想去，这也是一条小生命，不忍心打掉。后来，孩子生了下来，是个女儿。梁艳抱着孩子哭起来，可怜的孩子，你咋跟妈一样苦命啊！我觉得你是条小生命，舍不得，生下了你，我这是害了你啊！当初我就不该来到这个世界上，他们就不该把我生下来。现在又轮到你了，我苦命的孩子，你比我的命还苦！我生下来还有爸爸妈妈，你一生下来就没有爸爸，一生下来就没有名分。我把你带到这个世界上来是害了你啊……

孩子一岁多的时候，梁艳打电话找到刘安平，问他在哪儿。刘安平说在青岛。梁艳说我带女儿来看你。刘安平吓坏了，不用问，他也知道这个女儿是他的。梁艳说看把你吓的，你还是个男人吗？连见都不敢见了？告诉你，我已经结婚了。刘安平这才回过神来。原来，他正在青岛度蜜月，妻子就是王佳。梁艳带着女儿来到青岛，见到了他们。她看到新娘已经有了身孕，看样子四个多月了。她问王佳，你幸福吗？他对你好吗？王佳说他对我很好，我很幸福。梁艳狠了狠心没往下说。她想，如果说了，王佳刚建立的家就破碎了。刘安平装得跟没事人似的，还问梁艳你过得怎么样。梁艳说我过得很好，丈夫孩子都很好。说这话的时候，她真想大哭一场。

但是，她忍住了。

梁艳走了，刘安平连一句道歉的话都没有。

从青岛回来后，全家都问梁艳，你见到姓刘的了吗？梁艳说见到了。你跟他说孩子的事了吗？梁艳说没有。全家都急了，你为什么不跟他说？梁艳没有回答，眼泪无声地淌下来。

打这以后，她恨上了花心的男人。

“大菊花”“金鱼眼”，正是她最恨的男人！

女儿一天天大了，懂事了。总是问，妈妈，爸爸呢？梁艳总是说，爸爸在外地。女儿又总是问，爸爸什么时候回来呢？梁艳又总是说，他为咱们挣够了钱就回来。

女儿是梁艳的眼珠子。可梁艳的妈妈却说，还是让孩子跟我吧，在你身边我怕带坏了。

妈妈的担心不是没有道理。情感的挫折击溃了梁艳，打散了她的心。她再次离开家，再次坠入犯罪深渊——

抢了“大菊花”，抢了“金鱼眼”，犯下大罪，成了在逃犯罪嫌疑人。

她逃到了威海。月光如水，夜静无声。她在黑暗中睁着眼睛。

悔恨。想孩子。想家。

她决定偷跑回去看看孩子，同时把钱带给妈妈。

第二天中午，她正在收拾行李，忽听有人敲门。

谁呀？

我是你楼下的邻居。你家漏水了，都漏到我家了。你开开门，看看是哪里漏了。

梁艳刚一打开门，就冲进一帮警察，用枪抵住她的头。

叫什么？

梁丽。

到底叫什么？

……

跟我们走！

这一天，是2006年7月5日。

警察直接把梁艳押回郑州。路上，她偷偷把金戒指吞进肚子里，疼得弯了腰，以为警察会放了她。可是，警察没放，而是带她去医院检查。一查，戒指已经进入了小肠。警察很恼火，把她从医院带回来，喝豆油，吞韭菜，折腾得死去活来，到底把戒指拉了出来。梁艳以为抢“金鱼眼”是流窜到郑州干的，抓她肯定是冲捷达车来的。可是，在接下来的讯问中，警察弯来绕去，最后还是落在了“金鱼眼”的身上。哦，没捷达的事儿。梁艳心想，隐瞒一件算一件，就把“金鱼眼”的事痛快地招了。警察再怎么问，她都咬死说没干过别的。

因麻醉抢劫，梁艳被判刑六年，送进郑州女子监狱服刑。

六年刑期，让她绝望。她不想活了。在服装厂劳动期间，她割腕自杀了六次，都被抢救过来，胳膊上全是针缝的大口子，看着都吓人。四十岁的朱队长用母爱般的温暖，融化了她心中的坚冰，唤醒了她对生的希望。她想女儿，想妈妈，想姐姐和妹妹。她一直对女儿说，自己在外地打工。有一天，妹妹跑到郑州来看她，给她送来衣服，里面夹着女儿的一封信——

妈妈，我已经上小学五年级了，你能回来看我吗？妈妈，你不用拼命打工挣钱，咱们家还有钱。你不用担心我，我吃穿都很好。姑姑不咳嗽了。妈妈，我会帮你照顾好姥姥的。你要做一个守信用的人，等我上初中，你一定要回来啊！

看着女儿的信，梁艳哭成了泪人。朱队长拉着她的手说，别哭了，好好劳动，立功赎罪，争取减刑。减了刑，就能早日回家团聚。梁艳点点头。为了减刑，为了女儿，为了回家，她发狠劳动，拼命加班，每天盯着缝纫机，眼都直了。有时一口气加两天两夜的班，累得趴在机器上睡着了。寒来暑往，日月如梭，转眼进入 2010 年，梁艳的劳动表现得到一致认可，朱队长为她报了二等功，获得减刑一年半的奖励。到了年底，她就可以走出监狱回家了。

回家！这在一般人看来平常得不能再平常的事，对失去自由的人来说，却是最渴望最揪心最神圣的。

所有的付出，都是为了回家。

付出的所有，都是为了回家。

可是，就在这一年的 10 月，就在梁艳还差两个月就能回家的时候，一天，她正在厂里干活，朱队长走了过来，你把手里的缝纫机关了吧，丹东公安局来人找你谈话了。

梁艳一听，就知道她担心的事还是发生了。她哇的一声哭了。

朱队长搂住她，你哭什么啊？

梁艳边哭边说，队长，你对我这么好，我到死都不会忘。我对不起你！我有一件没有交代的事……

唉，你啊你，到底是什么事啊？

队长，你什么也别问了，其实我是一个逃犯。

朱队长再次叹了口气。她把梁艳送到工厂门口，只见丹东牌子的警车就停在门口，两个警察拎着铐子迎上来。

梁艳扑通一下给朱队长跪下了，我对不起你啊，队长！我好几次都想对你坦白了，但话到嘴边又咽回去了。我该死！你是我的恩人，我对不起你……

朱队长急忙扶她起来，别哭了，别哭了！你去了以后，要跟办案人员好好配合。如果你还能回来服刑，我还会好好待你……

梁艳一听，哭得更厉害了。

拎着铐子的警察走到跟前，他们没有催梁艳，就站在一旁等着，看她哭得差不多了，这才上前。问过姓名后，咔嚓一声，铐上了。

知道为什么找你吗？

为车……

这一回梁艳猜着了，丹东警察来找她，正是为了捷达车。

六年前始于新婚之夜的追捕，因为主犯漏网，刑警们一直没撤手。六年后，能从郑州女子监狱发现梁艳，谁能说得清他们下了多大工夫？正是：天网恢恢，疏而不漏。

梁艳因抢劫在郑州入狱，刑罚执行完毕前又发现抢劫捷达车之漏罪，而这一罪行是在丹东犯下的，所以她被押回案发地，关进了丹东看守所。

这一天，是2010年10月30日。

副所长王晶发现梁艳一胳膊全是刀伤，就把她带到办公室，让她坐下，轻抚着她的胳膊，问，这是怎么回事？

你别问，我什么也不想说。我就是想死！

王晶相信梁艳说的是真话。

还有两个月就能回家的希望突然破灭，多少个日日夜夜为减刑而苦战的成果付之东流，服刑中发现漏罪必然会从重处罚，也就是说，为了自己所犯的罪，监狱生活将从头开始——

梁艳无法承受。

她不想再回监狱了。

她知道监狱是什么滋味。她知道什么叫劳改。她害怕那里的生活。她在监狱才待了四年，整个人就成了机器。两只眼都不会转弯了，直勾勾的，让人家看着都害怕。为什么？因为她一天到晚都盯着机器，盯着机器上的线。为了超额完成任务，为了加分立功！

这样的日子，好不容易熬出来，一切又要从头开始。梁艳不敢想，一想起来都会被吓死。

她承受不了。她想一死了之。

一个死过六次的人，还怕第七次吗？

对于绝望的人来说，死不可怕，死是快乐的。

但是，在这里，在丹东看守所，梁艳遇到了要把她从死亡线上拉回来的人——

王晶说，梁艳，我理解你的心情。你想死，因为你看不到希望。但是，你有希望，希望永远在向你招手。你的家人给你希望，你的孩子给你希望，看守所给你希望。我们每个管教都会像帮助过你的朱队长一样，把你当成自己的姐妹。犯法只说明你的过去。你认识了，你有决心改，你的明天就有希望！

梁艳没说话。连看也没看王晶一眼。

自从进了看守所，她就一个人靠墙坐着，跟谁也不说话。人坐在那里，灵魂不知道在哪里，眼睛不知道看哪里。是窗外还是墙面？目光是散乱的，眼神没有焦点。她觉得，这个世界谁跟她都没关系，谁都是假惺惺的，都没有真情。

王晶心里有准备。她笑了笑说，梁艳，我知道，你是从郑州监狱直接过来的，从里到外穿的都是囚服，跟大家的着装不一样。光是这身衣服，就让你感到没有希望。对不？

梁艳对空气说，这身衣服我一穿上就永远脱不下来了！

谁说的？王晶站起来，从旁边的桌子上拿起一套漂亮的外衣，递到梁艳面前，咱们都是女人，都爱美。你看，我给你买了一套衣服，也不知道你喜欢不喜欢？

梁艳愣住了。她一进门，就看到了桌子上的这套新衣服，不论是款式还是花色，都是她最喜欢的。但是，她万万没想到，这衣服居然是王晶给她买的。她的心一下子乱了。

没等梁艳回过神来，王晶又像变魔术一样打开柜子，从里面拿出两套新内衣，你看，这是曲楠管教给你买的！

曲楠是从警校毕业时间不长的漂亮的警花，负责梁艳所在的监室。她活泼可爱，能唱会跳，自己还像个孩子却能体贴入微地照管好一屋子案情各异、年龄几乎都比她大的在押人员。梁艳来到监室才两三天，就已经强烈地感到监室的老老少少对曲楠的爱戴和依恋。现在，面对里外三新的衣服，梁艳寒冷的心里吹进一丝暖风。

她说，这么好的衣服，我不配。

王晶大声说，谁说你不配？你怎么就不配？来，你现在就换上。待会儿再进去的时候，重新换个人。让大家都瞧瞧，咱们的梁艳一切重新开始！

梁艳突然忍不住自己的眼泪了。

在接下来的日子，梁艳成了王晶和曲楠最关心的人。她高兴的事她们也高兴，她心疼的事她们也心疼。

曲楠说，梁艳，你笑的时候眼睛很好看，你要多笑啊！

当梁艳心理压力实在太大时，她跟曲楠说，我真想抽一口烟。她知道看守所不许抽烟，也只是说说算了。曲楠听了一笑，说你出来做楼道卫生吧。她把梁艳带到办公室，跟男管教要了一支烟，递给她。梁艳接过烟，两手直发抖。

她对曲楠说，曲管教，你每天来上班的时候，我都会站在门前向外望，看到你笑了，我一天都会开心。

曲楠说，真的吗？如果是真的，我每天都笑着来上班。

曲楠刚说完，梁艳就转过身掉泪了。

你怎么了？是不是又想家了？

不是，是你对我太好了。像我这样的人，你还会为了我笑……

一天中午，王晶和曲楠一同来到监室，人还没进来，王晶就亮开了大嗓门，梁艳，梁艳，你快来看！

梁艳急忙迎上去，只见她们手里都拿着东西，有衣服，还有日用品。原来，王晶和曲楠费尽周折联系上梁艳的家人，梁艳的姐姐和妹妹都来了，带来了衣物，还带来了她女儿的照片。

王晶说，你看，你的家人，你的姐妹，给你带来多少东西啊！她们都想你，她们都念你，她们都没有放弃你！你要活着，为了你的妈妈，为了你的孩子，为了你的姐妹，你要活着，要对得起她们！

梁艳再也忍不住了，抓住亲人送来的衣物，放声大哭——

天啊，天！我为什么要犯罪啊？为什么不一次把罪说清啊？现在什么都晚了。我要重新被判刑，少说也得十年，我没有希望，我根本受不了！再说，我出去也是给孩子添累赘，那时候孩子都长大了，她还要我这个妈干什么？她从小就没爸，再让她身边的人知道她有个蹲监狱的妈，对她是多大的耻辱啊！我活着出去，还不如死了。可是，你们，王所长，曲管教，你们对我太好了！我报答不了。我能做的，就是不死在看守所，不害你们……

（原载于《啄木鸟》公安文学专号 2011 年第 1 期）

燃烧之后的爱情

郭 群

让我们后退几步，站在时间的岸边，认识一下曾经的李伦吧！

一米九二的挺拔个头，几乎是人群中的钻天白杨；一头乌发，茂密飘逸，灵性舞动；浓眉大眼双眼皮儿，更显得炯炯有神气宇轩昂；玲珑高挺的鼻梁圆润精致；白里透红的面颊在谈笑风生、一笑一颦之间，随时随地都会柔情百转，浮现出一对迷人的酒窝……加上一身橄榄绿戎装，走上大街，他真的就是一道靓丽风景，难免让青春少女频频回头。

可惜那是过去——生活中有多少可惜啊！

那么现在呢？

现在，他依然有“回头率”。只要这同一个李伦出现在人们的视域，不论男女老少，都会情不自禁、不约而同地频频回头。只是，他们“注目”的内容以及由此激发的反应已经天差地远了。那是惊诧、愕然、疑惑！善良的同情、浅薄的鄙视、匆忙的躲避、可恶的嘲讽……

他们看到的是一个面目可怖的“怪人”！

这个人，一天到晚戴着一副颜色浓重的墨镜，像要把自己深深掩藏在世界的阴暗之中。而他的脸上，则疤痕累累，纵横交织，嘴巴歪斜，鼻子和耳朵几乎乌有……

李伦。依然是李伦，同一个李伦，相貌已经和过去判若两人了。

一晃，已是十二个年头，三千七百多个漫长而艰难的日子，只有他自己知道，究竟是怎样咬紧牙关，一天天熬过来的。

十二年前的那个春天——那个每年一度举国“学习雷锋”的纪念日，是怎样铭心刻骨，成为他终生的烙印、永不磨灭的记忆！从惊天动地、出生入死的一刻，到皮焦肉绽、浴火重生之后绵延无尽的灼痛，又该有多少摧肝裂胆的体验？

如今，已经是西安市消防支队长安消防科教导员的他，一如常人，上班下班，恪尽职守，应对着各种各样冷眼的探寻，奇异目光的扫视。

女儿一天天长大懂事。“我这副模样，将来，会不会吓着咱们的孩子？”

说这话的时候，已经是进入21世纪的第一个春天，也是他和王晓丽相濡以沫，心心相印，相互搀扶，一起走过的第三个春天。就是说，那正是年轻的他们——眼看就要做爸爸、妈妈的时候！

事实上，英雄李伦和漂亮姑娘王晓丽的爱情，一直都是媒体追逐的热点，社会珍视的谈资。有关方面的领导、李伦的战友和王晓丽的同事，得知他们即将成为父母，都纷纷前来探望和慰问。一些报刊的记者也接踵而至，表示关怀和祝福。他们双方的父母和亲朋好友，全都尽其所能，给以关爱和呵护。李伦的爸爸年过六旬，尽管身体有病，还是按捺不住要当爷爷的喜悦，特意从郊区户县赶来，每天专门负责上街采买水果蔬菜，充当“后勤总务”。

然而，李伦和王晓丽却显得异样平静，如他们温馨的小家和他们的幸福本身。对于李伦来说，可以认为说是战胜磨难、闯过生死大关之后的身体休憩和精神休养；而在王晓丽，则更多地表现为一种本色的品德。和她的美丽相比，她的质朴和善良更为动人。她像月光下一泓明净的春水，是一个有着报春玉兰般宁馨的女人。尽管预产期在即，行动不太方便，可她还是坚持上班。回到家里，照样洗衣做饭，一如既往关照着在家养伤的李伦。

在他们的小家里，你能感受到一对情投意合的小夫妻那种相爱笃深的平和谐美，而绝难发现，这个小家在诞生之前，还经历过惊心动魄的灾难袭击。年龄和个头都比丈夫小出许多的王晓丽，十多年来，一直跟他们相识之初那样，唤着李伦的小名——“小三”。那份真切和亲昵，让你无论如何无法想象，她实际上面对的，是一个与她当初倾心相爱的帅小伙面目全非、迥然不同的男人。

随着预产期一天天的迫临，腹中生命越来越频繁有力地躁动，王晓丽在充分享受着初为人母那份甜蜜期许的同时，心中也曾泛起一阵阵不平静的涟漪。翻着李伦过去那些相貌堂堂、英俊不凡的相片，她真担心，未来的孩子会问，到底哪一个“李伦”是自己的爸爸？原来高大伟岸、一表人才的“爸爸”，何以会变成现在这个样子？

是的，他们该有多少话，讲给将要问世的孩子？

在第一个春天，
他们的爱情从一见钟情的倾慕开始……

所谓“烈火见真金”，正是这样一位火样情怀的英雄，和他那个娟秀动人而且拥有一颗金子般心灵的爱人之间的爱情写照……

李伦和王晓丽，他们好像是注定要走到一起来的，因为在 1998 年农历正月初四那天晚上，都是从西安市回到户县老家陪伴父母过年，也都在不很情愿的情况下，不约而同，被他们各自的几位要好同学，拉拉扯扯，簇拥到了县城的一家舞厅。

节日的气氛和年轻人热烈的情绪，回荡在偌大的舞厅。彩灯迷离闪烁，伴着欢快的乐曲，男主人公风度翩翩，旋入舞池。毫无疑问，他今晚注定要成为整个舞场令人瞩目的“焦点”。瞧，一米九二的个子，本来就强人一头，又加之浓眉俊眼，仪表堂堂，热情开朗，谈吐风趣，就愈加惹眼，尤其是让女孩子青睐了。

他正是李伦。

1971年4月，他出生在陕西省户县。1990年高中毕业被特招入伍。因为身高和体育方面的特长，在省公安消防系统的多次比赛中，屡屡获奖，颇有名气。不久，便被单位破格保送到西安体育学院深造，专修篮球。1995毕业那年，他婉言谢绝了许多单位的高薪聘用，决然回到了他所热爱的消防部队。由于表现突出，第二年，就被任命为西安市消防支队第九中队副中队长。

李伦热情奔放，一曲接着一曲起舞，想喘口气似乎也不能了。因为舞场出现了不可逆转的反常现象，不是李伦“主动出击”邀请姑娘，而是一个接一个的姑娘请他，众星捧月般围着他转。就在他忙于应酬也急于脱身之际，蓦然回首，他的眼睛突然一亮，目光不由自主地落到了舞厅一隅。那里，恬然静坐着一个女孩儿，她端庄秀美，微微含笑，而且，不知为何，一直矜持有礼，婉拒着一个个男士的热忱邀请。

李伦的心，禁不住触电似的一震，一种奇异的感觉奔袭而来。乐曲回荡，一曲甫定，趁着曲目转换之际，他几乎是不由自主地径直向那个女孩儿走过去，“铤而走险”，发出了彬彬有礼的邀请：“我，能请你跳一次舞吗?”

话一出口，他才想到有点儿唐突，进而忐忑不安，担心自己也像前面那些遭到拒绝的男伴一样，从而大失面子。女孩儿仰起清亮的眸子望了望他——那是多么纯净无瑕的目光啊！女孩儿接着文静地一笑，居然柔柔曼曼地站起来，娉娉婷婷地抬起了手……

谢天谢地，李伦怦然心动，一股莫名的暖流充盈胸次。他们相拥，随着乐曲曼妙起舞。李伦忘情地望着怀里的女孩儿，突然发现，女孩儿不仅有宁静秀丽的容貌，还有一种清纯脱俗的气质。

“我叫李伦，是市消防支队的。”李伦情不自禁，自报家门。

“我叫王晓丽，在未央区社会保险事业管理处工作。”

“喔，那我们离得不远！”

脚步在缓缓地移动，谈话也在渐渐地契合深入。

“消防队挺危险吧？”

“你说得不错，但只说对了一半。应该说，消防队挺重要的，至于危险，那是偶然的事，大多数情况，以防为主嘛。”

“瞧你的个头，可真是高，应该去打篮球才对。”

“恭喜你，这一回你全说对了。体育是我的强项，不是自吹，咱得过省全运会跳远冠军哩。至于篮球，那曾是我的专业。要不信，啥时比赛，我邀你去，咱露一手给你看看如何？”

“咱们还不认识哩，你怎么就邀请我？”

“从现在起……不就认识了吗？”

王晓丽明显地感到，李伦说这句话时，下意识地握紧了她的纤纤小手，她的心，不由自主突突地一阵紧跳，猛然抬头，目光便触电似的撞上了李伦友善晶亮的目光。

“你可是真会说话。”

王晓丽端庄秀美，但也不失热情活泼。上大学时，就曾有不少男生条件不错，或暗示爱意，或大胆追求，但都被她婉言回绝，原因，就是没有这种心旌摇荡的特殊感觉。

情人间的倾慕，最瞒不过的就是眼睛。王晓丽的眼神，已经不自觉地泄露了她对李伦的好感。所谓眉目传情、心有灵犀一点通啊！望着娇柔的王晓丽，李伦自然喜从心起，立即不失时机，发起攻势。他说：“真是凑巧得很，咱俩都在西安上班，又都家在户县，今天认识了就算有缘分吧？怎样，交个朋友如何？能不能留个联系的电话？”

王晓丽心里说，他可真是个军人，雷厉风行，不给一点儿回旋的余地。“瞧你，一口气说出三个问题，叫我回答哪一个呢？”

“那还不容易嘛，愿交朋友，就给电话呗；不愿意，我只能说遗憾，当然，还有点儿伤感……”

王晓丽赶紧说出了自己的传呼号，可不凑巧，他们两个都没带纸笔。王晓丽就开玩笑说：“那就考验考验你，记住了就呼我；忘记了，就拉倒……”

李伦更是诡秘，他自鸣得意地调侃：“这你放心，我宁肯忘了我自己是谁，也绝不会忘记你的。”

说罢，两个人都会心地笑了。

那一部《泰坦尼克号》终未看成，而他们却成了另一次爱情加灾难的主角……

爱神，就这样悄然降临在他们的身边。

那天晚上，李伦从舞会归来，一路上都在心里面默记着王晓丽的传呼号，根本就不需要再抄在通讯录上了，那号码已经深深地铭刻在了他的心底。那一夜，小伙子辗转难眠，第二天一早，他就借口问王晓丽何时回西安上班，迫不及待地给晓丽打了个传呼。

意外的是晓丽并没感到意外，更没感到吃惊。因为那天晚上，她也是很久才进入梦乡。在梦里，李伦高大的身影和英气逼人的笑容，活灵活现，不时地在她的眼前闪现晃动……

李伦在消防队工作，部队管理很严，平时很少有空外出。王晓丽的工作也忙，所以双休日之外，每周五天的上班时间他们难得相见。然而，两颗年轻火热的心，已经紧紧地连在了一起。差不多每天，李伦都要给王晓丽打传呼或者是电话；而王晓丽，如果有哪天没有接到李伦的电话或传呼，就会觉得，生活像缺少了些什么。

经过日甚一日的亲密接触，李伦发现，王晓丽不仅文静美丽，为人真诚，心地善良，而且执著专心，对人、对事、对工作，都有一种很强的责任感。这正是他最钟情的所在。

英俊挺拔的李伦，引人注目，自然少不了追求他的姑娘。但那些甚至比王晓丽更加漂亮的姑娘，他却很难动心。上过大学，又经常在外面参加体育比赛的他，阅历广泛，心有主见。他知道光人漂亮不行，如今毕竟是商品时代，许多姑娘的恋爱观也等同于金钱观。今天傍大腕，明天追大款，娶个“花瓶”摆在家里，经常免不了出差的他，还怕后院起火呢。而王晓丽，他相信自己的眼光，绝不会失察。单凭她的似水柔情，如诗如画的美丽与恬静，他已经认定，她正是自己期冀和向往的生命的另“一半”了。

细心的她发现，李伦不仅高大伟岸、心胸宽广，而且正直可靠，粗中有细。她喜欢他的幽默风趣，滔滔不绝。喜欢小鸟依人般依偎着他，像听故事那样，听他纵论天下，畅叙各种见闻与见解。和他在一起，她觉得自己的视野也变得开阔起来，心中则更觉得踏实、轻松和愉快。

李伦和王晓丽，尽管认识不久，但由于情投意合，他们的关系也一如渐入暮春的气候不断攀升、进展很快。

转眼到了1998年3月4日，听说李伦谈了女朋友，他的爸爸和姐姐，专程从户县赶到了西安。李伦约了王晓丽和爸爸及姐姐见面，并在一起吃了饭。

那天饭后，李伦送王晓丽回家，路过一家照相馆，李伦指着橱窗里陈设的新人结婚纪念照片，半开玩笑地对王晓丽说，咱们今天干脆先照个结婚相吧，否则，过一天就老一天。王晓丽知道他平时爱开玩笑，自然没有认真考虑，便对他说，你急什么，八字还没一撇呢，今天才见了你爸和你姐，改日，也让我爸爸、妈妈见一见你，等确定了以后，合影的机会，还不多的是吗？

但是，谁也不会想到，这竟成了他们终生的遗憾。而王晓丽的父母、亲友，也无缘目睹李伦本真英俊潇洒的面目。因为，就在第二天，古城西安发生了震惊全国的“3·5”特大爆炸……

那天下午4时30分，位于西安西郊的市煤气公司管理所，一个容积四百立方米，储量达一百七十多吨的气罐，突然出现了严重的泄漏现象。就在消防人员赶来抢险排除之时，又发生了罐体连续闪爆事件，危及了周围数平方公里以内工厂、机关、居民的安全。

消息惊动了中央领导及省、市机关。

当西安市有关方面全力出动，抢险灭火的时候，王晓丽却对西郊发生的事故懵然不知。她像往常一样，在下班的时候，依然等待着李伦打电话来。从5点一直等到7点，李伦往日那原本非常准时的电话，却第一次出现了“空当”。

等到6点多钟，王晓丽还不见李伦打来电话，便有些沉不住气了，她打了个电话过去，询问李伦。但接电话的战士只简单地回答了她，说李伦不在。她只好放下电话，悻悻地离开了办公室，心里不由得有点儿埋怨李伦。因为前几天，李伦就已经和她约好，要一起去看那部轰动全球的爱情与灾难大片《泰坦尼克号》。王晓丽有心买好了这天晚上7点半的电影票，可是眼看着快到7点，却不见李伦的踪影，她怎么能不着急呢?

陶醉在爱情深梦里的她，似乎这一天感觉有些迟钝，也许是距离西郊较远，她居然一点儿都没有听到有关爆炸的任何消息，甚至想都没有想到，李伦会是因公耽误了约会和看电影。相反，她却在猜测男人的心，觉得爱情真是无法把握，明明说好了去看电影，她好心提前买好了票，怎么会忘了赴约？即使有事不能前来，也应该给她说一声才对。她觉得这不像李伦处事的风格。一定是有什么事，不便于告诉她，或来不及对她说吧！

然而，越是这样考虑，王晓丽越是心急如焚，看着时间一点点流逝，无望地等到手表上的指针跳过7时30分，那场电影终于没能看成，而她则不间断地拨着李伦单位那个熟悉的电话号码。

然而，电话总是占线，偶然打通，仍然是那个战士“李队长不在”的简单回答。

那一夜，王晓丽几乎是守着电话度过的。

第二天上班，听一个家住西郊的同事说，那里发生了大爆炸，当场就死了许多人，主要是消防队战士。王晓丽的脑袋“嗡”的一声，不由得一阵轰响，如同真正听到了那个惊天动地可怕的大爆炸声，一种不祥的预感，突然攫住了她。她的第一个本能的反应，就是扑向电话，再一次给李伦的中队打电话。

可对方回答她说，“李伦出火警还没回来”。

没等下班，王晓丽就急急忙忙赶到了西稍门消防第九中队。李伦过去曾带她到队上来过，但这天走进中队，却不同往日生龙活虎的景象，只见那平时没有关闭过的大门，空落落地挂着一把大锁。院子里既没有战士们训练，也没有人来往走动，一切似乎都沉默、沉寂得让她感到恐惧。她的心，不由自主地下坠，不由得暗暗念叨着李伦的小名：小三，难道小三，真的……不，不，这不可能……

可是，他现在到底在哪里呢？

李伦的人生，确实在这一天经受了严峻的生死考验。

3月5日下午4时，他和战友们奉命赶到出事的现场，途中接到指挥中心的报告，说是西郊液化气泄漏。由于中队防护器材不足，深知其中危险的李伦，便毫不犹豫，将自己带的空气呼吸器和防火面具，递给了身边的战士。面对严重泄漏的液化气，他置个人安危于不顾，带领两名水枪手，立即冲进去稀释掩护。

一队消防战士冲了上去，因为煤气中毒，不一会儿，又一个个被拖了出来。接着，又有一队消防战士冲了上去，李伦和晏红安队长等人站在墙头，和险情展开了殊死的搏斗。时间一分一秒地过去，堵漏和稀释的工作，正在紧张进行。这时，战士何科选过来说，“李队长，你没戴呼吸器，让我换你吧。”可他头也不回地说，“我能坚持住，你去换朱兆飞吧！”

就在这时，随着一声巨响，弥漫在空气中的液化气闪爆了，李伦和他的战友，在闪爆中跌下了墙头，陷入了一片火海……

在火与血的洗礼中，
英雄的意志和他们的爱情都经受了空前的考验

1998年3月5日下午6时45分，这是古城西安一个载入史册的凝固时刻，也是李伦铭记终生的日子。

大爆炸强大的冲击波，将李伦从墙上掀进火海，他瞬时成了一团可怕的火球。头上、身上、眼睛、鼻子，甚至感到肚子里面都是熊熊燃烧的大火。李伦本能地喊着、叫着，在地上连滚带爬，发疯地挣扎着。生死关头，李伦的意识却异常清醒，他心里说，完了，这一下，我非烧死不可了！

他事后对记者说，随着这个念头，他第一个想到的是爸爸妈妈，他们就他一个儿子，拉扯到大多不易啊！特别是那个屯垦守边几十年，从而是他心目中的偶像和英雄的爸爸，三天前，还由于高血压和心脏病而住进了医院，他如何能放得下心呢？

李伦拼命地在地上滚爬。依稀之中，他看见了一处偏门，跌跌撞撞地冲了出来，当即就昏倒在地，人事不省了。是当地的老乡，帮助扑灭了他身上的大火，并将他送到了距离出事现场最近的军工医院……

在那场震惊全国罕见的大灾难中，有十四个人壮烈殉职，二十八人受伤。李伦的中队当时在现场有九个人，仅仅只有三人侥幸存活，爬了出来。而李伦，则是三个人中受伤最重的一个。胸部以上，几乎全部烧伤，两耳残缺，颜面毁坏，双手几乎残废，全身烧伤面积达 60% 。

当李伦躺在医院，三天三夜昏迷不醒的时候，王晓丽则失魂落魄，到处打听着他的下落。

3 月 7 日下午，她赶到九中队后，径直找到了指导员，急不可耐地询问李伦的情况。指导员有心想瞒，莫名其妙地叫她先回户县家去，说李伦要好几天才能回来。最后，在她反复追问之下，看着隐瞒已经无济于事，只好尽量地宽慰她说，李伦受了点儿轻伤，已经住院。王晓丽当即就问在哪个医院，她要马上去看。指导员没有办法，只好告诉她说，医院已经全部封闭，谁也不能进去。

王晓丽听到这里，不寒而栗，“哇”的一声哭了：“不，不！你们肯定骗我，既然他是轻伤，为啥还要被封闭在里面？”

正在这时，李伦远在广东工作的妹妹，打来长途电话，因为她看到了香港凤凰卫视的报道，得知西安发生了特大煤气爆炸事故。她为哥哥担心，询问李伦是否平安？

指导员闪烁其词，故作镇静，刚刚搪塞过去，又一阵电话铃响。他拿起话筒，却是李伦的爸爸从户县医院打过来的。指导员踌躇不决，正不知如何应对，没想到站在一旁饮泪啜泣的王晓丽，却突然抢过话筒，极力平静地对李伦的爸爸说：“伯父，你别担心，李伦没有多大的事，我刚还见他来着……”

放下电话，她连连摇头。她一边哭着一边告诉指导员，她怕李伦的爸爸一时挺不住，才只好这样撒谎。话没说完，她突然又问，你们是不是怕我受不了，也在给我撒谎？

说着，并不等指导员回答，她转身就跑出了九中队。她忽然觉得身不由己，脑子昏昏沉沉，像被擂了一闷棍。出了门，挤上4路公交车赶到钟楼，然后跳下车赶往西华门坐601。刚坐上不久，还没开到北大街，车却抛锚了。她只好跟大家一起下车，换乘另一辆601，好不容易坐上车，那辆车一出北门，偏偏与一辆迎面开来的面包车撞在了一起！

一种不祥的阴云悄然涌上她的心头。她没有再乘车，从北门步行了四站路回到单位。

这天晚上，从来不知道什么叫失眠的她，彻夜失眠了。

第二天一大早，王晓丽急匆匆赶到医院。由于怕伤员感染，家属一律不得进入病房。她只能隔窗相望，敏感的她听见里面有人痛苦地喊了一声，她本能地觉得，那正是李伦在喊，她的心不由自主颤抖了起来。

就这样，她每天守候在病房窗前，希望能够得到李伦的信息，哪怕是一点点也好。可惜处在抢救阶段的李伦，被严格隔离在无菌病室里，禁止任何人探视。尽管王晓丽苦苦哀求，想见一面，医护人员却是严格把关，毫不通融。

她们告诉王晓丽，李伦从头到脚，浑身都缠着纱布，进去也看不见什么。王晓丽一听，知道他伤势严重，不由自主扑倒在医院走廊的椅子上，哀哀恸哭起来……

这时，一位年龄较大的女大夫，看见她悲痛欲绝的样子，大概是出于理解、怜悯和同情，悄悄拉过她，转到李伦病房另一侧的窗前，让她透过窗子，看了一眼里面那个魂牵梦萦的人。

只那一眼，王晓丽的心就碎了，因为她看到的李伦，居然是一团纱布和几根从纱布中间伸出来的导管，而一动不动的李伦给她的感觉，竟好像失去了生命。

她眼前一黑，差点儿栽倒在地。

天呐，这到底是怎么回事！

王晓丽半天缓过神来，扶着窗台，一时不知是真是梦。她实在难以相信自己的眼睛，更不敢确认，躺在里面的李伦，就是她认识还不到一个月的那个高大伟岸的男友！

3 月 9 日，李伦被转到医疗条件相对较好的市中心医院，他既没有完全清醒过来，更没有完全脱离危险，处于半昏迷状态。他不时地出现梦呓现象。英雄的生命，处在死神阴影的笼罩之下。在这种情况下，医生已经不能不实话实说，将李伦的伤势和可能造成的严重后果，和盘托给了王晓丽。

他们告诉她，李伦的外貌是无法恢复到原来的样子的。他两手烧伤严重，韧带已经坏死，指头僵硬不能弯曲，有几个指头完全残废，右手除大拇指外，其他四指第一关节都烧没了，很可能会终生丧失劳动能力，生活恐怕也难以自理。最担心的是大脑可能受到伤害，根据伤势情况，如果危及生命，还可能要被截肢，甚至可能成为植物人……

王晓丽听得一阵阵发冷，忍不住直打寒噤。

半个月过去了，李伦终于醒来，他嘴里含混不清咕哝着什么。王晓丽凑上前去，不由得大吃一惊。脸上揭去纱布的李伦，宛若一块煤做的雕塑——黑糊糊的脑袋，肿得像个篮球。满是黑痂的脸上，夹杂着鲜红的嫩肉。头发和眉毛，几乎全部烧光。原来眉清目秀的眼睛不见了，像是一对突起的黑核桃上夹着一条细缝，偶然有一点儿白色闪动的地方，竟是眼睛。上下眼帘，被割开了一道口子，里面有混浊的黄水流淌出来；过去秀挺的鼻子不见了，现在只有一个黑糊糊炭块似的黑疤；嘴唇烧得严重外翻，使两排整齐的白牙翻露出来。

王晓丽惊呆了，她的心一阵阵紧缩，过去的那个英俊潇洒、活泼可爱的李伦，已经荡然无存。

在此期间，王晓丽的几个好友得知了李伦的情况，都设身处地为她着想，劝她不要再和李伦来往。他们的理由是充分的，也无可指责。他们说，你们认识不久，也没正式订婚，现在趁机离开李伦，是最好不过的选择。

王晓丽听了他们的话，居然显出意想不到的平静。她说，他现在正需要我，只要他活着，我就不能看着他在身体受到严重损伤的情况下，心灵也受伤害，我会永远照顾好他，照顾一辈子的。

事实上，王晓丽事先想象得更加严重，她甚至已经作好李伦缺少一条胳膊或腿的打算。侥幸他的肢体还算健全，她觉得已经很幸运了，尤其是和李伦那些牺牲的战友相比，她觉得已经很幸福了。

正因为这样，她一如既往，每天有空就往医院里跑。给李伦送饭、喂饭，给他挠痒痒。她过去在家从来不吃剩饭，现在李伦的剩饭，几乎就是她的用餐。烧伤恢复中，最让李伦难受的就是皮肤发痒，他自己不能乱动，别人帮忙，轻了无济于事，重了又怕伤着了他。白天还好说，他可以叫喊、乞求别人帮忙；一到晚上，他只好咬紧牙关忍受，以至于彻夜难眠。只有王晓丽守护着他，整夜为他轻轻抓挠，每天晚上，只能在他的床头打个小盹，休息一两个小时……

后来，还没来得及和李伦谋面的王晓丽的父母，也闻讯赶到了西安，见到了面目全非的李伦之后，母亲心事重重，把女儿从病房叫了出来，郑重其事地说，婚姻可是一辈子的大事，你要慎重考虑和李伦的关系。

这一次，王晓丽似乎早已胸有成竹，她也郑重其事地对父母说，我爱过去的李伦，更敬重现在的李伦，因为他的伤，是为了保护国家财产和群众安全，他的心比他的外表更值得珍爱。在他遭此大难的时候，我怎能忍心离开他呢？

说到这里，她自己再一次哽咽，忍不住热泪长流了……

此情此景，让她的父母也肝肠寸断，涕泪交加的同时也深深感动。王晓丽的父亲，曾经是宁西林业局党委副书记，在婚姻问题上一直尊重女儿的意见。他安慰女儿说：如果你已经拿定了主意，作出了选择，我们也会像你一样爱李伦的。他今后，也就是我们的儿子……

对于王晓丽和李伦遭受磨难的爱情，李伦的父母态度则很明智。他父亲原是新疆某生产建设兵团团长，母亲是一名教师，两人都已退休。在李伦受伤一个多月之后，二位老人便郑重其事地找晓丽谈了一次心，他们说："你开始来看李伦，我们是很感激的，现在他已经渡过危险期了，你完全可以不来了。即便你们之间的事不成，我们也不会对你有任何看法的，我们也会认你做干女儿，因为，你实在是个好姑娘！"

晓丽听后，平静地笑了笑说："你们不要担心，我不是那种朝三暮四的女孩儿，既然作了选择，就不会改变的！"

李伦的父亲说："即便是你同意，你家里的人也不一定会同意，你还是郑重地征求一下你父母的意见吧！"

王晓丽说："你放心，这我知道。"

时间过得很快，李伦的父母原想，或许过一段时间，晓丽听到反对的声音多了，她就会改变态度。谁知她一如既往，每天下班就跑到医院护理李伦。过去，每到星期天她总要回户县，她的父亲在车站等着接她。自从李伦住院后，节假日就再没回去过了。她的心，已经全部放在了李伦身上。

李伦的同病房，住着一位被硫酸毁容的小伙子，这位小伙子的恋人见到他毁了容，来过一次，就一去不复返了。面对晓丽这样的好姑娘，李伦的父母被深深感动了。看着晓丽和李伦的情感不但没有被烈火造成的后果烧毁，相反，两人的感情却在一天天地加深，两位老人心情非常矛盾。他们既怕晓丽离开李伦，又担心她今后的生活，想让她离开李伦。因为越是觉得晓丽可爱，就越觉得让她一辈子守着李伦太不公平。她的生活，将面临两难选择：一是守着一个生活不能自理的人过一辈子；二是虽有男友，却不能同他一块儿走上大街。她一生的生活负担该有多重？为此，李伦的父亲再次找晓丽推心置腹，深谈了一次。

"晓丽，你不要担心离开李伦谁会对你有什么看法，李伦过去谈过朋友，有的谈了几年最后还是散了。你和李伦认识只不过一个多月，你担心什么呢？"

晓丽却反问道："叔叔，你看我缺什么？是缺吃饭的地方还是缺住的地方？或者是缺工作？你说我为什么要到医院来？"

李伦的父母感动得不知说什么才好。用李伦父亲的话来说，就是"如果说李伦是救火中的英雄，那么王晓丽就是英雄背后的无名英雄"！

有一次，李伦父亲见隔壁病房李伦战友病床前有个姑娘，一口一个"咱爸、咱妈"，无意中对晓丽说，"也不知道那姑娘和他是什么关系，一口一个'咱爸、咱妈'。"聪明的晓丽听了后说："如果你愿意，从今天起，我就把你叫爸爸！"说着，就亲热地叫了一声"爸爸"！

接着晓丽又说，"如果你们同意，我们在病房结婚也行，我会照顾他一辈子的！"

李伦的父母和晓丽父母商量，觉得晓丽和李伦感情很深，在病房照顾生活，确有不便之处。但要结婚，当下还不是合适的时机，光领个结婚证也没有什么意义，只能等待今后适当的机会了。

这期间，李伦的超常坚强，也使晓丽受到极大的鼓舞。每次换药，要撕掉紧贴伤口上的纱布，那下面一片血肉模糊，无法言语的剧痛，李伦一次次咬牙，都挺住了。有时，为了不使来看他的战友过分担忧和伤感，他还躺在床上唱"天鹅湖……"

这一切，都深深地打动了她——因为，她见识了什么叫真正的英雄！

倾心之爱在磨难中升华，
他们终于迎来喜结连理的第二个春天……

世界上有多少爱着的人们，大概也就有多少爱的方式。英雄李伦在严重烧伤的情况下，是用坚决的"不爱"来表现他刻骨的情爱的。

在伤痛中昏迷了数日，醒过来的李伦，用微弱颤抖的声音询问护士长的第一句话是：晏队长他们怎样？我的战友们怎样？求求你帮帮我，我要去看他们……医护人员听着，无不内心撼动，个个泪流满面。

当李伦得知自己的七名战友已经牺牲，一时间泣不成声。他哽咽着，请求医生，一定要去参加追悼会。他说："我不能走，就麻烦你们抬着我去，要知道，他们可是我的好兄弟、好战友啊！"

医生、护士们听了，无法自控，一个个跑到病房外边，失声痛哭起来。

那是一段严峻的日子，是英雄李伦生命中最严酷的冬季。他一连作了大小二十四次手术，每一次都是抗拒死亡的艰苦挑战。不用说，他咬紧牙关，忍受着难以想象的疼痛，也随时准备着某一次突然从手术台上走不下来。因为，确实有好几位战友，就是这样在手术台上，永远闭上了眼睛……

在这样的时刻，李伦别无所求，至于爱情，只能选择断然拒绝。尽管，他从一清醒过来，便知道爱情就在他的身边，如同清新的空气和温煦的春风，萦绕和抚慰着他。他记得那天，被切开的喉咙还插着皮管，可他却难能可贵地有了一点儿饥渴之感。就在这时，他很快喝到了平时他最喜欢喝的鲜迪酸牛奶。正是在那一刻，他知道王晓丽就守在他的身边。因为，她知道他的这个爱好，也只有她能够这样心领神会，为他及时地做到这些。

就这样，李伦被动地接受着王晓丽细心的照料。他知道自己离不开晓丽，舍不得晓丽，当然也需要晓丽；可心里却又实在不忍心拖累晓丽。一百多天就这样过去了，他的伤势得到了奇迹般的恢复。头很快消肿了，气管缝合了，创伤面积也逐渐缩小愈合了。李伦被转到了解放军第四军医大学，开始进行恢复性治疗和整容手术，他也由特级护理转为一般护理。只是，李伦依然无法自理。因为他的双手肌肉均被烧伤，手掌也蜷曲成了一团，连坐起来都要人扶助。

头一天上午，李伦就遇上了尴尬事情。他想小便，却难住了晓丽和李伦的妈妈。一个年事已高，实在搬不动身材高大的儿子；一个清纯姑娘，的确又感到不便。然而最后，还是王晓丽过来伺候了李伦。尽管她一直在安慰李伦，但终究也和李伦一样，窘得面红耳赤。因为在此之前，这对恋人虽然彼此心仪，但毕竟相识时间还短，尚在“初级阶段”，即使如今年轻人很随常的拥抱、亲吻，他们之间也不曾有过。何况，不管是触摸男人的身体，还是当着一位姑娘的面小解，对他们都是开天辟地、令人脸红心跳、破天荒的第一次。

正是那一次，李伦对晓丽姑娘，情不自禁有了深深的愧疚。

8 月的一天，可以下床蹒跚行走的李伦，听说他的战友晏红安、樊均益二位中队长恢复得不错，执意要去看望他们。可是，当他来到他们的病房以后，顿时就惊呆了！他几乎不认识和他曾经朝夕相处的两个中队长了。他们的手臂肌肉萎缩，面目几近狰狞，实在惨不忍睹！

他一时哑然，怎么也不敢想象，伤势比他们要严重许多的自己，究竟会是怎样的一副尊容？

他心情沉重地回到病房，顿时沮丧到了极点。他想看看自己的面目，可病房里所有能够照见影子的玻璃全被搬走。与其如此，还不如死！他对妈妈说：“这个样子，我还活什么呀？让晓丽别再来了，我不想见她……”

李伦不吃不喝，拒绝治疗。而一看到晓丽，就大喊大叫着骂她，恶狠狠地训她，要她滚开，不让她再来病房看他。有情男儿，竟然选择了这种残酷无情的方式，希望斩断他们之间的缠绵情丝。岂不知，这种行为也是一把双刃利剑，一方面让自己的心呻吟流血，一方面又让王晓丽痛不欲生，难以舍弃。

王晓丽当然知道，李伦这样逼自己离开，不用说是为了她好，但也说明李伦失去了直面现实的勇气，在这时候，她更不能离开他。她一如既往，还是每天一下班就往医院里跑，给李伦喂水喂饭，倒屎倒尿，一切都做得无微不至。在她的心里，对李伦的信赖和敬重与日俱增。

她相信，李伦是一个性格开朗的人，但绝不是一个肤浅的人。因为李伦爱开玩笑，记得有一次，她的一位女友对她说，这种“油腔滑调”的男人最靠不住，于是那天从商店出来，她便掉头而去，再也不理李伦了。李伦当时莫名其妙，快步追赶上来，好一阵自省检讨，才使她“回心转意”。不久，李伦带她上了一次中队，她听见战士们喊他“李队长”，才知道李伦原来还是个军官。她由此发现，李伦其实挺有内涵，在如今浮躁的商品时代，能遇到这种大气若定具有内涵的男人，还真是一种幸运。

随后，王晓丽有意无意，还听到了许多有关李伦的事情。李伦在体院学习的时候，处处严格要求自己，不仅是训练尖子、模范学生，还是一个雷锋式的好军人，经常在黑板报上得到表扬。有一个队友叫张国营，训练中不慎将右手指关节击裂，李伦主动去医院陪伴，送饭洗衣，还用自己的津贴买来营养品，一直照顾他到出院。1994年，学校号召向贫困山区失学孩子捐款，他第一个带头捐出了二百多元。学校的篮球场是土场子，每天训练完毕，李伦都不声不响，用水喷洒一遍。这件事，他也整整坚持了四年。

李伦代表省、市公安消防系统，先后参加过一百多场次比赛，赢得了多项荣誉。他相继荣立二等功和三等功各一次，被公安部、陕西省委分别授予“抢险灭火勇士”“陕西省新长征突击手”“陕西省优秀共青团员”，并荣获二级英模奖章。热爱体育的李伦，更热爱自己的本职工作。体院毕业后，他被分配到了西安郊县条件最艰苦的蓝田，李伦不仅毫无怨言，而且千方百计开展训练改革，亲自动手改建训练塔，修建煤池，年终考核时获得多项第一，总成绩名列支队榜首。

1996年，李伦作为优秀干部调到了第九中队，他依然一心扑在工作上。1997年春节，母亲打电话，要他请假回家过年。李伦多年没有和父母在一起欢度春节，作为唯一的儿子，他何尝不想回家团聚呢？然而，他还是好言说服了母亲。大年三十那天晚上，李伦不仅没有回家，而且未能参加部队的聚餐。像以往一样，在这时候，他主动替换了站岗的战士，一站就是整整四个小时。而几个包子，则代替了他的年夜饭。

1998年3月5日上午，李伦带领战士进行长跑和特种器材训练。中午没顾上休息，下午上班又接着与大家一起训练队列和军体，中间休息时，他还到厨房帮炊事员包包子。正开饭时，中队接到命令，他立即放下饭碗，与其他干部带领战士，迅速出动，火速赶到了现场……

1998年3月1日，也是“3·5”大爆炸事故的前四天，李伦的父亲因病住院，他给指导员请假，回家看望了父亲。李伦从小崇拜父亲，过去父亲远在新疆，他几乎每月都要写一封汇报信。如今看到父亲生病住院，不能在身边尽孝，心里非常难过。晚上8点，看到父亲的病情有所稳定好转，他又悄悄离开病房，乘车准时返回了中队。

李伦曾经给王晓丽说过这事。也让王晓丽进一步认识了他心地的正直善良，从而也更认准了李伦本人。

如今，尽管他失去了以往俊美的外表，却使她看到了李伦最有价值的另一面。他越拒绝她的爱情，她越是难舍。因此，面对李伦的暴躁和恼怒，王晓丽表现出了女人的万般柔情和宽容大度。

李伦情绪的恶化，使支队领导和他的父母甚为担忧，他们赶到病房，和风细雨地鼓励他树立信心，配合治疗，战胜厄运。李伦的父亲更是语重心长，他要求儿子善待晓丽姑娘，不要粗暴无理。他说，我理解你的心情，在这种时候，你提出和晓丽终止恋爱，是正确的。但是，你得好言相劝，平静地分手，千万不能伤害她，因为，你已经看到，晓丽确实是一个难能可贵的好姑娘。

就在那天晚上，李伦正式坦言相告，甚至是苦苦哀求晓丽，忘记他，以后也不要再来看他。可是，话没说完，王晓丽已经泪流满面，她决然表示“我就不离开，只要你活一天，我就要陪伴你一天”。为了表示自己的决心，第二天，她甚至专程回到户县，再次把父母请到了西安，让未来的岳父母劝慰李伦，彻底打消他的念头。

李伦和王晓丽的恋爱，正像巴尔扎克所说，真所谓“第二次的脱胎换骨”。两颗年轻的心，在彼此的吸引和碰撞中，既产生甜蜜的情趣，也不乏痛苦的回味。

有一天，李伦的心情极坏，他躺在床上，故态复萌，竟将绵绵柔柔、正在给他按摩双脚的王晓丽，一脚踢倒在地！他怒吼道："叫你给我滚，你为什么不滚，我是恶魔、丑八怪，有什么值得你爱？"

王晓丽愣在了地上，一时不知说什么好。眼泪直在她的眼眶里打转，但她最终忍住，没有再哭。因为只有她理解面前这个男人。王晓丽默默地站了起来，噙着热泪，走到李伦床前，俯下身去，在他那伤痕痕累累的脸颊上，第一次印下了一个少女纯洁无瑕、也是超黄金的无价初吻。

凡胎肉体的英雄，终于忍不住大哭起来。他说："晓丽，你为啥不恨我呢？难道，你要我……害你一辈子吗？"

话没说完，王晓丽却轻轻地将她的嘴，压在了李伦那变得畸形的嘴上……

在后来的许多日子里，李伦多次说过，对于他，王晓丽的那个亲吻，无比圣洁，简直就是所谓的"天使之吻"。

而王晓丽，为了彻底安慰李伦，不让他再胡思乱想，执意于1998 年 5 月 1 日，在没有音乐和鲜花的洁净的病房里，和李伦举行了一个简朴的订婚仪式。

1999 年年底，李伦在四医大的治疗告一段落，只等待体质恢复以后，再做几次整形手术。值此之际，又是王晓丽主动提出结婚。李伦坚决反对。他说："我这个鬼样子，怎么能做新郎？待植好双耳、修整好鼻子，整过面容后再说。"但王晓丽考虑的是，结婚之后，她就可以名正言顺，更方便地请假照顾他。最后，在王晓丽的一再坚持下，李伦终于答应。

2000 年 1 月 27 日，新春佳节即将来临之际，也是他们爱情的第二个春天，婚礼在西安市建国饭店隆重举行。省、市有关领导、新闻媒体的记者和各界群众代表及其亲朋好友，近千人自发前来为他们祝福。西安市民送来了用李伦受伤前的那张照片电脑合成的结婚照，也送上了西安市民对他的感激。古城西安各家媒体争相报道他们的爱情故事。

他们共同合作，完成了一首《爱的歌曲》，正如同里尔克所写的那样——

我怎么能制止我的灵魂，让它
不向你的灵魂接触？我怎能让它
越过你向着其他的事物？
……
凡是触动你的和我的，
好像拉琴弓把我们拉在一起，
从两根弦里发出“一个”声响。
我们被拉在什么样的乐器上？
什么样的琴手把我们握在手里？

在季节深处动人的风景中，
一群人抒写着春天的爱情诗……

爱情，有位哲人曾经说过这样一句现实而又极富哲理的话：如今，这可是最容易出口的字眼！但如今，这也是最不容易做到的事……

的确，在感情被金钱操纵、被权力驯化得日益沙化和僵冷的今天，“爱”因为被虚与委蛇，偷袭、剽窃、践踏蹂躏，从而备受磨难摧残，已然沦落成一个被唱得烂俗的字眼！可是，人类偏又离不开爱，正像江河大地乃至空气，虽然已经被我们自己严重污染，可我们仍然须臾离不开它们一样。

值得庆幸的是，我们寻觅世上的稀奇珍宝，来到绿色军营，在探访李伦和他的知心爱人王晓丽——那棵青葱碧绿的“爱情树”时，却不期然发现，实际上，我们已经走进一片景色动人的爱情树林。

他叫刘鹏，“3·5”大爆炸中严重受伤的一个普通战士，他又会讲给我们一些什么故事呢？

“1998 年 3 月 5 日，学雷锋的那天，下午 4 点左右，听见喊全体出动，我们就迅速赶往火场了。当时，我是副驾驶员，按照规定，是正驾开车去现场，灭火后副驾开回来。我到了火场，有人问我，你是几中队的？我说四中队，他问咋没提空呼机呢，让你们进去替换七中队哩。我没说什么，那时，我们中队只有两部空呼机，我去的时候已经被别的同志拿走，我就这样冲进去了。刚一进去，一些身体不好的人就中毒了，可能是我身体素质比较好吧，虽然有些难受，但还能坚持住。走近现场一看，泄漏的气体像雾一样弥漫笼罩，扑面而来，我还从来没见过那种阵势，旁边有战友说，那就是液化气，你没闻到？我说没有。那战友还笑着说，那是你身体棒……”

刘鹏的四中队，属于第二批增援力量，他们是去替换第一批赶到现场救火的七中队的，那时还没发生爆炸。指导员杜芳东指挥他们冲进去的最初一刻，他看到在第一道门那里，站着他们的旗手：举绿色的旗子是出水，红旗则是停水。

刘鹏望了一眼，跟着战友们就往进冲！

那天出警，他戴了手套，但没来得及带上毛巾，因为当时想得比较简单，以为只是赶去“倒罐”，倒完就会完成任务，也没想到煤气泄漏得那么厉害。泄漏的煤气遇水成冰，因为太冷，他戴的手套被冻得硬梆梆的，很不方便他抱水枪。为了防止水枪滑脱，刘鹏干脆把手套脱下，扔在了一边（这是他随后双手烧伤特别厉害的直接原因）。他和战友就那样赤手抱着水枪，使劲往用来堵压的棉被上打水，希望用棉被堵住泄漏的洞。

当时，他们站在一个八百立方的罐体底下，只听气体“嗞嗞”地往外喷射，眼看泄漏越来越大，刘鹏和战友牛相成，还有刘渭强，一步步向前靠近，而他已开始眩晕，隐隐感到头脑发胀，正想跟旁边的刘渭强互相递换，调一下位置，这时跑过来九中队的冯骥，来换他们。刘鹏对他说：“你们中队多好，有空呼，我们没有那么多，看来没空呼还真的不行，所以才叫你们来换我们的吧？”

冯骥说："没事，就让我们来干，你们快下去吧！"

刘鹏怎么也没有想到，这竟是他和冯骥最后的几句对话！

他被换下来，转身正要往外面撤，忽然看见了支队贺军胜副政委，他也在一旁亲自用水枪稀释驱散液化气体，就跑过去要求换他。贺副政委摇了摇头说："我是指挥员，怎么能出去？这里危险，你们赶紧往外面撤！"（贺军胜烈士是那次爆炸遇难者中职务最高、年龄最大的一位）

刘鹏遵命，刚刚离开，没走几步，就听见"砰"的一声爆炸，火焰"呼"地一下朝他扑来，将他喷了个仰面朝天。顿时他全身燃烧，成了一团可怕的火球。那时，他脑子里非常清醒地闪出了唯一的一个念头："完了，这下我肯定死了。"

他这样想着，几乎已经绝望，开始等待死神降临，可同时也在本能地挣扎。当他用力睁开眼睛时，忽然看见了旁边的冬青树，正呼呼地冒着火苗，他突然意识到自己活着，还没有死，居然庆幸，有了一份由衷的喜悦："啊，我还活着、活着……"

他高兴地叫着，一面继续挣扎着爬了起来，然后就拼命地往外面跑。他估计战友牛相成就在身后，一边跑还一边喊叫着牛相成，可是没人答应。他一口气跑到路边一辆救护车跟前，却发现没有司机——由于爆炸引起巨大恐慌，现场有好几个救护车司机弃车逃走。这时，不远处另外有一辆救护车正往出开，他和迎面跑过来的指导员杜芳东，拦住车就往上爬。那时，他领子上还有火苗在烧，是车上一个煤气公司的工人，往手心吐了几口唾沫，帮他将火给捏灭的。而他那会儿脑子还清醒着，看见车前边有人的头发被烧焦了，他还在笑话人家。

到了医院，刘鹏感觉嗓子火辣辣的烧灼，跑到洗拖把的池子跟前就要喝水，一个医生看见，赶紧呵斥不让他喝，随手就把他拉进了病房，按在了床上。接着，医生用剪刀剪开他的裤子，又剪他的衣服。那天，他穿了两件毛衣，里边是件新的，他直喊叫："别剪我的新毛衣！"

医生说，现在还能顾上这些，马上要做手术。他是在"咔嚓、咔嚓”的剪刀声中，昏过去的。多亏那天他穿了两件毛衣，外面的毛衣被烧着了，里面的没烧，保护了他身上没被烧伤。但脸、手和大腿全烧伤了，伤得很重！

刘鹏昏迷了三天，才清醒过来，看见他两只手全缠着纱布，旁边煤气公司的人笑他，说像个拳击运动员。他睁开眼，能看见同室的战友脸上受伤，却不知道自己的脸怎么样。护士宽慰他说：“他们比你伤重，你比你战友的伤轻。”他有点儿不信，从病房里一位阿姨眼镜片的反光里，看到了自己的脸被纱布裹着，只露出了眼睛，才证实自己其实伤得不轻，心里一时沮丧之极。

医生发现他的情绪低落，就开导说：“现在医疗条件先进，烧伤能治好的，你不要担心。”刘鹏来自甘肃农村，性格质朴直爽。他一想，也是这个道理，我是军人，入伍时宣过誓的，比起牺牲的战友，这点儿烧伤又算什么？慢慢地，就想开了。最让他难过的是冯骥的牺牲。他和冯骥是同学也是老乡，他们两家只隔着一条沟，站在门口能看见对方家的院子和大门。当年，他没考上高中，选择了当兵。而冯骥比他学习好，虽然考上了高中，但因家里太穷，没有去上，是为了考军校才和他一起入伍的。冯骥平时非常节俭，什么东西也舍不得买，攒下钱就寄回家。

冯骥虽然在第九中队，但刘鹏一有空就去他那里玩儿，每次去都看到冯骥在抓紧学习，很用功的样子。后来他才知道，“3·5”那天下午，冯骥本该是要去指挥学校报到，参加考军校的集中培训，因为天色已晚，准备次日再去。没想到四点钟就上了火场，这一上就再也没能回来……

让刘鹏悔恨不已的是，那天冯骥若不换他，或者是晚一点儿换，冯骥就不会牺牲。是冯骥从他手中接过了水枪，是冯骥替他去牺牲的。正因为这样，刘鹏伤愈第一年回家，就去看了冯骥的父母，老人们见到他就不由得想起自己的儿子，心情分外难过。后来，他不常回家，也有一个原因，就是怕引起他们的痛苦，只好请求自己的父母，常去安抚和看望冯骥的父母。

刘鹏说，也许是心灵感应吧，他去灭火的那天下午，自己的父母正在地里干活，突然感到心慌意乱，就让他大哥打电话问他。他当时撒谎说好着呢，自己正在外面学车。后来家里知道他受了伤，母亲就哭着要来看他。医生怕他脸部感染，叮咛说千万不能流泪。刘鹏很听话、也很坚强，当他看见了远道赶来的母亲时，还勉强笑着说，我没有啥，你能看见我活着多好。他还对父母说，冯骥已牺牲了，你们回去见了他父母，先不要说，免得他们一时受不了。

后来，不知村上的人怎么把话给说漏了，说咱村上两个娃娃当兵，一个牺牲了，一个负伤了。冯骥父母知道后，悲痛欲绝，几天不吃不喝，眼睁睁看着人瘦得脱了个壳。

在医院时，刘鹏就听人说，他的战友牛相成烧伤最重，烧伤面积达96%，只剩下脚心、肚皮一点儿地方完好。受伤后第一次见牛相成，是他们去临潼疗养院疗伤，他上车以后站在门口，看见车上有一个人，没有脖子，简直不像个人，比电视上的鬼神还要恐怖，他吓得半天不敢上车，试探地问这是谁呀？

有人说，他就是牛相成。可刘鹏怎么也不敢认。他们在华清池的温泉里浸泡时，他看见牛相成身上的皮肤干得像鱼鳞，一块一块地往下直掉。牛相成的手不能穿衣服，也不能系皮带，全靠战友们帮忙。当时躺在地上，听见牛相成喊他的名字，可他嗓子也疼得发不出声，没法子答应。他的这个战友，在重症监护室，就待了四个多月，多次报病危，据说他给自己把遗像都准备好了，真是把不该受的罪都受了。

刘鹏感慨，牛相成能被救活，也真是医疗史上的奇迹呀！

刘鹏自己的烧伤面积为46%，深度，他的手因为包扎时没处理好，指头之间没有保护层，又不常换药，打开纱布，关节已经僵死，手指之间的新肉粘连，长得像个鸭掌，不能见水，很怕感染。本来要切割的，主治医生颇有经验，让他用他们研制的中药水浸泡，慢慢地剥离，才保住了现在手上的几个关节。

当然，刘鹏说，如果当时手的处理方法正确，可能会少受点儿罪的。这个“如果”有点儿遗憾——“当然”也是假设，人生中有多少这样悔之晚矣的“如果”呢！“如果”他当时不摘掉手套，

“如果”煤气站经常性检查过细，能防微杜渐，“如果”没有那次爆炸事故……

刘鹏是个实在人，对他来说，最担心的是面容毁坏找不到媳妇，他在四医大做脸部整容植皮手术，先后做了二十三次。这期间所受的疼痛无法言说，常人也无法体会！他脸上的植皮，全要从自个儿身上完好的地方采取，一次手术等于两三处伤痛。

医生告诉过他，如果把皮取下来，移植效果不好，皮肤不供血，长好后皮肤是黑死的。为此教授征询他的意见，说是有一种植皮法，植皮后先不割断胸前连着的皮肤，让毛细血管供血，等长好后再割断，这样手术效果很好，但人很受罪，问他会不会害怕？

不怕！

刘鹏想，只要脸能恢复得好看一些，受啥罪也值了。他勇敢地说，男人嘛，这点儿疼算啥，趁着年轻，赶快做吧！

他没说出来的“活思想”是，人活脸、树活皮啊，我这个模样，将来还怎么找对象，又有哪一个姑娘能看上我呢？

所以，他坚定不移地对教授说：“能行，我受得住！”

这种方法，得先用液态扩张器埋在胸前皮肤下面，把皮肤撑大，然后再取皮移植到脸上，脸和胸部的皮必须连着，不能割断，所以不能抬头。这样一来，他不能看电视，什么都不能干，必须一直低着头。低得时间长了，脖子酸疼难受，他就只好躺着。

这期间，有一次听说要开英模报告会，他本不想去，但听说他母亲来了，想在会场见他。他只好躺在出租车后排座位上，去了会场。

平常人实在难以想象，整整三个月，近一百天，刘鹏没有抬头，全是躺在床上熬过来的。《钢铁是怎样炼成的》中的保尔·柯察金也不过如此吧！我们的刘鹏，真是块好钢啊！

开始，刘鹏的两次手术，用的是全麻，快醒的时候，他感觉像是在太空一样，迷迷糊糊地飘悠，他怕这样对大脑有所损伤，就要求不再全麻，改用局麻。局麻进针时忒疼，麻药消散后就更疼。他感觉自己的脸被疼痛玩弄，折磨得像水泥板一样僵硬。有一次植皮感染，新皮没有长住，又重新再植。取皮的时候，尽管医生小心翼翼，刀子还是划过了界线，疼得他直抽冷气，猛地一下，就鲤鱼打挺，坐了起来……

头几次做手术，是母亲来陪他的。有一次做了整整八个小时，他妈在外面都急得哭了，不停地问护士咋还不出来？

后来，刘鹏就不叫她知道，他妈打电话问他做手术了吗，他就说没有。母亲问他为什么不做，他撒谎说自己嫌疼。他是不想让当妈的为他担心、为他伤心。事实上，确实就有他两个受伤的战友，刚推进手术室，因为嫌疼，还没打麻药就“临阵逃脱”跑出来了。

我们现在看到的刘鹏，眼睛上的眉毛，是从头皮上取下来移植的，其中一个眉毛还植反了：本来拱部朝上弯曲，结果医生给搞反了。还好，虽然不怎么好看——总没有像黄宏演的小品那样，让宋丹丹把眉毛画在了眼睛下面。刘鹏的鼻子也和李伦一样，是移植的，想想，这要忍受多大的疼痛！好在他脸上的两块皮肤，还移植得比较成功。每次他到四医大去，给他植皮的教授总要摸着他的脸说：“看你这植皮长得多好！有人嫌疼，做完后坚持不住，几天后又把皮割断了，他们就没有你这种效果。”

刘鹏的战友刘渭强，眼部烧伤很重，只做过一次手术，说差点儿疼死，就再不做了。刘渭强的父亲，目睹儿子活活受罪，不忍心再看下去，竟然跺着脚说，这样反复地受罪，还真不如当时干脆烧过去算了，免得让娃现在受这么大的疼啊！刘鹏却批评刘渭强说：“就你一个人疼吗，好像别人都不疼似的。”

其实，比疼痛更难忍受的是伤快好时的痒。因为害怕感染，不敢抠也不能抠，那个痒啊，真是痒得奇特、痒得钻心、痒得能让人发疯。他们九中队的中队长晏红安，要论工作抢险，处处都是一员带头冲锋的虎将，可就是这样一个英雄，创面愈合时的那份奇痒，难受得让他直哭啊！护士用木榔头帮他敲打，敲得血都流出来了……

尽管，他们几个受伤的战友见面时常常会说，咱们几个，可把罪受扎（尽）了。但是，也许是爱美之心在鼓舞吧，刘鹏还是一忍再忍，将天大的疼痛都咬碎了。他的胸部，本来是没有受伤，可是为了植皮，在好皮肤上取皮，如今已经是遍体鳞伤，疤痕累累了……

刘鹏的副中队长叫王勃，待他像亲兄弟，他受伤后多次来看望他，每次来都买一大堆水果，地上放得满满的。刘鹏摇头，哥呀，我能吃多少呢。有时，他看刘鹏情绪不好，就劝他说，兄弟，已经这样了，想开一点儿就是好日子。

王勃结婚时，特意将刘鹏叫去，坐在主宾席上，他对客人们介绍说："这是我们的灭火英雄，也是我的好兄弟。"人们热烈鼓掌，掌声雷动，可是刘鹏却深深地低垂着头，他是不想让人们看到他烧伤的模样，同时心里也沉甸甸地揣着一个问号——

我这一辈子，还有姑娘能看上我吗？

英雄邂逅美女，
谁敢说这不是善良和崇高的造化与报偿……

还说刘鹏。

他的面部植皮完成以后，不可避免地留下了许多缝合的疤痕。听说省内有一家医院，可以用激光技术消除疤痕，刘鹏怀着忐忑不安的心情，私下跑到这家医院，想打听一下，看看自己的脸能不能再"修理"得更好一些。

是啊，眼看就二十四岁了，也该找对象了。早在"3·5"之前，父母就曾经多次提醒，也四处托人给他物色姑娘。不料发生这一场事故，他一下子变得面目全非。不抓紧治好，连自己都觉得走不出门、见不得人，还有谁能看上他呢？

那天，刘鹏特意没穿军装，他怕那样更招人眼，给别人一个落难"伤兵"的印象。到了医院，他又不好意思打听，一个人悄悄地混于进进出出的就诊患者之中，默默地寻找整容手术科。好不容易找到了地方，看到里面人头攒动，又踯躅不前，没勇气进去。就在这时，一个苗条俊秀的护士，从他身边擦肩而过。护士其实已经走了过去，却突然像想到了什么，又掉过头来。刘鹏赶紧低下了头，他希望那护士瞥他一眼之后赶紧走开，不然，他就会觉得无地自容要逃跑了。孰料，那护士不仅没有马上离去，相反却转过身来，径直朝他走来。

“你是要看病吗，找哪个科室?”姑娘满面春风地问道。刘鹏以为是问别人，左顾右盼，见他近旁再没有人，才知道人家是在问他。

“唔，是……不……”刘鹏一时语塞，不知该说什么好。他说话时，目光飘忽游移，四处乱瞅，就是不敢直视眼前亭亭玉立的漂亮姑娘。

年轻漂亮的护士落落大方，莞尔一笑，水汪汪的两只大眼，很有点儿不依不饶地盯着他。

“你要看什么病，我来帮你好吗?”

刘鹏有些羞羞答答，支吾了半晌，才吞吞吐吐说明了来意。姑娘直言不讳，当即告诉说，他不适合做那种激光手术，因为他的创面较大，效果很难保证。也许，她一眼就看透了刘鹏的心思，随即便和盘托出了自己的判断。

“你肯定是‘3·5’救火英雄，我看过你们的事迹，你是为了群众安全烧伤的，大家都很尊敬你们。还有什么需要帮助的事吗?我叫崔芳宁，以后直接来找我，给我打手机也行。”

刘鹏的心里热乎乎的，他显然被感动了。一时间像个乖巧的小孩儿，言听计从，不仅报上了自己的大名，还顺从地将手机号码留给了小崔。

尽管如此，面对这么漂亮通达的年轻姑娘，他想都没敢想和人家有什么密切交往。他清楚自己的形象不堪目睹，或者说简直就是丑陋，人家姑娘不过是看他伤得可怜，同情他罢了。正因为这样，他没有主动给小崔打过一次电话，反倒是崔芳宁，隔三岔五给他打电话，询问和关心他的身体状况。

就这样，一回生、二回熟，小崔主动约他吃饭，陪他散步，也渐渐发现刘鹏其实是一个感情细腻，非常精心周到的人。比如，外出过马路，他总是把她让在自己的身后，防止过往车辆碰撞；在哪儿坐下，也都是他，抢先用受伤的手，别别扭扭地拿出一张纸，为她擦拭座位。久而久之，他们已经心心相印。后来，崔芳宁就干脆将自己租住的房子钥匙，连同信任，一并交给了他。

刘鹏当然受宠若惊，他打心里喜欢小崔，觉得比起她秀丽的容貌，那份毫不掺假的单纯、善良，更让他为之感动。而他越是爱她，又越是自惭形秽，感到自己配不上她。

那是2004年夏天，有一天，他终于鼓足勇气问小崔："你真的能看上我吗?"

小崔不假思索，随口就说："这还有假吗？我从小就喜欢军人。"

"可是，我现在这副模样，自己白天都不愿出门，你难道不嫌弃我?"

小崔说："那是你自己过分自卑，也是你不了解我。当然这也难怪，现在的女孩儿，绝大部分都过分注重外表，什么身高呀、长相呀，偏偏忽视了相亲相爱最重要的东西，那就是人品。我看上的，就是你能为国家和社会勇敢地作出牺牲，你们这样的人，不用说，肯定也会对家庭和亲人负责。青春韶华很快就会过去，白头到老可需要真挚的感情呢!"

刘鹏后来也得知，崔芳宁在上大学和工作之后，不乏追求她的男孩儿。他担心的是，就算她本人愿意和他相处，她的家人，父母亲友，未必能通得过。果然，小崔给黄陵的父母一说刘鹏的情况，他们就连连摇头，一致劝她说："刘鹏是个半残废的人，日子长了，你今后怎么和他生活?"

这些倒是实情，刘鹏当时受伤，因为面部烧伤严重，嘴烂得张不开，没法吃饭，只能用吸管喝点儿"娃哈哈"之类的流食。手术后很长时间，无法吃馒头等食物，一张嘴就流血，致使胆囊萎缩，肠胃受损，吃不动饭。尤其是皮肤和正常人不一样，遇冷遇热都不行，脸上皮肤不排汗，天热的时候很难受，植皮的疤痕遇到天阴下雨，就感到疼痛。他的手指全部坏死僵硬，没有指甲，哪里痒也没法抠，地上掉个钢笔都捡不起来。他的口袋里，一直装着创可贴，因为碰伤了手没感觉，不知道疼。有次拖地，拖过去后看到地上的血迹，才知道手碰烂了。烂了的伤口，好得特别慢，天稍稍一冷，就得赶紧戴上手套。

然而，崔芳宁却坚定不移地说："正是因为他将来生活困难，需要人照顾，我才决心跟他。"何况，她知道刘鹏办事细心，善解人意，处处为别人着想，也尽自己的努力在照顾她。小崔的父母最终让步，允许她将刘鹏带回家去。

那一天，正好她给哥哥买了一台电脑，就和刘鹏一起送回了黄陵。一到家，刘鹏就不声不响，硬是用一双伤残的手，把电脑组装了起来，这让小崔的父母不由得刮目相看。很快，就接受了这个未来的女婿。

2005 年，这一对不同寻常的年轻人，终于冲破世俗藩篱、种种偏见，幸福地结合在了一起。第二年，他们的爱情便结出了果实——宝贝女儿出生了。

婚后的日子是平静的，也很美满，但同时又很清贫。崔芳宁曾经在四医大和省中医院上班，为了更好地照顾刘鹏和孩子，特意在就近一家社区卫生服务站找了份工作，收入当然很有限。刘鹏的工资不高，每月也就两千多元，要租房，要送孩子入托、入学，还想买房，养家糊口已显捉襟见肘。刘鹏的父母都是甘肃乡下的农民，父亲已经六十五岁，母亲有青光眼，看东西模糊，也没钱看。

按正常情况，他早该晋升四级士官，可至今一直还拿着二级的钱。晋级时，领导曾找他和几位同样情况的战友谈话，说如果不想留队，就给晋级然后复员回家；想留队的话，就不能晋级。听说这是上级主管部门的精神，刘鹏和他的那些战友只能听之任之，委曲求全。他们选择了继续留队，所以就一直没有再晋升上去。包括他的伤残评级，至今也未落实。

眨眼间，十多年过去，领导走马灯似的，已经换了几任，可他们那几个受伤的战友，跟他一样，说起待遇仍然无可奈何、一筹莫展。因为伤残，他们干不了别的事，回中队上班，最多是值班守一下电话，自己好像都觉得是部队的一个负担。

平时在家，做饭、洗衣服、接孩子这些事，他压根儿做不了，全部是靠妻子小崔一人承当。有时难免忧虑重重，压力很大。妻子小崔就宽慰他，她说穷就穷过，钱少了就节约一些，少花一些，而且她还可以挣钱，养活自己和孩子，让刘鹏不要过分忧虑。

刘鹏常常满怀感激和愧疚，说自己欠妻子太多。小崔却不同意他这样自卑自责。“一家人过日子，谁又欠谁呢，那样不太生分了吗！”

这样一说，刘鹏的心情又开朗了，加上女儿伶俐可爱，一天天长大讨人喜欢，让他受伤的身心得以慰藉和舒展。有时，不善言辞的他，也会情不自禁告诉别人：“也许，我也是天下最富有、最幸福的人，因为，我有个金子般心肠的媳妇。”

“我必须是你近旁的一株木棉，作为树的形象和你站在一起……”

如果说消防兵的天职就意味着付出，那么他们背后的亲友，尤其是他们的妻子，毋庸置疑，也付出了无私的赠与，给他们，也给整个社会。

“3·5”抢险灭火受伤的消防官兵中，有两位受伤的勇士，事发之前就成了家，有了妻子和孩子，那就是四中队政治指导员杜芳东和九中队中队长晏红安。

杜芳东的烧伤，跟李伦和刘鹏一样，面部眉毛以下全部毁容，需要多次植皮整容，只是双手烧伤稍轻，勉强可以自己拿筷子吃饭。他的妻子叫李月琴，是西安市莲湖路小学教导主任。她和杜芳东是1994年结的婚，当时女儿已经四岁。回首往事，一提起十多年前那场惊心动魄的大爆炸，李月琴就忍不住长叹一声——

“那段时间，我都不知是怎么熬过来的，像在梦里一样。我实在不想回忆那些痛苦的日子呀！”

杜芳东受伤后的第八天，李月琴才隔着窗户，见到了令她提心吊胆、日夜为其揪心的丈夫。等她走进病房、零距离见他，则是一个月以后的事了。这一个月，究竟有多长，好像积聚了人生全部的日子，好像她走了一次没有尽头的长征。她毕竟是个女人，出事后最正常不过的表现就是流泪，一个人使劲地流啊！任何人的宽心和安慰，都无济于事。她思想上一下接受不了，尽管自己知道，这需要一个过程。她内心自然也明白，军人的天职是服从命令，丈夫就是干这个事的，有了火灾，有了险情，他们消防兵不去灭火，谁去？

然而，她真的没有想到，不幸和灾难，“真的”会降临在自己爱人的头上。经过漫长的阵痛，她终于不得不接受这个严酷的现实。

她说，找当兵的，就意味着付出。当兵的付出，咱也得跟着付出啊！

正是“3·5”事件，让李月琴加深了对军人的认识，同时也使她重新认识了丈夫杜芳东。他们是一对情投意合的好夫妻，结婚后从未红过一次脸，更未吵过一次架，一家人十分和睦。丈夫事业心特强，特别是1997年底到1998年初，他主持中队工作那段时间，几乎很少回家，经常值夜班。在此之前，结婚四年，他们在一起的时间，加起来也没有受伤后这一年多。

丈夫是好样的，他很坚强，先后做过六次大手术，忍受了常人难以想象的疼痛。可是问起他来，他总是说不要紧，我能挺得住。

不过，伤后第一次从镜子里看到自己的面貌，他也一时难以接受，显得非常颓丧和自卑。每次到医院去换药，都不愿一个人坐出租车去。李月琴责无旁贷，陪他前往。

白天，他不愿出家门，李月琴就晚上陪他出去散步。为了让他慢慢建立起自信，适应这种生活，她不断地鼓励他、安慰他。终于有一天，他独自坐出租车去了医院。换药回来，竟像个小孩儿，高兴地对李月琴说：“我能自己去换药了！”

李月琴不失时机，立即给他以激励，让他进一步鼓起生活的勇气。“你是为民救火烧伤的英雄，穿上军装，抬头挺胸走出去，人们会尊敬你的！”

杜芳东受伤以后，他的父母都从乡下来了，一直在家里帮着李月琴做饭，二位老人也不断给他们以安慰和支持。李月琴心里虽然难过，但在杜芳东和二位老人面前，仍然表现得阳光开朗，尽量使他们看不出她的痛苦。特别是头一年，李月琴虽然感到很累，但也许是精神支撑，连感冒也没有得过。他们的日子是平凡的，也正是这平常的生活，让他们彼此真正领略了有福同享、有难同当的况味。

他们互相搀扶，不用说，是一个不可分割的整体。同时也互相感激对方的陪伴，携手度过了一生中最艰难的日子。

当然，还有他们的孩子。

李月琴说，最让我感动的是我的孩子。丈夫受伤时，她三岁半不到四岁，第一次看见她爸爸受伤后的面容，杜芳东小心翼翼地探询：“你看爸爸丑不丑？”

孩子说：“爸爸不丑，还是原来的爸爸！爸爸再变，我也认识……”

一言未了，夫妻俩都忍不住哭了。有时，为了试探孩子，杜芳东背过身对她说，“你看爸爸真的变了没有？”

她说：“爸爸没变，爸爸是最好的爸爸！”

当然，李月琴也忘不了领导和群众对他们的关怀。她说：“丈夫受伤以后，我经常请假，学校领导从来都是尽量支持。我感谢人民群众为我们捐款，我们学校每人都捐了款，包括学生。也感谢消防支队、教育局领导的理解支持，还要特别感谢上海消防局和医务人员，因为我陪丈夫在上海手术期间，受到了他们的多方面关照。社会方方面面对我们支持太大，这些都是我们终生最难忘的。”

是的，在我们的社会，不会也不该让我们的英雄感到孤独。晏红安和他的妻子杨晓伟，就是应该被人们永远记住的又一对患难夫妻。

原先是西安市消防支队特勤中队队长的晏红安，也曾是全省消防总队有名的业务尖子。“3·5”灭火中，他面部受伤，右手伤势更重，大腿也受了伤。他妻子杨晓伟，是一个精密股份公司的职工。那年，他们的女儿才五岁半。

杨晓伟说：“作为军人的妻子，我知道他的工作具有风险，但我没想到会这么可怕。他烧伤的这些年中，我很少想别的事情，只是一心想着怎样把他照顾好，把孩子带好。受伤后，他张不开口，每天只能吃流食，直吃得反胃再不想吃那些东西。有时，一次饭要热好几回才能吃完。稍好一点儿后，我给他做了一碗米饭，一次只能喂几粒米，一碗饭常常要喂两个多小时……”

杨晓伟的单位和同事也特别照顾她，让她在家里专门照顾了丈夫一年。心存感激的她说，我是个平凡人，只想有个幸福的家。但现在不能靠别人，只能靠自己。在那些严峻的日子里，孩子也给了他们极大的慰藉。

女儿第一次去见爸爸，是隔着窗户看的。她只能看见脑袋包着绷带的几个伤员，也不知哪一个是她爸爸，她就站在窗台上一直笑着喊叫爸爸，后来把她抱了下来，她才忍不住哭了起来。

有一天，杨晓伟又带她去医院，她想进病房看她爸爸，护士不让进去，她一直等了几个小时，直到下班人都走了，才被破例放进了病房。她爸爸问她：“还认不认识爸爸？”她说认识，她爸爸的眼泪就流出来了，懂事的她急忙帮着去擦，还说她想天天陪伴爸爸。她爸爸说，医生不让你进。她说那我就天天在窗外陪你……

孩子奶声奶气，稚嫩的话语常常是疗愈心灵的最好药剂，也是他们的希望和支撑。那些日子每到晚上，杨晓伟总睡不着觉，半夜里一个人偷偷流泪。有一次被女儿发现，她醒过来看见，眨了眨眼，竟对她说：“妈妈你不要伤心，爸爸受了伤，还有我呢，我长大了，会挣钱养活你们！”

一个五岁多的孩子，竟能够安慰大人！杨晓伟不知道该是感激还是伤心。孩子到姥姥家，别的孩子都在玩儿，她少年老成，一个人闷闷不乐地坐着总不吭气。姥姥问她为什么不玩儿，她一本正经煞有介事地说，爸爸现在受了伤，以后要靠我自己……

灾难使孩子都过早地趋于成熟了。难怪说“多难兴邦”！

英雄晏红安，曾多次告诉前来看望他和采访他的记者，说，通过这次灾难和受伤，才真正感到了妻子的伟大。杨晓伟从小体弱多病，啥活也不会干，饭也很少做，平时都是靠他。他受伤后，风里雨里，做饭送饭，所有家务全都落在了女人柔弱的肩上。他说：“她为我吃了不少苦，很多事让人十分感动。”

有一次，晏红安坐出租车回家，也遇上了李伦、刘鹏等人遇到过的情景。他上了出租车，司机见他一脸伤疤，就问他是不是“3·5”大火中受伤的消防队员？他说就是。结果车开到后，司机怎么都不肯收钱。

晏红安感谢他们，感谢很多给他们关怀、理解和尊重的人，包括他心爱的女儿。他曾说，“如果说是妻子鼓励我迈开了走出家门的第一步，那么，是女儿给了我安慰与自豪感。”有时候，他自己觉得脸上有伤，不好意思抛头露面，但女儿一点儿都不在乎，而且出门做什么事总喜欢让他陪着，这让他觉得，自己与正常人没什么两样。每次外出，特别是送女儿上学或参加家长会，只要别人问起他脸上的伤疤，总是女儿抢先回答：“我爸爸是个抢险英雄，我为有这样的爸爸而骄傲。”

孩子小小年纪，就这么通达懂事，这让他精神上很是满足。

最难人间风雨情！一场事故，他们夫妻之间，也变得更善解人意，更加珍惜彼此的感情了。妻子无怨无悔，承担了一切家务。2002 年 5 月，晏红安又重新走上了新的工作岗位，负责辖区消防安全监督管理检查。这位昔日的中队长、业务尖子，并没有因为自己是英雄，有残疾，就放慢工作的脚步。他每天早上 8 点准时上班，晚上 7 点才回到家，遇到星期天和节假日，也常常不休息。

英雄也是凡人，凡人都有忧愁。有时说到了“钱”这个生活中不可回避的“阿堵物”，晏红安同样也会忧心忡忡。他和妻子的工资都不高，而杨晓伟的单位还面临 40% 的裁员，他担心部队到时要他转业，如果转到民政上工资会更有限。想想孩子上学以及将来还要买房，就不由得紧皱眉头。每当此刻，总是妻子杨晓伟来宽慰他，给他以面对生活的信心。

“这才是伟大的爱情，坚贞就在这里……”

樊均益，三十二岁，原在西安市雁塔区消防中队防火科，在“3·5”抢险中，他的头、脸、身、背及两手多处烧伤，虽说伤势不像其他人那么严重，但也先后做了五次手术。有一次手术，因失血过多，差点儿死在手术台上。

樊均益的家，是那种典型的中国传统之家，祖孙三代同居一处，父亲从事公安工作三十多年，现已退休。母亲原是西安市电信局职工，也退休在家。妻子徐雅文没有工作，自己开了一家美容店，女儿已经快满十岁。不过，当初徐雅文与樊均益恋爱时才十九岁，他们的情况跟李伦和王晓丽十分相似，认识不到两个月，就突然祸从天降，因为救火，樊均益被严重烧伤。

秀外慧中的徐雅文说，樊均益受伤后，我没有顾上想很多，一心为了安慰和照顾他。一些亲友觉得我“死心眼”，有的直接对我说“要讲点儿实际”，他们认为，我和樊均益相处时间短暂，划不来为了他搭上自己的一生。

毫无疑问，徐雅文对于这些善意的规劝充耳不闻，直到后来结婚的时候，娘家人还不理解。然而她依然“我行我素”，因为她在自己的坚守中有了新的发现和感动。她坚持认为，樊均益真诚、豪爽、朴实，她被他内在的品质、英雄的本色所吸引。是樊均益的人格魅力感动、鼓励她，最终把他们感天动地的恋爱，坚定不移地“进行到底”了……

娘家人看她态度坚决，不久也被感动，就不再反对。慢慢地，两亲家的关系也复归常态，渐渐地处得十分融洽。后来，他们有了孩子，生活的内容也一下子阳光和丰富起来，每天婆婆帮着带女儿，徐雅文忙着打理她的店面。两年之后，樊均益的伤痛渐渐愈合，重新走上了工作岗位。他父亲患脑溢血后遗症，身体也逐渐恢复到能够自理的程度，一家人和和美美，生活过得平静而又充实。

樊均益性格内向腼腆，是一个谦和达观之人，提起当年的“3·5”抢险，他连连摇头否认自己是什么“所谓英雄”。他说，作为一名消防人员，责任是天职，既然在自己的辖区出了这么大的事故，谁都会上，也是必须上的！

说起现在的生活，他很知足。除了他感情深笃的妻子，他最感恩的，还要说到他的母亲。

“3·5”抢险之前，他还没有结婚，家里负担也比较重。父亲患病长期卧床不起，他还有一个八十三岁的老奶奶，因患青光眼而接近失明。特别是他在抢险中受伤之后，母亲的肩上，一下子承担起了两个男人的不幸，那种艰难是可想而知的。

樊均益是家中老大，两个妹妹一个远在大连工作，一个正在学校读书。没受伤时，家里换煤气、买面等重活全是他干。他受伤后，全家生活的重担，就都落在了母亲一人身上。母亲一边在医院里照料儿子，还要在家里照顾生活难以自理的丈夫和年事已高的婆婆。尤其是儿子受伤的消息，她不敢对丈夫讲，怕他受刺激发生意外，只能一个人默默承受。白天，她一大早起来，给家里人做饭，然后推着丈夫到中医医院去治疗。中午，赶紧把饭做好，又抽空跑到西京医院给儿子送饭。一天紧张得像打仗一样。有时晚上回来迟了，丈夫问她干什么去了，她只好说谎说是去玩了。在儿子面前，她不能做出伤心的样子；在丈夫面前，她同样要装得高高兴兴、若无其事。那些日子，她觉得自己就像是一个演员。只有夜深人静，她一个人睡不着时才能暗自流泪。她没有找部队和政府，诉说自己的困难，是因为觉得，遭受这么大的灾难，部队和政府也会有很多难处，自己能克服的事绝不能麻烦别人。她就是这样一位朴素而胸怀宽广的母亲。就这样，她瞒着丈夫，一瞒就是半年，直到8月份电视里播放了消防队员受伤的事，丈夫才获知真情。

作为儿子，樊均益正是在母亲的帮助和鼓励下，走出了生命的“修复期”。

这位年近七旬的平凡母亲，曾经不止一次对别人说：“家里的情况还没有什么变化，只是丈夫的病情好了一点儿。两个男人倒下去了，我就既做女人也做男人，我多做一点儿没有什么，担心的是孩子。他毕竟还年轻，今后的路还长，怕就怕两只手什么也干不成。”

樊均益两手都被烧伤，先是手指挛缩在一起，伸不直，从指甲缝向里面打钢针往直扎，扎了三个月效果仍不明显，至今手指还是直的，弯不回来。母亲的担忧不是没有道理。

好在经历了那场磨难，樊均益一下子成熟了许多，他对工作更加兢兢业业，对家庭、对父母更富有责任心和孝敬心，也更懂得了世间什么才最为宝贵！

如果说，樊均益和徐雅文是另一对李伦和王晓丽，那么，党小军和杨博婷，就是另一对刘鹏和崔芳宁了！不同的仅仅是，作为一名护士，杨博婷是在护理英雄党小军时认识并了解了他，经过长达五年的相知相爱，他们终于携手，走进了婚姻的殿堂……

二十六岁的党小军，原是西安市消防支队七中队的消防班长，现在临潼区消防中队消防科工作，已被转为士官。在“3·5”抢险中面部、手部留下伤痕残疾。

党小军性格比较内向，不善言谈，他的事情全由妻子杨博婷代述……

杨博婷说：“‘3·5’抢险英雄在临潼陆军第一疗养院恢复治疗期间，我当时正好是疗养院里的护士，对英雄们的壮举由衷崇拜。正是在给他们的护理中，我发现党小军十分落寞，常常一个人坐在院子里的僻静角落，情绪特别低沉。我就抽空走过去，主动跟他交谈。经过一段相处和耐心询问，才得知党小军家在甘肃农村，受伤以来，身边一直没有亲人陪伴，内心孤苦、深感无助。不知为什么，我突然觉得自己有了一种义务，同时也是一种需要，需要走进党小军的内心世界，了解他的烦恼，倾听他的苦闷，鼓励他振作起来，勇敢地面对现实。”

就这样，党小军在姑娘纯真爱情的感召下，很快完成了艰难的心理转变。一来二去，杨博婷进而发现，他其实是个很有上进心的小伙，于是，自己也不知不觉喜欢上了他……

党小军一直有个愿望，希望自己能上军校，后来因种种原因，报考军校的愿望未能实现，他为此曾很伤感。后来，在杨博婷的鼓励下，他选择了自修电脑知识技术，经过一番努力，现已获得了初级证书。姑娘的安慰和鼓励，特别是发自内心的真情，也开启了党小军感情的闸门，一天不见杨博婷，他已经感到“如隔三秋”了。

2003年1月18日，两个相爱的年轻人，终于如愿以偿，结为连理。现在，党小军已经上班，妻子杨博婷待岗在家，一方面自学“充电”，准备干自己喜欢的事情；一方面尽量多干家务活，不让党小军插手。党小军也很心疼体贴妻子，自己的事情尽量自己做，小两口相亲相爱……

“爱，不仅爱你伟岸的身躯，
也爱你坚持的位置，足下的土地……”

毫无疑问，我们这些故事的主人公，他们真正得到了爱情。他们做得那么平静坦然，不动声色；又做得那么感天动地，惊心动魄！

李伦、刘鹏、杜芳东、晏红安、樊均益、党小军，以及我们尚未写到的朱兆飞、刘伟强、冯小龙和牛相成，他们的名字，因为和“3·5”爆炸抢险连在一起，对于四百多万西安人和三千多万陕西人来说，早已不再陌生，也永远不会淡漠。他们的英雄事迹以及他们那些撼动人心的爱情故事，作为道德典范和人生美谈，也几乎家喻户晓。

我们还是回来，再说李伦和他妻子王晓丽的故事。

曾经有这样的情景，使李伦和王晓丽至今难以忘怀。

1999年夏天，李伦出院后，王晓丽执意要陪他活动筋骨，外出走走。李伦自惭形秽，不愿出门。但王晓丽坚持让他做些有益于健康的活动，他们一起上街采购东西，一起散步。李伦还自己设计，动手装修自己的房子，为他们即将诞生的孩子准备必需品。其实，跟他的战友们一样，这常常也是李伦夫妻收获感动的时候。有好多次，他们打的回家，司机都认出了李伦，下车的时候，说什么也不肯收他们的车费。他们说，能够给英雄夫妇开一次车，是很荣幸的事。

在采访李伦的日子里，这个历经磨难的救火英雄，曾经告诉作者，他确实感到过自己不幸。但是，当他见过了那次事故中牺牲的战友的亲属，他才觉得，自己还不算最大的不幸者。比起那些烈士，他还是幸运的。他毕竟活着，而活着，毕竟是美好的。

这也是“3·5”抢险英雄共同的感受。

古都西安的人们，是永远不会忘记那些英烈们的。重情重义的李伦当然更不会忘记。每年春天，每到“3·5”这天，在举国上下都在重温平凡而又伟大的雷锋精神的时候，西安人又会多了一个追忆和缅怀“3·5”英烈的内容。而这一天，李伦都要在王晓丽的陪伴下，静悄悄地走进烈士陵园，默默地哀悼他那些亲爱的战友。

当初，在肆虐的大火之中，他和他的战友们用血肉之躯，捍卫着橄榄绿对国徽的忠诚；如今，他却更愿意在平淡之中，恪守着那份忠诚，那份对战友、对父母，对爱情和生活的深情。

说起现在的生活，妻子王晓丽一脸恬静满足。她说，李伦性格开朗，多年历练，心理状况已经调适得很好。每次上街，面对异样的目光，他早已习以为常；我挽着他的胳膊也很自如、很亲热，从没觉得他是个残疾人。每到星期天或节假日，我们不是去钓鱼，就是请父母吃饭，或者逛街，有时候开着车出去兜风，生活得很愉快充实。

爱情，并不在遥不可及和缥缈虚无的所谓幸福王国，而是实实在在存在于我们生活的每一天和每一件琐屑平凡的小事之中。

2001年4月，有了女儿以后，他们生活的节奏一下子加快，同时也更加快活起来，小宝贝成了全家生活的中心，也成了他们殷切的希望。

李伦与王晓丽是2000年元月结婚的，发生事故的时候，他们仅相识一个月。但忠贞的爱情使他们一路走得潇洒。李伦是个特别细心周到的男人，他感激妻子对自己的一片痴情，每年的情人节，他都要给妻子送上一大束玫瑰花，意思是全心全意爱妻子、爱家。妻子也很体谅李伦的心境，每当李伦因病痛烦躁不安、莫名发火的时候，她总是默默地忍受，给以安慰、爱抚，两个人琴瑟和鸣，用他们自己的话说，非常默契。

随着身体的康复，李伦先后被安排到新城消防中队防火科和长安区消防大队任教导员。组织上对他并没有特别的要求，但性格倔强、上进心强的李伦，绝不甘居人后。当他得知南新街物贸大楼防火通道长期被一菜市场挤占，而没人愿意腾出时，就拿自己做活的教材。他指着自己的脸对那些商户们说，你们看看，什么叫防火的重要性？

最后，防火通道终于打通，为企业挽回损失上千万元。

在新城区的几年中，人们经常看到他一年四季戴着手套，不论刮风下雨，进进出出奔忙于辖区单位、店铺，扎扎实实、挨家挨户检查消防安全，不厌其烦地督促落实消防设备和措施。

去年，李伦调任长安区消防科任教导员，他四处奔走，为中队基建筹措资金三百多万元，又亲自把关采买建筑材料，加盖了一层楼房，为战士们增添了暖气、电视、电脑等设备，改建和扩建了训练场和篮球场。一忙起来，竟是十天半月顾不上回家。他经常不无感慨地说，我不过是一名普通的消防战士，一个有幸在一场战斗中活下来的普通人，今天所做的一切，只是在为那些牺牲的战友们，完成他们没有来得及完成的事情。

用妻子王晓丽的话说，工作在他心里，永远是第一位的，尽管他很爱我和孩子，爱我们的家……

转眼，已是 2010 年的春天，也是李伦和王晓丽爱情历程的十二个春天。

3 月 5 日，他们又走进了西安南郊的烈士陵园。在每一个烈士墓碑前面献上一束鲜花，插上一支点燃的香烟，然后又将一杯杯酒祭洒在烈士的墓前。

李伦在王晓丽的搀扶下，默默地伫立着，轻声地呼唤着那些远去战友的名字：贺军胜、别渭涛、李海宁、冯冀、杨小宏、马军武、刘军元……

念完这些熟悉的名字，眼含热泪的李伦，情从心来，忽然脱口说道："兄弟们，我李伦侥幸活下来了，报告你们个好消息，我现在很幸福，女儿都已经上四年级了，学习很好，也很听话。请你们在九泉之下，为我们一家祝福，为全西安人的太平日子祝福吧……"

说完这些话，心潮起伏的李伦，情不自禁，将身边的妻子揽进怀里。

李伦说，他那时候感觉自己拥抱着的是自己的全部世界和未来……

（原载于《北京文学》（精彩阅读）2011年第2期）

善与恶的较量十九年

李　动

十九年后，老对手终于面对面地坐到了一起

2004 年 4 月 27 日上午 10 时许，上海市公安局刑侦总队审讯室。

两位坐在高大审讯台上的大案支队的侦查员，用好奇的眼光逼视着坐在对面那个方脸小眼的对象，彼此对视了五分钟。小房间里静静的，但却弥漫着剑拔弩张的气氛。

坐在审讯台中间那个谢顶高个侦查员突然打破了沉默，审讯在调侃中开始了："我们神交快二十年了，总算见面了！"

那个坐在椅子上的对象听罢心里一颤，突然

抬起耷拉的眼皮，与谢顶的中年男子对视了一下，又低下了头。

这位谢顶高个侦查员叫汪栋明，今年四十四岁，他是上海市公安局刑侦总队大案支队的侦查员。1985 年他参加侦破系列上门杀人抢劫大案时，年仅二十五岁，还是个新兵蛋子，现在他已是老干探了；当年他正在热恋中，为破此案，他老是失约，结果女朋友一气之下与他吹了，如今他已是十四岁孩子的父亲了。

那个坐在受审椅上的方脸小眼的人叫顾满保，今年五十二岁，他被抓获前是装潢公司总经理的司机。当年他频频作案后销声匿迹时，正是而立之年，作案后仅一个月，别人给他介绍了对象，惶惶不可终日的他，为了填补心灵深处的惶恐，一下子坠入了情网，他用抢来的钱给女朋友买漂亮的衣服和戒指，一年后结婚，第二年生子，如今儿子已是十七岁的中专生了。

顾满保知道身上欠有多条人命，交代了也难免一死，但他还是抱着侥幸心理。他心想你们能找到确凿的证据就判我死刑，我也没话可说。如果没有证据，要我开口那绝对不可能，如果查不清楚也许还可以避免一死，反正我是铁了心死不开口，随你们怎样处理？

汪栋明又打破了沉默道："你知道吗？我曾经为你祈祷过。"

顾满保纳闷地看着对手不解，汪栋明不紧不慢地解释说："我祈祷你不要死得太早，否则，我会遗憾一辈子的！"

顾满保不屑一顾地说："你现在可以满足了吧！不过，你要我开口是绝对不可能，你们有证据就枪毙我，没有证据就只能放人。"

汪栋明针锋相对地回敬道："你不要想得太天真了，我们没有铁一般的证据能在一千七百多万的人海里锁定你？你不要抱什么幻想了，你的头是肯定保不住了。"

此话首先堵住了他的退路和侥幸心理。

顾满保明白自己的末日到了，他也清楚杀死五条人命罪大恶极，交代不交代结果都是一死，他心里已选择了不配合。任你是和风细雨地说理，还是暴风骤雨地训斥，他沉默到底就是不说。审讯从 4 月 27 日上午 10 时许开始，一直到第二天凌晨 3 时多，他还是三缄其口。

在漫长的十七个小时里，侦查员用尽了智慧，磨破了嘴皮，对他来说根本无动于衷。侦查员绞尽脑汁还是无法让他开口，他们烟抽得满房间烟雾腾腾的。但汪栋明一点儿也不着急，他心想十九年都等下来了，难道十九天、十九个小时就等不及吗？你原来是躲在外面的老鼠，让你潇洒了十九年，现在你可是笼子里的老鼠，难道还想活着出去？

汪栋明又一针见血地对他说："你小子身上欠了这么多人命，自己走掉也就罢了，干吗还结婚生孩子，这不是又害了两个人吗？"

铁石心肠的顾满保听到这话心里猛地一惊，这话触动了他的敏感穴位。他知道自己来日无多了，心里唯一担心的就是心爱的儿子。

汪栋明从对手嘴角抽动一下的细微变化中，感觉到了儿子在他心里的分量。于是，汪栋明问他："马加爵的案子你应该清楚吧，他杀了四条人命，自己一走了之没事了，但他的家人却倒霉了，被害人家属提出了几十万元的民事赔偿。你杀了这么多人命，结果总是一死，但你想过吗，这么多被害人家属提出民事赔偿，你老婆即使把你们新买的房子卖了，也还不起啊！"

顾满保立刻辩驳道："我与老婆 1998 年就离婚了，这不管她的事。"

汪栋明审讯前早已详细了解了顾满保的近况，他胸有成竹地点对方一下："你们虽然已办了离婚手续，但至今还同居一室，这叫事实婚姻。你知道吗？"

想到前妻和儿子可能因还债而无处居住，甚至难以生活下去，顾满保禽兽般的心里突然闪出了一丝人性的光亮，铜墙铁壁般的心终于开始动摇了。

顾满保指指审讯台上的三五烟问："能给我一支烟抽吗？"

老练的汪栋明立刻感悟到：有戏！

果然，顾满保抽了几口烟开始提出条件："我先提两个要求你们能办到吗？"

经验丰富的汪东明抓住机会保证："只要我们能做到的，一定满足你的要求。"

顾满保干脆地说道："一是我做的一切不要让我儿子知道；二

是我用的手机是老板的，他对我不错，托你们还给他。”

汪栋明暗暗地吁了口气，原来这么简单的要求，还以为是什么难题呢。

于是，汪东明拍了下桌子保证道：“这好办，请相信我们，一定办到。”

听完刑警的保证，顾满保终于一改不合作的态度，无可奈何地承认道：“有这事的。”

然后开始吐露案情。此刻是4月27日凌晨4时许，整整审讯了近十九个小时，这个杀人恶魔终于交代了十九年前的作案经过。

震惊上海滩，一个月内发生四起上门杀人案

那是1985年5月4日上午11时，顾满保窜到普陀区中山北路某弄三号四楼，他敲了下404室的门，里面传来了老太的声音：“你找谁?”

顾满保道：“阿婆，我找隔壁的徐金康，他不在家，你帮我转一张纸条给他好吗?”

七十岁的刘老太不知是计，热情地打开了门，顾满保趁留纸条的当儿，见屋内无人冷不丁上去掐住刘老太脖子，刘老太尚未反应过来已命归西天。他便来到厨房取出菜刀撬开大衣橱、五斗橱、劫走了金戒指一只、银铃牌手表一块、活期存折一张。凶手作案后立刻来到东村新村银行储蓄所，填写了户主陈富源的名字，取走了七十元。

这是顾满保第一次作案，作案后他心里忐忑不安了好几天，生怕警察突然找上门来，躲在家里十三天，见外面没有风声，又感到金钱来得如此容易，5月17日起床后又开始行动了。

上午9时30分，顾满保漫无目的地来到闸北区芷江路某弄九号五楼，见502室门口有个白发老太正在择菜，顾满保佯装敲504室的门。

丁老太告诉他：“没有人。”

顾满保叫道："阿婆，他家托我买东西，你帮我转交一张纸条好吗?"

七十六岁的丁老太见过形形色色的人，但却从没遇见过如此人面兽心的歹徒，她毫无戒心地引狼入室，顾满保随手撕了一张台历纸，歪歪扭扭地写道："上海浦东大道四十七号，王伟康，货已到，今晚来提货。"

留完纸条离开后，他发现只有丁老太一人，顷刻返回又对丁老太道："阿婆，给我一口水喝好吗?"

丁老太笑着热情地转身去倒水，他从后面一下子掐住丁老太的脖子，丁老太昏迷倒地后，他又用小孩的围兜勒丁老太的颈部，以为丁老太死了，又残忍地拽下其两耳上的耳环，最后又用小被褥蒙住丁老太的头部。然后，打开未上锁的五斗橱，劫走了抽屉内的三百元钱，锁上门后溜之大吉。

三天后，也就是 5 月 20 日，上午 10 时 20 分，抢劫上瘾的顾满保又来到虹口区中山北一路某弄三号，以同样的手法掐死 401 室六十八岁的保姆，同样用菜刀撬开大衣橱、五斗橱，劫得百浪多手表一块、宝石花石英电子女式手表一块，以及一千二百元活期存折一张，仓皇逃跑后，他马不停蹄地来到西体育会路银行提走了现金两百元。

1985 年 6 月 6 日，上午 8 时 15 分，顾满保又悄然来到上海卢湾区斜土路某号四楼，他四周环顾了一下，见没有动静，便敲 401 室的门，一位七十六岁的白发老太打开门问："你找谁?"

顾满保满脸堆笑地解释道："阿婆，隔壁 402 室没人，我想给他留给地址，你帮我转给他家好吗?"

杨老太欣然应允。顾满保随杨老太进门，假装在桌上写字留条，他见房内只有杨老太一人，便趁其不备如恶狼一般猛地卡住杨老太脖子一用劲，杨老太便一命呜呼了。顾满保从从容容地到厨房取来菜刀，撬开五斗橱抽屉，从里面取出定活两便定额存单七张（每张一百元，共计七百元）、定期存折共计六百元、现金一百八十元，以及国库券等钱物。临走，见杨老太手上戴着一个翡翠嵌宝石戒指，他上去就撸了下来，抬头又见五斗橱上那台十四寸金星牌彩电，那时彩电系紧俏商品，还需凭票购买，他贪婪地抱起来就走。

顾满保双手抱着彩电来到汽车站，等车时见路人都好奇地看他手上的电视机，他感到抱着这么大的玩意儿乘车目标太大，犹豫了一下又将彩电放到了车站边的花坛上，然后乘车分别到宝山路、曲阜路等五个银行储蓄所取走了七张定活两便定额存单的全部现金。

汪栋明听罢凶手交代完此案，心里彻底放松了，因为就这第四个案子现场没有留下痕迹，当初只是根据作案手法和时间来串并案件，推定系一人所为，但没有抓住凶手之前仅是推理而已。现在他交代了此案，其他三个案子都留有他的痕迹，他不交代也可以认定是他所为。

顾满保一口气交代完后，像压紧的弹簧突然放松似的轻松，他感叹道："我知道早晚会有这一天的。"

汪东明问他："你后悔吗?"

顾满保摇摇头道："既然做了，也没什么好后悔的。"

他至今也不忏悔。不过要求这样惨无人道的禽兽忏悔实在是太天真幼稚了。

顾满保的老板接到刑警转来的手机后，手捧着手机惊叹道："没想到五年来整天在我身边开车的人，原来是个残杀了多人的凶手。"

徐老板真不敢相信眼前的现实，但又不得不相信接受这一切事实。想到五年来顾满保为自己的付出，也为了安慰他，徐老板给顾满保写了张便条：

"满保：你好，托公安局转来的手机收到了，你自己做的事自己向公安局讲清楚，至于你孩子的事我会尽力帮助的，我保证抚养他到工作为止，请你放心。"

顾满保读罢纸条长叹道："老板这人真不错！可惜无法报答他了。"

汪栋明安慰他道："这下你可以放心了吧。"

顾满保却还是不放心地对汪东明道："儿子的路还很长，干脆让他做你的过房儿子算了？”

汪栋明笑曰：“这好像不合适吧，你儿子身上有你的基因，万一哪一天他知道是干爸送亲爹上路的，那不坏事啦。”

顾满保听罢苦笑，也调侃道：“我第一眼看到你，见是秃头，就感到对手一定很狡猾。我果然不是你的对手。”

汪栋明抚摩着光光的脑袋回敬道：“你不知道，想当年我参与侦破你的案子时，就像电影明星一样英俊精神，就是为了破你作的案，十九年来想你想得头发都掉光了。”

顾满保听后又是摇头傻笑。

成立专案组，掘地三尺却未能挖出元凶

1985 年 5 月 4 日至 6 月 6 日，上海一连发生四起上门杀人抢劫系列大案后，刑侦处处长老端木亲自挂帅成立了“四案”专案组，专案组又分为许多小组。现任大案支队长曹福东也是小组组员，资深侦探汪栋明是二组组长。

曹福东当年二十二岁，可谓风华正茂。他们小组的任务是寻觅十四寸金星彩电，他与同事在炎炎烈日下走遍了上海的十一家收购站和二十七家旧货寄售商店，以及三十七家电视维修店等处，却不见其踪影。侦查中有人反映在老北站地区见过一穿交警裤子的男子骑车带过一个电视机，为此，侦查员们在全市的交警中挨个排查，但无结果。

汪栋明小组在普陀区横浜派出所第一案发区蹲点，根据案犯上海口音、一米七左右、方脸小眼、三十岁至四十岁男子的特征，挨家挨个地筛选，一个月下来排查了几万人，排除了数百个嫌疑人，没有收获；他们又移师至长宁区华阳派出所第一案发区曹家渡一带进行了地毯式排查，一个月过去了仍然一无所获。其他在卢湾区、虹口区、闸北区等案发地的侦破组都遭受了同样的滑铁卢惨败结局。

后来，汪栋明一行四人又到海风农场去找过线索，他们的吉普

车在海边的暴风骤雨中飞驰时，突然一个响雷打在车前，只见一道闪电如银蛇一般一闪而过，耳朵顿时被打聋了，“嗡嗡”叫个不停，他们四人和当地派出所长险些光荣了，故汪栋明对那次有惊无险之旅铭心刻骨。现在小组成员的另三人有的已升官、有的已调走、有的已辞职经商，唯有汪栋明留了下来。

专案组请画家根据被害人的描述画了凶手的模拟像，在全市范围内广为散发，全市的两万多民警都投入了排查，侦查员们先后做的笔录汇总起来有一百本卷宗，堆起来足有几人高。专案组一直紧盯不放反复搞了两年多，至 1987 年端木处长另有重任才无可奈何地宣布撤销专案组，当初大家都带着无奈和遗憾的心态含恨离去，从此该案成了斯芬克司之谜。

频频作案后，销声匿迹的十九年人生路

1985 年下半年，正当外面内查外调搞得热火朝天的时候，凶手顾满保却躲在上海劳动机械厂安安稳稳地开班车。顾满保的父母在福建支内，康定路的家里有上下两间房子，1980 年哥哥带了一个朋友住在楼下，哥哥走后这个朋友继续住下去，结果他被上海川沙县公安局抓获，从顾满保处搜出嫌犯的收录机等赃物，最终顾满保因包庇罪被判有期徒刑四年。1984 年顾满保释放后，留厂工作。

1985 年作案后的一两年里，如惊弓之鸟的顾满保心里还是比较恐慌的，半夜听到警笛声会吓出一身冷汗，马路上看到警察走来也会避开走，几次搬家办户口迁移手续都是让弟弟去办理。有次顾满保看外国电视连续剧，见一个凶手躲藏了十年，最后终于被警察抓获，他心里一惊，心想我早晚也要被抓的，也会有这一天的。但随着时间的流逝，顾满保提心吊胆的心渐渐淡漠了，也恢复了正常。

1985 年 6 月作案不久，同事还为顾满保介绍了女朋友，她是本厂的会计，顾满保与之一见钟情，很快坠入了情网，恋爱一年后两人便结为伉俪，一年后生了一个大胖儿子。

几年后，顾满保感到没事了，他实在是不甘心就此一直开班

车，于是 1992 年辞职，自己花五万元买了一辆东风牌卡车搞起了运输，昼夜运行，虽然辛苦倒也赚了几十万元，但性格决定命运，他有了钱不是好好养家糊口，而是整天沉溺在上海、无锡等地的赌场里，染上了赌博的恶习。有次赌博输得没钱了，他大胆地拿出被害人的戒指作为抵押。从此，几十万元的辛苦钱如流水一般地流走了，又复归贫穷。

赌博不但输光了钱，而且还债台高筑，无奈他将吃饭工具卡车卖了三万元还赌债。身无分文的他，1996 年去考过出租车，开了几个月嫌生意不好又失业了。这段时间他非常潦倒，整天在家无所事事，又一贫如洗。无聊之际更是整天沉溺于赌博麻醉自己，老婆实在是忍受不了他不好好上班赚钱，却沉迷于赌博，与之小吵天天有，大吵三六九。最终两人于 1998 年分道扬镳。

1998 年 4 月 17 日，穷困潦倒的顾满保百无聊赖地来到杨浦区市光三村某号，以看房为名骗取主人开门后，发现屋里仅有女主人一人在家，在厨房间观察时，他突然趁其不备地掐住其脖子，掐昏后又用毛巾将其勒死，然后劫得五斗橱内的五百元现金和一千元定期存折，又企图撬开橱顶上的铁皮箱，却因铜锁牢固只得恋恋不舍地惜别。

由此四案又成了五案。

1999 年 5 月，顾满保邻居小陈的舅舅是装潢公司的老板，正要找一个司机，小陈见他无所事事，得知他会开车，便介绍给其舅。从此，他又过起了正常人的日子，苦尽甘来的顾满保很珍惜这来之不易的饭碗，所以他对老板忠心耿耿，任劳任怨，故深得老板满意。

觅踪十九载，侦查员终于长夜破晓锁定元凶

当年上海市两万警察地毯式地寻觅凶手，印了十万余张“重要通知”广为散发，筛选排除了成千上万个嫌疑对象，又派出二十多名侦查员到苏、浙、皖、赣四省走访了一百零五个劳改场所，排出

一千三百八十七人，均一一否定。尽管公安局挖地三尺，绝不放过任何蛛丝马迹，但案犯却神奇般的在人间突然蒸发一般销声匿迹了。

春去冬来，花开花落。当年许多参战的老刑警已满头华发地退休了，年轻的刑警也两鬓染霜已至中年，挂帅指挥的老端木处长也已离去多年。

欲查找“四案”作案人的踪迹，首先得把现存的数百万份资料信息输进计算机，然后才能作比对。年轻的刑警们面对一百本三四米高的卷宗，被老刑警孜孜不倦的认真精神深深打动，他们深知这项工作何其艰难，但他们觉得比起老刑警来，这点活儿实在是小巫见大巫！

几十台计算机昼夜运行，所有输入的信息资料开始在计算机里飞速神奇地进行排列组合，交叉比对。

2004 年 4 月 26 日下午 6 时，这是一个令上海刑警刻骨铭心的时刻，储存在计算机内的两条同一信息终于对上了号——他就是“四案”的凶手顾满保！经反复核查，顾满保的有关物证痕迹与“四案”现场发现的完全吻合！高科技大显神通，锁定目标，血债累累的杀人恶魔终于原形毕露！

侦查员们连夜行动，捕捉疑凶。他们迅疾赶到顾满保户口所在的老沪闵地区，为了不打草惊蛇，没有马上上门寻找他，而是通过外围了解，获悉此地址住的系顾满保的弟弟，这里只是顾满保空挂的户口。

侦查员们马不停蹄地奔波了一个通宵，查明近二十年来顾满保的住处已四次迁移，但顾满保现在究竟藏身何处一时尚难确定。

侦查员根据“四案”中的第二起案件中，犯罪嫌疑人在现场留下的痕迹分析，推定此人可能从事或接触过货运工作。经查询全市驾驶员登记信息系统，果然发现了顾满保其人。侦查员立即着手查询顾的交通违章记录，发现顾曾于 2000 年 3 月 15 日在高架路上驾驶黑色桑塔纳车发生过“一般损伤”的交通事故；此外，在“驾驶员违章信息”系统中又查明顾满保于 2004 年 1 月 15 日驾驶同一辆车违章，被长宁交巡警支队处理过，其留下的痕迹与当时在现场所留下的痕迹完全一致。他在违章处理单上填写的是康定路某号，那辆牌号的黑色普通型桑塔纳车车主系上海某装潢公司法人徐先生，现住安顺路某号。经调取顾满保照片给安顺路小区保安辨认，证实此人每天早上7时至8时都会驾车来接徐老板上班。

侦查员立即在徐老板家附近布下重兵。苦苦守候至上午8时30分，却未见其踪影。现场指挥徐长华副总队长当机立断，留下部分警力守株待兔，其余人都出击至装潢公司所在地杨浦区鞍山六村某号。上午9时许，侦查员终于在公司天井内发现了那辆黑色桑塔纳车。

4月27日上午9时40分，那辆黑色桑塔纳车驶出公司大院，侦查员看准司机就是望穿秋水的顾满保，几辆车当即老练地前"堵"后"随"，始终将目标锁在掌控之中。9时45分，黑色桑塔纳车行驶至大连路、辽源西路口时遇红灯时，徐副总队长见抓捕时机已经成熟，大手一挥一声令下："动手！"

那辆黑车趁黄灯闪烁、红灯尚未亮起之际欲穿马路，不料，被后面一辆桑塔纳车撞了一下屁股，顾满保停车气得跳下车来骂骂咧咧道："车子开得又不快，怎么会撞上？"

侦查员陈强也走下车赔笑脸道："对不起。"说罢突然掐住其脖子，前后数辆车上闪出几条猛汉，"呼"地一下子如猛虎扑食一般扑上去，一道银光闪过，对象的双腕已被扣上手铐，又被迅速戴上黑色头套，随后被迅速推进一辆车里呼啸而去。

会聚一堂，新老刑警闻悉破案感慨万千激动不已

"四案"侦破的消息不胫而走，迅速传遍了上海警界和上海滩。几任刑侦指挥官感慨万千，云集而来；当年参战的刑警激动不已，亲审案犯；退休的老刑警夜不能寐，赋诗寄情；被害人及其家属更是激动难抑，松了口气；上海市民则是一片感叹，赞不绝口。

2004年5月20日，上海市公安局在刑警803召开了1985年系列杀人抢劫大案总结会。上海市公安局副局长张声华、吴延安、孔宪明、市局政治部主任陈辐宽等先后担任过刑侦总队的领导都拨冗

赶来了；当年负责侦破“四案”的原市局副局长崔路、市局办公室副主任黄石、刑侦处副处长袁有根、大案队负责人陈家其，以及当年配合侦破此案的普陀分局、闸北分局、虹口分局、卢湾分局等老侦查员们从四面八方云集而来。

当年阳刚潇洒的刑警，如今都已满头华发，但说起当年破案那激情燃烧的岁月都心热血涌，激动万分！他们先后回忆了自己当年为了侦破此案艰苦卓绝的往事和感人的细节，但因未破案而深感遗憾，这已成为每个刑警的难言之隐和敏感心病，都视为自己刑警生涯的耻辱，十九年后终于破案，甚感欣慰，终于了却了大家一块心病。

自始至终承办此案的汪栋明感慨地说：“干了二十多年刑警，已参与侦破了数百起凶杀案。如果说破了第一起杀人案的感受是新婚之夜的话，那么这次破了十九年的凶杀案其感受可谓是久别胜新婚啊。那晚我正在吃晚饭，接到电话获悉‘四案’破了，我激动地马上放下碗筷，立刻打的赶到单位，在办公室里等待抓捕凶手时脑子一直处于兴奋状态，至凌晨4时躺在沙发上却难以成眠。想起了当年的许多往事，人生真是如梦一般，十九年好像就在眼前。”

现任大案支队长曹福东动容地说：“我搬了几次办公室，许多东西都扔掉了，但当年顾满保在现场留下的笔迹，我一直保存着，我相信总有破案的一天。尽管这一天姗姗来迟，但毕竟破案了，今天终于了却了压抑十九年之久的心病。大家都公认这是一起新中国成立以来上海破得最长的命案，也是最强劲的对手。”

老端木虽已作古多年，但他临走时曾说“四案”未破是他终身的遗憾和心头的耻辱！

当年顾满保在一个月内制造了系列抢劫杀人案后，以为四个老太都命归西天了，但他万万没想到第二个被害的老太等他逃之夭夭后的十五分钟，又奇迹般地苏醒了过来，被家人送到医院后，七十六岁的丁老太竟然被医生从死神面前抢救了过来，而且至今还活着。刑侦总队政治处徐副主任和黄颖科长几经周折找到了已搬至徐汇区的被害人，已九十五岁高龄的丁老太精神矍铄，耳聪目明，给她播放凶手的录像请她辨认时，丁老太眯缝着昏花的眼睛认真地盯着荧屏，她突然用松树皮般的手猛敲一下桌子，像真由美一样地指着荧屏里的凶手激动地道："就是他！逃了十九年的坏人也给你们抓住了，警察真了不起！"

徐主任担心她年事已高可能记忆有误，进一步追问："你还记得这事吗？"

丁老太自信地说："当然记得，印象太深刻了！"并清晰地回忆起当年那可怕的一幕，竟然与案犯交代相吻合。临别，丁老太双手合一，打躬作揖道："十九年的噩梦终于解决了，没想到我终于看到了这一天，从此，我可以瞑目了！"

1998 年，杨浦区那个被害人的丈夫打来电话，对公安人员破了积案感激涕零，他在电话里动情地说："这么长时间的案子破了，终于为我家报了一箭之仇，我的爱人在九泉之下可以瞑目了。"

说罢，他又提出了要见一见凶手的真面目，汪东明告诉他："后天晚上东方 110 将播放这起案件，你到时收看吧。"

电视播放前，汪栋明按照自己的承诺，给顾满保的前妻打了个电话，告诉她："明天晚上东方 110 将播放孩子的父亲作案的电视，到时你不要让孩子看到，以免给孩子的心灵造成伤害。"

对方听罢在电话里突然失声痛哭，对刑警的人性化处理连连表示感谢。

2004 年 5 月 12 日，市领导欣闻侦破此案，当即批示：先进的科技威力无穷，要用先进的科技增强我们的破案工作，公安干警强烈的责任心也应给予表彰和奖励。

6 月 1 日上午，上海市公安局在展览中心召开了隆重的表彰大会，上海市公安局给刑侦总队金卫列同志荣记一等功，并给予一万元的奖励；刑侦总队的戴灏、闸北分局的俞爱珍、杨浦分局的林云各记三等功，各给予两千元的奖励。上海市委副书记刘耘耕，上海市委常委、市公安局长吴志明给有功人员颁发了奖章、证书和奖金。

公安部闻悉也发来了贺电，对侦破此案表示衷心的祝贺！

（原载于《档案春秋》2011 年第 9 期）

中俄国际列车大劫案全揭秘

——公安部“清网行动”系列报道之一

安 轩

编者按

2011年5月26日，公安部部署全国公安机关开展原定为期一年的“清网行动”，以“全国追逃、全警追逃”的力度缉捕在逃的各类犯罪嫌疑人。“清网行动”涉及多警种、多部门，公安部精心组织、周密部署，形成了“全警参战、群众支持”的工作局面，彰显了公安机关“有逃必抓”的决心。

2011年10月17日，公安部召开全国公安机关决战“清网行动”电视电话会议。公安部副部长刘金国在会上指出，“清网行动”开展以来，各地党委政府大力支持，攻坚氛围日益浓厚，政策攻势更加强劲，缉捕力度明显加大，各警种各部门配合默契，攻坚会战效果凸显。公安部决定，从即日起全面展开“清网行动”决战。各地公安机关要坚定“为党和人民利益而战，为人民警察荣誉而战”的信念，采取各种行之有效的措施，誓夺“清网行动”决战的全面胜利。

“清网行动”开展以来，全国各地公安机关抓获了大量在逃犯罪嫌疑人，严厉打击了犯罪，消除了治安隐患。而本文所讲述的，就是“清网行动”中破获的一起十分特殊的案件。

2011 年 6 月，桂林警方在“清网行动”中抓获了在逃十八年的犯罪嫌疑人贾小明。贾小明曾参与 1993 年震惊中外的中俄国际列车大劫案，案发后畏罪潜逃。贾小明的归案，将尘封已久的中俄国际列车大劫案再次带入公众的视野。

在逃十八年的列车劫匪

2011 年 6 月 25 日，在桂林警方进行的“清网行动”中，五十二岁的贾小明戏剧性地进入警方视野。根据市民举报，警方发现居住在桂林市叠彩区芦笛路的一名中年男子，常年混迹于棋牌室、游戏厅，没有正当工作，形迹十分可疑。在其经常出没的一家游戏厅，警方将其当场控制。随后，通过上网比对，警方确认该男子正是被公安部通缉了十八年的在逃犯罪嫌疑人、参与了 1993 年中俄国际列车大劫案的贾小明。

面对民警的讯问，贾小明始终坚称自己是桂林本地人，但却无法说出自己所持身份证上的出生日期。最终，当地民警用桂林方言提了一个问题，才使得一脸茫然的贾小明彻底露馅，还原了这个列车劫匪的本来面目。

贾小明生于北京，中学毕业后去通县插队，1978 年回城，被分配到一家工厂工作。1979 年，贾小明因扒窃被劳教两年。劳教结束后，在东单地区干起了个体户，主要销售服装。不久，他与一名比自己大十余岁的女子结婚，生了一个儿子。

1990 年，贾小明发现身边很多人乘坐国际列车往俄罗斯倒服装，并且挣了很多钱，心动的他加入了远赴俄罗斯淘金的队伍。1991 年，贾小明托人以留学名义申请办理了一张去匈牙利的护照，出国前，他与妻子办理了离婚手续。

“我当时都是从木樨园进皮夹克，一趟跑下来可以净赚一万多呢!”落网后，谈到当年干“倒儿爷”的经历，贾小明露出得意的笑容。他自称，1992 年护照到期，他回到了北京。由于在桂林有亲戚，便决定去桂林发展。“我在桂林待了一段时间后，也听父母说过有公安人员来家找我，当时我就想肯定是因为当年我偷俄罗斯人钱包的事情被发现了。”贾小明说。

“隐居”桂林期间，贾小明改了名字。由于不敢找工作，他用从家里带来的两万余元现金做起小买卖，并用表弟的名字开户炒股。“我开过饭店，开过发廊，都挣了不少钱。”几年前，贾小明在棋牌室打牌时，与一名比自己小十三岁的女子结识，并很快同居。

被抓获后，贾小明坚称自己从未参与过中俄国际列车大劫案，他信誓旦旦地说：“当时列车上根本就没有这种事情，我也没听说过，真的。”时隔多年，贾小明心存侥幸，以为死无对证。但他想错了。

无独有偶，2011 年 7 月 22 日，当年中俄国际列车大劫案犯罪团伙中的重要成员、公安部网上通缉要犯、外号“东城老七”的宗立勇在首都机场落网。

那天下午，首都机场 T3 航站楼出境口的边检民警小王审查一男子证件时，发现其护照上的名字与出境卡不符，而且该男子神情紧张。

“去澳门干吗?”民警小王不露声色地问道。

“去、去、去旅游。”男子结结巴巴地回答。

“北京好玩儿吗?”小王又试探性地问了一句。

“好玩儿吗?”男子愣了一下，口中不知所云地反问。

几番试探，民警觉得这个中年男人一定有问题，于是把他带到值班室。该男子的护照用名是“李勇”，而在出境卡上填写的却是

“宗立勇”。在系统内查询“宗立勇”，电脑上显示出“公安部通缉犯”的字样。民警冷不丁儿问这个男子：“宗立勇是谁?”

男子顿时张口结舌，面如死灰。

在宗立勇随身携带的物品中有一本日历。落网后的宗立勇说，这是为了记住日子。“逃亡这么久，我是数着日子过的。”

当年去莫斯科的北京“倒儿爷”中，外号叫“东城老七”的宗立勇曾经很有名。十八年前，为了实现发财梦，他以出国留学的名义办理了去俄罗斯的护照。当时，大量中国“倒儿爷”乘坐北京至莫斯科的3/4 次国际列车，前往俄罗斯淘金。宗立勇参加苗炳林抢劫犯罪团伙，以中国商人为目标，在列车进入俄境后多次实施暴力抢劫。中俄警方联手摧毁了在国际列车上以及莫斯科市内抢劫的四个主要犯罪团伙，其中苗炳林犯罪团伙主要成员宗立勇逃脱。1993 年，国际刑警组织发布了红色通缉令，全球通缉宗立勇。

在国际列车上抢劫事发后，宗立勇“亡命天涯”，几乎走遍欧洲各国。2006 年，他改名“李勇”，潜回国内。宗立勇害怕行踪暴露，不敢找工作，一直靠赌博为生。那天他本打算去澳门赌博，但是在办理出境手续时，竟鬼使神差地在出境卡上填上了自己的真实姓名。

宗立勇随即被北京边检总站移送至北京铁路警方。潜逃十八年隐姓埋名，但是他却在自己的心狱中苦受煎熬，犹如行尸走肉一般苟且偷生，最终还是没有逃过恢恢法网，等待他的将是法律的惩处。

据了解，截至目前，依然有个别中俄国际列车大劫案的犯罪嫌疑人在逃，但公安部网上通缉没有时限，警方的追捕还在继续。

背货的和背刀的

北京至乌兰巴托、莫斯科的3/4 次国际联运列车，1960 年开始运行，是新中国成立后开通的第一条涉外列车线路，也被称为“中华第一车”，途经中、蒙、俄三国。

苏联解体之前，乘坐这趟火车的人除了需要护照，还需要单位开的介绍信。1989年戈尔巴乔夫访华以后，中俄贸易全面恢复，北京至莫斯科的3/4次国际列车顿时热闹起来，而俄罗斯对生活物资的大量需求让中国人找到了商机。当时还没有发货渠道，只能通过火车自己带货过去。走一趟货打火机可以带几十万个，三四十件一包的皮夹克包裹可以带上一二百包。那时去莫斯科的“倒儿爷”生意火爆得很，只要是从国内带去的东西基本全能出手，而且利润极高，比如从白沟批发的皮夹克，一件进价也就一百多元，可在俄罗斯能卖到三千卢布（折合人民币六七百元）。

于是，原来列车员比乘客多的神秘列车变成了流动的货摊。火车一进入俄罗斯境内，只要一停车，“倒儿爷”们就在车窗口卖货，经常是车还没到莫斯科，货就卖完了。一般，这些跨国贩运的“倒儿爷”们平均一个月跑一个往返；生意紧俏，一个月就要跑两趟。他们带着货从北京坐火车到莫斯科，再从莫斯科乘飞机赶回北京，一边备货，一边套购黑市车票，马不停蹄，穿梭往来。最初车上没有行李限重，包厢里乃至过道上堆满了货物，这些国际“倒儿爷”没地方休息，就倚靠着货物站着睡觉。

在莫斯科做生意，都用卢布交易。回国时，“倒儿爷”们用一部分现金购买俄罗斯的贵重首饰、香烟、药材等，回国继续倒，大部分则兑换成美元，藏在货物里、皮鞋底子里、皮带夹层里带回国。当时俄罗斯外汇管制较严，个人无法将美元汇回国内，火车也就成了将美元携带出境的唯一渠道。

在中俄国际列车上往返走一趟货，大概需要半个月的时间。按照规定，中国乘警在二连浩特列车出境的时候就要下车，俄罗斯的列车上没有警察，一旦出了事，需要途经地的警察上车处理，这就给不法之徒留下了作案的空间。而且，按照俄罗斯的法律，嫌疑人只能拘留四个小时，如果没有受害人指认就必须放人。中国商人被抢之后当面对质时因为害怕报复，经常不敢指认。久而久之，俄罗斯警察就不太愿意管中国人的事情。于是，犯罪分子就以为中国警察管不着，俄罗斯警察不想管，抢劫起来毫无顾忌，无法无天。

迅速的财富积累，让少部分先富起来的“倒儿爷”过上了纸醉金迷的生活。他们光顾莫斯科的赌场，很快将积蓄挥霍一空。由于不愿意辛辛苦苦再次创业、重新开始，他们打起了在列车上偷东西的歪主意。但小偷小摸很难维持他们的高消费，于是发展成抢劫。登车的时候，他们扮成“倒儿爷”，等列车一出境，他们看准时机纠集成伙，在列车上进行抢劫、强奸等犯罪活动，无恶不作。甚至当时民间流传着一个说法：去莫斯科的“倒儿爷”有两种，一种是背货的，也就是一般的生意人；一种是背刀的，把刀、枪藏在包裹里，专门是为了抢劫去的。

1993 年以来，在 3/4 次国际列车上和俄罗斯境内发生过多起中国人抢劫中国人的案件。1993 年 3 月中上旬，南京某工厂一位女工会干部出访莫斯科，在六天六夜的旅途中，这位江南女子先后被十名劫匪轮奸了三次而无人相助（“3·10”特大轮奸案）；4 月 26 日，南方某单位一位停薪留职的女员工刚踏上莫斯科车站，便被一伙中国劫匪挟持轮奸了（“4·26”特大抢劫、强奸案）……犯罪分子横行霸道、气焰嚣张。许多往返于北京和莫斯科之间的中国旅客用铁链将包间的门锁起来，吃喝拉撒睡全在里边，六天六夜不敢开一下门……

在莫斯科市内，这些劫匪同样无法无天地残害中国人。莫斯科的“莫大”“日出”和“四海”等几个旅社是当地中国人的主要聚居地，来淘金的“倒儿爷”大多在此住宿，而劫匪也藏身于此。哪个房间新住进了人，哪个房间的中国人卖完了货，他们都知道得一清二楚。这伙人明火执仗冲进房间，先是把被害人一顿毒打，然后捆绑蒙眼，再“从容”地搜走屋内所有值钱的东西。为了骗开房门，他们以找人、查房、送东西等为借口，有时还让团伙中的年轻女成员进行色诱。这些人的犯罪手段甚至发展到先是在车上威胁、恐吓中国旅客，一到莫斯科就强行收走护照，把他们始终控制在股掌之中。

不断发生的案件引起了中俄各界的关注。俄罗斯《劳动报》曾刊登文章，介绍中国犯罪团伙在俄罗斯的活动情况，摘要如下——

据俄罗斯安全部和内务部掌握的材料表明，中国犯罪团伙都是些在国内曾服过刑的人，每个团伙三至六人，年龄为二十五到三十岁之间，其中许多人都持有伪造的俄罗斯高校学生证。

这些犯罪团伙到处寻找“眼线”，专门敲诈有钱人。其手法有：一、威胁利诱从中国到莫斯科做生意的人充当其“眼线”，提供有关在俄做买卖的有钱中国商人的情况；二、在北京至莫斯科的列车上寻猎物，许多中国商人在登上列车时，就已经成了犯罪团伙跟踪盯梢的对象。他们有的身着铁路制服，甚至还为乘客服务，在认准目标后，及时把这些信息传给在莫斯科的同伙，同伙准确无误地在莫斯科的雅罗斯拉夫尔车站（中俄国际列车终点站）接站，用车把这些“贵客”送到旅馆或一个根本无从知道的地方，随后就进行勒索，如拿不到钱就将其杀害。据相关材料表明，1992年这类恶性案件就有二十三起。

这些犯罪团伙之所以专门敲诈本国同胞，一是了解同胞的“中国特色”；二是俄罗斯目前局势混乱，他们不用害怕案发后被抓获，而且万一出了事，也很容易躲藏到独联体其他国家。犯罪团伙潜入俄罗斯的主要渠道有：一、用假证件取道苏联其他共和国（如阿塞拜疆、乌兹别克斯坦、塔吉克斯坦）潜入莫斯科；二、利用“学习”名义前往，但许多人拿到证件后根本不去上课，而是完全投身于非法活动，有些冒牌大学生还组成了固定的团伙；三、通过“旅游”名义前往俄罗斯。俄罗斯驻中国大使馆领事处受理几乎“俄所有经商者”向中国公民发出的邀请信，由于邀请信太多，加上有时一份邀请信上写了几十个人的名字，致使俄驻华使馆领事处无法充分进行核实，结果造成大批中国公民“合法”入境。

对于中国犯罪团伙，俄方采取的措施是：一、俄首都执法机关根据莫斯科市政府的决定，采取了代号为“制度”的大规模行动，搜查集体宿舍和旅馆，对违反俄法律以及居住和过境条例者予以拘留并追究其责任；二、及时通报中国大使馆，并与中国公安部联系，以期双方通力合作对付犯罪活动；三、严格实施《俄罗斯联邦国家边界法》……

“财富列车”变成“厄运列车”

1993 年 3 月 10 日，开往俄罗斯的 3 次国际列车缓缓驶出北京站，开始了六天六夜的漫长旅程。车上人很多，操着一口京腔、拎着大包小包的“倒儿爷”们，到俄罗斯学习的留学生，出差的政府官员，以及蛇头和偷渡客挤满了车厢。各个包厢里，那些经常一起走货、早就熟悉的“倒儿爷”们互相打着招呼。当晚，列车驶出我国边境二连浩特站，在国际列车上执乘的中国乘警按照规定下车。列车驶入蒙古国境内后，没有警力上车值守。

就是在这趟列车上，南京女旅客孙某被同包厢一名自称文军的劫匪强奸。而后，文军来到同伙所在的五号包厢内，得意地炫耀他找到了一朵漂亮的国花。绰号“花科长”的顾玉刚忙问：“有戏吗?”文军点了点头。

随即，吴宝顺、顾玉刚、库万和等五名劫匪来到六号包厢敲门，孙某不开。一名劫匪用匕首使劲儿将门撬开，进去就打了孙某几耳光，然后不顾孙某的苦苦哀求，对她进行疯狂蹂躏。一直到蒙古国海关人员上车查验时，这伙歹徒才离开孙某的包厢。临走时，劫匪库万和极为猖狂地把护照亮出来，叫嚣：“告诉你，老子姓库，过了关我还来!”惊恐万状的孙某找到同车厢一位姓李的男旅客请求保护，慑于这帮劫匪的淫威，男旅客不敢答应。她又找列车员求助，库万和威胁列车员：“少管闲事!”并阴险地对孙某说，“现在只有我能保护你。”无奈，孤立无援的孙某被迫跟着库万和到了九号包厢。在六天六夜的旅途中，孙某被抢劫团伙的十名匪徒轮奸三次……

南方某单位女员工朱某停薪留职后，到莫斯科去探亲。4 月 21 日在北京站上车时，结识了一个叫张辛的男青年。到了莫斯科下车后，朱某没有找到来接站的表哥，张辛等人见朱某孤身一人，便邀请她到他们的住处暂时落脚。朱某初来乍到，想找个公用电话与表哥联系一下，居心不良的张辛蒙骗她说附近找不到公用电话。天色已晚，朱某被这伙人裹挟着乘出租车来到了苏斯卡亚的一户民宅中。

朱某看出这伙人不是善类，执意要走。一名叫高伟的匪徒强行挽留，还对朱某动手动脚。另一名叫于文闯的匪徒狠狠打了她几个耳光。过了一会儿，又来了三个同伙。其中一人拿着枪威胁道："你到了莫斯科，这里没王法，我就是王法。"接着就强奸了朱某。之后，这伙劫匪将朱某身上的财物洗劫一空。

一个月以后，气焰嚣张的匪徒又在中俄国际列车上制造了震惊中外的特大抢劫、强奸案。

5 月 26 日，中俄国际列车驶出二连浩特国门，驶向茫茫的黑夜中。不久，列车中部的几间包厢内突然冲出一伙劫匪。这些早已暗中物色好抢劫目标的家伙撕下了伪装，明火执仗公开作案。一个蓄大胡子名叫小军的劫匪大声招呼同伙："快！该戴上面罩了，咱他妈谁也不认识了。"话音刚落，六名凶神恶煞般的劫匪分成两拨儿，手持瓦斯枪、匕首等凶器在列车上抢劫。劫匪们闯进包厢，向旅客索要护照、钱财，并将不肯交出财物的旅客捆绑起来毒打搜身。从扎门乌德一直抢到乌兰巴托，历时十多个小时，劫匪们抢得大量现金和贵重物品。一位浙江妇女先后两次被劫匪强奸，她藏在糖果中的现金、首饰和护照都被抢走。

27 日中午，列车到达乌兰巴托，这伙劫匪下了车。傍晚，车到伊兰站，惊恐不安的旅客刚刚缓过神来，又面临着第二次厄运。绰号"朱三"的朱兴金和绰号"二姐"的赵金华为首的又一拨儿劫匪虎狼一般冲上列车。朱兴金手持瓦斯枪、绰号"马头"的马继强手提电警棍闯进两名浙江女旅客的包厢内。"朱三"用枪顶住一个女青年的头部，逼着她交钱。女青年泪流满面，浑身颤抖："钱都让刚才那拨儿人抢走了。"朱兴金狠狠地用枪托砸女青年的头，"马头"则用高压电警棍捅到另一个女青年的脸上。包厢内顿时一片惨叫声。

"再喊就杀了你们！"朱兴金威胁道。接着他们逼两位女旅客脱光衣服，从内衣中搜走了二百五十美金和护照。临走时，两名匪徒恶狠狠地说："你们谁也不许出屋，否则把你们扔出去！"

"二姐"赵金华领着王琪等人手提长刀、短枪，将一间包厢内的三男一女又打又踢。出门后，赵金华气急败坏地骂朱兴金："还他妈不上，钱都让人抢走了！"朱兴金的眼中顿时放出凶光。他看到一位浙江人上厕所，追上去，抡枪把那人打得满脸是血，并逼迫那人用浙江方言叫开包厢的门。朱、马等匪徒冲进包厢，让四位浙江人都跪在地上，反铐双手，一顿毒打，接着把他们藏在袜子里的美金全部抢走。

5 月 31 日，列车到达俄境内，朱兴金、赵金华一伙匪徒还没离开，预谋要大干一场的牛顿等匪徒又上了车，而且两伙匪徒都认识。当天下午，朱兴金、王琪等三名匪徒手持刀枪闯入福建旅客陈某等四人的包厢内索要护照、搜刮钱财。已经被洗劫过两次的陈某等人不甘任人宰割，奋起反抗，躲在上铺的小伙子用早已准备好的啤酒瓶把朱兴金砸得头破血流，三名匪徒被赶出了包厢。

"二姐"赵金华一见朱兴金那副惨样，鬼哭狼嚎般地叫来牛顿等十几名匪徒堵住福建人所在的包厢，他们用刀撬、用铁棒砸门，叫嚣要把里面的人全都杀死。快到莎利亚站时，列车渐渐放慢了速度，包厢的门也快被劫匪撬开了。陈某等人知道门一旦被撬开，自己性命难保。走投无路之下，他们砸碎了车窗，趁列车减速时冒险跳车。匪徒们撬开车门，发现人已跳车，胆大包天的赵金华竟然拉下了列车的紧急制动阀。停车后，劫匪们纷纷下车追逐四个跳车逃命的旅客。陈某在白桦林被劫匪追上，腹部被刺了数刀，倒在血泊中。另三名旅客也被劫匪用大棍子打倒在地，人事不省。匪徒离开后，当地居民将四名浑身是血的伤者送往医院。列车到达布伊站，接到报警的当地警察登上列车，匪徒们自觉势头不妙，纷纷溜下了车，坐出租车返回莫斯科。次日，朱兴金、马继强、赵金华等劫匪被俄警方抓获。

从 5 月 26 日至 31 日，在六天六夜的行程里，这趟"财富列车"先后被三伙匪徒洗劫，变成了"厄运列车"，二十多名中国旅客遭抢劫，三名妇女被强奸、轮奸，多人被打伤、刺伤。这股抢劫中俄国际列车的恶潮达到了肆无忌惮的地步。

大案惊动中南海

“5·26”中俄国际列车大劫案发生后，多名受害旅客向我国驻俄罗斯大使馆报案。使馆立即以特级密函的形式将此情况报告中央。特急密函引起了中央最高领导的重视，江泽民总书记批示：此事令人发指，建议派得力干部去俄，尽早破案，予以严惩，否则不足以平民愤。

1993年6月4日，总书记亲自批示的特急密函迅速送达公安部。时任公安部部长陶驷驹立即主持召开紧急部长办公会议，成立专案组，迅速开展侦破工作。当天中午，刚参加完公安部紧急会议的铁道部公安局副局长张起增火速向北京铁路公安局和北京铁路公安处两级领导传达公安部会议精神，指令布置十二名民警赶赴二连浩特口岸，登乘返回的4次国际列车，搜集犯罪线索。下午，时任铁道部部长韩杼滨、副部长国林听取了张起增的汇报。当晚，由公安部刑侦局、铁道部公安局和北京市公安局组成的中俄国际列车大劫案专案组成立。

6月7日，铁道部副部长国林主持召开关于整顿北京到莫斯科国际列车秩序的会议。当天下午，北京铁路局党委书记崔凤鸣、副局长董继胜在北京站召开有关方面负责人参加的紧急会议，北京铁路公安局局长单玉圭责成北京铁路公安局第一副局长姜战林和北京铁路公安处副处长程亚力、张庆和立即组织侦破。

开会期间，北京铁路公安处副处长程亚力进入会议室，来到姜战林身边耳语：“‘3·10’轮奸案中的一个犯罪嫌疑人的身份已经查清，外号老葛，真名吴宝顺，就在北京站开出租车。”

“他现在莫斯科还是在北京？”姜战林急问。

“在北京，刚才还有人看见他了。抓不抓？”程副处长问。

“抓！”姜战林当机立断。

下午4点半，北京站。一个穿着时髦、腰别BP机的出租车司机刚走下红色夏利车，就被两名民警叫住："吴宝顺，过来一趟，姜局要找你聊聊。"

一听"姜局"两个字，吴宝顺心里就一哆嗦，他硬着头皮来到了北京铁路公安处治安队。看见姜战林，吴宝顺就控制不住地两腿发软，背后冒冷汗。因为他知道姜局长可不是个善茬儿。

1992 年 7 月走上北京铁路公安局副局长岗位的姜战林，是在一线摸爬滚打出来的铁道雄鹰。在北京乃至全国的铁路线上，他带领铁鹰小分队追剿东北虎、打击西北狼，屡建奇功，被誉为车匪路霸的克星。他先后荣立一、二等功各两次，荣获全国铁路见义勇为十大勇士、北京市劳动模范、全国十大杰出青年等称号，1989 年被国务院授予全国先进工作者称号，1993 年 10 月被授予全国公安战线一级英雄模范称号。车匪路霸票贩子，都知道北京铁路公安局有这么一号人物。

"知道我们找你干什么吗?"姜战林问。

"不知道。"吴宝顺低着头，不敢和姜战林的目光对视。

"是救你来了!"姜战林犀利的目光直逼吴宝顺。

吴宝顺脸色蜡黄，"我什么都没干，你们找错人了吧……"

"错不了，你们干的事那么大，纸里能包得住火吗?"

经过几个小时的较量，软磨硬抗不肯交代的吴宝顺败下阵来，他试探道："我没强奸，只是和那女的发生了关系。"

"没强奸？你拿刀威胁人家干什么?"

吴宝顺顿时浑身筛糠，原来警方全知道！随后他交代了"3·10"轮奸案和部分抢劫案的线索。

铁路公安立即展开追捕行动。他们以吴宝顺的名义传呼另一犯罪嫌疑人刘金鹏，和他约好在东直门立交桥下见面。当晚 7 点，刘金鹏鬼鬼祟祟刚出现，就被追捕组民警一把扭进了车内。根据刘金鹏供出的新线索，追捕组于深夜将库万和与顾玉刚抓获。民警连夜对犯罪嫌疑人进行突审，初步摸清了以北京籍成员为主的抢劫、强奸犯罪团伙的活动线索，从而打开突破口，掌握了在俄罗斯和中俄国际列车上频频作案的两个犯罪团伙及三十名成员的基本情况。公安部依据追捕组提供的犯罪团伙名单发出了通缉令。

追捕组成员快速出击，抓捕了一批在国内隐匿的犯罪团伙成员，顺利查破了发生在中俄国际列车上的抢劫案件七十一起。根据掌握的大量线索证实，在俄境内的中国籍犯罪团伙成员多为北京市东城和西城的无业人员，两大犯罪团伙头子的外号分别叫“朱三”（即朱兴金）和“老臭”（即苗炳林）。

中国警察在俄罗斯

6 月 8 日晚，北京铁路公安局会议室内气氛格外紧张，时任北京铁路公安局局长单玉圭向在座的精兵强将下达了命令，副局长姜战林作出了具体部署。

开完会，局长单玉圭让单位食堂安排了一顿壮行宴，四大盘凉菜、四大盘热菜都是实惠的家常菜。单玉圭局长开了一瓶五粮液，倒了一杯酒递给秘密抓捕小组负责人、北京铁路公安处副处长程亚力。“我交给你六个人，你不仅要完成任务，还要把他们给我平安带回来！”

“请局长放心，我们一定完成任务！如果有一个人回不来，那就是我！”程亚力一饮而尽。

因为是境外秘密抓捕，所以增加了行动的难度。抓捕组成员们事先商量好，一旦在抓捕行动中被俄罗斯警察误以为是打架抓住，绝不能暴露身份，事先准备好的说辞是他们欠了钱，行动小组是讨账的。而且，行动小组出国不能带枪、手铐等警械，面对持枪的亡命之徒，程亚力和同事们只有擀面杖和弹簧锁作为防身武器。这都是仔细考虑过的，民警的对外身份是“倒儿爷”，拿擀面杖可以说我们北方人出国也要吃饺子，而弹簧锁是用来锁货的。

6 月 9 日清晨，秘密抓捕小组登上了北京到莫斯科的国际列车，一个任务是保证这趟车的安全，一个任务是沿途搜集情报。抢劫团伙主犯之一牛顿的情妇珍珍等几个人当时就在车上准备抢劫。得知信息后，秘密抓捕小组不便出面，就让列车员放出风去，说车上有到华沙开会的领导，让他们老实点儿。然后程亚力安排人到珍珍的包厢里跟他们聊天，实际是进一步摸情况。

6 月 10 日下午 3 时许，一架大型喷气式客机从首都机场腾空而起，飞向莫斯科。机舱里坐着赴俄罗斯工作组的六名中国警官，他们是时任公安部刑侦局副局长胡安福、铁道部公安局副局长张起增、北京铁路公安局副局长姜战林、北京市公安局刑侦处处长王殿栋、公安部刑侦局副处长孙维夫和公安部外事局翻译舒慈煜。六位警官担负着特殊使命。

经过八小时的飞行，工作组抵达莫斯科。赴俄警官们顾不上休息，先后和俄罗斯警方进行了多次会谈。俄警方介绍，已经抓获的“5·26”抢劫大案的犯罪嫌疑人，在讯问时故意利用语言上的差异，不是装傻充愣就是一问三不知，讯问陷入僵局。

“我们能否参加讯问？”姜战林试着问。

俄警方商量后，终于点头同意。

6 月 12 日，当地时间下午 1 时，姜战林、王殿栋和翻译舒慈煜来到莫斯科亚拉斯拉夫斯基火车站民警处讯问室。第一个被提审的是绰号“马头”的马继强。面对三个受害人的指认，俄警察问：“你认识他们吗？”

马继强点点头：“认识，刚认识的。”

俄警察又问：“是你抢了他们的钱吗？”

“没有，我不知道。”马继强装糊涂。

讯问室外的姜战林早就看不下去了。征得俄警方的同意，姜战林上阵了。他按捺住心头的怒火，问马继强：“你知道我们是谁吗？”

马继强翻了翻三角眼：“你们是大使馆的吧。”

啪的一声，姜战林把自己的警官证拍在桌子上：“你认识我吗？”

马继强一见那上面的名字，不禁大吃一惊：“你是姜局长？”

“好你个‘马头’，你想蒙谁？我们为什么万里迢迢来找你们几个？想想你们的罪过吧！还想落个陈尸西伯利亚吗？”

“不，不是，我想回去！你救救我吧！”马继强早知道姜战林的厉害。

“你只有自己救自己，交代自己和同伙的罪行。”姜战林给他指出了唯一的出路。

不出两个回合，马继强交代了他参与国际列车抢劫案的部分罪行。讯问持续了近五个小时，笔录做了满满十二页。傍晚，俄警方见中国警察轻而易举拿下了犯罪嫌疑人，两位处长把三位中国警官请到小会议室聚餐，一盘苹果、一盘西红柿、一盘黄油面包、一瓶伏特加，举杯庆贺中国警官的成功。

6 月 14 日下午 4 时 20 分，姜战林、王殿栋、舒慈煜三人赶到加登斯基火车站民警处提审绰号“二姐”的犯罪嫌疑人赵金华。赵金华坐下后，姜战林把俄方为他们送来的面包和茶水推到赵金华面前，说：“吃吧。”

外穿棉囚服、内穿黑色紧身衣的赵金华一点儿也不客气，狼吞虎咽地吃了起来。这个妖艳的女人是朱兴金犯罪团伙中的头面人物。她原在北京西单百花市场摆服装摊，1992 年 8 月以自费留学名义申办护照到俄罗斯。赵金华与朱兴金等匪徒狼狈为奸，被匪徒们称为“莫斯科第一压寨夫人”。在多次作案过程中，她都是主谋和抢劫行动的领头人，腰插手枪，吆三喝四，飞扬跋扈。

吃饱了喝足了，她一口气交代出“5·26”抢劫案的同伙。但狡猾的赵金华还存有一丝侥幸心理，把自己洗了个一干二净。

与此同时，赴俄工作组的胡安福、张起增、孙维夫负责接待投诉者，走访被害人。三位高级警官在调查取证过程中，掌握了抢劫犯罪团伙的大量材料，参与列车劫案的犯罪团伙中，以苗炳林、牛顿、朱兴金和赵金华为首的几个抢劫团伙势力最强，这些人多数在国内有犯罪前科。

7 月 21 日，中俄国际列车大劫案专案组接到一个神秘电话，对方称通缉犯牛顿、白慧钧等人密谋准备近日在莫斯科大干一场，大抢几次，然后立即离开莫斯科外逃。现抢劫团伙部分成员正在筹划办出境的签证，但是没钱走不了，所以要在临走前捞一票。最近，牛顿等人经常在莫斯科的中国人比较集中的旅馆、赌场等处露面，而有些在莫斯科经商的中国商贩已开始找地方藏钱藏货，以免被抢，甚至一度和那些匪徒关系比较好的有些势力的人物也采取了防范措施，怕那些劫匪狗急跳墙六亲不认。

7 月 24 日凌晨，那个神秘人物再次给专案组打来电话，称苗炳林、牛顿、白慧钧、陶树红等人已办好去突尼斯的签证，准备大抢几次后马上逃往突尼斯。他们原准备办去美国的签证，一是不好签，二是花钱太多（大约需五千美元），三是即使签下来在美国也只能待一两个月，不能长期停留；而去突尼斯一是签证好办，二是到突尼斯后花上三四千美元就可以取得永久居住权，苗炳林已经派手下到突尼斯打前站了。这个神秘人物还说，莫斯科现在形势极为紧张，抢劫团伙已开始行动。7 月 22 日，苗炳林等人持刀持枪闯入中国商贩崔某夫妇在莫斯科的家中，勒索了一千美元，现崔妻已乘飞机回国报案。苗炳林下一步准备要抢的还有方某、刘某、于某等人。

姜战林意识到情况非常紧急，他立即向上级报告，建议应在积极促请外交部尽快向俄方发出引渡照会的同时，先派员携已有的材料赴俄，协助俄警方缉捕苗炳林、牛顿等要犯。接着，姜战林通知在莫斯科的程亚力，要求他率领秘密抓捕小组在莫斯科展开行动，一是在中俄国际列车上秘密侦查，二是在莫斯科市内的中国人聚居地秘密侦查。

为了尽快破案，只能采取秘密抓捕的方式。按俄罗斯的法律，抓获犯罪嫌疑人要有受害者的指证，否则羁押时间不能超过四个小时。国外情况复杂，多数受害者是不敢出面与犯罪嫌疑人当面对质的。再者，被俄罗斯警方抓获的涉嫌抢劫、强奸的犯罪嫌疑人如果引渡回中国，需要中国公安部、俄罗斯内务部和国际刑警组织三方协商，可先前那些案件的受害者大多流散，因此，许多嫌疑人可能没有受害者指认，等不到引渡，俄罗斯警方就得放人。

那几天，在国际列车上认识了程亚力的叫珍珍的女人经常打电话给程亚力诉苦，她说想离开牛顿，因为牛顿对她不好，喝酒之后总打她。程亚力约她到大使馆来坐坐。珍珍见到程亚力，先哭诉了一番她所受的虐待，并透露了牛顿团伙的一些活动情况，最近牛顿让她勾引一个叫老于的商人，然后寻找抢劫的机会。程亚力考虑行动小组刚到莫斯科，对情况还不熟悉，贸然抓捕牛顿有风险，所以程亚力一方面把老于请到使馆，让他假意与珍珍周旋；一方面跟莫斯科当地比较有势力的人物打交道，利用他们作为秘密抓捕组和俄罗斯警方之间的中介。

李某有中国血统，祖上就在莫斯科做生意，在当地比较有人脉。程亚力请他在莫斯科的北京饭店吃饭，他不来，说从来不在城里吃饭。程亚力就明白了，人家不想在公开场合露面。后来他选了一个地方，在莫斯科郊外的一个不起眼的饭店里，什么黑鱼子酱、红鱼子酱这些俄罗斯上流社会吃的东西都点上，花了十二万卢布。其实，牛顿等人在莫斯科为非作歹，李某这样的生意人也深受其害，李某表示愿意帮助中国警方抓牛顿一伙。于是，秘密抓捕小组就制订了计划，从珍珍那里套出了牛顿团伙准备作案的时间地点，再通过李某把有人打算抢劫的消息透露给莫斯科警方。一切都按照计划进行，当牛顿正在抢劫商人老于时，莫斯科第七十三民警分局的警察荷枪实弹冲了进去，将这伙劫匪抓了个现行。

8 月 9 日晚，赴俄工作小组的姜战林正和程亚力等研究秘密抓捕其他劫匪的方案，一条消息传来，姜战林看后精神一振，说：“快！马上召集人出发。”

程亚力知道机会来了，他迅速带领秘密抓捕小组，跟随姜战林赶往莫斯科郊区一栋俄罗斯建筑风格的六层楼房。据情报反映，劫匪洪晓强和另一名同伙就居住在四层北侧第二个房间里。就在姜战林准备带头冲进房间时，紧随其后的程亚力悄声说：“我在前头吧！”

姜战林一摆手说：“亚力你记住，只要有我在，我就是第一个，我不在的时候你才是第一个！”

时间紧迫，来不及再商量了。姜战林猛地撞开房门。“别动！”姜战林直扑洪晓强。洪晓强是个出了名的亡命徒，企图掏刀子顽抗，程亚力冲上前去一个利索的闪身别臂就将洪晓强摔倒在地，另一名劫匪也被随后冲进来的行动队员控制。姜战林通过赴俄工作小组与俄警方联系，将洪晓强移交俄罗斯警察局关押。

被捕后，洪晓强提出要上厕所，程亚力断然拒绝："我告诉你，就是你拉在裤子里尿在裤子里，也不能让你去厕所！"程亚力绝不给洪晓强逃跑的机会。后来讯问时，洪晓强对程亚力说出了他当时想上厕所的真实目的。那天他回到莫斯科，是准备带着俄罗斯女友到乌克兰结婚的，没想到秘密抓捕小组会发现他的踪迹。被抓获后，他假意要上厕所，就是想借机从四楼跳下去，摔不死就跑，就是摔死也认了。

关于此人，还有一个小插曲。落网后，洪晓强大言不惭地对俄罗斯警察说他是"淡黄子孙"。中国警察听了俄罗斯同行的讲述，愣了半天才明白是怎么回事——洪晓强把"炎黄"读成了"淡黄"。估计他从小就是这么念的，没文化害死人。可就是这样一个西瓜大的字不识一箩筐的亡命徒，居然混到俄罗斯办了个假留学手续。

到了 8 月底，多数抢劫团伙成员已被警方抓获，但其中一个团伙头目苗炳林仍逍遥法外。绰号"老臭"的苗炳林是公安部的一号通缉犯。程亚力率秘密抓捕小组几次来往于北京、莫斯科两地，搜寻苗炳林等人的线索。抓捕苗炳林，是程亚力率领的秘密抓捕小组最惊险的一次任务。

8 月 30 日深夜，正在中国驻俄罗斯大使馆内的程亚力，突然听到有人拍打自己房间的玻璃。打开窗子一看，是一个叫老江的中国商人，曾经为警方提供过不少抢劫团伙的信息。这一次情况紧急，老江来不及让门卫通报，只得偷偷翻过使馆的墙来找程亚力。老江提供的消息是，苗炳林和同伙霍跃武、张宝胜听到中国警察来莫斯科抓他们的风声后，就跑到基辅躲藏了起来。这几天，苗炳林一伙人以为风头已过，悄悄从基辅回到莫斯科，就住在老江家里。

机会终于来了。程亚力让老江把苗炳林稳住，先别着急吃饭，让他们洗个澡、换换衣服什么的，拖到凌晨 4 点左右再吃饭。吃饭的时候，让他们多喝点儿酒，差不多到凌晨6点，再安排他们休息。让苗炳林和张宝胜住一个屋，霍跃武单独住一个屋。布置好了，程亚力马上召集特别小组研究抓捕方案。他当了一辈子刑警，以不动枪抓到人为最高标准。出来的时候他答应过，要把六个人全都带回去，因此抓捕方案就要精心策划。老江的住所，事先程亚力已经观察过了。程亚力让老江准备一盆花，如果一切正常，就把花摆在厨房窗台上，如果里面有变化，就把花拿走。

天还没亮，程亚力率领的秘密抓捕小组就到了老江家楼下。莫斯科警方的防范意识特别好，社区里经常有一辆警车、一辆救护车二十四小时巡逻。为了不引人注意，程亚力和秘密抓捕小组成员们就隐蔽在马路边潮湿的草丛里。那时候天气正热，蚊子咬得不行，可是他们都不敢动一动。早上7点钟，老江家厨房的窗口摆出了一盆花。抓捕组迅速上楼，按照原计划，一个人在门口打策应支援，一个人在楼上观察周围情况，程亚力带着另外三个人进屋抓人。由于出境后不能携带武器，赤手空拳的程亚力凭着一副好身手率先冲进了苗炳林的住处。撞开房门的时候苗炳林和张宝胜正在睡觉，能把门板打穿的鲨鱼枪就放在枕头边。程亚力摁住苗炳林，大喝一声："警察！别动！你清楚我们为什么抓你。现在我跟你把话说明白，你是公安部通缉的头号人物，你跟我回国是死，不跟我走也是死。跟不跟我走，你自己考虑。"

苗炳林犹豫了片刻，点点头表示同意。但是他向程亚力提了一个要求，就是回国后要看一眼自己的老婆孩子。程亚力答应了。

抓捕霍跃武的小组出了一点儿小意外。当抓捕人员冲进房间的时候，屋里面是空的。民警正愣神的工夫，在厕所的霍跃武听到动静拎着棍子冲了出来，要跟民警拼命。一个民警手疾眼快，立刻从背后死死抱住霍跃武，然后两个抓捕人员合力把他制伏。

对于抓捕组的民警来说，出国抓捕这些公安部通缉的要犯还是第一次。由于担心引起外交事件，程亚力不敢把抓到的人带回使馆。他们提前在莫斯科郊外租了一套房子，把这三个人暂时关押在里面。经过政策攻心，苗炳林等三人分别写了自首书，表示愿意回国接受法律的审判。

8月31日，经公安部、铁道部与外交部紧急磋商，决定此事不通知俄警方，而是由程亚力率抓捕小组乘4次国际列车将这三名要犯秘密押解回国。为了不引起外交麻烦，三个犯罪嫌疑人不能戴手铐，也不能限制说话。如何顺利让他们回国归案，抓捕小组费了不少心思。程亚力托人从北京带来六箱啤酒，然后打电话给本来就认识的莫斯科警察，说是送给他们的礼物，但要麻烦他们来站台上取一下。和莫斯科警察朋友合影的时候，程亚力让人拉开了车窗帘，故意让苗炳林他们都看得到，暗示他们这是一个官方行为。为防万一，程亚力还提前让人做通了苗炳林妻子的工作，让她往俄罗斯的朋友那里发了一封电报，说苗炳林有精神病，拜托哥儿几个给带回去。如果苗炳林在火车站大喊大闹，引起俄警方的注意，程亚力就会把这封信拿出来。

通过出境口的时候，苗炳林告诉程亚力，今天是他的生日，又问这是不是他最后一个生日。程亚力说大概是吧。上车后，程亚力请列车员做了四个凉菜，让抓捕小组成员景康和苗炳林的两个同伙一起给他过生日。程亚力同意他们喝点儿酒，为的是能让他们顺利过关。

列车终于驶入满洲里站，深秋的夜里，早已等候在此的姜战林带领公安民警迎接勇士们胜利归来。

8月31日，中华人民共和国公安部部长给俄罗斯联邦内务部部长叶林写信表示感谢，希望两国警方继续加强合作，将藏匿在俄罗斯境内的其他在逃犯罪嫌疑人缉捕归案，并尽快引渡已经被俄警方抓获的朱兴金等主犯。

中国赴俄工作小组出色完成任务，即将启程回国。俄罗斯的高级警官们对中国同行认真负责的工作精神和富有成效的工作表示钦佩和感谢。他们满面笑容地伸出大拇指：“哈拉少，欧倾哈拉少（好，很好）！你们是一流的，你们和我们一样能干！”

百日鏖战

根据赴俄工作小组传回国内的情况，公安部边防局向有关国境口岸的边防检查机关发出查堵命令。铁道部公安局要求哈尔滨和呼和浩特铁路公安局加强检查，北京铁路公安局派出三个堵卡组，分赴绥芬河、满洲里、二连浩特等地，在各口岸控制堵卡。随着线索的不断扩大，在国内的抓捕工作迅速展开，追剿战斗全面打响，各地公安机关快速出击，协同作战，布下了天罗地网。

早在押送苗炳林回国之前，除了被俄罗斯警方抓获的牛顿团伙主犯、朱兴金团伙主犯之外，已有大批参与在国际列车上抢劫作案的犯罪嫌疑人落入法网。

6 月 14 日，北京铁路公安局堵卡小组在国际列车从二连浩特进关时，抓获了抢劫犯罪嫌疑人秦之彤、杨珍春等四人，并押回北京。

当日下午，抢劫、强奸团伙主犯黄亚军、董书海被北京警方纳入视线。据情报称，黄亚军、董振江已准备买车票逃往山西。傍晚，这两个家伙约好到白塔寺附近的一个饭馆里吃饭。市公安局民警们携带长短武器，预先在饭馆周围设伏。傍晚 6 点钟，黄亚军、董书海等五人来到那家饭馆吃涮羊肉。还没等火锅烧开，全副武装的民警一拥而入，黑洞洞的枪口顶在黄亚军、董书海的头上，他们根本来不及反抗就被戴上了手铐。

6 月 15 日，赴俄工作组与莫斯科内务总局有组织犯罪侦查局举行会谈，请俄方尽快缉捕在逃犯罪嫌疑人。下午，他们将二十余名可能逃往第三国的嫌疑人名单通报匈牙利、捷克、罗马尼亚、突尼斯、乌克兰等驻俄使馆，请他们拒绝为这些人签证。

6 月 16 日，江泽民总书记在公安部《信息快报》上批示：驷驹同志，此事一定要弄个水落石出。

6 月 18 日，北京铁路公安局民警抓获在逃犯罪嫌疑人张距。

6 月 21 日，铁道部国林副部长召开办公会，检查整顿国际列车治安秩序工作的进展情况。下午，在逃犯罪嫌疑人林宝刚在北京落网。

6 月 26 日，姜战林指挥北京铁路公安局民警引蛇出洞，犯罪团伙成员牛勇利被抓获归案。同日，北京市公安局抓获在逃犯罪嫌疑人张明忠。

6 月 27 日，上海铁路公安局将朱兴金犯罪团伙主犯袁凌抓获。

6 月 29 日，上海铁路公安局抓获了在逃犯罪嫌疑人徐刚。

从 6 月 7 日到 6 月 30 日，全国各地公安机关先后抓获二十三名在国际列车上抢劫、强奸的犯罪嫌疑人。到 7 月 13 日，又有二十八名犯罪嫌疑人落入法网。

7 月 16 日，专案组连夜突击，对三十八名在逃犯罪嫌疑人起草提请逮捕决定书，连夜送北京铁路运输检察分院，检察分院立即阅卷，当即全部批捕。一夜批捕三十八人，这是北京铁路公安、检察史上单日批捕人数最多的一次。

7 月底，在我秘密抓捕组的协助下，俄罗斯警方将抢劫团伙主犯牛顿、骨干分子张文冀当场抓获。牛顿团伙的劫匪们四下活动，企图交保释金营救牛顿；另一些匪徒磨刀霍霍，要大干一场后逃往第三国。根据这些情况，8 月 1 日晚 8 点 45 分，公安部白景富副部长紧急指示，立即派工作组再次赴俄。

赴俄工作组的同志们协助俄警方抓获了朱兴金团伙主犯洪立会等三人，争取到让牛顿的情妇等一些犯罪团伙成员投案自首。8 月 10 日，根据赴俄工作组传递的信息，专案组调取了牛顿团伙骨干李明华、孙海兵的照片。抓捕民警与当地派出所民警一起在李家附近蹲点设伏。中午，抓捕民警正在吃饭时，发现李、孙二犯回到李家。民警们放下饭碗，迅速冲入李家，将李、孙二人抓获。

这天夜里，北京市公安局刑侦处和丰台区公安局相互配合，通过突击查房，将苗炳林犯罪团伙成员石立春、吴春江抓获。

8 月 26 日，公安部刑侦局胡安福副局长召集协同作战单位开会，姜战林通报了近期案件进展情况，对下一步预审、深挖、抓捕及引渡等工作进行了部署。

9月1日，北京警方在北京站发现抢劫犯罪嫌疑人代连福正在3次国际列车上运货，立即将其抓获。根据代连福的交代，当晚，警方将其同伙吴科生擒获。

9月3日上午10时许，抢劫犯罪嫌疑人李宏伟在家中被警方抓获。

从7月底到10月初，慑于法律的威严，在强大的政治攻势和公安机关的严厉打击下，走投无路的抢劫犯罪团伙成员像丧家犬一样无处藏身，虞增珍、王贵柱等一批犯罪嫌疑人投案自首。

经过一百多个日日夜夜的艰苦奋战，在北京到莫斯科的国际列车上抢劫强奸为非作歹的四个犯罪团伙的六十八名主犯和骨干分子先后落入法网。

11月10日，追捕组得到信息，5月26日在中俄国际列车上持刀疯狂抢劫、伤害中国旅客的朱兴金团伙主犯温凤奎从外地潜回北京。追捕组立即组织十名民警迅速赶到温凤奎住地蹲点守候。从上午10点到下午6点，追捕组未发现温凤奎露面。6点30分，追捕组得到情报，温凤奎已经到其妹家躲藏。追捕组立即驱车赶到温凤奎妹妹家，迅速包围了这幢居民楼。

这个叫温凤奎的劫匪在“5·26”中俄国际列车大劫案中手持尖刀追杀已经跳车的旅客，在受害人腹部连刺数刀，是个十分凶残暴戾的亡命徒。为防止犯罪嫌疑人拒捕，追捕组女民警佯装敲门试探，当其打开房门后，民警一拥而上将其制伏。经突审，温凤奎供认出另一同伙徐世平躲藏的地点。民警立即驱车赶到徐活动的酒仙桥一带，以同伙名义传呼徐世平，在其出门回电话的时候将其抓获。

特殊的圣诞节

1993年圣诞之夜，三十余名全副武装的民警登上93次国际列车的加挂车厢，列车悄然驶离北京北站，向着白雪覆盖的满洲里国门疾驰而去。他们的使命是：代表中国警方与俄罗斯警方携手完成一次秘密的跨国引渡，将在俄罗斯境内被中俄警方联手抓获的赵金华、牛顿等一批无恶不作的歹徒引渡回国接受审判。

一名引渡押解犯罪嫌疑人的铁路公安民警，以日记的形式记录下了这六个难忘的日日夜夜……

1993 年 12 月 25 日，晴

下午 3 点，我们参加这次押解引渡的民警到公安局刑侦大队领取了手枪、手铐、武装带。按照上午姜战林副局长提出的要求，我们都准备了新式的警用棉帽子、棉大衣、黑棉皮鞋和白手套，扎上武装带，挎上手枪，民警们个个显得精神焕发，平添了几分威武。这次参加押解工作的民警绝大多数来自北京铁路公安处治安大队和刑侦大队，我和王旭章、王旭红、张泽来自北京市铁路公安局。

22 点 30 分，93 次列车正点开出了西直门火车站。我们向站台上送行的各级公安机关领导挥手告别。

这节专挂的软卧车厢共八间包厢。我们一行三十二人，把随行列车员休息的地方都给占了。按包厢分配人员时还出现了一个小插曲。民警队伍中有三名女性，她们是刑侦队的么文通、王荣、袁媛，由她们负责押解那个臭名昭著的国际列车抢劫团伙主犯、绰号“二姐”的赵金华。可是我们这节卧铺车仅有八个包厢，三十二名民警正好四人一间，但那间三名女民警住的包厢谁去呢？男民警们谁也不愿去。大家都知道一间包厢三女一男定有许多不方便。最后，分配包厢的孟队长急了，下命令非要我这个早已落户八号包厢的主儿到五号女警包厢去。

推来推去，我的位置已被挤进来的另一个小伙子占了。没辙，只好提起行李到五号包厢。三位女同胞给我让了个下铺。

1993 年 12 月 26 日，晴

在铿锵有力的钢铁撞击声中，列车经过一夜的飞奔，于早晨 8 点半到达赤峰站。

11 点 25 分，到达奈曼站。

14点25分，到达通辽站。这里的气候比北京冷。通辽站广场很大，高层建筑很有些大城市的味道。我们几个人跑到出站口往外望了几眼，也算是浏览了通辽市。

列车又开始了漫长的旅程，越走越感觉寒气逼人。晚饭后，列车正点到达泰来站。夜幕下，依稀可以看到窗外那一派皑皑白雪覆盖的草原和那早已冰封的河流。

秘书王旭章的家在齐齐哈尔。今晚22点30分，他就可以站在距他家百余米的地方了。他不时地从车窗向外望去，那熟悉的田野山川，那如烟的往事都令他感慨万千。可是因停车时间短，在到达齐齐哈尔站后，他只能在月台上落个脚，却不能回家看一眼自己的亲人。

在八号包厢内，有铁道部公安局和北京市公安局的领导。大家闲聊时，北京市公安局二处的于队长绘声绘色地说起了曾经在西直门地区与一伙亡命歹徒枪战的详细经过。他这么一说，姜战林想起了一个人。"你说的那个叫张越的侦查员曾随赴俄工作组到过莫斯科，他的胳膊就是在那场战斗中负伤致残的。"

"嗨，别提了。他残了条胳膊就拿到七百多元的补偿；还有个被打瞎一只眼的，也不过补偿了一千多元。"于队长快人快语。

"太少了！"姜战林不禁感慨，"看看现在社会上潮起潮落的经商热，干点儿啥买卖不挣钱？干公安这种与危险相伴的职业，保险系数却低得可怜。我们的民警虽然平时发点儿牢骚，真到了关键时刻，还不照样迎着危险往前冲？"

1993年12月27日，晴

一觉醒来，已是早晨5点半了。撩开窗帘望去，外面白茫茫一片冰天雪地，根本找不到丁点儿绿色。

7点半，列车到达海拉尔站。几名民警下车在十多厘米厚的雪地上又是蹦又是跳，踢腿伸腰好不惬意。这儿才是真正的东北。不一会儿，从车厢前部走过来几个领导模样的人，他们说早就接到上级有关部门的指示，已经为我们准备了饭。姜战林一听乐坏了，就在刚才快到海拉尔时，他还安排王旭章准备几个大塑料袋，想趁到站停车的工夫给民警们买些油条。

8点，东方一片红彤彤，太阳出来了，预示着今天是个好天气。

下午1点47分，我们这节车厢被编挂在311次列车上。又经过几小时运行，抵达满洲里站。先期抵达的铁道部公安局、哈尔滨公安局、海拉尔公安处的负责人早已等候在站台上。民警们下车后，排着整齐的队列穿过满洲里站，登上又高又长的钢铁天桥。站在桥上四下环视，整个车站尽收眼底。蒸汽机车满载着圆木、钢铁等物资在中俄之间穿梭往来。

很快，我们进入刚落成不久的国际联运培训中心。这是一幢崭新的五层楼建筑，雪白的马赛克装饰外表，内装修尚未全部竣工，一切都是崭新的。当然，我们是这里的第一批远方来客。晚饭的餐桌上，摆满了许多当地的土特产。豪爽盛情的主人，端起了关外有名的“闷倒驴”烧酒。

1993年12月28日，晴

早晨，当地广播电台的气象预报说今天有小雪，温度零下十六度至零下二十五度。推开窗户，一股寒气扑面而来。远处的小路上有些稀稀拉拉的行人，走在雪地上咯吱咯吱的声音传得很远很远……

中午12点45分，我们接到马上出发的命令。在警车的引导下，十几辆车组成的车队穿过满洲里市向边境国门驶去。约一刻钟的光景，我们眼前出现了一片高楼大厦鳞次栉比的新工贸区，满载货物的中俄两国的大型卡车来来往往。

我们的车队停靠在边检站附近的空地上。据说，还要通过边防部门与俄方进行接洽。这时，负责引渡的有关领导通过对讲机传来消息，一切按原计划进行。

下午2点，我们步行来到国门，满洲里边检站的毛主席出访苏联纪念馆就在眼前。为了留下永久的回忆，大家纷纷以象征着国家大门的高大门形建筑为背景拍照。与之相对而立的苏联国门标志依然是CCCP，两名俄罗斯边防士兵正在忙碌地检验着出入境车辆、人员的各种证件。往远处望去，灰蒙蒙的山坡上依稀可见原苏军废弃的坦克。据说，当年这里剑拔弩张时，那遍布山坡的碉堡里驻满了全副武装的苏军士兵。

下午3点整，经中俄边检人员升旗会话后，商定由中方到俄境内的后贝加尔镇去接人。

十余名全副武装的中国警官乘坐两辆面包车出境，到俄罗斯境内的后贝加尔边检站。北京铁路公安局刑侦大队长刘学熙等人与俄方赤塔警察局局长进行了简短的接洽商谈后，很快办理了朱兴金、赵金华等八名跨国犯罪分子的引渡手续。

下午3点40分，两辆面包车返回国门我方一侧。在此等候的公安部五局、铁道部公安局、北京铁路公安局及哈尔滨公安局的民警走上前去。车门打开，那位早已臭名远扬的“二姐”赵金华、半呆半傻的“马头”等犯罪嫌疑人失魂落魄、浑身颤抖地被押下来。姜战林亲自布置：两名民警押一名犯罪嫌疑人，分乘几辆面包车。

下午4点，中俄边境国门疾速驶出一队警灯闪烁的警车，直驱满洲里。待汽车加满油后，车队开始向海拉尔进发。二百多公里的荒原，覆盖着厚厚的冰雪。虽刚刚4点多，可太阳早已滑落天边，西方的天际只留下一片血红的彩云。

我们乘坐的金杯牌国产面包车司机是大连小伙子，车开得飞快，时速总保持在一百公里上下。车内押解赵金华的是民警王荣；民警张燕、朱志洪押解洪晓强；民警关健飞押解董德元。我不知道这几名犯罪嫌疑人的心境到底如何，但从他们的面部表情上可以看出，除了对即将来临的法律严惩的畏惧，似乎还有一些东西折磨着他们尚存的良知。在行驶途中，赵金华沮丧地说：“这日子回国心里真不是滋味。”后来我才知道，今天还是绰号“二歪子”的犯罪嫌疑人王琪的生日。

茫茫雪野中，很少见到车辆，更没有什么行人。零下二十六七度的寒冷天气，面包车的车窗上结满了厚厚的冰霜。我坐在司机旁边的座位上，一会儿就觉得脚下像踩了块冰。三个小时后，汽车驶入海拉尔市，停在火车站前。在呼啸的警笛声中，犯罪嫌疑人被押入软席候车室。很快，海拉尔至呼和浩特的列车缓缓进站，犯罪嫌疑人依次被押上列车。

晚 8 点 40 分，我们全部登上 94 次列车加挂的那节专用软卧车厢。犯罪嫌疑人被分别关押进八个包厢，每三名民警看押一名犯罪嫌疑人。一声长笛，列车从海拉尔市开出。姜战林召集大家研究分组倒班看押的具体事项。这些人大都罪恶累累，故需防止他们在押解途中垂死挣扎。

我被调整到看押董德元的小组，和关健飞、梁军共同看押这个绰号"老错"的董德元。早就听说他一直声称自己是被俄警方错抓的人，所以大家都叫他"老错"。上车后，他一遍又一遍喊冤枉。

夜里嫌疑人睡觉，我们只能轮班休息。凌晨 3 点多，我的眼皮沉得像坠了块铅似的，抬不起来。实在太困了，我就站起来到包厢外走走。所有包厢都敞开着门，荷枪实弹的民警高度戒备。熬到凌晨 5 点，梁军起床换班。本该去休息的小关执意要我先去睡一会儿。最后只好我和小关换班。我躺在铺上，一时竟没了困意。

1993 年 12 月 29 日，晴

上午，从昏沉沉的睡梦中醒来，列车已停靠在白城站。一些值勤民警在车厢四周站岗巡视。

在一号包厢，女民警么文通、王荣、袁媛虽然一夜未眠，但她们仍然警觉地坐在赵金华左右。已经四十二岁的赵金华，徐娘半老，自我感觉仍然良好。她上穿棉囚衣，内套红色羊毛衫，眼圈黑黑的，显然一夜没睡好。1992 年 8 月，原来在北京西单百花市场摆服装摊的赵金华以自费留学名义来到俄罗斯。开始，她在抢劫团伙中只是一个端茶倒水的角色，后来她成了匪首朱兴金的姘妇，地位日渐上升，号称"第一压寨夫人"。一次，另一团伙头子、绰号"老臭"的苗炳林被俄警方抓获，她出面组织"营救"，并率先拍出三千美金。在她的策划下，很快筹集到一万美金，将苗炳林保释出来。随后，赵金华又潜回国内，在白沟购买了手枪、手铐，藏在糕点内带到俄罗斯。这以后，她每次抢劫都腰插手枪，越发嚣张。

我问赵金华是否常去“卡西诺”（即赌场）。她露出一丝得意：“常去。”她说她曾有过腰缠万贯、颐指气使的辉煌日子。当年她插队时养成了抽翡翠烟的习惯，凡是她愿意帮忙的人，她都极“仗义”地递给对方一盒翡翠烟，让对方摆在小桌上。列车上的劫匪在包厢内看到谁有翡翠烟盒，就会立即退出来：“这是二姐的人，别抢!”

说起她的个人经历，她粗俗一笑，说她有几个“傍家儿”，还捎上一句：“男人和女人之间性爱和爱情是两码事。”这个外表和内心都十分丑陋的女人一会儿哭一会儿笑，不停地说自己心眼太好，为人太仗义，到头来反倒没好报。

二号包厢内关押着抢劫团伙骨干分子张文冀。他与牛顿及其情妇同住在“日出”旅馆。这家伙是个典型的酒色之徒，成天在醉生梦死中打发日子。那天，牛顿与他密谋抢劫一名在俄经商的中国人。他手持大号折刀、绳子与牛顿的情妇闯进那位中国商人的住宅，并将事主五花大绑，没想到被跟踪而至的中俄警察当场抓获。

从莫斯科到后贝加尔边境，俄警方押解这伙歹徒历经十七天的时间。这帮曾经在国际列车上和莫斯科为非作歹嚣张至极的匪徒，自知末日不远，在俄境内押解途中，他们躲开俄警的监视，聚在一起悄声相互埋怨，有时候也开几句玩笑，说：“这回咱回国后，顶多过了春节，政府就得把‘朱马牛羊’一块儿下锅（朱指朱兴金，马指马继强，牛指牛顿，羊指外号‘大羊’的洪晓强）。”朱兴金说死后他捐出他的脾，“马头”说捐角膜，牛顿长了一双大招风耳，众歹徒说那就捐耳朵吧，“大羊”的脑袋瓜好使，到时捐出副大脑也许对医学研究有用。

三号包厢内关押着心狠手毒、臭名昭著的牛顿。三十岁的牛顿是刑满释放人员，在莫斯科他是中国人侵害中国人的匪首之一。仅举一例，1993 年正月初五，牛顿抢走一男青年的三十万卢布，因嫌钱少，他在该青年左右胳膊上各砍一刀，头部连砍三刀，称之为“破五砍你五刀”。

四号包厢关押着绰号“二歪子”的王琪。他肉头肉脑，白眼球多黑眼球少。12 月 29 日是他的生日，一路上他浑浑噩噩昏睡不止。1991 年年底，他以自费留学名义到俄罗斯经商，与朱兴金、赵金华等人勾结，组成团伙，多次在 3/4 次列车上抢劫中国公民的财物。现已查清，他直接参与抢劫作案七起。中午，女民警王荣给王琪送来一大块巧克力，说得知今天是他的生日，送块巧克力表示表示。王琪捧着巧克力对王荣说：“谢谢了，我会永远记住你们的恩情。到北京我一定好好坦白自己和同伙所犯的全部罪行。”

五号包厢内关押着那位“淡黄子孙”洪晓强。他的胸前文着一条恶龙，据说，他还对俄罗斯警察拍着前胸说自己是龙的传人，不知对方听懂了没有。此人长相凶恶，秃头下一双不大的眼睛露出狼一样残酷凶狠的目光。他曾多次持刀参与抢劫作案，罪行极大。子夜，洪晓强提出要解手。民警张燕、朱志洪押着他来到车厢厕所。由于连续多日旅途颠簸，加之精神极度紧张，这家伙吭哧半天仍解不出小便。民警看他那副德行，便用哄小孩撒尿的办法吹着口哨，还不奏效，只好将他领到洗脸间，打开水龙头，顿时一阵哗哗声。在条件反射的作用下，洪晓强解完了小便。第二晚 11 点 50 分，民警张燕、朱志洪注意到洪晓强身穿的棉囚服有异常，遂进行仔细搜查，发现在其棉衣背带里藏有半片刮脸刀片和一根四厘米长的铁丝。刑侦大队长刘学熙对其携带的所有物品进行彻底检查，没有再发现其他违禁品。民警们分析，洪晓强藏刀片是留作自杀用的，铁丝则是准备用来捅开手铐伺机逃跑的。

这些亡命之徒，押解他们时务必高度警惕，稍有疏忽就容易出闪失。

六号包厢内是匪首“朱三”朱兴金。朱兴金戴着一顶锥形针织帽，额上还有伤口，那是因旅客反抗造成的。他很少说话，不过一说起来就滔滔不绝。他说他到过匈牙利、罗马尼亚，曾经也是个拥有几十万元的大款，还在国外开了家公司，并拥有一辆奔驰轿车。可是因为狂嫖滥赌，短短时间内就输掉了全部资金。趁着俄罗斯政治、治安形势混乱，他自以为在境外抢劫犯罪，中国警察管不着，俄罗斯法律管不了，继而拉起一帮子狐朋狗友干起了打家劫舍的勾当。

七号包厢内关押的是绰号“马头”的马继强，据说曾经担任过某公司的经理。这些天，“马头”全然不见了几个月前在火车上作案时的那股嚣张神气。他曾与赵金华等人结成抢劫团伙，多次在北京开往莫斯科的3/4次国际列车上抢劫行凶。

八号包厢里是绰号“老错”的董德元。说起他来还要多费些笔墨。他是北京市崇文区人，曾在北京站开过饭馆，后来随着国际“倒儿爷”潮出国淘金，倒腾皮夹克。说来也巧，5月26日那天，他临走前去看一位朋友，恰好遇到一个算卦的。算卦的与他素不相识，突然对董德元的那位朋友说：“我看他（指董）满脸晦气……”他让董德元拿笔在纸上写了自己的名字，看罢轻叹了口气，“你在8月15日前不要出门，否则必有牢狱之灾。”董德元问算卦的有何解法，算卦的说你若在此日期之前外出一定要扎红腰带、缠红布条辟邪。董德元不相信，依然按原计划于当天登上3/4次国际列车。不知什么原因，在北京站上车时他就因行李超重被罚款一千元。一路上，国际列车上的抢劫、强奸案件屡屡发生，董德元并未参与。可是到了莫斯科，刚下车他就被俄警方依据受害旅客的指认抓了起来。他一路喊冤，可依然在俄监狱中被关了七个月。回国后，中国警方依法对董德元的情况进行了调查，最终确认董德元确实是被错抓的。

1993年12月30日，晴

清晨，东方一片朦胧，列车缓缓驶入京郊大地。车厢内，民警们重新整理装备，收拾物品。连续几昼夜高度紧张的旅程，再加上饮食不适、休息不好，一些同志在车上突发疾病，呕吐腹泻。但是，他们坚守岗位、高度警惕，只有从那些布满血丝的眼睛里，才可以看出他们已经十分疲惫。

5点30分，列车到达北京北站。月台上早已等候在此的一队警车闪起警灯，前来接车的各级领导、公安民警纷纷走上前来。我们三人一组押解着嫌疑人分别上了囚车。

姜战林在车站派出所借了一个房间，召集赶来接车的预审组民警开会，布置接下来的讯问工作。

警笛响起，车队缓缓驶出车站。

最后的忏悔

寂静的夜空中，一弯残月挂在高墙电网上。铁窗内，囚犯们睁着空洞的眼睛，等待着自己最后的命运……

这些人大多是北京籍无业人员，有犯罪前科，受过公安、司法机关处理的占70%。他们出国前绝大多数在北京办托运、开出租、开饭馆、做买卖，后以工作邀请或留学等名义，申请赴俄罗斯或匈牙利的护照。出国后，他们没有选择规规矩矩做生意，靠勤劳致富，而是膨胀起罪恶的欲念。如今，那些曾经猖獗之极的劫匪已经成了阶下囚。

杨彤，时年三十三岁，他的父亲是一位老革命干部，母亲是教师，他的哥哥姐姐有的是工程师，有的是医生，而他于1975年因盗窃被公安机关劳教三年，1980年、1982年又因盗窃受到公安机关的处理。

1992年8月19日，借了一万多元人民币办了护照的杨彤，在出国赴俄的列车上遇到了苗炳林。这两个曾在一起劳教过的“难友”臭味相投，遂结成抢劫团伙。把刀一亮，对方就交钱，杨彤觉得这样来钱太容易了，于是便开始了抢劫、赌博、再抢劫的罪恶循环。

人称“瘦子”的徐刚，的确是瘦得皮包骨头。他七岁的时候父母离异，在接受讯问时，说到他的家庭，他的眼睛微微有些湿润。他经营过羊肉片生意，挣了四十多万的家产，但是又在赌桌上把全部家产输得精光。他明白，赌博这玩意儿输多赢少，可他就是改不了这种恶习。为戒赌，他用打火机烧过自己的食指，发誓永不再赌。如今，他的食指早已被烧得变了形，但赌瘾还是没有戒掉。

他的未婚妻是一个在北京开饭馆的青岛姑娘，因为赌博，两人已发生多次争吵。他想把输掉的钱挣回来，于是，硬着头皮向未来的岳父借了一笔钱，满怀希望地来到莫斯科，可鬼使神差地又进了赌场，刚赚到手的几百美金转眼间就打了水漂。为了迅速翻本，他走上了抢劫犯罪的不归路。他说，他愧对不讲吃不讲穿每天切七百多斤羊肉片的未婚妻，即使到了另一个世界，他也难摆脱良心的愧疚。

胡子拉碴、满脸横肉、左右胳膊上刺着女人头和鹰的黄亚军，是赵金华的侄子。1983 年因流氓罪被判刑七年，刑满释放后，在北京做服装生意。1991 年 10 月，他以留学名义申办护照赴俄，先后抢劫、强奸、绑架十多起。他知道自己罪大恶极，他说："没想到这么快就被抓住了。反正要挨枪子儿，现在我把所有的案子都交代了。其实少交代，你们也不会把枪子儿打在我肩膀上……"

杨珍春二十岁出头，长得白白净净。她的父亲是一位高级军队干部，母亲是老师，她是家中的独生女。1991 年杨珍春申请赴俄留学后，成了抢劫案主犯秦之彤的情妇。她交代说："在国际列车上我一共参与了三次抢劫。第一次，秦之彤他们要我去，我就跟着上了火车，后来他们分给我一万卢布。第二次、第三次，他们又分给我五百美元和五千卢布，还有一些衣服和录音机之类的东西。我在莫斯科卖掉了几件衣服，剩下的带回国了。没想到，刚进二连浩特海关就被抓住了。我现在很后悔，要是知道我犯的是抢劫罪，我就不会和他们去了……"

无知、法盲、铤而走险，这伙亡命之徒在国际列车上犯下了滔天大罪，等待他们的是法律的严惩。

1994 年 4 月，北京铁路运输中级法院开庭审理轰动一时的中俄国际列车大劫案。以牛顿、苗炳林、赵金华、朱兴金为首的劫匪，其犯罪行径令人发指，记录他们滔天罪恶的案卷足有数米高，长达一百多页的起诉书，字字带血，声声含泪。

经审理，有六十多名被告被判刑，其中三十一人被判处无期徒刑以上刑罚（含死刑），十四人被判处十年以上有期徒刑，团伙头目牛顿、苗炳林、赵金华、朱兴金等均被判处死刑。

经北京市高级人民法院核准，罪犯被押赴刑场执行死刑。一阵枪声过后，这些罪恶的生命永远地消失了，但是，他们在人世间所犯下的滔天罪行却钉在了历史的耻辱柱上。他们不仅葬送了自己的生命，还给被他们伤害过的人以及他们的亲人留下了无尽的悲痛。人之将死，其言也善。他们在深牢大狱中写下了认罪悔过书，留下了最后的忏悔。

1993 年 12 月 7 日上午，北京铁路公安处看守所。囚室沉重的铁门打开了，牛顿被管教民警带了出来。他披着一件棉大衣，里面只穿一件小背心，似乎还未料到今天是他生命的最后一天。管教走上前来，帮他从一堆行李中挑出一件白衬衣和一件羊毛衫，一言不发地帮他换上。此刻，牛顿似乎恍然明白了什么，他望了管教一眼，却什么也没问。随后，他强挤出一丝笑容，双手将一份悔罪书交给了管教，接着从衣兜内掏出看守所特别优待的两盒香烟，逢人便递上一支，向他遇到的每一位公安民警道别，并深深地鞠躬："谢谢了！"

牛顿走向囚车。他知道这一天一定会到来，他知道他死有余辜，罪不容赦。自俄罗斯引渡回来后，牛顿的第一句话就是："我把骨灰带回来了。"

是的，他把骨灰带回来了，也把他罪恶的生活史写出来了——

"11 月 12 日上午，秋风送爽的京城，迎来了香山红叶飘零的季节，看守所的号房里秩序井然。此刻，管教语气平和地叫我的名字，并说明要让我做一件事，那就是把自己走过的道路，把犯罪的成因详尽写下来。由于事情过去的时间不算太长，稍加回忆，就可原原本本再现当时的原貌。我眼睛一闭，思绪不禁滚滚而来……"

"为什么要去莫斯科？"牛顿在悔罪书中写道，"在改革开放的大潮中，身在北京的我，正处于年轻、易于躁动的年龄，轻而易举地被卷入出国潮。我原本在北京有一个很好的家庭环境，也有比较丰厚的收入，但为了不错过时代所赋予的机遇——出国经商，在对国外情况不甚了解的情况下，仓促踏上了去异国的旅途，去圆我人生的发财梦。

“那是1991年，北京正值金秋时节。我乘上了旅欧列车，过沈阳站时，车站工作人员着装整齐，向国际列车举手敬礼，场面那么庄严，给我留下很深的印象。干出一番事业再回来见家乡父老，我心里暗暗发誓。列车在茫茫的原野上沿贝加尔湖行驶了几天，美妙的大自然风光令人目不暇接。尽管旅途劳累，但我每天都有新鲜的见闻，心情亢奋。第七天，列车终于到达了一个全然陌生的地方——莫斯科。

“我初来乍到，人生地不熟，到底应该做什么生意，我心里有些茫然。我听说有不少人捕捉到了准确的商业信息发了财，当然，也有人由于思想层次的局限，加上对莫斯科的新环境不适应，错过了发财的机会，还有的人整天泡在赌场或者夜总会里……遗憾的是，当时没有人为我指明方向，我所遇到的都是一些心怀叵测的歹徒。他们利用我的无知，先是设圈套诱惑我，等我欠了他们的钱，就胁迫我和他们一起上车抢劫。而我当时鬼迷心窍，居然就跟着他们干了下去。如果当时能碰上个好人拉我一把，我也不至于落到今天这个地步啊，至少不至于成为一个死囚……

“第一次和他们作案，我胆战心惊，心里对受害者还有一丝歉疚，第二次、第三次，我逐渐习以为常。如今，想起自己所犯下的累累罪行，我真是悔恨万分。扪心自问，我生在新中国，长在红旗下，恰逢改革开放的好时机，为什么会成为一个抢劫犯呢？我犯下的罪行给受害者和他们的家人造成的伤害，给我的父母妻儿造成的创伤，永远都无法补救了。

“在被引渡回国的路上，我的心情十分复杂。想家，又怕见到家人的面，心里如同打破了五味瓶，酸甜苦辣什么滋味都有了。在北京的看守所，公安民警们关心我们的生活，关心我们的思想状况，没有歧视我们这些重刑犯。只要不违反原则，我们的要求他们都尽量予以满足，就是铁石心肠的人也不能不被他们感动，悔罪之心油然而生。所以，我向预审人员如实交代了自己所犯下的罪行。

“在庭审过程中，公诉人历数了我和同伙的累累罪行，真是令人触目惊心。我终于清楚地认识到自己和同伙都是一些什么人，给社会给他人造成了多么严重的伤害，而且这些伤害都是无法弥补的。一审宣判后，我的心情反而平静了，我知道我的日子不多了，但我想利用最后的这些日子做一点儿力所能及的补救工作。

“我想用我的经历警告后来人，特别是年轻朋友们，要学法、知法、守法，当你面对生活的十字路口时，一定要三思而后行……”

膀大腰圆，左臂上文着一个虎头、手腕处文着一个女人头、右臂文着一只飞鹰的死刑犯黄亚军泪眼蒙眬地说：“我知道自己罪该万死！”

时年三十一岁的黄亚军，住在北京市海淀区温泉某厂宿舍，父母都是工人。1983 年他高中还没有读完，就因流氓斗殴被判处七年有期徒刑，送新疆劳改。父母因为儿子的事相互埋怨，闹得离了婚。1989 年 12 月，黄亚军被提前八个月释放。回到北京后，和其姑赵金华（朱兴金抢劫团伙主犯，绰号“二姐”）在西单摆摊卖服装。1991 年 10 月，他以自费留学的名义去了俄罗斯，还在列宁格勒大学建筑系挂了个名，但从未去上过学。

黄亚军回忆说：“头一次去俄罗斯是和赵金华背货。几百件皮夹克，因为手续不全，提货时遇到麻烦，加上罚金，没赚着什么钱。开始也没想到抢，就是打架，北京人受了欺负，我去帮着打，有时候对方害怕，就说别打了，我给你钱。我一看这比倒腾皮夹克强多了，做买卖吃苦受累不说，还要对付俄方的警察、税务和胡列杠（意即土匪）。有一回在旅馆里，洪晓强和别人打架，一个西安人在门口看了两眼，我就把他打了一顿，还抢了他一千美元。

“认识朱兴金是我最大的错误。朱兴金赌博输了一万多美金，我也赌，虽然不像他赌得那么大，但从国内带去的几千元人民币也输光了。那年春节后，朱兴金就提出，血洗国际列车。开始那几个月，主要是抢蛇头和偷渡客，因为他们不敢报案，就算报了案中国警方也没法介入，即使介入了也查不到，没有人证嘛。后来这些人学精了，他们买通了一些俄罗斯官员，有的蛇头还有枪。我们怕惹麻烦，就把目光转移到乘坐国际列车的买卖人身上。

“1993 年 3 月初的时候，在莫斯科一处私人住宅，我和朱兴金、老八、董振江、牛勇利等人抢了个上海人，是那个叫小迅子的用上海话叫的门，如果北方人叫门他们一般不会开。我们都拿着刀，进门以后叫他们全趴下，有一个人拿着棒球棍想反抗，被牛勇利拿匕首顶住了胸口。最后我们抢了一千多美金，还有卢布和人民币，我分到三百美金。我抢了十几起，在车上的有六七起，一般是一个多月回国一次——看闹得太凶了，回来避避风头。4 月底，我和董振江坐 4 次列车回北京，途中，我拿着瓦斯枪（枪是在车上买俄罗斯人的，一百美金一把），闯进一个包厢，里边有两个上海人和一个湖南教授。我们先让他们交出护照，一看那个教授是公派出国的，没敢抢他，找那两个上海人要钱。他们说没钱，我让他们把报关单拿出来，一看有一千六百多美金。我们抢走了一千四百美金，然后在乌兰巴托下车，乘飞机赶在这趟车前回到北京。

“5 月 26 日，我和董振江等六人一起在北京站用站台票混上了 3 次国际列车，当晚就出境了。后来得知朱兴金、老八他们也要上车，我们几个一合计，那么多人要上车抢，哪有那么多钱啊？干脆咱们先干吧。我们一口气抢了五六个包厢，抢到七千多美金。作案以后，我也预感要出事，原来估计中国警方 8 月至 10 月之间才会抓人，没想到中国警方动手那么快。从作茧自缚的第一起案件开始，我就知道后果好不了。我迟迟没结婚，也是心里不踏实，可是，为了钱，已经欲罢不能了。抓我的时候，我和董振江买好了车票，正准备到山西他老家先躲一躲。当四支枪同时顶在我脑袋上时，我就知道这下完了。警察问我：知道为什么抓你吗？我说：知道。后来经过管教民警的帮助，我更认识到我们这伙人的丑恶凶残和肮脏的灵魂。我罪大恶极，活是活不了了。如果有来世，我一定脱胎换骨做个好人。”

面对法庭庄严的国徽，当审判长宣布“依法判处抢劫犯张庆珠死刑，剥夺政治权利终身”时，泪水模糊了张庆珠的双眼，那宛如梦幻的往事一幕幕掠过他的脑海。在悔罪书中他写道：“我今年三十五岁，姐弟中行六，下面还有一个弟弟（也和我同案，也被判死刑）。记得小时候，一大家九口人的生活，仅靠当工人的父亲那点儿微薄的工资勉强维持。没有工作的母亲为这个家，不得不起早贪黑给人烧锅炉、扫地挣点儿钱贴补家用。尽管生活清贫，但在我的记忆当中，那时的生活很快乐，极度贫困的物质生活折磨我们的同时，也磨炼了我们的意志。几个哥哥很小就知道节俭，除了学费，基本上都不向父母伸手要零花钱。姐姐是几个孩子中唯一的女性，又是老大，生活的重担过早地压在姐姐身上。为了尽早减轻父母的负担，尽管她的学习成绩很好，她初中毕业就参加了工作。

“记得我上小学时，有一年冬天，我放学回家路过菜市场，看见马路边一大堆白菜帮子，我跑过去挑呀拣呀，手冻得胡萝卜似的又红又肿，当我连背带扛好不容易把拾来的十几棵菜抬到家时，天已经黑了。母亲弄清了原委，拉着我冻红的小手心疼得直掉眼泪，其实距这堆烂白菜十来米的地方就有堆成山一样的好菜。初中毕业后，我待业在家，靠给人做木工维持生活，后来到塑料厂当了一名工人，工作中我结识了一位姑娘，不久我们就结婚了。和那时候大多数家庭一样，我们虽然工资收入都不高，但却觉得生活很充实。特别是孩子出生以后，两口子忙里忙外的，日子过得虽然平淡，倒也恩爱自在。

“几年前，我辞职干了个体，好不容易申请到一张个体经营水果的执照，买了一辆平板三轮车，开始练摊。创业的艰辛真是一言难尽。那时候，我的婚姻生活也出现了危机，我和妻子协议离了婚，三岁的女儿归我抚养。熬过了那段又当爹又当妈的苦日子，我进了一家出租汽车公司，包了一辆‘小面’，生活慢慢好起来。虽然仍是起早贪黑的，但每月的收入能达到三千多元。这段时间我结识了许多朋友，听他们说国外生活如何如何好，钱也容易挣，我动心了。国外的生活，对于从小就生活在贫困中的我诱惑力太大了。于是，我托朋友给办了一个留学手续，想着去国外做点儿买卖挣点儿钱，开开眼界长长见识。

“终于，我登上了开往俄罗斯的列车。记得在北京站站台上，母亲流着眼泪，哥哥姐姐一遍遍叮嘱我注意安全，他们的话一直回荡在我的耳边。初到异国，语言和生活方式造成的不便使我着实苦恼了一阵子，不过也很快适应了。第一次去莫斯科，我带了一百件皮夹克，挣的钱扣除办护照的费用和路费所剩无几。回国后，我马上又进了一些皮夹克和羽绒服，再次登上了北去的列车。不巧，这次正好赶上滞货。我心里直起急，这时，我的朋友苗炳林（即国际列车抢劫团伙主犯之一）对我说：老像这样干下去，咱们一辈子也发不了财。南方那些搞偷渡的蛇头动不动就挣几十万，咱们不如联系几个人抢他们一回。两次莫斯科之行，使我出国挣大钱的梦想破灭了。我想，反正这帮蛇头挣的也是不义之财，又是在国外的土地上抢他们，不犯国法。于是，我就答应苗炳林干一回试试。真是一失足成千古恨，我这一念之差竟会害了我终身。

“第一次跟苗炳林出去抢劫，我的心跳得厉害，手抖得连门把手都拧不开。以前在国内，连别人的一根针一个鸡蛋我也没偷过，更不用说抢了……拿着第一次抢来的钱，我们进了莫斯科最大的赌场。没几天，钱就输光了。这时候贾小明（潜逃十八年，于 2011 年公安部“清网行动”中被桂林警方抓获）又来拉我去抢南方人，我头脑一热，跟着他们去了……回到住处，我一遍又一遍地反省自己的这种行径，虽然抢劫来钱容易，但终究属于不义之财，这样下去早晚有一天会万劫不复。在国内开出租车，虽说苦点儿累点儿，但钱也不少挣，生活水平也算得上小康了，还能和年迈的母亲、年幼的孩子享受天伦之乐，以后再找个妻子成个家，过正常人的生活，虽平淡但踏实，不用担惊受怕。于是，我跟他们道别，声明退出，只身一人回国了。

“这是我第四次从莫斯科回国。回国以后，我托人和一家出租汽车公司达成协议，继续跑出租车挣钱。这期间，苗炳林多次从莫斯科打来长途电话，要我重新加入他们的团伙，我都拒绝了。古人说得好，闻过则改，善莫大焉。意识到这是犯罪并中止犯罪，不受他们的引诱再次陷进去，照理说这是好事。如果这时候我及时向公安机关主动坦白交代自己的罪行，那么，今天政府对我的处理无疑又会是另外一种结果。但我一直存有侥幸心理，认为在国外犯的罪，国内警察管不着，一直到自己被公安机关抓获。

“接到死刑判决书后，我彻夜难眠，情绪极不稳定。看守所的管教民警及时向我伸出了温暖的手，他们从生活上关心我，从思想上帮我找犯罪根源，鼓励我放下思想包袱。正是这些管教促使我拿起笔来写下这些肺腑之言。人之将死，其言也善，希望有机会看到我这封遗书的人们，以我为戒，居安思危，学法守法，千万不要因一时的冲动铸成大错！”

追逃无穷期

中俄国际列车大劫案迅速破获，经过治理的北京至莫斯科的国际列车早已恢复了良好的秩序，历经磨难的国际列车又欢畅地行进在欧亚大陆广袤的土地上。从 1993 年 6 月起，中俄国际列车上再也没有发生过一起抢劫犯罪案件，登上这趟列车的旅客脸上重新露出了笑容。

十八年来，中国公安机关一直没有停止对中俄国际列车大劫案中漏网的犯罪分子的追缉。

1999 年 10 月，公安部在全球通缉的中俄国际列车大劫案在逃犯罪嫌疑人白慧钧、钟继泉在乌克兰被抓获并引渡回国。

2006 年，北京警方在一家商场门口抓捕了从俄罗斯潜回北京的牛顿犯罪团伙成员曹宏。

2007 年，公安部网上通缉的中俄国际列车大劫案在逃犯罪嫌疑人张闻敏在上海黄桦路一民宅落网。

2011 年 6 月，在公安部部署全国公安机关开展的“清网行动”中，桂林公安局刑警支队抓获了苗炳林犯罪团伙成员贾小明。不久，中俄国际列车大劫案在逃犯罪嫌疑人宗立勇在北京落网。

截至目前，仍有个别参与 1993 年中俄国际列车大劫案的犯罪分子在逃，但公安部的网上通缉没有时限，警方的追捕仍在继续。对于那些还没有归案的在逃劫匪来说，全球通缉令将伴随他们到生命的最后一天。

（原载于《啄木鸟》2011 年第 12 期）

嘉宾与逃犯

——追捕走进电视相亲节目的凶手

张　楚

2010年11月14日，在黑龙江卫视《快乐大联盟》的电视相亲节目中，一位自称是沈阳某艺校声乐教师的单身男嘉宾，不但凭借自己能歌善舞的才艺出尽了风头，还成功地赢得了一位漂亮女嘉宾的芳心。可是有谁能想到，这位在电视荧屏上风光无限的男嘉宾，竟然是一个潜逃了整整十三年的杀人凶手。

2011年6月，通过群众举报，吉林市公安局船营分局刑警大队五中队的刑警们经过细致排查，在沈阳警方的协助下，一举将潜逃了十三年的杀人犯罪嫌疑人吴刚抓获归案。

无巧不成书，刑警队长接到了报警电话

2011 年 5 月中旬的一天，吉林市公安局船营分局刑警五中队队长李昂，一大清早就从家里赶到了位于北山派出所的中队办公室。

五一假期刚刚过去不久，依山傍水、秀外慧中的北国江城吉林市整日艳阳高照，处处柳绿桃红，正是一年当中最清爽惬意的好时节。可是面对着窗外大好的春光，李昂却一点儿也轻松不起来。

李昂今年还不到三十岁，个子不高，肤色黝黑，其貌不扬。他原本并不是刑警，一个多月前，通过李昂不懈的努力，结合他从警以来一系列优异的表现，经分局党委慎重考虑，由船营分局局长范立臣亲自点将，将李昂从分局南京路派出所教导员的岗位上调到了分局第五责任区刑警中队任中队长。

刚到刑警五中队的李昂踌躇满志，他知道自己实现理想、建功立业的时候到了。可一个多月的时间下来，李昂和五中队的刑警们虽然每天忙得脚打脑后勺，却只是破了几起鸡鸣狗盗的小案子，这让李昂多少觉得有些不过瘾。

刚过去的几天里，李昂和中队的其他六名刑警一直都在忙着为江城的彩灯节做安保工作。好容易等到活动结束，今天一大早李昂就赶到中队，想要把已经耽误了的月度工作总结写完。上午九点钟，就在李昂趴在电脑前敲打键盘的时候，案头的电话机响了起来。

李昂拿起红色的话筒："你好，刑警五中队，请问你找谁？"

听筒那一头没有声音。李昂愣了一下，稍稍提高声调又问了一遍，听筒里依旧一片沉寂。李昂蓦地一下想起来，昨天听队里的孔德志说起过，有个恶作剧少年连续给队里打过两次骚扰电话。想到这里，李昂顿时皱起了眉头。不料就在这时候，听筒里突然传出一个女人有些激动，又有些慌乱的声音："你是谁？"

对方的语气近似无礼，可李昂还是尽量委婉平和地回答道："这里是刑警五中队，我叫李昂，请问你有什么事吗？"

女人犹豫了片刻，"我想要——想要向你们警方举报一个人。"

“什么人?”

“一个杀人犯,”女人停顿了一下，可接下来却几乎是一气呵成地说道，“他叫吴刚，以前曾经在咱们市的夜总会和迪吧里当歌手。十三年前，也就是 1998 年年初的时候，他在华南小区一个叫‘日日兴’的小饭店里用刀刺死了一个叫孙军的人，之后畏罪潜逃！可是最近，我看到吴刚了——”

“你在哪里见到他了?”

“在电视上!”女人激动起来，“黑龙江卫视有一个挺火的电视相亲节目，叫《快乐大联盟》。就在去年 11 月的一期节目里，我看到了吴刚本人。他现在化名刘浩，据说住在沈阳。这段视频在互联网上就有，你们一查就能查到。”

“你怎么能确定是他，你们以前认识吗?”

“这你就别问了,”女人语气急促，“不过有一点我可以告诉你，不止是我，我和其他几个见过吴刚的朋友一起看了视频，看过之后我们一致断定，千真万确，这个刘浩就是十三年前的杀人犯吴刚。该说的都跟你们说了，我要挂电话了——”

“等等——”李昂知道眼下的当务之急，是能够从报案人那里得到更多有价值的信息。“这位女士，首先我要感谢你为警方提供的重要线索。不过听起来，你似乎还有些顾虑。你看这样行不行，我是刑警五中队队长，我把我的手机号码留给你，你可以单独和我联系。我以人格担保——”

“不用了,”不待李昂说完，女人便打断了他的话，“警官先生，我当然知道一个公民的义务和责任，否则我也就不会打这个电话了！不过希望你能理解，我实在不想让这件事打乱我现在的生活。我已经做了我能做的，剩下的就看你们了！我只是希望你们能早日抓住吴刚，给死者一个交代。”

电话断了。李昂赶紧按照来电显示回拨过去，可对方的手机关机了。对于报案人的这一举动，李昂虽然感到有些遗憾，不过倒也能够理解。接下来，李昂开始细细地回忆刚才和报案人的谈话。由于自己刚来五中队不久，对十三年前的积案根本没有印象，尤其是报案人说，这个潜逃多年的杀人犯吴刚，竟然堂而皇之地出现在万众瞩目的电视相亲节目中，这实在让李昂觉得有些匪夷所思。可报案人不但详细说出了当年事发的时间、地点和经过，而且还准确地说出了犯罪嫌疑人的名字，另外从她的声音、语气等各方面综合判断，这不像是一个恶作剧。

李昂立刻拨通了自己的上级——船营分局主管刑侦工作的刘军厚副局长的电话，简要汇报了刚才接到报案电话的情况，刘副局长问："以你的经验判断，这是不是一起假报案？"

"不太像，"李昂回答道，"我看应该有六七成的把握。"

"那好，你马上过来。"

十三年前的命案，都是冲动惹的祸

事情发生在十三年前。

1998 年 2 月 6 日，农历正月初十，正是北方滴水成冰的隆冬季节。从中午开始，阴云密布的天空又下起了纷纷扬扬的小雪。不过由于春节刚过，江城的大街小巷里，爆竹的脆响依旧此起彼伏。

对于刚满二十四岁，还是一家国营企业工人的孙军来说，这一天的意义非比寻常。下午的时候，能歌善舞的孙军刚刚在市内一家新开业的夜总会里参加完一场演出。演出很成功，夜总会老板给的薪酬也相当丰厚。天将擦黑的时候，孙军和当天一起参加演出的十来个人，其中还包括一个自己并不太熟，名字叫阿勇的侏儒演员，相约来到华南小区附近一家名叫"日日兴"的小饭店里喝酒庆祝。但是他怎么也不会想到，这家不起眼的小饭店竟然是他短暂人生的终点。而造成这一惨剧的人，名叫吴刚。

在当时吉林市的文艺圈里，吴刚算是一个小有名气的歌手。大家虽然听说过他的名头，却没有见过吴刚本人。因此当酒酣耳热之际，众人聊起江城文艺圈里的掌故时，阿勇忽然跳出来声称自己不但认识吴刚，而且两人还是莫逆之交。众人都当阿勇在吹牛，纷纷挖苦奚落他。这让自感丢了面子的阿勇又羞又气，他当即在饭店里给吴刚挂了个电话。十几分钟后，吴刚果然乘出租车赶到饭店，出现在众人的面前。

这一来轮到众人傻眼了。在阿勇一番趾高气扬的介绍后，大家这才回过神来，纷纷上前向吴刚敬酒。和众人表现出来的热情相比，吴刚的态度有些不咸不淡，眼神里更是写满了高高在上的自负和骄纵。这也不奇怪，演艺圈本来就是名利场。和孙军等人东跑西颠，纯属业余性质的演出不同，吴刚不但是吉林市一家高档夜总会的主唱歌手，而且无论是艺术素养还是演艺天分，他的确要远远高出众人一筹。

可年轻的孙军同样是一个自尊心很强的人，对于吴刚傲慢的态度，他明显表现出了一种反感，而吴刚也很快察觉到了孙军对自己的不屑和冷淡。就这样，两人在刚见面的时候便心存芥蒂，为两人后来的冲突埋下了伏笔。

饭店里早已经没有了其他客人，众人也大都有了七八分酒意。看样子用不了多久，这场意兴阑珊的聚会就会曲终人散。可谁都没想到，一个人彻底改变了事情本来的进程。这个人就是阿勇。

说起来，阿勇也是一个苦命人。因为患有先天侏儒症，家里条件又不好，所以阿勇在很小的时候就流落到了社会上，靠着在街头表演杂耍辛苦谋生。一来二去有了点儿小名气，阿勇便被一些夜总会的老板请去表演。因为演出的时候总能遇见，此外阿勇又恰巧和吴刚的前妻阿兰是老乡，因此吴刚和阿勇走得很近。每当家里闹了什么矛盾，或者演出上有了什么烦心事，吴刚也总是喜欢找阿勇倾诉一番。不过阿勇有一个致命弱点，就是贪杯，而且一喝酒就过量，经常做出一些不着边际的傻事。比如今天，阿勇实在喝得有点儿多，而他的注意力也开始转移到酒桌上一个名叫小薇的女孩儿身上。

小薇是一个非常漂亮的女孩儿，当时是吉林市电视台的实习主持人。其实她和吴刚的情况差不多，都是因为无法推辞朋友的邀请，才出现在这样一个特殊的场合。她的出现让早已有了几分醉意的阿勇兴奋莫名。起初他的表现还算正常，凭借自己的滑稽举止和插科打诨，把聚会的气氛不断引向高潮，同时也引来了小薇阵阵银铃般的笑声。阿勇渐渐有些魂不守舍。尤其在吴刚到来之后，虚荣心得到满足的阿勇开始纠缠小薇，言辞越来越露骨。小薇为了摆脱阿勇的纠缠，便以要赶回台里做节目为由向大家告辞。这时候的阿勇喝了太多的酒，已经有点儿神志不清了。他先是竭力挽留小薇，继而又不顾众人的劝阻，非要自己送小薇回去。甚至在小薇已经出门拦了一辆出租车的情况下，阿勇依旧死死拉着车门不放，一边满嘴胡言乱语地向小薇表露着自己的感情。

小薇进退维谷，阿勇死皮赖脸。关键时候孙军挺身而出，冲到外边把纠缠小薇的阿勇抱了回来。出租车绝尘而去，小薇顺利脱困，可孙军却余怒未消，把拼命挣扎的阿勇抱回饭店后，孙军劈头盖脸地给了阿勇一通臭骂。但他没有注意到，在一派狼藉的房间里，有一双冷酷的眼神死死地瞪着自己。

刚才发生的一切，吴刚自始至终都看在眼里。他心里也明白，这件事认真说起来，还是阿勇的不对。可阿勇是自己的好兄弟，再说今天又是阿勇约自己过来的，孙军当众给阿勇下不了台，实际上就是没有把自己放在眼里。

与此同时，阿勇在饭店里大哭大闹，耍起了酒疯，而同样也有些喝多了的孙军在情急之下，甚至忍不住要动手教训阿勇。就在这时，一旁早已隐忍了很久的吴刚终于压抑不住怒火，顺手拿起桌上的一个空酒瓶子，狠狠地砸在了地上！

酒瓶落地的声音立刻让嘈杂纷乱的房间里一片死寂。包括孙军在内的众人都吓了一跳，不约而同地转过头看着红头涨脸的吴刚。吴刚乜斜着孙军，站起身来，用手指着孙军的鼻子骂道："姓孙的，欺负一个残疾人算什么本事？阿勇是我兄弟，你今天要是敢动阿勇一个手指头，信不信我让你躺着出去！"话音刚落，吴刚从随身携带的包里掏出了一把防身用的卡簧刀，狠狠地钉在了杯盘狼藉的桌子上。

在一向飞扬跋扈的吴刚看来，自己的这一举动既是为阿勇出头，同时也是给孙军一个警告，如果孙军识相的话，那他就应该立刻向阿勇赔礼道歉。只可惜同样年轻气盛的孙军哪肯在这种情况下认输服软。热血上涌的孙军一边咒骂，一边向吴刚猛扑过来！

那一瞬间，吴刚失去了理智，他一把拔出桌上的刀子，迎着孙军就冲了过去，在众人的一片惊叫声中，锋利的刀刃深深地刺进了孙军的胸膛！

一切就此注定，一切都无法挽回。

被刺中的孙军一下子僵住了，他的四肢在瞬间变得软弱无力，甚至他的视线也模糊起来。他依旧有些不甘地睁大眼睛，以便能够看清这张近在咫尺，既陌生又狰狞的脸。可是此刻出现在他眼前的，却分明是母亲那一头凌乱的白发，还有那张憔悴哀伤，却又始终充满着希冀的面庞。

此时的吴刚呆若木鸡，看着慢慢倒在血泊中的孙军，他有些不敢相信自己的眼睛。直到醒过神来的阿勇冲过来，一把拉住自己的胳膊向外拖，吴刚才扔掉刀子，随着阿勇一起跌跌撞撞地跑出门，转眼间便消失在飘着雪花的夜色中……

案情分析，层层证据锁定杀人凶手

李昂驱车从北山派出所赶到了船营分局。由于楼下电梯口等待的人太多，李昂索性一口气徒步跑上了七楼，也不叫门，风风火火地闯进了刘军厚副局长的办公室。

刘军厚今年还不满五十岁，干刑警的时间就将近三十年。一看到李昂，刘副局长立刻放下手里的文件，“一听见脚步声就知道是你，怎么在楼下多等会儿电梯就不行，非得一口气跑上来?”

“人那么多！再说那玩意儿还真没我跑步快！”李昂笑道，“刘局，有水没有啊，嗓子都冒烟了！”

“早给你备着呢！”刘副局长笑吟吟地把手里的茶杯递了过去。

李昂接过茶杯，咕咚咕咚一饮而尽，喝完一抹嘴，顺手拽过一把椅子坐下汇报案情。李昂说得很详细，从早上接到报案人电话开始，甚至连报案人起初有些闪烁犹疑的情绪都没遗漏。刘副局长听到1998年发生在华南小区的杀人案时，不由得脱口而出：“我想起来了，你说的那个嫌疑人是不是叫吴刚?”

“对对对，”李昂又惊又喜，“刘局你知道那件案子？”

“嗯，我还记得他当时好像是个演员，杀人后畏罪潜逃，到现在整整十三年了！”

“就是他！”李昂兴奋地说，“没想到这小子耐不住寂寞，据报案人说，他竟然参加了电视台的相亲节目，结果被报案人一眼认出来了。刘局，看来这件案子有门啊——”

“还不能这么说，”刘副局长沉吟片刻，“这样吧，你马上去分局调阅案卷，然后立刻启动刑侦对比，同时开展外围调查。记住，工作一定要做细致，另外还要注意，一定要紧紧抓住沈阳和相亲节目这两条线索不放，有情况随时汇报。”

将近中午的时候，李昂带着从分局调出来的案卷返回了中队，一上楼，李昂立刻召集当天在家的警员到中队会议室开会。简单通报了案情之后，大家一边吃午饭，一边看案卷。孔德志也通过在网上查阅，找到了吴刚参与的那一期《快乐大联盟》相亲节目，大家立刻围拢在电脑屏幕前。

首先就是相貌的对比。由于吴刚在案发前没有任何案底，因此当年的案卷里只有一张吴刚年轻时的户籍照片，由于时间太久了，看起来还有点儿模糊不清。不过和屏幕上那位被报案人指证的二号男嘉宾的影像截图相比，虽然年龄上相差很大，胖瘦不一，可两人的五官轮廓惊人一致，尤其是同时具有嘴唇外翻的特征。接下来，刑警们又发现，屏幕上化名刘浩的男嘉宾自称是沈阳艺校的老师，除去在节目现场又唱又跳外，还说自己以前曾经在长春的某迪吧领过舞。这种强烈的表现欲和能歌善舞的特点，同样和在逃犯罪嫌疑人吴刚的经历相吻合。最后，刘浩在节目里介绍自己时年三十九岁，这与吴刚的实际年龄也基本接近。

看罢录像，刑警们立刻讨论起来，尽管还缺乏更直接有力的证据，但几乎每一个人都觉得，这个刘浩和吴刚实在太相像了。大家越谈越兴奋，李昂却一直沉默不语。

中队里最年轻的孔德志看出了李昂的犹豫，笑呵呵地说：“李队，这么多相同点，我看基本可以确定嫌疑人了。只要我们能把嫌疑人控制住，到时候就算他想要抵赖，我们也可以和他的亲人做DNA比对，不怕他不承认！”

李昂还没说话，会议室的门被人一把推开了。“那恐怕不行！”一个身材魁伟的中年男人风尘仆仆地走了进来，一边走一边说，“做DNA检测不行，吴刚是被抱养的，根本查不到他的直系亲属。”说着话，来者大步流星地走到了李昂的面前，冲着他大手一伸，“我没猜错的话，你就是五中队的队长李昂吧？”

“你是——”

“李德彪，和平分局刑警大队大队长。原来我在咱们分局一中队，”说着李德彪一指电脑屏幕上兀自在劲歌热舞的吴刚，“十三年前，那件案子是我最先经手的。”

李昂一听，不由得大喜过望，连忙招呼李大队长坐下，“李队此刻大驾光临，我猜你一定是来雪中送炭的！”

李德彪哈哈大笑：“早听说五中队新来的队长聪明过人，看来果然是名不虚传啊！实不相瞒，今天上午我刚从西安出差回来，一下飞机就接到了刘副局长的电话。他把案情给我一说，我一下子就想起来了。整整十三年了……”

“李队，你见过吴刚本人吗？”李昂问道。

“没有，不过听刘局说他在电视上露了面，所以我一回到市区，就立刻找到了以前认识的一个二人转演员，当年他曾和吴刚在一个夜总会共事，对吴刚的情况非常熟悉。我俩在网上找到了这段视频，他看到吴刚唱歌，尤其是那段舞蹈视频后，立刻跟我说了三个字——”

“说什么？”

“就是他。”

话音刚落，会议室里骤然爆发出一阵欢呼声。李昂也涨红了脸，情不自禁地再次握住了李德彪的一双大手道：“真是太感谢李队长了。”

李德彪却摆摆手道：“我们都是刑警，客套话就不用说了。我今天来是有几句知心话想和你说说。”说完李德彪站起身来，李昂会意地起身，跟在李德彪的身后一起走出了会议室。

在寂静的走廊里，李德彪停住了脚步，转过身对李昂道："我要和你说两点。第一，这个吴刚虽然外表憨厚，实际上却非常狡猾。由于他的身份特殊，案发前就已经在文艺圈里混了将近十年，各种关系和人脉都相当复杂。当初为了抓捕他，我们付出了大量的精力和人力，可最终他却像是人间蒸发一样，十三年来没有一点儿消息。由此我一直怀疑，他是否运用特殊关系漂白了自己的身份，这才安然躲了这么长时间。第二，这个吴刚虽然表面上很讲义气，实际上却非常自私冷酷。他是从小被抱养的，他的养父母对他非常好，甚至比对自己亲生的女儿还要好。吴刚案发逃匿之后，两位老人曾经数次找到我们，说只要吴刚和他们联系，就一定会配合警方工作，劝吴刚自首。可十几年的时间，一直到他的养父因病去世，吴刚都没有和家里联系过，甚至连一个电话都没有打过——"

李德彪很快就告辞了，可相送的李昂却独自在门口站了很久，他忘不了李德彪离去之前，神态间不经意流露出来的那一丝遗憾和落寞。李昂非常理解李德彪此刻的心情，作为一个刑警，如果一件自己经手的案子成为悬案，或者说犯罪分子没有在自己的手里落网，那么不管因为什么理由，那种遗憾和怅惘都会长久地烙在刑警的心里，至死都不会忘记。李昂默默地在心里发誓：吴刚，这次就算追到天涯海角，我也要把你抓捕归案！

畏罪潜逃，那一段东躲西藏的逃亡日子

看到孙军倒在血泊中后，吴刚和阿勇仓皇逃离。两人先是打了一辆出租车回到吴刚的暂住处，带上了全部积蓄，又连夜坐车逃到了阿勇的老家——舒兰县。

一开始，阿勇还想让吴刚在自己家躲一躲，可是吴刚清楚，阿勇的家里并不安全，警察一定会在第一时间顺藤摸瓜找到阿勇的家。所以吴刚只在阿勇的家里待了一会儿，便和阿勇一起来到了自己前妻阿兰的家中。

吴刚的前妻阿兰原本是一个面容秀丽、老实本分的农村姑娘。几年前在吉林市打工的时候，阿兰经人介绍和吴刚相识并很快结了婚。起初两个人的感情还算不错，吴刚演出收入可观，阿兰也能勤俭持家，两个人在吉林的小日子过得相当红火，婚后不久还生了一个儿子。

如果吴刚能够珍惜这来之不易的幸福的话，那么他的人生轨迹很可能就是另一番景象了。只可惜吴刚生来就不是一个安分的人，因为从小养父母对他的溺爱，一直养尊处优的环境，少年得志的轻狂，以及演艺圈里的灯红酒绿纸醉金迷，最终让他养成了一种对家庭和亲人不负责任，终日放荡不羁的生活态度。尤其让阿兰无法忍受的是，吴刚改不了拈花惹草的恶习，经常和其他女人鬼混，两口子几乎每天都要为这种事情吵架，最后离婚了事。

此时的阿兰带着儿子从吉林返回舒兰县的父母家中过年。不想到了后半夜，吴刚和阿勇却突然出现在阿兰家里，一看两人失魂落魄的样子，细心的阿兰立刻猜到吴刚一定是闯了祸。在阿兰的追问下，吴刚终于说出了自己刚刚在吉林市因为酒后和人争执，一怒之下用刀伤人的全过程。

听吴刚说了事情经过，阿兰吓得浑身瘫软，吴刚也对自己的冲动后悔不迭。一想到自己可能杀了人，他心里充满了恐惧。不过这时候，他还存着最后一丝侥幸，总觉得孙军不一定会死，如果及时救治，有可能捡回一条性命。因此吴刚百般央求阿兰，希望她能替自己回吉林去探听一下消息。怕阿兰不答应，吴刚还信誓旦旦地保证，只要阿兰这次肯帮他，那么不管最终孙军是死是活，他都会在和儿子道完别之后，立刻去向警方自首。

阿兰并不相信吴刚的话，经验告诉她，吴刚从来都是一个自私任性又口是心非的人。可是一日夫妻百日恩，再说眼前的吴刚不但早已经没了往日风光的样子，而是像可怜虫一样跪在地上痛哭流涕，阿兰终于心软了。第二天凌晨，阿兰就和阿勇一道坐车返回了吉林，准备去打听消息。

原本吴刚和阿兰商量好，等到有了确切消息后自己再作定夺。

可是在两人走后，吴刚一个人躲在阿兰家里，始终坐立不安。只要一闭上眼睛，他的眼前就会浮现出孙军苍白的面容，还有呼啸的警车，冰凉的手铐，以及监狱的电网高墙。吴刚一夜没合眼。如同惊弓之鸟的他决定不等阿兰回来，立刻远走他乡。一向冷酷绝情的吴刚，在临走之前甚至都没有和自己六岁的儿子告个别。

狡猾的吴刚在不辞而别的时候，没有忘记给警方布下迷阵。临走前先是给阿兰在大庆市和齐齐哈尔市的两位亲属分别挂了电话，还有意详细询问了他们的住址。在舒兰县火车站，吴刚又排队买了一张当天去大庆的火车票。

应该说，吴刚的预感没有错。阿兰和阿勇当天早上一返回吉林市，就立刻被警方控制住了。可是等到警方赶到舒兰县的时候，经过一番乔装打扮的吴刚已经坐上了一辆开往长春的长途汽车。吴刚对长春并不陌生。他十七岁最初踏入演艺圈的时候，曾经在长春的一些迪吧和夜场里做过伴舞。可是这一次旧地重游，吴刚却是为了投奔他的另一个红颜知己——阿丽。

阿丽是吴刚在吉林市上中学时候的同学，也是吴刚的初恋对象，中学毕业后，阿丽随家人搬到了长春，两个人最终无缘走到一起。过了这么多年，阿丽早已成了家，可吴刚却坚信阿丽一直都对自己旧情难忘，因此一逃到长春，吴刚立刻找到了阿丽的家。

吴刚来见阿丽，除了利用阿丽对自己的痴情外，还有着另外一个目的。阿丽家世显赫，父母也很有些背景。吴刚这时候还不知道孙军到底是死是活，他想让阿丽帮他了解一下具体情况。阿丽也的确是不负所托，她很快就帮他打探出了孙军已死的消息。

尽管吴刚早已有了心理准备，可是乍一听到这个消息，还是忍不住倒在阿丽的怀里放声大哭，只是他的眼泪并非为了无辜丧命的孙军，而是为了自己眼下杀人犯的身份，以及自己由此将要受到的法律制裁。其实这个时候，如果吴刚能够幡然悔悟，向警方投案自首还不算晚，可是一贯骄纵任性的吴刚根本就无法接受身陷囹圄的命运。情急之下，吴刚甚至想到了自杀，可是他又没这个胆量。万般无奈，吴刚只能把最后的希望寄托在单纯的阿丽身上，盼望着她能设法帮自己渡过难关。

面对自己少女时代的初恋情人，阿丽完全被这份死灰复燃的感情蒙蔽了眼睛。阿丽不但协助吴刚逃到杭州落脚，不久还亲自陪着吴刚一路南下抵达广州，利用自己父母的背景和关系，花了一大笔钱，帮助吴刚在当地办理了一套全新的身份证件。

吴刚对阿丽感激涕零，把阿丽当成了救命稻草，为了达到继续利用阿丽的目的，吴刚无数次信誓旦旦地向阿丽保证，自己的第二次生命是阿丽给的，他一定会和阿丽长相厮守，白头到老。而阿丽也是鬼迷心窍，不但帮助吴刚逃亡，还心甘情愿地担负起了吴刚躲在杭州时的一切生活费用。只是吴刚大手大脚惯了，没过几个月的时间，阿丽多年的积蓄就被吴刚挥霍一空。为了筹措生活款项，阿丽只好暂时返回长春。

为了糊口谋生，吴刚不得不从藏身的租住地走出来，试着在杭州当地找工作。尽管有了新的名字和身份证件，不过毕竟做贼心虚，不到万不得已的时候，吴刚从来都不愿拿出证件示人。因此他所能找到的工作基本都属于临时性质，而对于雇主的克扣和刁难，他也只能忍气吞声，收入自然微薄。更多时候，他还是依靠阿丽从长春汇来的钱款才能勉强度日。而阿丽的接济一旦出现问题，吴刚的日子就难过了。最困难的时候，吴刚每天只靠吃一个苹果度日。这样的日子简直让吴刚发疯。就在他绝望的时候，一件极为偶然的事情，让几乎走投无路的吴刚看到了一丝曙光。

那是他躲在杭州将近一年时发生的事情，当时吴刚正在一家娱乐城里做端盘子的服务员。这天晚上，高朋满座的娱乐城突然发生了一个小意外，一位在当地小有名气，原本答应晚上来演出的男歌手突然临时来不了，就在娱乐城的老板急得团团转的时候，手下的员工向老板反映，新来的那个叫刘浩的服务员会唱歌，而且唱得还不错。眼看台下的观众纷纷起哄，老板只好死马权当活马医，让吴刚换了件衣服就把他推上了舞台。

吴刚原本还想推辞，可是一站到久违的舞台上，一听到熟悉的旋律悠然响起，吴刚不由得百感交集。作为一个歌手的感觉，也立刻神奇地回到他身上——

“人间路，快乐少年郎，路里崎岖，崎岖不见阳光。红尘里，快乐有几多方向，一丝丝梦幻般风雨，路随人茫茫……”

这是由香港歌手张国荣演唱的电影《倩女幽魂》的主题歌，同时也是吴刚当年在吉林市夜总会里最拿手的表演曲目。歌曲本来描绘了一段缠绵悱恻、刻骨铭心的恋情，而此时却恰恰和吴刚这一年多来东躲西藏、提心吊胆的境遇相吻合，因此吴刚不但把这首歌唱得如泣如诉，唱到动情处，吴刚甚至忍不住泪洒当场。

一曲终了，台下掌声如雷。而当晚吴刚也是一发不可收，连续唱了好几首歌曲。演出结束后，喜笑颜开的老板把一个大大的红包交到吴刚手里的同时，还盛意邀请他担纲娱乐城的主唱歌手。此时的吴刚明白了一件事情，尽管他改了名字和身份，也已经不再是当年在吉林那个风光无限的吴刚了，可他依旧是一个歌手，他的未来和前途，甚至他的生命，都注定离不开舞台。

万事俱备，南下沈阳却初战不利

自从接到报案电话后，由吉林市公安局船营分局刘军厚副局长亲自挂帅，成立了抓捕在逃犯罪嫌疑人吴刚的专案组，又经过半个月左右的调查取证，案情基本明朗，此时抓捕吴刚的时机已经成熟。

为了使抓捕行动能够顺利进行，专案组对吴刚进行性格和心理分析，大家一致认定，吴刚身为演艺圈人士，并且事发前后在省内外演艺圈和娱乐场所混迹多年，不但具备一定的经济条件，而且还具有相当广泛的人脉。十几年来，吴刚曾数次躲过公安机关的抓捕，反侦查经验相当丰富，一旦有任何风吹草动，吴刚很可能又会销声匿迹，那样的话，以后的抓捕行动就会难上加难。几经考虑，为防止打草惊蛇，李昂决定暂时先不动用电视台那条相对更容易走漏消息的线索，而是集中力量从沈阳入手。

方案确定之后，李昂立刻把专案组民警分成三组，第一组由队长李昂带队，率领年富力强的冯志远和任程伟南下沈阳，负责执行对吴刚的抓捕工作；第二组则由中队经验丰富的老民警张学来和孔德志组成，一旦沈阳组出师不利，第二组即刻由吉林市动身北上，去哈尔滨联系电视台调查取证；第三组的两名民警在家待命，随时准备支援前两组。

任务分配完毕，为避免夜长梦多，李昂决定尽快率行动组去沈阳。在即将动身之际，李昂带着冯志远和任程伟来到船营分局，向专案组负责人刘军厚副局长辞行。

刘副局长是多年的老刑警，对李昂谨慎细致的工作部署给予了充分的肯定，然后亲自上楼去找分局范立臣局长签署拘捕令。不一会儿刘副局长就回来了，身后还跟着船营分局局长范立臣。

范局长今年五十岁出头，身材瘦削。他几步走到李昂的面前，盯着他的眼睛问道："有把握吗？"

"范局，"李昂响亮地回答道，"你放心，这回吴刚肯定跑不了！"

"先别吹牛，"范局犀利的目光扫了一下眼前这个精神抖擞的年轻人，忽然话锋一转，"我想你们也都听说了，分局三中队最近刚刚破获了一起焚尸案，案子办得很漂亮，我和政委正准备向市局给他们请功呢！"

"范局，"李昂听出了范局长的弦外之音，他挺起了胸膛，"我们五中队也不是孬种，这次不抓到吴刚，我就不回来见你！"

看着眼前这个意气风发的年轻人，范立臣一向冷峻的面容上也不禁露出了欣慰的笑意。因为从李昂掷地有声的话语里，他听出了一名刑警的信心和勇气。"你们什么时候动身？"

"马上。"

"那好，"范局沉吟道，"下面我提三点要求，一要胆大心细；二要事先考虑周详，对吴刚届时可能做出的反应要有预案；三要注意安全！听清楚了吗？"

"听清楚了！"李昂和两名刑警同时大声回应道。

范局不再说什么，随着他大手一挥，李昂和两名刑警起身便向门口走去。可是三个人刚走到门口，却听到范局随后又说了一句："等一等。"

已经走到门口的三个人停住脚步，范立臣异常郑重地说道："李昂，如果这一次你们真能把吴刚抓回来，那么不管我当时手头有什么要紧事，我都会和政委一起到高速公路入口，亲自迎接你们凯旋！"

有了领导的鼓励，刑警们浑身充满了斗志和干劲，可他们同时也很清楚，吴刚狡诈多端，抓捕之路绝不会一帆风顺。果然，当天李昂三人一路驾车经过长春，在通往沈阳的高速公路上疾驰了一个多小时之后，就意外地碰到了第一个难题。

原来这段高速公路的四平段正在进行养护维修，道路不通。无奈之下，李昂三人只得又掉头返回长春，取道辽源驶上了另一条通往沈阳的国道。可是由于这段国道过于狭窄，而大量从四平方向折返过来的车辆又同时云集于此，结果造成了路面拥堵。刑警们被困在路上，车子只能像蜗牛一样缓慢爬行。望着前后看不到头的车流，大家心急如焚。赶到沈阳的时候，已经是晚上八点多钟了。人困马乏的三个人只好先找了个宾馆安顿下来。

第二天一早，三个人吃过早饭后，立刻按原计划驱车赶到了沈阳市公安局的户籍管理中心。在向对方说明了来意之后，户籍中心的同志极为配合，中心领导还特意安排了两名经验丰富的微机操作员，从沈阳记录在籍的市民中，把姓名为刘浩的成年男性户籍材料全部调了出来。

沈阳历来就是重要的工业基地，以及东北的政治、经济和文化中心，人口稠密，单单是在册的常住人口就近千万。由于刘浩这个名字太过常见，符合审查条件的有近千人。抓捕组的三个人只得拿着视频截图，陪着两名操作员一一和审查资料做相貌比对。比对工作足足持续了一天，到晚上十点多钟的时候，微机室里终于传出了令人振奋的好消息。

警方初步确定了几名和视频截图非常相像的嫌疑人，其中居住在沈阳和平区的一名叫刘浩的嫌疑人，不但各项条件极为吻合，而且容貌相似度异常接近，不要说早已把吴刚的照片烂熟于心的吉林刑警，就是沈阳户籍中心的工作人员也都一致断定，这个刘浩就是他们要找的人。

此时天色已晚，只能等到明日再设法接触目标了，李昂三人在离开户籍中心的时候，心里充满了即将迎来胜利的喜悦。那个躲藏已久的黑色身影，似乎已是触手可及……

第二天早上，沈阳一直有些阴沉的天空终于彻底放晴，看着这样明媚的好天气，李昂和两名同事无不感到精神振奋。刚过八点钟，三个人就赶到了目标所在辖区的派出所。向派出所所长说明来意后，所长非常热情，表示一定会尽力配合吉林警方的工作。可是一看到李昂等人昨天从户籍中心调出来的这位刘浩的户籍档案，所长却一个劲摇头。

原来，这位刘浩派出所所长恰好认识，而且两人关系还不错。据所长介绍，这位刘浩是大连人，为人正派，家世清白，不但和吉林方面没有丝毫关系，他现在的身份还是沈阳某政府机关的工作人员。

吉林的刑警大吃一惊。不过本着对工作负责的态度，李昂还是向所长提出了想要当面见见这位刘浩的想法。所长亲自开车，带李昂三人来到了这位刘浩所在的工作单位。见到刘浩，吉林刑警们忍不住倒吸了口凉气，因为这个人除却神态和口音外，和视频上的吴刚简直就像是一对孪生兄弟！大千世界，无奇不有！如果不是亲眼所见，李昂绝不会相信，两个血缘根本没有一点儿交集的人，竟然会长得如此相像。

李昂还是简单地和这位酷似吴刚的刘浩聊了几句，没过几分钟，李昂就彻底排除了他的嫌疑，在向这位真刘浩先生真诚地道过歉之后，李昂一言不发地回到了车上。尽管此时还有其他几个对象需要一一甄别，可是一种不祥的预感悄然袭上他的心头。

果不其然，到这天下午的时候，其余的几个对象也都被排除了嫌疑。李昂和两名同事简单商量了一下，决定给刘副局长打电话，在详细汇报了沈阳抓捕组出师不利的情况后，申请执行第二套方案，即连夜派人去哈尔滨接触黑龙江卫视方面，争取从那里找到案件的突破口。刘副局长经过慎重考虑，同意了李昂的意见。就在当天深夜，五中队的第二组刑警张学来和孔德志，悄然登上了北上哈尔滨的列车。

孤魂野鬼，滚滚红尘中谁能与我相伴

意外重返舞台后，从此化名刘浩的吴刚，便开始在杭州一些娱乐场所重操旧业，再加上阿丽也带着从家里筹集的款项返回杭州，吴刚终于暂时摆脱了经济拮据的困境。

可是在杭州这样一个南方城市里，吴刚东北人的口音毕竟比较显眼，再加上南方的气候和饮食也让吴刚一直很难适应，况且在一个地方待久了容易露马脚，考虑再三，吴刚决定重返东北。他首选的目的地，就是人口稠密、龙蛇混杂、娱乐业发达的沈阳。

在返回东北之前，狡猾的吴刚照例还是为自己清除掉了一切可能的麻烦。他先是屡次三番地对阿丽表示，自己在杭州待够了，想要去广州的歌厅发展，甚至还专门委托阿丽为他去广州摸市场打前站。早已对吴刚死心塌地的阿丽根本没有怀疑，立刻带着吴刚自制的一些演艺资料和歌曲光盘，动身到广州的一些夜总会和娱乐场所打听情况。几天之后，阿丽费尽心血，终于为吴刚找到了两家有意让他来试唱的夜场，兴冲冲的阿丽立刻给吴刚打电话，却怎么也联系不上了。

阿丽做梦也没有想到，就在她动身去广州的第二天，早已计划周详的吴刚便秘密销毁了在杭州的一切痕迹，独自一个人悄然北上到了沈阳。

人在广州的阿丽联系不上吴刚，还以为吴刚出了什么意外，立刻急匆匆地返回了杭州。一回到他们在杭州的租住地，却发现这里早已是人去屋空。冷酷又绝情的吴刚变卖了一切值钱东西，甚至连一句道别的话都没有给阿丽留下。直到这时候阿丽才终于明白，当初为了帮助吴刚逃亡，自己抛家舍业不顾一切，甚至不惜为此和亲人决裂，可这份痴情却只换来了一场空。

悄悄回到东北的吴刚虽然已届而立之年，不过因为人长得帅气，一般人也根本猜不出他的真实年龄。吴刚虽然不是科班出身，可是他在文艺方面相当有天分，再加上多年的演出经验，因此没过多久，吴刚就为自己找到了一份在迪吧做歌手的工作。

吴刚之所以能够在一座陌生的城市迅速站稳脚跟，除了他拥有一技之长外，还因为此时的吴刚在性格上已经有所转变。他不再那样任性和莽撞，而是装出一副憨厚老实、亲切随和的模样，甚至面对一些明显不公平的待遇也从不计较，使得一些不明底细的人很容易相信他。吴刚也充分利用了人们的宽容和善良，他渐渐在沈阳的地下演艺圈里交到一些朋友，这些人既可以帮自己排遣寂寞，同时又有助于拓展自己的演出空间。

吴刚是一个相当有心计的人。他在沈阳做歌手还一帆风顺的时候，就开始为将来做打算。随着年龄的逐渐增长，在舞台上的日子肯定不会太长远。为了以后的生计考虑，同时又可以发挥自己的口才和表演优势，吴刚有意识地向婚庆主持人的角色转变。沈阳是一个拥有近千万人口的大都市，在这里做婚庆主持拥有巨大的市场空间。同时这个行业又缺乏严格的规范，这使得表演经验丰富的吴刚如鱼得水，在不长的时间里，吴刚又在婚庆主持业里打下了自己的一片天地。

可是这个行当接触久了，吴刚的心里却渐渐产生了某种不平衡。由于总是为他人作嫁衣，每当看见一对对佳人山盟海誓地携手步入婚姻殿堂，人过三十却还是孑然一身的吴刚，时常感到心头五味杂陈。另外他也意识到，若想要长久地逃避法律的惩罚，除了他现在艰难取得的社会身份外，还需要一份稳定的感情来作掩护。

即便是在情如纸薄的演艺圈里，一个年过三十却没有感情归宿的男人，还是比较容易引起别人的注意，甚至总有一些好心人为他介绍对象。可是朋友介绍的大多是演艺圈里的女孩子。吴刚心里清楚，混迹于演艺圈的女孩子大都功利实际，又极富有主见，这当然对自己隐藏逃犯的身份不利。他真正需要的是那种思想单纯，有着良好家世的小家碧玉，也只有这样的女孩子才能给他带来安全感。于是吴刚开始在身边的生活圈子里物色猎物，而机会很快就来了。

那天恰逢吴刚在演艺圈内结识的一位好友自筹资金开了一家饭店，在开业庆典上，应邀出席捧场的吴刚很快就被一个形单影只的女孩子吸引住了。女孩儿长得文静漂亮，也很腼腆，一和人说话就会脸红。身为情场老手的吴刚一眼就看出来，这是一个理想的猎物，因此吴刚便借机主动和女孩儿攀谈。

女孩儿名叫茹云，是家里的独生女，父母都在沈阳经商，而她本人则刚刚高考落榜，眼下父母正准备送她出国留学。短短几句话聊下来，吴刚已经心中有数。女孩儿也对眼前这个衣冠楚楚又温文尔雅的男人产生了一丝好奇，悄声询问吴刚是做什么的。熟知少女心思的吴刚并没有急着回答，这时候恰好朋友拉他为庆典助兴，吴刚随即大大方方地走上了舞台，随着音乐响起，存心卖弄的吴刚忽而舞步华丽奔放，忽而歌声婉转悠扬，一番劲歌热舞表演下来，自然赢得了一片满堂彩。在众人的欢呼声中，吴刚神采飞扬地回到座位上，立刻注意到女孩儿此刻满脸红晕。

"我猜到了，你是一个歌手！"

"不是，"吴刚缓缓摇了摇头，脸上早已经换成了一副萧索落寞的神态，"准确地说，我是一个演员；一个孤身在外，四处漂泊，心里即使充满了孤独和苦闷，却还要尽力在舞台上为别人带来欢乐和愉悦的演员。"

只有吴刚自己知道，这句话其实是他多年逃亡生活的真实写照，但在思想单纯的女孩儿听来，这句话却显得韵味深长又富含哲理，再加上吴刚风度翩翩的外表，以及充满艺术气息的浪漫气质，让女孩儿神魂颠倒，如醉如痴。

此后的事情便按照吴刚的设想一路发展下去。女孩儿自从和吴刚结识以后，不但彻底打消了出国读书的念头，而且终日追随着吴刚，频繁出入各种夜总会和娱乐场所，最后她甚至和吴刚同居。

对于茹云的一意孤行，她的父母也曾极力反对。因为一来吴刚年龄要比茹云大上十几岁；二来吴刚是外地人，又没有一份正当稳定的职业；当然更重要的是，社会经验丰富的茹云父母多少也能察觉到，这个吴刚的来历不清楚，心底似乎还藏着许多秘密。可是无奈茹云从小就被父母娇惯坏了，一心认定吴刚就是自己的白马王子。为了能和吴刚长相厮守，同时也让父母死心，茹云很快怀上了吴刚的孩子。这一来，茹云的父母也只好认命，不但默许了两人的交往，而且还极力劝说吴刚和茹云尽快结婚，甚至送给两人一套房子。

可是，原本信誓旦旦要娶茹云的吴刚，这时候却打起了退堂鼓。尽管如愿以偿地得到了一份稳定的感情，而他也确实喜欢茹云的单纯和痴情，可是一旦提到要和茹云结婚，一想到自己需要为此面对婚姻登记机关的各项审查，做贼心虚的吴刚内心里就充满恐惧。

面对茹云家人的再三催促，吴刚一方面消极逃避，一方面则竭力哄骗涉世不深的茹云。他先是以更注重二人世界为由哄着茹云堕了胎，继而又欺骗茹云的家人说，自己不想给人笑话吃软饭，他要靠自己的打拼为茹云买一套新房，然后再堂堂正正地娶茹云进门。

天真善良的茹云和家人一次次地轻信了他的谎言。可是时光流转，一转眼几年的时间过去了，茹云的年龄越来越大，而吴刚的诺言却总是无法兑现。这样一来，就连一直替吴刚百般遮掩的茹云也忍不住有些焦躁起来，她几次三番地催促吴刚赶紧和自己结婚，两人经常为此发生争执。可是茹云的内心里依旧对吴刚抱有幻想，毕竟两个人之间有着将近七年的感情，无论从哪个角度说，吴刚都应该给自己一个女人最渴望的归宿。

茹云太天真了，她不知道在吴刚憨厚老实的伪装下，隐藏的却是自私丑陋的灵魂。终于因为一次巧合，茹云意外地发现在这几年的时间里，吴刚一直和几个演艺圈里的女孩子保持着不正当关系。这残酷的现实仿佛晴天霹雳，既让茹云痛不欲生，同时也终于让她认清了吴刚的本来面目。万念俱灰之下，茹云忍痛斩断了情丝，把吴刚赶出了家门。

此时的吴刚也陷入了深深的绝望和痛苦之中。只是他的痛苦并非来自于辜负茹云的悔恨，而是他再一次悲哀地意识到，尽管他改了名字，还有了一个全新的身份，尽管他从事着自己喜欢的工作，甚至身边一直都不缺乏女人和感情，可他就是无法像一个普通人那样，能够坦坦荡荡、自由自在地活着。

白天，他无法像其他人那样从容地走在阳光下，因为他总感觉身边有一双双能窥伺他内心的眼睛。而在无边的黑夜里，不论他是孑然一身，还是和各式各样的女人同床共枕，他都会一次次地从噩梦中惊醒。也许自己天生就是个孤魂野鬼，而远离幸福和美好也是一种悲哀的宿命。因为在他心灵的深处，始终隐藏着一块冰冷彻骨、永远都不会融化的寒冰。

引蛇出洞，智取在逃嫌疑人的方案出笼

第二天一早，五中队刑警张学来和孔德志一抵达哈尔滨，立刻在哈市同行的陪同下赶到了黑龙江卫视的所在地。通过一系列细致耐心的工作，电视台有关方面终于打消了顾虑，并协助刑警找到了制作当期《快乐大联盟》节目的一位女编导。

吉林刑警们说明了来意后，在场的警察都发现女编导神色有异。追问之下，这位女编导终于说出来，就在昨天晚上，她还曾经在网络上和“刘浩”聊过天。

女编导向警方提供了包括吴刚QQ号码在内的大量有价值的信息，尤其让警方兴奋的是，吴刚此时没有外出，就在沈阳。好消息传到了沈阳抓捕组，早已心急如焚的李昂立刻通过女编导主动向警方提供的密码，进入了吴刚在网络上的个人空间。

进入署名为“歌手阿浩”的个人空间，首先映入眼帘的就是一张吴刚双手合十、盘腿打坐的照片。在吴刚的私人相册里，刑警们发现了大量他近几年来参与各种演出和主持的照片。另外在空间日志里一些记录心情的文章里，“歌手阿浩”还留下了好几处“忏悔”和“赎罪”的字眼。

通过分析比对，这个自称“歌手阿浩”的中年人，就是刑警们

费尽心血要找的吴刚。尤其让大家感到惊喜的是，吴刚为了招揽婚庆主持生意，甚至还在网页的显著位置上登出了自己在沈阳的演艺公司的详细地址和联系方式。

至此，案情终于取得了重大突破。几乎是在第一时间里，李昂就带领着两名同事，按照网页上的地址赶到了吴刚公司的所在地——位于沈阳铁西区兴工北街的某座公寓楼。可是一到这里刑警们才发现，这是一座开放式、内部拥有几百家单位的高层公寓大厦，而且大厦的出口即便不包括地下停车场在内，也有六七个之多。

面对这样的局面，仅靠李昂等三个人显然是力不从心，而通过大厦物业查证又极容易走漏风声。不得已，三个人只好找到了兴隆北街辖区的霁虹派出所，可是从派出所那里得到的情况同样让人失望，因为这所大厦里的业主几乎都没有登记在案，民警只知道其中大部分人是一些“飘”在沈阳的演艺界人士，而且流动性极大。

此时是上午十一点钟，距离早上从黑龙江卫视方面得到有价值的信息，已经过去两个小时的时间。每个人心里都清楚，时间拖得越长，走漏消息的可能性就越大。此时心急的冯志远和任程伟纷纷请战，要进大厦里面去摸摸情况。李昂虽然心里同样急躁，却还是制止了他们这种有些鲁莽的做法。

时间紧迫，直接进入大厦查证太冒险，万一吴刚不在，很容易走漏风声。但是不管怎样，此刻已经是箭在弦上，不得不发！既然强攻不成，那能不能改为智取呢？这时候李昂的脑子里突然灵光一闪，既然吴刚自己在网络上公布了招揽婚庆主持生意的电话，那么何不在这一点上做文章，让吴刚自投罗网呢？

李昂立刻给专案组的负责人、船营分局的刘军厚副局长打了个电话，在简要介绍了情况后，李昂把自己的想法和盘托出。刘副局长同意了李昂的方案，并嘱咐他一定要有充分的思想准备，对可能出现的种种意外情况，一定要事先准备好应对预案。

一个完整而又详细的诱捕计划迅速在李昂的脑子里勾画成型……

为了防止自己的口音引起吴刚的怀疑，李昂迅速和沈阳市公安局铁西分局刑侦大队取得联系，请求沈阳警方协助抓捕嫌疑人。不到十分钟，铁西分局刑警三中队队长胡志强就率领两名刑警驾车赶到了兴隆北街，和李昂等三人会合。天下刑警是一家，客套话都免了，李昂把情况和自己的方案详细告知胡队长。胡队长没有意见，当即派人在附近买了一张沈阳的电话卡，随即就要以筹备婚礼、邀请婚庆主持的名义给吴刚打电话。就在胡队长正准备拨通吴刚电话号码的时候，李昂却突然伸手阻拦道："先等一等！"

众人都有些诧异，不明白李昂葫芦里卖的什么药。李昂紧锁着眉头："我们如果请吴刚做婚礼主持，他一定会问我们日期，而按常理来说，婚礼一般应该是在周末才对。万一我们说的日子和他的业务安排有冲突的话，他很可能会拒绝和我们见面。"

一句话说得胡队长对李昂刮目相看："那你说怎么办？"

"我看不如这样，我们不妨说要给老人过生日，请他来给主持一下寿宴庆典，这样避开了周末，也就减少撞车的危险了！"

"好，就这么办！"

胡队长即刻在车上拨通了吴刚的电话，可电话一直响了七八声都没人接，就在大家的心都悬在嗓子眼的时候，听筒那头才传来一个男人有些低沉的嗓音："喂？"

"是'歌手阿浩'吗？"胡队长带着浓重的沈阳口音问道。

"是我，你是——"

"我姓胡，在网上看到你登出来的庆典主持的广告和电话号码，就想问你今天中午有没有时间——"

"什么事？"

"是这样的，"胡队长说，"下个星期一是我们家老爷子的七十大寿，我们几个儿女想着给老爷子好好张罗张罗，饭店都找好了。本来饭店自己也有司仪和乐队，可是那个价格——想必你也知道，实在太他妈黑了！所以看看你能不能抽空给办了，也就是说几句吉利话，再唱两首歌，另外价格公道点儿就行。你要是同意的话，咱们现在能不能见个面细谈——"

“是这样啊，”一听到有生意上门，吴刚说话的口气立刻委婉了许多，“这样吧，我现在手头正好有点儿急事，你过五分钟再给我打电话，好不好？”

胡队长只得挂断了电话。众人焦急地等待了五分钟左右，胡队长再次拨通吴刚的电话，可吴刚的手机关机了。众人的心再一次悬了起来，李昂更是眉头紧锁，难道吴刚从胡队长的话里听出了什么，还是他在故意试探？

胡队长不停地拨吴刚的号码，大概过了十几分钟，电话终于再次打通了。按照预定的计划，这一次胡队长明显露出不满的语气，问吴刚为何要关机。吴刚解释说电话刚才恰好没电了。胡队长再次要求和吴刚见面，吴刚却说临时有事要出门，让胡队长下午再打电话来。李昂冲胡队长做了个拇指向下的手势，心领神会的胡队长立刻发作：“你拉倒吧！看样子你是不想接这生意，我们也不用你了！我就不信，偌大个沈阳城难道就你一个主持人？我们还是另请高明吧——”

吴刚的口气立刻软了下来：“别别老哥，你别生气，我确实下午有事，要不我先把事情往后推推，咱们先见个面？”

“你看着办。”胡队长余怒未消。

“那好，你在什么位置？”

“当然是铁西区啊，”胡队长没好气地回答道，“我要是在和平区，还用得着找你啊！”

“好好，”此时的吴刚已经完全被警方牵住了鼻子，“老哥你消消气，铁西兴工北街有一家很火的吴记海底捞火锅，你肯定知道。二十分钟后，我们在饭店门口不见不散，咱们边吃边聊好不好？”

“那好吧，”胡队长有些不情愿地说道，“不过丑话说前头，我在酒店门口就等你五分钟，过了时间你就不用来了！”

胡队长说完便挂断了电话，抬眼却见车里的三名吉林刑警都在愣愣地看着自己，为首的李昂更是不住点头赞叹：“老胡，你干刑警真是有点儿可惜了！”

“这话怎么说？”

“你要是当演员的话，什么发哥华仔肯定要靠边站了，另外一不小心拿个金马影帝之类的也不是不可能的！”

电视相亲，绝望人生中的最后一次挣扎

自从和茹云结束了这一段长达七年的感情，已经步入中年的吴刚，同时也迎来了人生中最迷惘，同时也是最疯狂的一个阶段。

在逃亡的无数个日日夜夜里，不管他怎么努力，始终都无法把孙军的影子从自己的记忆中抹去。为了寻求心灵的释放和解脱，身负杀人血案却又不愿承担法律责任的吴刚，无可避免地滑入了一场自欺欺人的虚幻梦境。

一次偶然的机会，吴刚和朋友游览沈阳著名的慈恩寺的时候，突然觉得自己似乎受到了某种来自神灵的启示。从此他开始接触佛学知识和理论，并且还尝试着练习修行打坐，甚至他还会高调做一些诸如捐款、义演等所谓的“善事”，仿佛在做了这些事情之后，他才能获得心灵的安宁，同时也能洗刷他所犯下的罪行。此后的吴刚渐渐走火入魔，甚至完全沉浸在宗教的幻境中不能自拔，每天深夜，吴刚都要吟诵佛经和修行打坐一番之后才能够安然入睡。

只可惜佛祖虽然能给他带来短暂的安宁，却并不能帮他填饱肚子。为了生计，吴刚每天还是得照样出门争取各种演出机会，接手婚庆主持工作。可就在这时候，吴刚却发现自己的演艺事业遇到了一个发展瓶颈。

这也不奇怪，演艺圈毕竟是吃青春饭的地方。随着吴刚的年龄越来越大，而演出的机会却越来越少，另外婚庆主持的工作又很不稳定，因此吴刚不得不设法另谋出路。通过一段时间的考察和思索，吴刚终于发现了演艺道路上的另外一个追求的目标，那就是成立自己的演出和经纪公司。吴刚坚信，只要这条路走通了，他就可以利用演出公司的名义，招生办学，承揽演出，他的演艺事业会再攀高峰。

要想成立自己的演出公司，首先必须解决一个最基本的问题，

那就是要有一个固定的场地。这对吴刚来说还不算是大问题。在被茹云扫地出门后不久，吴刚就利用自己这几年时间里悄悄积攒下来的演出收入，在沈阳铁西区兴工北街附近的一座大厦里购买了一套小户型的公寓，为了以后工作方便，他还用剩下的钱给自己买了一辆二手车。但吴刚接下来却面临着一个更为棘手的难题。

此前的日子里，他所从事的大多是个人走穴式的演出，这种演出基本上不用自己去操心琐事，只要保持好演出状态就可以了。但是要想成立自己的演出和经纪公司，不但所有的事情都要事必躬亲，而且对于吴刚来说，此刻的他还缺少操作经验，以及足够的名人效应和号召力。要想赢得这种号召力，吴刚就必须一改从前低调谨慎的行事作风，同时尽可能地向公众和潜在客户群包装和推销自己。从此吴刚开始留意能使自己尽快成名的各种捷径，一来二去，吴刚的目光被电视荧屏上正火爆热播的电视相亲节目吸引住了。

近几年来，无论是湖南卫视的《玫瑰之约》，还是江苏卫视的《非诚勿扰》，电视相亲节目在全国的电视荧屏上，如同雨后春笋一样竞相出炉，而且反响热烈。为了提高收视率，各省市自治区的电视台争相仿效，纷纷推出了类似的电视相亲节目，黑龙江卫视的《快乐大联盟》便是其中之一。这档节目在黑龙江乃至整个东北地区都有着非同小可的影响力，每到周末播出的时候，都会有数不胜数的观众热心观看。吴刚也渐渐成为了这些相亲节目的忠实观众，甚至他还不止一次地模拟过节目现场，设想自己参与节目时该如何取得更抢眼的效果。只不过最初的时候，吴刚只是心向往之，却无论如何没有抛头露面的胆量。

可是时不我待，眼看自己年华老去，而演艺公司的事情还是空中楼阁，吴刚自然心急如焚。就在吴刚进退维谷、左右为难的时候，最终还是吴刚一直笃信的佛祖“帮助”了他。由于日积月累，不断反复的心理暗示和自我麻醉，此时的吴刚渐渐开始相信，自己已经成功地换成了另外一个人，而且在不断“修行”中，他强迫自己相信，佛祖一定会自始至终庇护他。就这样，吴刚终于没有战胜欲望，向着注定的归宿迈出了最后的一步。

为了能够顺利参加电视节目，实现自己一夜成名的梦想，吴刚反复观看电视，终于发现几乎所有的相亲节目都有一个固定的合作伙伴——国内某大型征婚交友网站。确定了目标后，吴刚立刻将自己的资料认真包装后上传，很快就成为了该网站的一名注册会员。接下来的事情完全不出吴刚预料，由于他比较出众的个人条件，很快便有一位黑龙江卫视《快乐大联盟》节目的女编导给他打来电话。电话里，女编导先是比较详细地询问了他的个人情况，早已成竹在胸的吴刚充分施展了自己的口才，女编导大为满意，当场就拍板邀请他来做节目。

吴刚没想到对方会表现得如此迫切，毕竟自己做贼心虚，吴刚向编导提出自己要先考虑一下。挂断电话之后，吴刚几乎是一夜未眠，仔细权衡出镜参与节目的利弊，彻底在世人面前风光一把的虚荣心最终占据了上风。女编导再次打来电话询问的时候，吴刚立刻接受了对方的邀请。女编导喜出望外，让他在网上填写了一份报名表。没过多久，2010年10月，吴刚再次接到了卫视女编导打来的电话，女编导告诉他，让他第二天赶赴哈尔滨去录制节目。

第二天一早，吴刚满怀着一种既激动又有些忐忑的心情登上了开往哈市的火车。到达哈尔滨后，吴刚和其他嘉宾一起住进了电视台统一安排的宾馆里。当晚，参与此次录像的所有男女嘉宾一起来到电视台签了一份协议，内容是每位嘉宾都要对自己提供信息的真实性，以及在节目录制过程中的言行负责，如果因为嘉宾而导致节目录制出现问题，那么嘉宾还要负责赔偿电视台的损失。

签署完协议回到宾馆，吴刚突然心生悔意，一种不祥的预感仿佛毒蛇一样死死地缠绕在他的心头，让吴刚寝食难安。吴刚匆匆给节目编导打了个电话后，当晚就要溜之大吉。最后还是一直和他联系的女编导紧急来安慰了一番，做通了他的工作，吴刚这才稍稍静下心来。

第二天下午，吴刚怀着紧张的心情走进了节目制作现场。开始，吴刚心里还有些犹豫，他不知道接下来自己该如何表现，是继续谨慎低调，还是放松下来，权当这是一场特殊的游戏。可是这种犹豫很快就烟消云散了。自从节目一开始，在华丽的舞台布景和耀眼的灯光映照下，尤其是面对着台下无数热心的观众，吴刚作为一个演员的表现欲和好胜心便彻底占据了上风。

由于多年来一直混迹在演艺圈里，吴刚对于舞台丝毫不陌生，在节目录制过程中，他全面地展示了自己的艺术才华。首先是一曲缠绵悱恻的情歌，继而又是一段火爆热辣的舞蹈，在和现场主持人及其他女嘉宾的互动情节里，他的谈吐和举止极为亲切自然，最后终于凭借自己卖力的表现，不但赢得了在场观众的热烈追捧，还成功地赢得了一位女嘉宾的芳心。

这个晚上吴刚是成功的。凭借自己的能力，他几乎让整个节目现场成为了他一个人的舞台。可是就在节目录制刚刚结束，所有人都围上来称赞吴刚的表现并为他祝福的时候，吴刚却仿佛变成了另外一个人。他脸色苍白，大汗淋漓，电视台的工作人员还以为他身体不舒服，当即要送他去医院。吴刚谢绝了别人的好意，抛下刚刚和自己相亲成功的女嘉宾，一个人独自打车回到了宾馆。

多年来，为了隐藏自己的逃犯身份，他早已习惯了谨慎低调；可是为了拓展生存空间，同时尽快实现成立演艺公司的梦想，他又不得不抛头露面，甚至主动高调地参与电视相亲节目。只有这样，他才能迅速打开知名度，同时学到节目制作、演出包装和自我推销等一系列商业技巧。可是，此刻明明已经得偿所愿，他却丝毫感受不到成功的喜悦，反而感到一种灭顶之灾即将到来的恐慌和绝望。

失魂落魄的吴刚匆匆给电视台的编导打了个告辞的电话，就返回了沈阳。回到沈阳后的吴刚更加小心谨慎，时刻注意自己身边的风吹草动，对于邀请自己演出和主持婚庆的电话，只要不是熟人朋友打来的，吴刚也必先百般试探。

就这样又过去了几个月的时间，周围依旧风平浪静，吴刚一直紧绷着的心这才慢慢平静了下来。他觉得自己可能多虑了，又重新开始演出，并加速了成立演艺公司的进程，甚至还在媒体网络上大肆发布承揽生意、招聘学员的各种广告。这时候，他已经彻底相信，自己即将迎来一段崭新的人生。殊不知，多行不义必自毙，观众的举报，让一张无形的正义之网在他的头顶悄然张开……

法网恢恢，一场冰与火的最后较量

得知吴刚已经上钩，李昂立刻细致地部署了对吴刚的具体抓捕方案。由于约定的饭店离吴刚演艺公司所在的大厦不过几百米远，李昂首先请胡队长率领冯志远和一名沈阳刑警在饭店门口埋伏，而任程伟和另外一名沈阳刑警则守在大厦旁边。布置完毕，李昂还有些不放心，便开着车围绕着饭店慢慢兜圈。

今天沈阳的天气非常好，蓝蓝的天，暖暖的太阳，温柔的阳光洒在身上，让人感到十分惬意。离约定的时间越来越近，吴刚依旧没有露面，李昂变得有些紧张起来。就在这时，李昂的手机里突然传来了任程伟的声音："目标出现!"

李昂心里一喜，立刻一扭方向盘，转到了通往大厦的一条辅路上。没走多远，李昂就看见路边的林荫道上，任程伟和沈阳刑警在不紧不慢地走着，就在两人身前几米的地方，一个穿着白色 T 恤、风度翩翩的中年人正在悠闲地踱着步子。李昂一眼就认出来，这个中年人正是吴刚。

眼看吴刚已经是瓮中之鳖，李昂给胡队长发出立刻靠拢、准备动手的信息后，把车子停靠在路边，下车迎面向吴刚走了过去。

吴刚今天的心情也不错。

因为昨晚有演出，而且又持续到很晚，今天吴刚想给自己放个假，好好休息一下。可偏偏中午自己正睡觉的时候，又接到了一单主持寿宴的生意，约好了二十分钟后见面。看来今天这觉无论如何是睡不成了。

不过吴刚还是很喜欢这种忙碌和充实。他还记得去年的这个时候，自己的演出一度有走下坡的趋势，可是最近这半年来，尤其是半年前参加了相亲节目后，他的商演和主持工作不但大有起色，而且自己最近的情绪和状态，也似乎有了很大的提升。不过事情还要慢慢来，只要保持住现在的状态，用不了多久，他的演艺公司就会宾客盈门了。

看看约定的时间快到了，收拾一新的吴刚便准备出门，到了门口才想起自己还忘了一件重要的事。他重新返回客厅，在观音菩萨像前跪下，恭恭敬敬地拜了几拜，当他起身要走时，眼角的余光却扫到观音的脸上似乎露出一丝神秘的笑容。吴刚心里一动，莫非今天还有什么意外的喜事不成？

心情轻松的吴刚走出房间进了电梯，很快便走出了公寓大楼。约好和顾客见面的饭店就在两百米外的马路对面，从公寓走过去用不了十分钟。想想自己以前真的有些可笑，竟然会对蓝天、太阳，还有和路人的摩肩接踵充满着一种强烈的抵触。其实这有什么好怕的呢，你一旦能够融入其中，就变成了一种享受。比如那个穿着超短裙，露出一双长腿的漂亮姑娘，还有此刻迎面走过来的年轻人，他虽然个子不高，可是一双带着笑意的眼睛里，却散发出一种让人嫉妒的清澈和透明。

“你就是阿浩吧？”

吴刚没想到年轻人突然拦住了自己，并主动向自己伸出手来。

“你是——”

“我们刚才电话里约好在海底捞见面，谈生日庆典的事，你忘了？”

“哦，”吴刚立刻热情地握住了对方的手，“可是刚才打电话的人好像不是你啊——”

“那是我表哥老胡，”年轻人笑道，“不知道你刚才在电话里怎么得罪他了，一个人在车里生闷气呢！”

“真是抱歉啊！”吴刚一脸真诚，“我这就给胡哥道个歉去！”

“那就一起上车吧，”年轻人亲热地拉着吴刚的手臂，“我刚才在海底捞看到他们大门正装修呢，什么白钢、桥铝的堆了一地，我表哥一看就火了，非要另换个清净地方。”

“没问题。”吴刚爽快地回答道，在年轻人的殷勤引导下，弯腰钻进了停靠在路边的一辆挂着沈阳牌照的捷达车。

一上车，吴刚立刻注意到前排司机的旁边，在副驾驶的位置上坐着一个面沉似水的中年人，吴刚瞥见年轻人冲自己挤了挤眼，立刻满脸堆笑地伸过手去："胡哥，阿浩不懂事，您别见怪!"

车子已经启动了，中年人却连头也不回，只是瓮声瓮气地说了一句："你先和我表弟谈吧，我眯一会儿，咱们等会儿再说。"

吴刚有些尴尬地缩回了手，年轻人立刻拍了拍他的肩膀笑道："别理他，这两天正和我嫂子闹别扭呢，逮谁和谁过不去，跟吃了枪药似的!"

吴刚不禁露出一丝微笑。

"阿浩，你做这一行多久了?"

"快十年了。"

"这么久?"年轻人的脸上露出惊讶的神色，"那你以前做什么啊?"

"我以前在夜总会里当歌手。"

"那一定挺风光的吧，不过听你口音好像不是本地人啊?"

"我老家在长春。"

"长春?那应该和吉林市离得不远啊，以前去过吗?"

吴刚有些愕然地转过头看着眼前这个年轻人，不知怎么，吴刚忽然觉得眼前的年轻人仿佛变成了一团火，而自己却似乎掉入了冰窖。就在这时，前排一直沉默的中年人忽然说了一句："到了。"

吴刚蓦然转过头，只见车子不知什么时候已经驶进了一处宽阔敞亮，停放着许多车辆的大院，而中间的一座白色大楼楼顶，高高悬挂着一枚硕大的警徽。车子在大楼门前停了下来。吴刚这时候还没醒过神来，愣愣地看着眼前突然收敛了笑容、目光如炬的年轻人，下意识地喃喃道："我们不是要去吃饭吗?"

"吴刚，你就别演戏了!"李昂亮出了吉林市公安局船营分局签发的拘捕令，"十三年了，你也够本了!实话告诉你，我是吉林刑警，这次就是专门来请你'回家'的!"

仿佛被一股异常强大的电流瞬间击中了要害，吴刚一下子脸色惨白，豆大的汗珠顷刻间布满额头。随着车门被一把从外边打开，等候多时的刑警们从车里拽出了烂泥一样瘫作一团的吴刚，押着他疾步走进了铁西分局的大楼。

李昂立刻给船营分局的刘军厚副局长打了个报喜电话。刘副局长指示李昂尽快对嫌疑人进行突审，争取拿下口供。接到指示，李昂随即走进铁西分局的大楼，可是直觉告诉他，对于阴险狡诈，又整整逃亡了十三年的吴刚来说，尽快拿下口供并不是一件容易的事。

果然，一走进讯问室，李昂一眼看见负责笔录的冯志远冲着自己轻轻摇了摇头，而此时的吴刚尽管已经戴上了冰冷的手铐，却始终闭着眼睛，同时嘴里不断低声念着佛经。

李昂见状气不打一处来，他抄起手中标有“吴刚杀人案”的案卷，“啪”的一声狠狠地摔在了吴刚的面前，“吴刚，你要是觉得今天还能平安无事地走出这间屋子，那你就可以不说话！你要是觉得自己对得起孙军，对得起孙军已经疯癫了整整十三年的母亲，你也可以不说话！你要是觉得自己对得起因为你一直抬不起头来的姐姐，还有你养父的在天之灵，你同样可以不说话！此外还有那些被你欺骗利用过的人，那些为你付出青春却又被你无情抛弃的人，还有你那已经长大成人，即将走入社会的儿子。你要是觉得对得起这些人，那你今天就一个字都别说！”

这一席话仿佛重锤一样，几乎每一个字都敲到了吴刚绷紧的神经上，此刻他已经无法再祈求神灵的保佑，而是本能地俯下身来抖作一团。

李昂接着说：“吴刚，我不管你现在信仰什么，总之一个人犯了错就要认，欠了债也必须还！整整十三年了，没有人比你更清楚，这些年你究竟过的是一种什么日子！”

“不要——”一提到十三年来所经历的苦痛，吴刚的心理防线刹那间崩溃了，他突然双手抱头，一边狠狠揪着自己的头发，一边撕心裂肺地号啕大哭！

李昂知道，自己刚才的话已经产生了效果，他冲冯志远点点头，冯志远心领神会，趁着吴刚号哭的间隙，见缝插针地叹息了一声：“吴刚，其实我们就想知道，当年你和孙军到底有什么大过节，为什么非要置人于死地呢？”

“就是因为一点儿小事，”吴刚哭得上气不接下气，“我真后悔啊！”

吴刚终于打开了尘封已久的记忆闸门，他一边号哭，一边断断续续地述说起了往事。看着冯志远记录个不停，终于彻底放松下来的李昂悄悄走出了讯问室，掏出电话再次拨通了刘副局长的号码。电话一接通，李昂只说了两个字：“撂了。”

下午，吉林刑警们婉言谢绝了沈阳警方要在晚上为他们摆酒庆功的好意，在办理完相关手续后，三人押解着吴刚，即刻踏上了返程的路。

此时吴刚的情绪已经逐渐平静了下来，坐着刑警的专车，吴刚感受到了一种从来没有过的踏实和宁静。不知不觉间，他竟然靠在身边的刑警身上，像个疲惫的孩子一样酣然进入了梦乡。

而几乎两天没有合眼的刑警们却不敢有丝毫放松。经过近三个小时的奔波，黄昏的时候，刑警们终于抵达了长吉高速公路的入口处。还剩下最后八十公里，用不了一个小时，他们就能见到家里的亲人了！

此刻，三名刑警都有些难捺的兴奋，可是为了不打扰鼾声如雷的吴刚，三人都默契地没有做声。就在车子即将驶入收费站的时候，开车的任程伟却忽然惊呼了一声：“队长，你快看，那不是咱们船营分局的车吗？”

李昂眯起眼睛，果然看见收费站的路边停靠着两辆警车，而车子的前面还站着几个身影。这时候任程伟已经把车子开到了警车跟前，李昂跳下车，一下子愣住了！

在落日的余晖下，吉林市公安局船营分局局长范立臣、政委刘宪军，以及副局长刘军厚三个人全部身着警服，比肩而立，一起微笑着冲归来的刑警们举手敬礼。

那一刻，李昂忽然觉得自己的眼睛有些湿润……

（原载于《啄木鸟》2011 年第 10 期）

忠诚挚爱　青春如歌

——追记内蒙古呼和浩特市消防支队武川县消防中队攻坚班班长张旭

康立文

消防兵张旭：忠诚挚爱唱响奉献人生

“当选择了消防这一神圣事业的同时，我就作好了准备，时刻准备为消防事业奉献出自己的青春乃至生命。只要党和人民需要我，我会奉献一切，请党组织考验我吧！”这是内蒙古呼和浩特市消防支队武川县消防中队攻坚班班长张旭在去年 7 月才写下的入党申请书中的最后一句话，谁也没有想到，短短几个月后，张旭竟用自己的生命践行了他写下的誓言。

2 月 10 日早晨，天空飘起了雪花。洁白的雪花把地处大青山脚下的武川县装裹得一片银白。

由于雪下得急，一直到下午3点多才渐渐停了下来。张旭和战友们清扫完营区内的积雪后，外出给战友郭兰军买回了生日蛋糕，准备一起为他庆祝生日。

生死瞬间：他用生命绘就大爱

18时18分，中队接到报警，位于大青山腹地省道311线武固段（呼和浩特市武川县至包头市固阳县）90公里处一辆装满电石的大货车起火。中队立即调派一辆消防车和七名消防官兵赶赴现场扑救。因为事故地点距中队90公里，加上道路湿滑，20时20分他们才赶到现场。此时，侧翻在路边的大货车已完全过火，八个轮胎都已烧着，满地都是泄漏的柴油。因为电石火灾不能用水扑救，张旭就和战友拿着铁锹利用道路旁的沙土控制火势，经过近一小时的艰苦奋战，21时15分终于将大火扑灭。此时，张旭和战友们的脸已被熏成了黑色，身上都有一些烧伤，衣服也被烧坏。为了防止复燃，大家在现场守护到22时才登车返回。

返程途中，天一直下着大雪，风力五六级，能见度不足50米，暗黑的天空同雪海打成一片，一切都看不清楚了。张旭向郭兰军笑着说："我们可以回去吃蛋糕了，到时候大家给你唱生日歌！"然而谁也没有想到这句话竟然成了张旭和战友们最后的诀别。

当车辆行驶至距武川县城40公里一转弯下坡处时，因路面积雪，下有暗冰，车辆发生侧滑，失去控制，面对突发的意外，张旭一边大声喊"危险"，一边用力将身边的战友向里推，而他则被甩在了车门边，随后消防车冲出路面，侧翻在了路基下，张旭被侧翻车辆压住。

中队官兵迅速展开营救，"120"救护车也随后赶到，战友们在旁边一直大声喊着："班长，坚持住！"他们也坚信班长会像以前一样战胜每一次困难和挫折。然而不幸还是发生了，23时27分，经抢救无效，张旭不幸牺牲。战友郭兰军因张旭的"用力一推"，与死神擦肩而过，而二十岁的张旭在最后一刻，奋力一推，把生的希望留给了战友……用大爱完成了一次生命的置换。

战友情深：一首没有唱响的生日歌

“不可能，绝对不可能！”当医院宣告张旭不治的噩耗时，郭兰军怎么也不肯相信，就在下午还与自己一起买蛋糕的张旭，就这样永远地离开了他。“班长，你还没给我过生日，吃你为我买的生日蛋糕，没和战友们一起唱生日歌呢，都说好的，现在也只差你一个人了。”

2 月 10 日是郭兰军的生日。当天下午，张旭陪郭兰军一起去了趟武川县城。在蛋糕店，郭兰军自己看上了一个奶油小蛋糕，张旭却说一年才过一次生日，要买一个好的，并且说好晚上 8 点全队的战友一起给他庆祝生日。“最终他帮我买了一个水果的大蛋糕。”说到这里，郭兰军满眼泪花。当天 18 时 18 分，郭兰军的生日还没有过，中队就接到了出警任务，张旭第一次没有兑现他对战友的诺言。

最后的一推，也成了郭兰军心里挥之不去的痛苦。“如果不是班长推我那一下，可能我也会出事，但那样班长就不会牺牲了。”说到此，郭兰军的眼里满是愧疚和哀伤。郭兰军清楚地记得，在一次出警过程中，他摔了一下，腰部受伤。张旭回队后马上给他送来了一堆治摔伤的药，还亲手给他上药。原来，在之前参加总队举行的铁军训练中，张旭也受过伤，摔伤的药还留下一些。班长还开玩笑地说：“没事，人不摔长不大，男人，就要对自己狠一点儿。”想起张旭对自己的帮助和关心，郭兰军的眼泪禁不住又流了下来。

在张旭生前待过的战斗班里，写有张旭名字的衣柜仍在，床铺整洁干净，却再不见张旭的身影。战友王红林谈起自己刚下连队的那段日子，记忆犹新。由于刚刚下连，义务兵津贴尚未发下，包括王红林在内的四名新兵无钱购买洗漱用品。细心的张旭注意到了这些，笑呵呵地买回了脸盆、牙具、毛巾，递到几名新兵手中。新兵们初来，吃饭特别拘束，吃菜只拣最靠近自己的那一盘，张旭看到了便给他们夹菜，夹来夹去，常常一顿饭他自己没吃多少。

在前不久的一次入党选举会上，张旭和另一名战士得票数并列。领导做过综合测评后选择了张旭，但他主动放弃了，他说：“我以后要在部队长干，机会很多，这次还是让给别人吧。”

心系百姓：树起在群众心中的丰碑

得知张旭牺牲的消息，武川县村民罗志国一家人眼泪簌簌地往下掉。罗志国领着九岁的儿子罗鑫宇来到中队，“我们小鑫宇就是张旭从洪水中抱出来的”。

2010 年 8 月 12 日凌晨，武川县普降暴雨，罗志国家前后共十几户人家陷入险情，湍急的水流瞬间就将一面墙冲倒，不到八点半，水就达到齐腰深了。赶到现场的张旭和战友们冲进洪水中，手挽手筑起人墙，将受困者一个个托出危房。张旭将罗鑫宇从屋内抱出，并送上了消防车。罗志国说，“那天洪水来得特别突然，消防兵赶来的时候洪水已经将家里的火炕淹没了，人们就坐在窗台上，大家都特别害怕，要冲进洪水里救人，真需要很大的勇气。当时我跑出屋外查看情况，想返回屋内将媳妇和儿子接出来时，发现大量的洪水正快速向自家屋内侵入，已经很难再返回了，我这个当父亲的都不敢进去救我的娃娃，张旭却救了我的妻儿，是我们一家的大恩人，我从内心里十分感激他，也十分佩服他的英勇。”

对于上小学二年级的罗鑫宇来说，牺牲这个词的含义他还不能完全理解，听大家说张旭叔叔牺牲了，他一脸茫然，在看到张旭抱着他趟过洪水的照片时罗鑫宇说：“我记得这个叔叔，他把我从家里抱到消防车上，还跟我说不要害怕。”听到罗鑫宇的话，罗志国的眼眶又一次溢满了泪水。

2 月 14 日，被救助的车主张伟从集宁赶回武川县专程给消防战士们送来写有“危难关头显身手，人民消防爱人民”的锦旗，到中队后他才得知张旭牺牲的消息，愧疚、惋惜、难过一齐涌到心头。2 月 10 日的那个晚上，张伟记忆犹新。“那天我拉了 37 吨电石前往唐山，雪大路滑，盘山路路况复杂，车侧翻后起火，车在火中燃烧，爆炸声不断，我都不敢靠近。当时我还劝阻过消防兵，算了，太危险了。可战士们没有放弃，冲入火海，用了一个小时的时间控制住了火情，挽回了十几万元的损失。战士们把火灭了以后，我拿出几千块钱想请小伙子们吃点儿饭，他们告诉我灭火救灾是他们的责任，无须回报。这是我第一次接触消防兵，为了老百姓的利益不顾生命的安危。”39 岁的张伟拉着消防兵的手，难过得几次哽咽，“我一定要送送他，如果不是他们，我全车的东西就都毁了，可又因为我的这点儿东西，把一条年轻的生命断送了，我这心里不是滋味啊！”

入伍两年来，张旭先后参加火灾扑救 36 次，抢险救援 35 次，抢救遇险被困群众七十八人次，保护财产价值 652 万元，用青春直至生命谱写出一首对驻地、对百姓的奉献之歌。

打铁尖兵：战士心中的“标杆”

“逢年过节都是朋友、家人团聚的时候，而我们却进入战备状态，在半夜寒冷的冬天里出警抢险，浑身上下被水打的全结冰了，硬邦邦的。有多久没有好好地吃、好好地玩，过一个属于自己的节日了。”这段话是张旭在自己的 QQ 空间写下的日志。这也是张旭在部队生活的真实写照。

“对于战士们来说，张旭是个无可挑剔的班长，在中队干部心里，他又是一个绝对优秀的士兵。”副中队长李睿彬这样描述张旭。由于训练刻苦，业务素质好，张旭被选为全区第一批打造消防铁军攻坚组队员，也是第一批参加全区大比武的队员。在参加完集训以后，张旭回到中队当上了攻坚班班长。“一有火灾，他总是第一个冲上去，班长告诉我他要尽最大能力保护我们，他冲在最前面就会使我们的危险减少一点儿，他永远是我们的 1 号战斗员”，战友王红林说到这里已泣不成声。在生活上张旭对战友关心体贴，但在业务上却丝毫不放松。战士黄宇翔说：“去年刚入伍时我总是打不好水带，张旭让我中午不要休息继续练。当时以为他是在开玩笑，因为武川地处高原，夏天中午的气温在30℃以上。可是没想到，张旭竟然在中午陪着我一起练。我也很快把打水带的时间由17秒缩为后来的9秒。”

因为张旭的突出表现，2009年被呼和浩特市消防支队评为“优秀团员”“十佳训练标兵”，2010年又被支队评为“蔡罗恒式消防战士”，两年两次荣获支队嘉奖。

泣血锥心：父母无法承受的丧子之痛

接到噩耗，张旭的父母立即从吉林省老家赶到呼市，来到张旭生前战斗过的地方，抚摸着他叠得整整齐齐的“豆腐块儿”，两位老人肝肠寸断。这是张旭入伍后，他的父母亲第一次到儿子的营区，而这第一次，面对的却是空空的床铺。

提起张旭，父亲张玉良用到最多的词就是孝顺、懂事。张玉良说：“张旭从小的理想就是当兵，他来当兵也是自己的决定，对于他的决定我们都支持。”

自从入伍后，张旭只见过父母一次。在呼伦贝尔集训结束时，张旭打电话告诉父母：“爸，妈，我想你们了，我马上要下连了，去呼和浩特市的武川县，我想见你们。”母亲刘丽英顾不得晕车的毛病，与张玉良一起赶到了海拉尔市，看望了自己的孩子，那天他们一家三口是多么高兴呀，一段时间没见，他们觉得儿子更成熟更懂事了，儿子说，他现在的梦想就是能靠自己的努力给父母买一套楼房，让他们享福。没想到这一别，竟是和儿子的最后一面。

张玉良夫妇只有张旭这一个孩子，母亲患病多年，家里全靠张旭的父亲打工挣钱，月收入一千元左右，现在家里的住房都是租用的。来到呼和浩特后，部队安排张玉良夫妇入住一家四星级酒店，这对朴实的父母提出，住这里太奢侈、太浪费了，“我们住一家小的旅馆就行了”。

提到儿子，张玉良哽咽得说不出话，“我两年没见我儿了，他说部队都挺好，从没说过出警的危险。他孝顺听话，对我们一直都是报喜不报忧……”他抬手压住了眼睛，却止不住奔涌的泪。

“他下连后每个月的津贴虽然只有380元，但每月都要给家里寄钱，从来没有落下过。转士官后，孩子拿到第一个月的工资就给我打电话说，我挣钱了，给妈买件羽绒服吧，可因为没时间，他就把钱给我寄回来了，让我和他爸一人买一件。说他存了3000多块钱，准备给我们攒钱买房子……”母亲刘丽英哭泣着，浑身不住地颤抖，“以前虽然离得远，可是打电话时我也能感觉到他和我们离得很近。但是以后再也不能了，儿子再也不会给我打电话了，我的儿子再也回不来了”……

对于儿子的牺牲，张玉良说：“我以儿子为荣，他是为了救人而牺牲的。如果还有机会重来，我还会让他去当兵，当消防兵。”

在部队期间，总队、支队两级领导一再对夫妻两人提出，在生活等各方面有什么困难都提出来，部队一定给予帮助和解决。可是直到两人抱着儿子的骨灰离开呼和浩特，也没对部队提任何的要求。

山门镇骄傲：我们永远以你为荣

张旭，1991年9月10日出生在吉林省四平市山门镇，2008年12月入伍，2009年3月至今在呼和浩特市武川县消防中队服役，2010年3月开始任武川县消防中队攻坚班班长，下士一年。

张旭牺牲的消息传回山门镇后，他的亲属、老师、同学、邻居、乡亲有的痛哭失声，有的哽咽难语。

四平市第十二中学的董冰老师是张旭上学时的班主任。董老师回忆说，初一开学的第一次班会上张旭就被推选为班长，并且一干就是三年。他总是主动关心照顾有困难的同学，班级里组织集体劳动时，他从来都将最脏最累的活留给自己，“这个孩子就是这样，如果不这样做他就会觉得不自在。”在管理上，他以身作则，在学习上，不输给别人，样样都要走在前面。三年中他得到了老师和同学们的一致认可，多次荣获优秀班干部的称号，并且第一批加入了共青团。因家庭贫困，张旭最终放弃了学业，选择了军旅。董老师说："前些日子，他刚给我打了电话，说过完年要回学校看我。"说这些时，董老师早已泪流满面。

2005 年 10 月的一天夜里，山门镇被夜幕笼罩，四周一片寂静。凌晨 2 左右，正在睡梦中的张旭被窗外的嘈杂声吵醒，得知邻居家着火，便冲了出去，投入到灭火的人群之中。邻居解玉江一边回想着，一边说，当时火着得很快，火苗有一房多高，把我们家院里照的通红，快要烧到正房了，张旭当时还是个 14 岁的孩子，个子不高，没穿上衣，端着一个洋瓷盆，不断帮着运水，速度特别快，我还特意提醒他，不要太靠近火堆。解玉江边说边抹眼泪："这孩子是个好孩子，懂事、仁义，爱帮助人……是我们山门镇的骄傲。"

张旭的表哥是 65957 部队的一名军人，比张旭早入伍 3 年。从张旭小时候就有的军营梦到他真正穿上绿军装，很大程度上也受到了表哥的影响和鼓励。表哥说："虽然痛苦，但我更想说的是军人就是要有时刻准备献身的精神！我为有这样的弟弟感到骄傲！"

告慰英灵：让英雄的精神得到传承

张旭牺牲后，全区消防部队开展了向张旭学习的活动。2 月 16 日，内蒙古自治区公安厅、内蒙古消防总队、呼和浩特市委政法委、呼和浩特市武川县人民政府下发《向张旭同志学习的决定》，号召全区公安机关和公安现役部队、政法干警广泛开展学习张旭同志活动，学习他忠诚可靠、献身使命的崇高精神，学习他不畏艰险、舍生忘死的英雄气概，学习他爱岗敬业、刻苦钻研的优秀品质，学习他乐于助人、无私奉献的高尚情操。他的模范行为激励着更多的消防官兵为保卫国家和人民群众的生命财产安全而不懈奋斗。

2 月 16 日，自治区消防总队党委追认张旭为中国共产党党员，同一天，共青团呼和浩特市委员会追授张旭“呼和浩特市青年五四奖章”荣誉称号。武川县委、县政府和县精神文明建设委员会、政法委、团委分别追授张旭同志为“武川县荣誉市民”“武川消防卫士”“武川县优秀共青团员”等荣誉称号。2 月 17 日，内蒙古自治区副主席、公安厅厅长赵黎平签发命令，为张旭追记一等功。2 月 18 日，共青团内蒙古自治区委员会追授张旭“内蒙古青年五四奖章”。

英雄虽逝，英魂永存，2 月 18 日，张旭遗体告别仪式在呼和浩特市举行，赶来送别的三百余人中有他至爱的亲人、有他出生入死的战友、有他帮助过的百姓、有各级各界的领导，“战烈火保平安出生入死，呕心血洒汗水奉献青春”，一副挽联道尽了英雄短暂而光辉的一生，祈祷英雄一路走好。

（原载于《纵横 119》2011 年第 2 期）

跨越太平洋的追捕

——中美警方联合摧毁
全球最大中文色情网站纪实

闻　朔

FBI 的感谢

2011 年 6 月 23 日，北京，东长安街十四号，中华人民共和国公安部。

网络安全保卫局里，气氛格外紧张。人们安静地忙碌着，也焦急地等待着。

搞网络安全工作的人都知道，“快”，是网安工作的关键词。在互联网这个没有硝烟的战场上，他们面对的是最狡猾的敌人，也是最残酷的较量。情况瞬息万变，往往在眨眼之间，民警们千辛万苦搜索到的犯罪证据就被销毁了。在网络世界里失之毫厘，在现实世界中可能就谬以千里。这就意味着，民警必须争分夺秒。正因如此，自从“6·1”专案工作开展以来，专案组办公室的门，大多数时候都是敞开的。在最忙碌的时刻，工作人员连敲门的时间都省了。

门内，专案组领导紧锁着眉头坐在办公桌前。自打接手“阳光娱乐联盟”这个大案后，他几乎就没在正常时间下过班。这个案子涉及的是全球第一大中文色情网站联盟，主要犯罪嫌疑人在美国，服务器也在美国，可是中美之间司法体制却截然不同，在这样的背景下，争取与美国警方的司法合作，对公安部来说是极大的挑战。几个月来，光是跟FBI的一次次磋商就足以让人心力交瘁，再加上全国各地专案组的请示和汇报，专案组领导桌上的两部电话铃声几乎就没断过。

然而，就在一分钟之前，专案组领导竟然从办公桌后站了起来。他走到窗前，背着双手，凝视着窗外。成败与否，就在今日。按照约定，今天就是美国警方收网之日。到底怎么样了？怎么还没有消息？

“报告，FBI来电，‘戏子落网’，抓捕成功！他们还发来一封感谢信！”值班民警小李一路小跑，还未进门就急着向领导汇报。

领导转过身，脸上并没有什么明显的表情，只温和地说了声：“知道了。”而他背在身后的双手却紧紧握在了一起。终于抓到了！几个月来频繁熬夜的黑眼圈还挂在他脸上，但一听到“戏子落网”几个字，他的倦意便立刻一扫而空。他重新坐回办公桌前，仔细地看着那封由国际合作局译出的感谢信：

感谢您在打击国际犯罪领域与美国联邦调查局的通力合作。鉴于当前犯罪活动多为跨境活动，全球的执法机构必须史无前例地提高合作水平。对于您在这些方面所做的努力，美国联邦调查局感谢您无私的贡献。

美国联邦调查局局长　罗伯特·穆勒

这短短的信，竟让专案组领导的眼睛有些潮湿。近四个月的时间里，中国专案组的民警们先后奔赴全国十七个省市，行程六万余公里，克服重重困难，终于全面收集固定了主要犯罪嫌疑人王勇的犯罪证据，并移交给美国警方，最终赢得了抓捕权。这其中的艰辛，已经不能用言语来说明。

随着王勇在美国落网，一个拥有一千多万名会员的全球最大中文淫秽色情网站联盟——“阳光娱乐联盟”，在中美警方的重拳之下土崩瓦解。这也是公安部与美国警方首次通过联合行动破获的跨国网络淫秽色情犯罪案件。

潘多拉的魔盒

“阳阳，快把这杯牛奶喝了再看书。”马艳华一边把一杯冒着热气的牛奶放在儿子刘成阳手边，一边赶紧看看儿子在念哪一门功课，是不是在安心读书。

“哎呀妈！都说过多少次了，我看书的时候别打扰我，进来先敲门，我的思路都被你打断了！”刘成阳一脸不满地看着母亲。马艳华只得讪讪地走出房间，回身轻轻把门带上。在关门的瞬间，她看到儿子写字台上的电脑指示灯似乎还在闪着。

这些天，马艳华一直觉得儿子不对劲。可到底是哪儿不对劲呢？孩子面临高考，可一贯是尖子生的刘成阳的成绩却在直线下降。不仅成绩下降，他的精神状态也一落千丈。明明头天晚上 10 点之前就爬上床睡觉了，第二天却哈欠连连，上课还打瞌睡。种种迹象，都让马艳华甚为疑惑。

刘成阳假装看着英语书，两只耳朵却在密切注意屋外的动静。过了半个小时，他悄悄开了一条门缝，看见母亲从客厅转移到里间的床上，不久后就鼾声大作，他这才确信自己已经安全了。他飞快地合上英语书，打开几份试卷做掩护，迅速掀开桌上的笔记本电脑，把此前的待机状态激活，进入到上网界面。

“快点儿，再快点儿……”刘成阳激动地抖着腿，一颗心怦怦直跳，两兆的带宽他还嫌太慢，这一天下来，他早就快等不及了。

终于，一个颜色鲜艳醒目的网站打开了。“熟女人妻”“寂寞少妇”“黑丝女网友”……一个个淫秽的标题在他眼前飘来飘去，一张张赤裸的性图片刺激着他。“这论坛真够劲儿！”刘成阳兴奋不已。

一年前，十七岁的刘成阳登录互联网邮箱，意外看到了一封匿名邮件，邮件的主题栏里写着：“让你看了大喷鼻血的精彩内容！”邮件正文里，彩色的字体在闪烁，后面跟着一个醒目的链接标志。刘成阳忍不住好奇，点击了这个“不速之客”——链接出来的竟然是一个名叫“99 情色论坛”的色情网站！网站里充斥着那些让人面红耳赤、心跳加速的色情图片和其他色情网站的网址。

很小的时候，刘成阳就读到过一个经典的古希腊传说：作为对普罗米修斯盗火的惩罚，火神用黏土做成了一个女人，众神也赋予了她许多诱人的魅力，然后，他们把这个近乎完美的女人——潘多拉，送给了人类。潘多拉为丈夫伊皮米修斯生了七个儿子，但宙斯却把她的七个儿子用“潘多拉魔盒”封印起来。出于好奇，潘多拉偷偷把盒子打开了，结果，她却无意间释放出人世间的所有邪恶和苦难。

刘成阳从未料想到，第一次浏览色情网站的经历，竟开启了他自己的“潘多拉魔盒”。从那次以后，每当家中只剩他一个人时，他便会鬼使神差地去登录“99 情色论坛”，而且停留的时间越来越长，欲罢不能……

马艳华思来想去，最后她认定：让儿子心神不宁的源头就是那台笔记本电脑！不能让儿子玩物丧志，她下了狠心，采取高压手段，撤掉网线，停止去营业厅交网费，高考之前，禁止刘成阳再上网！

上有政策，下有对策。在家看黄网的路被堵死了，刘成阳开始找各种借口，跑到网吧里去上网。虽说网吧的墙上清楚地张贴着“严禁上色情网站”的告示，可在网吧的电脑里一查看历史记录和收藏夹，几乎所有机子都难逃色情网站的魔爪。一些和他年纪差不多的中学生，也都在遮遮掩掩地上色情网站。

很快，刘成阳已经不满足于看那些“低权限”的内容了，他想往更高级别发展，去阅读更“够劲儿”的色情板块。刘成阳开始羡慕论坛里那些大量上传色情内容的会员、管理员，而他最崇拜的人，就是一手创建“99情色论坛”的大老板——“戏子”。

美国梦

说起“戏子”，常混色情网站的网民们没有几个不知道的，他一手缔造的“99情色论坛”内容丰富、更新迅速、会员众多，更有网民膜拜他为中国境内色情网站的“鼻祖”。然而，在现实生活中，“戏子”其人——王勇，不过是个戴着眼镜、文质彬彬的“80后”。

在中学老师的印象中，王勇与同龄孩子相比，并没有什么过人之处。如果非要说有什么特别，可能就是他在互联网上的活跃幽默与在实际生活中的沉默寡言形成的鲜明反差。在王勇还不满十岁时，他的父亲便远赴美国淘金。吃苦耐劳的品质加上海外朋友的帮衬，使他父亲不到四十岁便在纽约开了一家中国餐馆。在异国站稳了脚跟，父亲便决定把儿子也接到美国来。

2000年6月7日，十五岁的王勇第一次穿越太平洋，随父母移居到了美国。初到纽约，国际大都会的生活令他目眩神迷，鳞次栉比的摩天大楼、行色匆匆的人群、第五大道的富丽堂皇……空气里到处弥漫着金钱和欲望的味道。

生活在这样的城市中，王勇早已不是当初那个沉默寡言的孩子了。在学校里，他第一次知道了什么叫“American dream”——这是一个充满自由和梦想的国度，来自世界各地的人们会聚到这里实现自己的“美国梦”。在这里，白手起家的人成千上万，亿万富翁每分每秒都在诞生。人们疯狂崇拜着权力和财富，不管你操着什么样的口音、你是什么肤色，只要你凭借自己的力量挣到足够多的钱，就能赢得人们的艳羡和崇拜。

“我也要有我的‘美国梦’！”王勇暗暗对自己说。可是，理想总是很丰满，现实却往往很骨感。真要在短时间内聚集起庞大的财富，该怎么起步呢？难道靠给父亲的餐馆打工端盘子来挣钱吗？

2001年的一天，王勇像往常一样行走在纽约街头，突然，他停住脚步，转身回到刚刚经过的书报亭前。众多的报刊中，一个衣着暴露的女郎正在杂志封面上斜瞄着他——这是美国老牌成人杂志《花花公子》（PLAYBOY）。王勇如获至宝，他翻来覆去地研究手头上能找到的所有《花花公子》，并且在互联网上把一切与“Playboy”相关的信息搜了个底朝天。

在美国洛杉矶日落大道的尽头，猫王埃尔维斯·普雷斯利曾经居住过的山庄里，坐落着一座哥特式风格的建筑——花花公子宫殿。它占地六英亩，有着硕大的游泳池、人工岩洞、大型鸟舍和动物园。这座宫殿的拥有者，就是《花花公子》帝国的创建者休·海夫纳。

1953年秋天，二十七岁的休·海夫纳向亲友借了八千美元，又花五百美元买下玛丽莲·梦露半裸照的版权，创办了《花花公子》。在创刊号中，休·海夫纳果断地夹入了梦露的半裸照插页，使得这本在当时还名不见经传的杂志迅速卖出了五万多册，成了整个传媒界和出版商们津津乐道的奇迹。这本杂志横空出世，公开宣称自己是“以女性裸体为主，谈性、谈爱、谈生活品位、谈如何休闲的男性杂志”，如此前所未有的大尺度，令整个美国都为之沸腾。此后，《花花公子》杂志以及它所代表的整个花花公子产业帝国，不仅成为历史上最为成功的出版产品之一，而且也成为让很多美国人以更加轻松的方式来看待性问题的国际品牌。

休·海夫纳……王勇一遍遍端详着杂志上这个老头。照片上的海夫纳穿着蓝色牛仔裤，红色的海军格子衬衫，头发灰白，脸庞清瘦。这就是号称和一千多名女子有过云雨之情的海夫纳，全世界不知有多少人在艳羡着他的“花花生活”!

现在，美国的成人娱乐、色情服务虽然已经铺天盖地，可是在大洋彼岸的中国，这一切还处在萌芽状态。与中国相比，美国的一个最显著的特点就是针对成人的色情传播和色情服务业不但公开，而且合法。中国的改革开放已经进行了二十多年，人们的性观念开放多了。只要是人，就有人性的弱点。对于男人天性中的弱点，王勇心里清楚得很。用这样的弱点做买卖，稳赚不赔。

如果把更多的色情内容提供给中国境内的客户，这该是多大的一个市场、多大的一笔财富啊！王勇似乎已经看到了成千上万的钱财滚滚而来。

花花公子，等着瞧吧！我要建立起一个属于自己的色情帝国，而且势必要超过你。因为，我的帝国，一砖一瓦都是建立在互联网上的。

金字塔

2002 年，王勇注册了域名，为防万一，他注册的域名不止一个，其中有几个他常用的：“http：//www.99bbs.com”“http：//www.99bbs.net”和“http：//www.xi - zi.com”。为了保险起见，他还根据美国政府对互联网的监管条例，在政策相对宽松的得克萨斯州租用了两台服务器。

这真是天助我也。王勇忍不住得意地笑起来。把服务器设在国外，人也在国外，中国的公安机关再怎么打，也鞭长莫及。退一万步说，即使自己有一天洗手不干了，靠着给境内的网络运营商做境外代理服务器供应商，照样可以大赚一票。一张美国绿卡，就像一道天险，“一卡当关，万夫莫开”。

技术性问题相对容易应付，最让王勇伤神的，还是人的问题。或者说，是整个网站管理团队的组织架构问题。有了域名和服务器，等于网站圈好地盘，可以破土动工了，今后就算是这方面出了问题，也是小病小灾，大不了打一枪换一个地方。但是，如果管理体系不牢固、不严密，就等于一座摩天大楼的地基没有筑牢，即使建得再高，一有风吹草动，也可能在顷刻间崩塌。

因为自己是坐镇国外、遥控境内，相对而言，王勇本人的风险倒是不大，但这样的情况也要求网站要在境内有个强有力的管理执行团队，这个团队既要不打折扣地执行境外站长的命令，又要密切关注境内会员的动向，及时回应大家的要求，同时还必须有足够的应变能力，去应对各种可能出现的突发状况。

王勇首先把网站的内容做了相对详细的分区。他把“99 情色论坛”分成了“主论坛”“买春堂”和“百家故事”三大板块，每个大板块由若干个小板块组成。“主论坛”主要传播淫秽色情电影、图片，“买春堂”提供全国各地卖淫嫖娼信息，“百家故事”则提供大量的淫秽色情小说。

骨架有了，血肉也有了，剩下的就是管理模式了。经过对境外大量色情网站的考察和比对，王勇选择了“金字塔”型的管理体系。而且，基于来访的会员大都比较年轻，也为了给网站再增加一点儿神秘又有趣的噱头，整个网站的管理体系模仿学校的管理模式。

在这个“金字塔”中，塔尖毫无疑问是网站的创办者王勇，他被称为“校长”，负责网站的一切事务，分配所有利益，任命各大板块的“分校长”；其他每个大板块都有一至两名“分校长”，管理该板块的事务，制定版规，考核、提拔、任命“教导主任”“班主任”，可以进入后台，增加和删除会员；“教导主任”和“班主任”负责管理会员，维护和更新板块内容；注册会员则由“小学一年级”到“博士生”级别不等。级别不同，权限和享受的待遇都不尽相同。

“99 情色论坛”通过注册会员、收取会员费的方式牟利。普通会员要交纳三十元的注册费，使用权限相对较低。如果想看电影就必须注册为 VIP 会员，三个月 VIP 会员的费用是两百元，半年是三百元，一年是五百元。

“你自己原创上去以后，我们给你加分。你可以从小学一年级一直提高到博士。级别越高，能看到的‘干货’和‘鲜货’就越多，货色越好。达到博士后，可以看到整个网站所有的信息，就通过这种激励机制刺激会员吧，你觉得怎么样？”王勇在 MSN 上给“安静”发了一串问号。

“老大，你太牛了！亏你想得出这么好的办法，还博士呢，搞得色情还这么高端！”“安静”回过来一大堆惊叹号。

“安静”的真名叫关杉。此时，王勇这位“校长”身在美国，而关杉这位论坛电影区的“教导主任”则猫在河北廊坊。

二十六岁的关杉正跟女朋友打得火热，两人商量着年底结婚。结婚可是件大事，虽然关杉自己家的条件一般，可是他在心里想着，一定要把女友风风光光地娶进家门，让那些平日看不起他的人都瞧瞧，我关杉结婚可不是一般的排场。这就需要一笔不小的开销，还不算车子、房子这些大件。“呵呵，得加紧发展下线了！”关杉心里有了奋斗目标。

“网站刚起步，要多关注会员中的活跃分子，及时肯定他们的成绩，对于非常活跃且有忠诚度的，可以考虑提升为‘班主任’。”“戏子”似乎跟关杉考虑到一块儿去了，又发来一条指示。

关杉回复：“明白，保证完成任务。”随后，他在工作记录本上写道：“拟提升——芸”。

卿本寂寞

“芸”的真名叫岳晴。她是关杉在“99 情色论坛”里认识的第一位管理人员，也是网站管理团队中唯一的女性。大多数时候，关杉只和金钱打交道，他并没特别留意过其他的管理者。一次偶然的机会，岳晴的一篇文辞优美的诗让关杉记住了她，进而在论坛四处搜索她的文章。对于有才气的人，关杉一向是高看一眼的。于是，他从“戏子”那儿要来了她的 QQ 号码，后来便成了她最好的朋友之一。

对岳晴来说，每一天都像一年那么漫长。芳龄二十八岁的她离了婚又结婚，现在的丈夫常年在外开出租车，陪她的时间少得可怜。寂寞难耐的她开始沉溺于网络虚拟世界。2004 年 2 月的一个晚上，岳晴上网时偶然进入了“99 情色论坛”，被其中的内容吸引，便立刻注册成为会员。在杂谈区，岳晴闲来无事，经常写一些抒发内心情感的散文、诗歌，每每更新文章，她总能引来一群追帖者。因为在线时间长、发帖质量高，又是为数不多的女会员，她很快引起了王勇的注意。在其他管理者的推荐下，她很快升任网站主论坛“清心茶坊”的版主，也就是“班主任”。

在关杉看来，“99 情色论坛”这么一个饿狼环视的地界上，一个女“斑竹”的出现必然招来无数的瞩目。更何况，在一开始，岳晴管理的板块是严格禁止出现色情内容的，这就更有一种“犹抱琵琶半遮面”的味道。果然，许多人怀着不同目的在论坛发帖，调侃岳晴甚至公开声明要追求她。

日子就这么嬉笑怒骂地过着。10 月的一天，正在论坛里挂着的关杉忽然收到了“芸”传过来的“离别信”：“……对不起，我累了，想休息了。真的很舍不得大家，舍不得这个共同浇灌、共同守护的小天地，可是我必须离开了。”

看罢此信，关杉大为疑惑，赶紧和其他几个管理员联系，发现他们也同时收到了“芸”的离别信。干得好好的，为什么忽然要走？关杉正在考虑要不要为这个事情打扰身在美国的“戏子”，他的 MSN 就猛地弹出一个对话框，关杉一看，恰是自己的老板。

“芸要走，你知道是为什么吗？”原来，王勇也同样收到了芸的离别信。

“我也是刚知道消息，正要跟你汇报，暂时还没问她原因。”

“你和她不是关系不错吗？尽快找机会问问她是什么原因，能挽留尽量挽留，她的表现还是很 OK 的，又是个女的，我们的团队需要一个女人。明白？”

老板的态度已经非常明确了，关杉不敢怠慢，立刻在 QQ 上呼叫岳晴：“这么着急就要走，遇上什么困难了吗？有什么我可以帮忙的吗？大家都很舍不得你！”

“替我谢谢大家，我还好，只是……最近行情不好，我老公的生意不好做，经济压力有点儿大。我的上网费又要续交了，昨晚问他要钱，他很冷淡，说不会再给我上网的钱了，还说了很多难听的话……没有办法，我也不可能总为网费跟他吵架，还是走吧！”岳晴不愿意跟关杉说得太多，可是又不吐不快。

“嗨，原来是经济上的事儿啊！你怎么早不跟我说呢？这样吧，我去跟老板协调一下，这事论坛帮你摆平。”关杉热心地说。

关杉马上将事情的来龙去脉跟王勇说了一遍。电脑那头，王勇沉吟了片刻。一方面，他觉得关杉说得有道理，这个岳晴确实是把网站的事情当成了自家的事情，心又细，在几个“班主任”中口碑一直不错；另一方面，他又怕开了这个口子，往后只要是从会员中提升起来的“班主任”都会攀着岳晴的待遇，来问他要钱。此时的“99情色论坛”已经在国内小有名气，全国十几个省份都有“班主任”，如果大家都来要钱，成本还怎么控制？最后王勇决定，岳晴这个事情，可以给钱，但不能一下子给太多，要继续观察。如果这次之后，岳晴确实能安心留下来，不再有离开的意思，那么就可以考虑重点提拔，让她发挥更大的作用。

算盘打好后，王勇问关杉：“你觉得给她多少工资合适？”

关杉暗自揣测了一下王勇的心思，当老板的嘛，都爱财，估计王勇也不想出太大价钱。现在网站每小时大约能有两千元的进账，就按这个标准试探一下。“两千块钱左右吧。”

“先给五百。她的网费由咱们替她出，你来办这件事。注意观察她之后的工作表现。”交代完毕，王勇的头像暗了下去。

对于王勇发自美国的盛情挽留，岳晴觉得有点儿受宠若惊，她的虚荣心和成就感得到了极大的满足。为了对得起她那份“工资”，她觉得自己应该多为网站干点儿什么。为此，她主动跟关杉沟通，表示自己非常愿意承担更多的工作。

6月，岳晴经王勇“钦点”，升为网站“买春堂”板块的超级版主，也就是“教导主任”。7月，为了表彰她的勤奋工作，关杉又按王勇的指示，给岳晴汇去了六百块钱“奖金”。

到了这会儿，岳晴的虚荣心已经被极大地激发起来。有了更多粉丝的她，干劲儿更足了。在一个星期之内，她可以出三到四篇“原创”的贴图或者小说，有时还有自拍的视频。每次一更新，就有数以千计的会员像馋嘴的老鼠一样跟在后面追看、讨论、点评。这样的追捧和高涨的人气，让岳晴不止一次想起自己最爱的好莱坞电影《诺丁山》——大明星朱莉娅·罗伯茨清早起床，睡眼惺忪地打开门，立刻被成千上万的镁光灯闪到眩晕。对，眩晕，这就是岳晴现在的感觉，她已经隐隐体会到了明星的滋味。这样的满足感，是自己那个整日不着家的老公永远无法给她的。

10 月，岳晴终于登顶，当上了论坛里万众瞩目的“校长”。当了“校长”的岳晴，也越来越进入到自己的角色之中。她不但自己写了“激情四射”的系列色情文章上贴供人浏览，而且把自己的大胆裸照也在网上发布，还经常偷偷溜出去约会网友来个“一夜情”。就这样，“芸”从一个管理非色情板块的“斑竹”变成了色情论坛的高级管理者。

虚拟货币

虽然同样是“教导主任”身份，但对于岳晴的“平步青云”，关杉没觉得有丝毫不爽。他一直觉得，自己就是个靠玩虚拟货币起家的技术类玩家，跟走文化路线的岳晴没什么可比性。

虚拟货币，顾名思义，就是“非真实的货币”。在虚拟跟现实有连接的情况下，虚拟的货币有其现实价值。眼下市面上知名的虚拟货币越来越多，如百度公司的百度币，腾讯公司的 Q 币、Q 点，盛大公司的点券等。

如果不算上银行系统的电子货币，网络虚拟货币大致可以分为两类：第一类是大家熟悉的游戏币。自从互联网建立起门户和社区、实现游戏联网以来，虚拟货币便有了“金融市场”，玩家之间可以交易游戏币。第二类是门户网站或者即时通信工具服务商发行的专用货币，用于购买本网站内的服务。使用最广泛的当属腾讯公司的 Q 币，可用来购买会员资格、QQ 秀等增值服务。

短短几年间，以腾讯 Q 币为代表的各种虚拟货币在互联网上被广泛使用，进而扮演“货币”的角色；与此同时，国外的游戏中甚至冒出“虚拟土地”等资产。

2001 年，关杉接触到网络游戏的时候，第一次把他在游戏中获得的虚拟资产变成了现实中的货币。到大二的时候，关杉把他的游戏账号以二百五十元的价格卖给了广东的一个同样是学生的玩家。为了保证买卖双方都能安全达到目的，关杉跟广东的买主分两次完成了交易：让买家先汇一百五十元到自己的账户，然后关杉把游戏的账号和密码告诉买家，最后，买家把余下的一百元如约汇给关杉，完成交易。

此后，在整个大学期间，任何新网络游戏公开测试的时候，只要感兴趣，关杉都会玩上一段时间，然后再把游戏账号卖掉。通过卖网络游戏账号，他总共赚了一千多元。

关杉曾用网络游戏《梦幻西游》向他的同学举例说明，游戏里的虚拟货币如何转化为现实中的人民币。

“在这个游戏中，财富的转移主要是通过虚拟货币购买点卡，而点卡则是要用真金白银购买的，市价从十元到三十元不等，这样就等于是给虚拟货币定了价，比如十万游戏币等于十元人民币。这样一来，现金交易也就产生了。”

事实上，很多类似的交易每天都在进行着，虚拟货币的使用甚至一度被认为影响到现实中的货币流通。作为中国第一大休闲游戏平台，腾讯 Q 币更是风靡网络。由于用途广泛而且受到玩家热捧，很快在网上出现了一群 Q 币“倒爷”，他们用各种办法来收购低价 Q 币，在淘宝网或者易趣网上注册一个店铺，然后再高价卖出。更有甚者，一些人不惜铤而走险，通过盗打电话充值 QQ 号码导致被刑拘，而 QQ 账号、游戏账号被窃取的事件也时有发生。

本来，如果不出意外，关杉觉得以自己的身手，很有希望成为一个职业游戏玩家，或者干脆加入到 Q 币“倒爷”的大军中，靠虚拟货币的投机买卖大赚一票。他一直在往这个方向漂着，直到一个名叫“戏子”的网友出现在他的世界里。

黄色利益链

2004年，一款名叫《天堂2》的网络游戏风靡中国大陆。身为游戏代练的关杉正替买家在这款游戏中疯狂地“过五关、斩六将”，玩得昏天黑地。深夜的网吧里，关杉发现一个名叫“戏子”的网友在游戏群里与他搭讪。“戏子”告诉关杉，自己远在美国，给美国人的游戏工作室打工。起初几天，关杉忙于打游戏，只在游戏间歇与“戏子”有一搭没一搭地闲扯几句，和他打打招呼。直到一星期后，“戏子”问关杉，愿不愿意帮忙在大陆收购美国网络游戏的虚拟货币。

听了“戏子”给出的价格，关杉才真正开了眼界。靠给别人代打游戏，或者卖掉自己的游戏账号，关杉那时候已经可以月入五千元人民币了，他一直在为自己的收入沾沾自喜。要知道，自己的同学就算找到很体面的工作，一个月也拿不到这个数。他没想到，按照“戏子”给出的收购价格，关杉估算，他的月收入很有可能翻三到五倍！这简直太有诱惑力了。双方约定好后，关杉摇身一变，从虚拟货币的“卖家”变成了“买家”。

那个时候，中国内地为美国人工作的游戏工作室有上万家。按照与“戏子”达成的协议，每天从关杉手中过的流水资金超过五万元。关杉忙得不亦乐乎，很快就放弃了学业，专心投入到为“戏子”过手虚拟货币的工作之中。

起初，关杉并不知道为什么“戏子”给他的收购价那么有竞争力。后来，他凡事都多留意几分，随着时间的推移，他终于知道了真相：“戏子”坐镇境外，在国内遥控操作着一个大型的色情网站。这个网站上，每天都有大量的人民币进账，为了避免不必要的麻烦，也为了节省跨境两次汇兑所引起的汇兑成本，“戏子”就通过关杉用每天的进账在境内购买美国《天堂2》等游戏的虚拟货币，然后在美国销售，转换成他所需要的美金。换句话说，关杉只是

“戏子”的一个洗钱工具。

因为一次意外，“戏子”在国内负责网站会员收费的人出了事，他没有可以信任的人再去收钱了。在这个关口，“戏子”找到了关杉。他让关杉押了两万元人民币作为押金，并许以重利。在贪念之下，关杉终于走上了犯罪的道路，开始替“99 情色论坛”收取会费，后来又参与到网站的管理工作中，最终，成为了一个“教导主任”。

如果不是收钱的那个“马仔”出了意外，也许自己现在已经洗手不干了，毕竟，找个游戏公司或者软件公司做个策划员听上去更正经、更体面。不过，这一切都已经不重要了。关杉想，攒够结婚的钱，再赚一票，自己就可以收手了。毕竟，再找一份能维持现在这种收入水平的工作，并不是一件很容易的事。眼下，“戏子”给他的这份差事，除了有一点儿“不上档次”之外，其余一切都刚刚好。

谁是最寂寞的人

如果不是孩提时的警察梦，普永亮现在应该是个标准的技术白领，有一份收入丰裕、轻松体面的工作。

2000 年 7 月，大学毕业的普永亮风华正茂，学的是电子工程，又自学了计算机，不少知名央企都向他抛来“橄榄枝”，前程似锦。但这些机会，普永亮却全部放弃了。直到一年后，马鞍山市公安局招警，普永亮成为一名人民警察，而且还是公安系统最年轻的警种——网警。

坐在舒适的办公室里，偶尔敲几下键盘，便能运筹帷幄，决胜千里。这是很多人对网络警察的想象。事实却并非如此。普永亮的父亲回忆，刚参加工作的时候，普永亮基本不回家，结婚前四年几乎“没有回过家”，偶尔看到他回家，都是抱着一包脏衣服，洗完又走了，问他到底在干什么，他也不说。

就是靠着挤时间的劲头，在紧张办案的同时，普永亮始终站在网络技术的前沿。“他是我们的大哥，也是我们的偶像，”同事伍先锋是一位“80后”，特别敬佩普永亮，“IPV6、云计算，只要是最新的网络技术，他都第一个去学习。”

网络是虚拟的，在各种技术的伪装下，有价值的线索很少。对普永亮来说，能够抓住隐藏在网络背后的真实的犯罪分子，方是网络警察的价值所在。

每天上班，普永亮第一件事就是打开电脑，面对海量信息进行筛选，从中发现不良信息和网站。每一个平凡的工作日，他都要看十几个小时，每天筛选出的数据有三十部《红楼梦》字数那么多。

网络警察是最寂寞的警种，普永亮深深了解这句话的含义。他常常一整天只对着电脑，与各种数字、字母、编码打交道。在虚拟世界暗藏的一个个没有硝烟的战场上，他与犯罪分子周旋着。键盘和鼠标，就是他的武器。

“网络犯罪分子大多具有一定的计算机专业知识，属于高智商犯罪，网络警察与犯罪分子的较量往往是脑子的较量，所以网络警察要不断学习，给自己充电，魔高一尺，道高一丈，永远走在犯罪分子前面。”普永亮常常这样告诉队友。

事实上，普永亮所在的网安支队已经成为打击违法犯罪行为的一把尖刀。2010年以来，马鞍山市公安局网安支队参与侦破了各类刑事案件六百余起，参与摧毁黑恶势力团伙六个。

从警十年，普永亮拥有很多荣誉：“全省追逃能手”“十佳破案能手”……2010年11月又荣获了全国“扫黄打非”工作小组颁发的“打击互联网和手机媒体淫秽色情信息专项行动有功个人”证书，还受到中央领导的接见。屡破大案的他，被许多网友奉为“网络神探”。但普永亮却觉得，自己并不是什么神探，他只不过是多了一份执著、一份坚守罢了。

这份执著和坚守，让他与一个网名“戏子”的人，进行了一场长达七年的较量。

大海捞针

如同打开窗户呼吸新鲜空气，难免会飞进苍蝇、蚊子一样，互联网在带给人们高效便捷的同时，大量淫秽色情内容也随之蜂拥而至。对大多数青少年上网一族而言，“黄色文化”对他们的毒害甚深，曾诱发了大量刑事、治安案件，成为一大公害。

2004年夏，党和国家领导人审时度势，决定由公安部牵头、国务院多个部门参加，在全国组织开展了一场声势浩大的“打击淫秽色情网站专项行动”。各地警方以摧枯拉朽之势横扫黄色网络世界，大小色情网站纷纷被查封、关闭，一大批违法犯罪分子受到了法律的严惩。

2004年9月3日，正当专项行动进行得如火如荼之时，天津市公安局网络监察处接到举报，称一个域名为“99bbs”的色情网站仍然非常活跃，不但没有收敛其行为，反而大量吸收注册会员，发布淫秽色情电影、图片和文章。天津警方调查后发现该网站与安徽合肥有关。

接到公安部的传真，安徽省公安厅网络监察处田扬畅处长凭借多年的工作经验立刻“嗅”出了其中的特殊气味：一定不是块好“啃”的骨头。他立即将传真转给了合肥市公安局网络监察支队，要求合肥市局组织力量，迅速展开侦查，省厅将给予全力支持。

合肥市公安局网络监察支队立即抽调人手，投入到这条线索的查证工作中。普永亮便是在此时被省厅抽调正式介入此案的。与他同时被抽调的，还有队友王传林。

通过外围初步侦查，网警们发现了“99情色论坛”有三个域名：“http：//www.99bbs.com”“http：//www.99bbs.cc”“http：//www.99bbs.org”。服务器位于美国，网站有大量淫秽色情内容，在国内实行会员登记收费制，管理人员遍布全国。该网站在合肥市某银行开设有专门账户，开户人名叫刘洋，河南濮阳人，租住在合肥市包河区南苑新村。

9月14日，合肥市公安局网络监察支队正式立案侦查，案件也因此被定名为“2004·9·14”专案。

与此同时，江西公安机关也注意到了“99情色论坛”的异常活动，并开展调查工作。9月23日，公安部在广州召开全国网监处长会议，其间，公安部有关部门领导专门听取了安徽和江西两省关于“99情色论坛”网站的侦查情况汇报。鉴于安徽警方已经立案，收费人在安徽合肥，并且合肥警方前期已做了大量工作，公安部决定将此案交由安徽网警负责侦办，公安部挂牌督办，江西等其他省市区兄弟单位全力配合。

在9月底到10月底一个月的时间里，合肥网警抽调专人开展24小时网上侦查，并南下福州、东去南京调查取证，查明了刘洋和资金账户的使用情况，并对“99情色论坛”网站的构成、组织管理体系等有了初步了解。

不查不知道，一查吓一跳！初步调查情况令所有人感到震惊。合肥网警粗略统计，在这个以学校管理模式进行管理的网站团队中，光“班主任”以上的管理人员就多达四十人，涉及全国十八个省市区。要捣毁这么庞大的一个组织体系，光凭一己之力是不可能完成的。

11月3日，时任安徽省公安厅厅长的崔亚东在案情专报上作出批示，同意合肥市局的意见，将案件交由省厅网络监察处主侦，以省厅和合肥网警为主，从部分市网监部门抽调人员组成专案组，并要求刑侦、治安、法制、装财、宣传等部门全力协助。

网络案件不同于我们熟知的抢劫、盗窃等刑事案件，它的破案关键在于如何取证和固定证据，并从纷繁复杂、虚无缥缈的网络世界中找出犯罪嫌疑人来。这是一项大海捞针式的工作！

网站24小时开放，民警们得24小时上网。两间办公室里挤进了十几台电脑，从11月初到月底，二十多位民警轮班倒。通过网上侦查，专案组发现了“99情色论坛”网站的国内管理人员分为两个渠道，一个是网站日常管理、维护，另一个是资金收取和转账渠道，大多是通过网上银行操作。专案民警从浩如烟海的材料中，梳理、甄别出了该网站在国内十名“教导主任”以上级别的重要人物，并对他们的主要犯罪行为进行了证据固定。随即派人到外省调查取证。

2004 年 11 月 18 日，公安部在北京举行全国网警业务技能演练，演练期间又召开了涉案的十八个省市区网监处长会议，要求各地做好配合工作，全力协助安徽抓捕犯罪嫌疑人。

11 月 22 日，崔亚东厅长专门听取了公安部协调会精神和专案汇报，指示尽快研究，抓紧行动，力争将这些网络传黄者一网打尽。

由于前期基础工作扎实，十一名主要犯罪嫌疑人的姓名、住址、网名等信息资料尽在专案组掌握之中。12 月 6 日、7 日，专案指挥部派出了十个由网警、刑警组成的抓捕小组，分赴上海、浙江、山西、河北、福建、新疆、河南、江苏、山东和合肥等地，7 日晚全部到达指定位置，并和当地警方取得联系，获得支持。考虑到这些网虫大多喜欢熬夜上网，上午多在家睡觉等情况，决定白天进行抓捕。

万事俱备，只欠东风。这些无视法律铤而走险的人们，姑且让你们再做最后一个美梦吧！

山雨欲来

“现在的年轻人，可不得了，有好多中学生都跑来看我们论坛，还有好多拼了命发帖，想当我们的版主，就为了多看点儿好货，外加出风头！”12 月 7 日夜里，关杉得意扬扬地跟媳妇炫耀自己管理的板块人气之高。

“那么小的孩子懂什么？也来看这些个东西？”妻子显然对关杉的夸口没什么信心。

“怎么没有？多了去了！眼下就有个叫刘成阳的，还没成年呢，在论坛里一直很活跃，疯狂发帖，好多还是原创的。最近给我发了好几次站内信，毛遂自荐要当管理员呢！”

“老公，咱都结婚了，钱挣多少才是多？赶紧收手吧，咱又不是非干这个不可。”

闻言，关杉一把搂过娇妻：“知道了，马上就收，马上就收……”

2004年12月8日，10时30分，河北廊坊。

“你们是干什么的？”骑车出门的年轻女子对站在自家门前的四名陌生男子感到莫名其妙。

“公安局的，关杉在家吗？”其中一个男子亮出警官证。

“不……在……有事吗？”年轻女子的眼神飘忽不定，边说边将自行车放在一边，向屋内退去。

四名便衣警察跟着进了里屋，一眼就瞅见了最里面卧室床上躺着个人。女的企图用身体挡住民警的视线，无奈晚了，民警走进屋，掀开被子，里面露出一个平头。

“你们是哪里的？”睡眼蒙眬的关杉直起身子，边揉眼边问。

“我们是安徽省公安厅的，跟我们走一趟吧。”

关杉的睡意一下惊飞了。新婚不久的妻子泪雨滂沱：“你不是说不会有事吗？”

关杉看着她，嘴唇轻轻动了一下，却什么也没说。

11时25分，专案民警在上海市宝山区通河八村居委会“等”到了网名为“芸”的岳晴。

17时许，浙江杭州的江建军（网名“初次”、“买春堂”的“校长”）、周东方（网名“酷少”、主论坛“校长”之一），合肥的刘洋等相继落网，警方暂扣了一大批电脑主机、硬盘、光碟、磁盘、存折等物证。

经过深挖细查，专案组又查出河北安新的徐飞，网名“我爱花香”，是主论坛的“教导主任”之一，分管文学区和休闲区；查出网名“chost”的方俊辉，也是主论坛的“教导主任”。12月10日、12月23日，专案民警在河北安新、山东淄博将他俩缉拿归案。

至此，“99情色论坛”网站国内主要人员全部被抓获，该网站也被迫自动关闭。

“酷少”周东方2002年毕业于国内名牌大学计算机专业，供职于杭州一家汽车公司，负责网络维护，月收入七千元。在外人眼里，他属于典型的白领阶层，应该过着非常体面的生活。但他却偏偏爱上“黄色网站”，和岳晴一样，把维护、建设好“99情色论坛”作为一项“事业”。他利用单位给他配的手提电脑在办公室和宿舍上网，对网站进行日常维护管理，还用高超的电脑技术破解了二十多个国外色情网站密码，在网上免费发布，号召网友登录、点击这些网站。

二十二岁的方俊辉是“99情色论坛”最年轻的“校长”，被捕前系山东理工大学四年级学生。他是出于专业兴趣而参与了情色论坛的管理。方俊辉称：“本来就是学这个专业的，对计算机比较喜好，然后平常都喜欢搞一些数据库啊，论坛啊，肯定会有一些人走到一块儿。”

在虚幻的网络世界中，他们获得了现实生活中所没有的成就感。由于他们在网上分别拥有较高的管理级别，行为活跃，因此受到网民们的追捧。对虚幻世界的迷恋，虚荣心理的满足，最终导致他们滑向了罪恶的泥淖。

2005年7月1日，全国瞩目的“99情色论坛”案在安徽省合肥市中级人民法院开庭宣判。

“判决如下：一、被告人岳晴，犯传播淫秽物品牟利罪，判处有期徒刑十二年，并处罚金人民币五万元。二、被告人周东方，犯传播淫秽物品牟利罪，判处有期徒刑十二年，并处罚金人民币五万元。三、被告人方俊辉，犯传播淫秽物品牟利罪，判处有期徒刑十一年，并处罚金人民币五万元。”除以上三名主犯外，还有其他八名被告人也分别被判处三年到十年不等的有期徒刑，并被处以罚金。

“99情色论坛”被成功打掉了，可办案民警们却高兴不起来。因为藏匿在美国的此案幕后的最大黑手、“总校长”王勇以“戏子”之名在网上留了个道歉的帖子，绝尘而去，这几乎成了普永亮和其他专案组民警们最大的心结。

尽管在2004年，公安部已跟踪并发现了王勇及其团伙利用淫秽色情网站牟取暴利的犯罪事实；尽管在七年间，公安部曾多次部署对王勇旗下的色情网站联盟开展专项打击，并累计打掉了该联盟在境内发展的网站管理员、版主近千名，但是，由于王勇及网站服务器均位于美国，中国警方始终无法根本取缔这个联盟。

“最大的障碍就是中美司法体制差异造成的司法壁垒。”公安部网络安全保卫局副处长果园说。

根据中国刑法第三百六十三条的有关规定，以牟利为目的，制作、复制、出版、贩卖、传播淫秽物品，情节特别严重的，处十年以上有期徒刑或者无期徒刑，并处罚金或者没收财产。在中国，王勇的行为已经明显违反了刑法；但在美国，王勇所从事的成人淫秽色情活动却属于合法行为。正因如此，中国警方提出的数次合作申请，都被美方以“成人淫秽色情合法”为由挡在了门外。

案情的进展始终牵动公安部领导的心。国务委员、公安部部长孟建柱对此案高度重视，要求进一步加强国际执法合作，坚决摧毁这一网络联盟，消除其社会危害。

在不断打击网上传播淫秽物品案件的过程中，公安部不断总结办案经验，并不断寻求完善相关法律体系，得到了最高人民法院、最高人民检察院的高度重视。最高人民法院、最高人民检察院先后于2004年9月、2010年1月联合发布了《关于办理利用互联网、移动通讯终端、声讯台制作、复制、出版、贩卖、传播淫秽电子信息刑事案件具体应用法律若干问题的解释》（一）和（二），为更有效地预防和打击网上传播淫秽物品违法犯罪提供了更为详尽的法律依据。

“一时的困难吓不倒我们，王勇，总有一天，我们要抓到你。”普永亮心里愤愤地想。

卷土重来

“99情色论坛”的倒掉，让踌躇满志的王勇很是郁闷了一阵子。曾经运作得那么如火如荼的一个网站，说没就没了，王勇觉得心里空落落的。

关上电脑，王勇又看了一眼那几本翻烂了的《花花公子》杂志。前不久，老乡陈辉所建立的“情色六月天”网站也被公安机关一举端掉了，色情网站无不风声鹤唳、草木皆兵。唉，自己好不容易打下的“江山”，难道真的就这么算了吗？王勇下意识地摇摇头。不行，我的“色情帝国”才刚刚起步，这只是一点儿小小的打击，不能做缩头乌龟！

不过，这也是一次很好的教训。既然自己不愿意放弃这一行，那么，日后与中国公安机关总免不了要过招，必须从这次“99情色论坛”的失败中总结教训，同样的错误，绝不能再犯第二次！想到这里，王勇重新坐回书桌旁边，摊开记录本，一边仔细列出关于论坛的所有想法，一边整理思路。

就目前的情况来看，色情网站已经发展到了一个人人会办、人人能办的阶段。只要在美国租用一个服务器，再去买一个内存淫秽内容的移动硬盘，剩下的事情就是每天定期更新影片、文章，连傻瓜都会操作。其实，色情网站在内容方面都差不多，关键看你的经营手法。

如果想让网站的点击率得到提高，就必须跟雅虎、谷歌之类的这些搜索网站搞好关系。一般一个色情网站关闭后，“淫民”寻找下一个驻足点的时候都是依据大型搜索网站的搜索结果，只要键入几个特有的关键词，搜索一下，色情网站就能弹出一大片。你给的钱越多，排名就越靠前。

大型的色情网站跟一些门户甚至搜索网站都是签订相关协议的。搜索网站按照色情网站营业额的20%到30%不等进行提成。“只要上了道，你就等着在家收钱。”王勇想起了一个曾经做过色情网站的“前辈”说过的话。

因此，要想建立一个相对持久的色情网站，引起网民的关注，就要与知名的搜索引擎建立良好的合作关系。

基于庞大的用户数量和明晰的收费方式，网络色情的各个环节充斥着高额利润，孕育出了特有的商业模式。因此，在中国境内虽然受到严格的监控和管理，网络色情仍然屡禁不绝。在数次网络整治行动之后，中国政府对网络色情的控制更扩大延伸至电信商、电邮、网页空间、虚拟网络平台提供商，甚至触及终端的个人博客、即时通信等领域。

事实上，网络色情敛财的途径是非常“多元化”的。虽然靠收会员注册费获利的形式能迅速敛财，但其危险性也非常高，通常赢利越高，被打掉的可能性也越高。除了这种收费形式以外，色情网站还有很多隐蔽性更高的获利方式，比如与短信联盟、广告联盟合作，赚取分成，也可以在色情网站上挂木马，做点儿盗取会员 QQ 号之类的“副业”。

而在“主业”方面，色情论坛建立初期一般都会以“免费”的口号吸引“淫民”，先用一些转贴的色情资源培育“淫民”的兴趣，等“淫民”上瘾后会逐步增加浏览色情资讯的权限，同时配合关闭免费会员注册、定期清理不活跃会员 ID 等做法，让已经注册的会员觉得现有的会员 ID 变得非常“珍贵”，迫使会员增加发帖量来获取论坛积分、提高贡献值等，这对论坛的“内容建设”反而会有促进的作用。而到了最后，则是开收会员注册费。“等你上了瘾以后，你不想给钱也得给钱”，这就是色情网站的“潜规则”。

一个服务器在美国，名为“爱×乐”的色情论坛开放注册的时候给所有的用户提供三个月的“免费体验”时间，三个月期限一过就强制关闭会员的阅贴和发帖功能，迫使用户缴会员费，但同时也以上千个海外色情网站破解密码为诱饵，承诺对收费会员开放。这种“威逼利诱”的方式几乎是时下色情网站招收会员的标准做法。会员收费的高低也以网站的知名度、内容的丰富程度而定，一般提供“原创”视频下载或者网站破解密码的站点会更受注册用户的欢迎，因为这些黄色资讯是其他免费色情网站所没有的，“珍稀”程度很高。

因此，每一个等级，都要定下不同的注册费。王勇在“等级”上画了个圈，在旁边写道：“VIP，2000 元。”按他的估算，如果要做一个比较成熟的色情网站，他的 VIP 会员注册费定在这个价格比较合适。

除了收取会员注册费外，不少色情网站还依靠短信联盟、广告联盟来收取分成。早前 SP（Service Provider，通常指电信增值业务提供商）盛行时期，不少提供色情电影直接下载的站点都以手机短信注册的形式招收会员，会员费直接从手机话费当中扣除。但实际上这种注册方式是通过短信联盟来实现的，由一个有合法 SP 业务的供应商提供一个注册的代码，所有参加联盟的网站会将这段代码与注册程序捆绑，会员注册色情网站时在不知情的情况下也一并注册了该 SP 业务，而 SP 供应商则按照注册用户的消费水平给色情网站分成。据了解，一般分成费用视 SP 业务的收费水平，以及诱导用户注册的难易程度而定，成功招收一个注册会员，色情网站站长最高可以获得十元左右的分成。但随着电信部门对 SP 业务监管力度的加强，规定了 SP 业务的收费水平，这类短信联盟的收益也在下降。另外一类广告联盟操作方式也类似，由发布广告的网站提供广告代码，色情网站挂上这些代码后在“淫民”浏览时会不断弹出广告窗口，有的联盟甚至把恶意代码发布出去，强制修改用户的设置，以达到强制用户访问广告页面的目的。在国内这种广告联盟的数量非常多，其中不乏大型的 C2C（个人电子商务）网站。

因此，要让网站能够长久生存，并发展壮大，除了内容上的极速更新之外，这些运营手段也都马虎不得。王勇粗略统计了一下，要想达到境内网站中会员数量排名前三位，就必须得和广告商、SP 运营商、搜索引擎及中国境内主流支付平台建立起独立的合作关系。

当然，还有一个最关键的教训，那就是，不同网站、不同板块的管理员之间，都不能私下联络，每个人只能同站长，也就是王勇本人单线联系。“99 情色论坛”最大的教训，就是管理太过宽松，管理人员之间交头接耳、彼此认识，一旦有一个坏了事，其余的人立刻“火烧连营”，最终被一网打尽。血的教训不能重演！王勇叹了口气，在本子上打了个五角星，然后写下几个字：“小心驶得万年船。”

在一番紧锣密鼓的策划之后，一个由王勇炮制的全新色情网站平台——“阳光娱乐联盟”出炉了。

这是王勇一手建立并负责维护的网上支付网站，全中文界面，主要用于统一收取其各淫秽网站的“广告费”和“会员费”。“阳光娱乐联盟”所提供的支付方式有银行汇款、网银支付、信用卡支付、个人支票、西联汇款、信封快寄和支付宝汇款等，网民汇款十分便利。为逃避打击，王勇自欺欺人地宣称此网站由“加拿大阳光国际娱乐有限公司”所有，并称“阳光国际娱乐有限公司法人主体只被适用于加拿大相关法律”。

在这个庞大的联盟旗下，汇集了王勇费尽心机通过加盟、收购等方式兼并的四十八家淫秽色情网站，它们都是王勇经过长年观察和比对后发掘的“优质”淫秽色情网站，并且全部为中文网站。该联盟主要下辖教学论坛、图片论坛、影视论坛、文学论坛、破解论坛等八大类“集群论坛”，旗下各网站共有在线主题五百万篇，淫秽图片更是数以百万计。然而，王勇并不因此而满足。在行事风格上，他似乎比以前更为谨慎；但在内心深处，他的野心和私欲却比任何时候都要膨胀。自恃是美国公民，中国公安机关对他来说是“山高皇帝远”，王勇的扩张欲望更加疯狂，他甚至赤裸裸地在自己的博客中宣称，要在2011年年底之前将“集群论坛”由八个扩大至五十个。

这一次，王勇摩拳擦掌，志在必得。

七年之憾

自从2004年盯上王勇这个人，普永亮就没睡过一个踏实觉。虽然“99情色论坛”的案子早已结案，但他和参与过这个案子的队友，始终不曾在心中给这个案子画上句号。不服输的民警们始终觉得欠老百姓一个交代，案子的主要犯罪嫌疑人没有抓到，虽然是目前没法改变的客观原因造成的，但他们老觉得自己没能尽责，没能把案子处理得十全十美。

每当看到王勇以“戏子”之名在博客上更新文章，普永亮都难以控制自己心中的愤怒。这么嚣张的对手，普永亮还是第一次遇到。“戏子”越嚣张，就越说明他心里没有意识到自己做的是多么伤天害理的事，而这也就意味着他极有可能再去祸害更多无辜的人，尤其是那些尚未成年的孩子。

果然，“戏子”又开始反扑了！2005 年，普永亮在网络追踪中发现了“戏子”重新活跃的端倪。他极力控制着自己复杂的心情，小心翼翼地在虚拟世界中跟踪着“戏子”的每一个动作。

“这家伙，鸟枪换炮了！”普永亮用化名注册了会员资格，混入“戏子”经营的“幼香帝国”网站中。各种不堪入目的淫秽信息接踵而来，许多人还在不断上传最新的儿童色情视频和图片。这让普永亮惊出一身冷汗。王勇的胆子真是越来越大了！这么大规模的涉幼色情，这么赤裸裸地刺激人们去对尚未成年的孩子进行性侵犯。“戏子”，为了东山再起，你这只狡猾的狐狸简直是越来越没有底线了！

普永亮握紧了拳头，在“王勇”的名字上不断地打叉号。每发现一批更新的儿童色情图片，他就深深地自责一次。七年间，马鞍山网安支队根据公安部的部署，又陆续抓获了不少“阳光娱乐联盟”在境内的版主，可是这根本无法伤及“戏子”的筋骨。

就在 2010 年年初公安部组织的专项行动中，普永亮和队友抓住了一个十三岁的少年小钟。小钟明亮的双眸，至今还印在普永亮的脑海中。可是这个少年却已经放弃学业，替“戏子”管理超过五个色情板块，长达两年。最让普永亮揪心的，是他和小钟之间的一次对话。

“你不知道自己在做错误的事情吗？父母都这么疼你，不缺你吃不缺你穿，你在网站又不领薪水，为什么要这么上心去管理网站呢？”

“叔叔，我觉得只是在帮朋友一个忙，况且我自己对这个也很感兴趣。我在网站里很有地位，别人都得敬着我，因为我有权限，能让他们看到更刺激的东西。”小钟满脸无所谓，这样的表情和他的年龄极不相称。

“现在你犯了法，进了公安局，可能对你以后的人生会产生很不好的影响。你恨‘戏子’吗?”普永亮问。

“说实话，到这会儿，我还是挺崇拜‘戏子’的。他一个人建立起那么庞大的网站，做得有声有色，现在全球的会员都快到一千万了，而且他还那么年轻！我们都特别佩服他，有几个人能像他这样年纪轻轻就这么有创业头脑?”

面对着这张稚嫩的面孔，普永亮的心忽然疼得无以复加。

普永亮自己也有孩子。然而，他这个公认的“好警察”却是孩子眼中的“坏爸爸”。

“爸爸不好!”这是儿子三岁时说的话，因为他总是很难见到爸爸的面。春节是全家团聚的日子，远在千里之外的游子也会跋山涉水赶回故乡与家人团聚，普永亮和父母住在同一个城市，却难得吃一个团圆饭，经常年夜饭吃到一半时接个电话就出去办案了。

当年结婚的前一天，普永亮的同事朋友来到家里帮忙贴喜字，贴着贴着却发现男主角不见了，一打电话才知道他临时接到任务到外地办案去了。还好结婚当天，普永亮紧赶慢赶，终于掐着点儿赶回来了。2007 年春节刚过完，妻子朱娟超在医院即将分娩，晚上，普永亮接了个电话说有案子要办，就匆匆离开了医院。

对于家人，他心里怀着深深的愧疚。但他总是给自己打气：正是因为有许多像他一样的民警，才让更多的儿子能安心照顾父母，更多的丈夫能安心陪伴妻子。

然而，他几乎牺牲了所有照顾自己孩子的时间，没白没黑地想去挽救更多的孩子，到头来却发现这些孩子已经深深中了“戏子”的黄毒，在犯罪的道路上走得义无反顾。他和队友们挖空心思想要抓住的人，恰恰是这些孩子们最崇拜的偶像、一位“创业英雄”。

普永亮忽然觉得，自己就像是掉进了一个悖论中，他在这悖论中做着自认为彻底的斗争，而抬头一看，所有的人都在不屑地笑。不仅“戏子”在笑，连他拼命想拯救的受害人们也在笑。

一定是哪里不对，事情不应该是这样的。小钟的事情，让普永亮想了很久。他给自己提出了两个要求：第一，不管多困难，都要抓住王勇；第二，从现在开始，每周都到不同的社区去给居民，尤其是家中有孩子的居民做普法讲座，主题就是“当我们遇到色情网站怎么办”。

想到就马上去做，这就是普永亮的风格。2010年6月20日，普永亮来到金家庄区杨家山社区，为社区居民讲解防止登录黄色网站的知识、分析网络诈骗案例。“家长不在家时，如何防止小孩登录不良网站？”普永亮把这些字工整地写到黑板上，开始详细讲述一个个案例。社区居民已经记不清这是普永亮第几次走进社区宣讲和普及法律知识了。居民史云专门有个本子，用来记录普警官的讲座内容，然后再按这些去引导自己的孩子。“普警官，你给我们上的课，帮助太大了！”居民们的真心赞誉，让普永亮心中有了一丝欣慰。

在继续跟踪“戏子”的过程中，普永亮自己出资购买了网络过滤软件，为全市多个社区电子阅览室筑起信息安全防护网。工作间隙，他挤出时间走进校园、社区，为全市中小学开展互联网安全义务讲座三十余次。他在默默等待，等待一个更好的时机，将那个毒害了不知多少人的王勇绳之以法。

机会终于来了。

2011年4月，公安部以“戏子”王勇旗下网站涉嫌制造和传播儿童淫秽色情内容为突破口，再次与美方交涉。在美国，成人色情合法，但只要涉及儿童色情，就属犯罪。在铁的事实面前，美国FBI终于与中国警方就联合侦办王勇传播淫秽物品案、共同打击跨国网络儿童色情犯罪达成了共识。

2011年5月31日，公安部网安局指定“幼香帝国”网站传播淫秽物品案由安徽省公安厅网安总队管辖；6月1日，马鞍山市公安局网安支队接到安徽省公安厅网安总队案件指定管辖通知书，指定“幼香帝国”网站传播淫秽物品案由马鞍山市公安局管辖。6月2日，马鞍山市公安局决定对“幼香帝国”网站传播淫秽物品案展开侦查；同日，公安部决定对此案挂牌督办。

公安部的“金牌令箭”终于等到了！一知道这个消息，普永亮比谁都激动，这位曾经侦破“99 情色论坛”案件的干将，第一时间主动请缨，并向专案组立下“军令状”，誓将王勇抓捕归案。

6 月 1 日，马鞍山市公安局网安支队接到案件交办通知后，立即汇报至市局党委，市局党委和主要领导极为重视。省市公安机关及时成立了“6·1”专案指挥部，由市委常委、政法委书记，市公安局党委书记、局长李群任指挥长，省公安厅网安总队总队长薛跃，市局党委委员、副局长杨志刚任副指挥长，成立了马鞍山市公安局“6·1”专案组，马鞍山市公安局党委委员、副局长杨志刚任专案组组长，省厅网安总队副总队长赵荣武、市公安局网安支队支队长吕兵任专案组副组长，抽调省市网安部门及相关警种精干力量共三十人参战。

普永亮和王传林，这两位 2004 年便参与过办案的民警，如愿加入了抓捕“戏子”的新队伍。马鞍山市公安局网安支队的民警们都憋足了劲儿，誓要与这只藏匿在美国的“狐狸”来一场彻底的战斗。

天罗地网

6 月 2 日，马鞍山市公安局六楼的会议室里，专案组副组长、马鞍山市公安局网安支队支队长吕兵正在给所有专案组成员开碰头会。

“这个案子事关跨国警务合作，而且侦查对象遍布北至辽宁、南及广西的各省区市，调查取证任务繁重。同时，要查明犯罪嫌疑人向境外转移非法资金的途径也将是一项十分细致而艰苦的工作。”吕兵顿了顿，声音低沉而有力，“弟兄们，要大干一场了！”

当夜，专案组确立“全面取证、重点打击、切断链条、铲除根源”的工作思路和目标，并据此确定了四项重点工作：网上远程取证、银行证据调取、打击境内主要涉案人员、抓捕并引渡王勇。

网上远程取证是关乎此案成败的关键，网上证据的取证数量和质量直接关系到犯罪嫌疑人能否成功移送起诉，关系到嫌疑人的定罪量刑。银行交易明细、存取款录像的调取和分析是查明王勇犯罪网络资金链走向的重要依据，也是判定嫌疑人是否涉嫌牟利的关键依据。打击境内主要涉案人员是摧毁王勇中文淫秽网络的重要举措，旨在以此次行动震慑此类犯罪行为，最大程度地净化网络环境。抓捕并引渡王勇是中国警方的最终目标。

专案组的三十名成员共分成了五个小组：银行取证组、抓捕组、远程取证组、材料组、后勤保障组。

根据工作方案，专案组民警前期兵分六路，分赴北京、天津、河南、福建、贵州抓捕相关嫌疑人，另外一组则驻守马鞍山，对“阳光娱乐联盟”网站的相关内容进行远程取证。

普永亮和队友王纪伟跟随吕兵，于6月4日奔赴北京，见到了公安部网安局领导，专门汇报了案件的部署和进展情况，也坦陈了工作中遇到的困难。“阳光娱乐联盟”一案涉及全国十七个省市，很多嫌疑人藏匿在偏僻的山村里，这无疑给侦破工作增加了难度；而怎样将虚拟社会中的个体与现实世界中的个体一一对应，也是网警们面临的最棘手的工作之一。

对于专案组遇到的种种困难，公安部给予了最及时也最全面的支持。案件侦破期间，公安部网安局领导亲自提审本案关键犯罪嫌疑人，并专门就此案侦办思路与专案组成员彻夜研究，提出指导性意见；网安局领导还亲临福建抓捕组，指导抓捕工作。

在北京向公安部相关领导汇报工作后，吕兵一行马不停蹄赶赴天津，根据前期调查的线索，这里极有可能隐藏着一个长期与“阳光娱乐联盟”合作的广告商——黄成羽。

狼狈为奸

淫秽色情网站的营利模式主要有两种，一种是依靠不断更新的色情视频、图片吸引付费会员，另一种就是收取“广告费”。

“天然的荷尔蒙发动机——秘鲁玛卡”“龙延保胶囊——打造绿色健康男人”“隐形透视眼镜”“本站推荐信誉裸聊站”……在王勇的“阳光娱乐联盟”上，到处充斥着全国各地卖淫嫖娼的信息，成了名副其实的淫秽色情“集散地”。同时，还有“裸聊”、性药品等多种广告链接，俨然形成了一个色情服务的完整链条。

黄成羽登录 QQ，一条来自“阳光娱乐联盟”的消息引起了他的兴趣。“全球网赚联盟 http：//qqwzlm. com 启动广告位！包半年半价优惠活动，多年老站，人气火爆，更好展示自己招牌，顶部文字和图片，好位置就那几个，欢迎合作，长期合作特划算！”这样的“联盟”，黄成羽一看就知道是怎么回事儿，用他自己的话来说，就是“和我做的事情刚好对口”。

2005 年，黄成羽开始接触“网络视频聊天”行业，说白了，也就是“裸聊”。

色情电影的危害众所周知，而“裸聊”是近年才出现的一种网络色情方式，网络视频聊天技术的发展，给这种色情传播方式提供了有力的支持。

网络视频聊天，是一种实时发送文本、图像和声音等信息的即时通信方式，这种聊天方式自 2003 年在国内出现以来，很受青睐。只要在电脑上装一个小型电子摄像头，然后安装上聊天软件，两人就可以“面对面”地视频交流了。所谓“裸聊”，是指将聊天者的身体全部裸露在摄像头下，通过网络视频将其图像传给聊天对象的聊天方式。这类聊天者通常身份保密，有的甚至还雇用女性进行表演牟利。

随着 QQ、MSN、泡泡聊天等网络即时通信工具的普及，“裸聊”在近年来有大肆蔓延的趋势。参与者大部分是年轻人，且以男性居多。“裸聊”大部分是在家里，而且多是在半夜进行，青年人完全可以不惊动父母。一些在校学生进行“裸聊”都是在寝室没人或者同学都已睡着时进行。

看到“裸聊”行业如火如荼，而且从业者大都能牟取暴利，黄成羽忍不住插足进来，急切地也想分一杯羹。可是，刚开始起步，在业界名头不响，“客源”匮乏，他手下的小姐蠢蠢欲动，都在琢磨着叛逃。眼看就要青黄不接，正发愁间，他抓住了“阳光娱乐联盟”这棵救命稻草。

“你好，我对你们的广告位感兴趣，希望能做进一步了解。”黄成羽给“阳光娱乐联盟”发去QQ信息。

不到一秒钟，嘀嘀嘀的声音响起，一个网名“幼香队长”的人很贴心地说：“有什么您需要了解的？我们会提供全方位服务。”

如此这般，黄成羽与“阳光娱乐联盟”顺利结成了“战略性合作伙伴”。在此之前，黄成羽调查过，“阳光娱乐联盟”的注册会员在一千万人以上，他迫切地想利用王勇的“阳光娱乐联盟”来扩大自己的影响。

“在吗？待会儿把你们最新的网址发给我一份，我看看我的最新一期广告。”黄成羽给“幼香队长”发信息。不一会儿，对方发来一个最新的网址，还有一份Excel表格，表格里有最近一个月来每天的网站流量和点击率，在访问的高峰期，对方还特意用特殊符号标注出来，示意这些是“黄金时段”。

“阳光娱乐联盟”的服务细致程度令黄成羽大为赞赏。他粗略统计了一下，这个月他已经投了三万块钱，刨去成本，还净赚了一万块。这广告投的，还真值！黄成羽立刻决定，只要对方不涨价，自己可以考虑长期跟他们合作。在四个月的时间里，他陆续支付给了王勇十一万元的广告宣传费。

“您可是我们的衣食父母哦，有什么需要尽管讲，生意是谈出来的嘛！”“幼香队长”发了几个笑脸，外加一个“恭喜发财”的大红包logo给黄成羽，逗得这头的黄成羽乐开了花。不过，他的发财梦还没做完，就被几个“从天而降”的警察带走了。

各显神通

“普警官，我这个情况，要判几年？我这么配合警方，能给我减减刑吗？我闺女才刚出生，还不知道她爹长什么样……”在从天津被押回马鞍山的火车上，黄成羽再也顾不上周围有人，说着说着眼眶就红了。

6月7日上午，黄成羽正在自家电脑上热火朝天地聊广告的事情，顺便习惯性地在色情网站里泡一泡。突然传来一阵敲门声，谨慎的黄成羽在起身开门前顺手关掉了电脑。打开门，站在门外的是五六名便衣警察。他暗自庆幸已经关了电脑，以为这样警察就拿他没辙了。殊不知早在一个多月前，他就已经被警方锁定，他在黄色网站的一举一动就如同在警方的眼皮底下进行，警方早已固定了所有的证据。

在实施抓捕前就把证据收集到，让嫌疑人无可抵赖，即使销毁了自己电脑上的痕迹也无济于事，这就是专案组民警们的“撒手锏”。

普永亮和王纪伟看着黄成羽凄凄惨惨的样子，都不由得叹了口气：“早知今日，何必当初呢？你上有老下有小，做这事之前就没想过会有这么一天吗？”

黄成羽抬起头，想说什么，动了动嘴唇，最终什么也没说。

王纪伟摇摇头，转过头看着车窗外。他5月份刚领了结婚证，本来准备在9月举办婚礼。但从6月2日开始，他就投入到专案工作中，一走就是三个月，婚期也不得不从9月推迟到了10月。由于时间紧任务重，王纪伟要一直“钉”在北京，就连他入党的党支部会议，都是经过党组织审核批准，破天荒地采用QQ视频会议进行的，单位的十五名党员通过视频聊天投出了他们宝贵的一票，王纪伟也在QQ视频的那边，庄重地举起了他的右手，宣读了他的入党誓词。

6月11日，他们一行带着黄成羽回到局里，迎面碰上了满脸胡子拉碴的谢挺。

“瞧瞧你这胡子和脸色，几宿没睡了？”普永亮用惯常的逗趣口气掩饰着自己的心疼。谢挺比他小四岁，是个“80后”，脑子灵、手脚又勤快，从进队开始，就是普永亮等老队员非常得力的助手。这次，谢挺是专案组里“网上远程取证小组”的组长。普永亮出去风尘仆仆地抓人，谢挺他们也没闲着，甚至可以说，他们所在的远程取证组承担着更大的工作量。

网上远程取证是关乎此案成败的关键。谢挺所带领的小组肩负着极其重要的工作：用充足的证据表明王勇的“阳光娱乐联盟”的网站架构、创建时间、所含网站数量、管理方式、传播淫秽物品方式、传播淫秽物品数量、牟利方式；其网站高级管理人员涉嫌犯罪的证据；各广告商在其系列网站刊登广告并支付“广告费”的证据等。

民警们必须赶在王勇被抓捕前把浩如烟海的证据一一提取并固定下来，稍晚一步，网站就会关闭，所有的证据就灰飞烟灭了。小组里的民警如临大敌，每天吃住都在单位，轮流值班，浏览网站、仔细提取证据、下载、拷贝、上传……就是他们标准化的动作。

谢挺现在连表情都没有了，话也尽量不超过三个字，他的全部心思都扑在了取证上。为了节约每一秒钟的时间，他把水杯放得离自己远远的，不到渴得不行，就坚持不喝水，这样就可以控制自己上厕所的次数。刮胡子显然是没有时间了，洗澡更是奢侈的梦。连续八天不回家、不洗澡，又正是夏天，他和同组的伍先锋基本都成了“臭豆腐”，两个人互相熏着，一起熬着。累极了的时候，其中一人就给自己和对方都点根烟，嘴上叼着，眼睛依旧死盯着电脑屏幕，生怕遗漏了任何一个可以把王勇绳之以法的证据。就这样，他俩的眼睛都快成斗鸡眼了。

专案组里，每个人都在挑战自己的极限。这段时间，省公安厅网安总队总队长薛跃、副总队长赵荣武在马鞍山与合肥之间来回奔波。最紧要的关头，两人基本上是晚上下班从合肥赶到马鞍山，然后深夜再赶回合肥，第二天继续上班，仅仅在6月1日至6月20日短短二十天内，他们就来来回回奔波了十一次。薛跃和赵荣武都已经记不清，就在这奔波往返的途中，他们有多少次在车上就案情进行交流，分析目前的成果，研究制订下一步行动的方案，在从马鞍山回去的路上再分析今天的进展，遇到的困难，同时准备协调抓捕地公安机关相关警种、部门，确保获得最大的支持。

男式运动鞋里的秘密

把黄成羽带回局里以后，吕兵一行三人紧赶慢赶，从马鞍山坐着汽车颠到河南洛阳。

吕兵是专案组在一线的负责人，侦办案件期间，他撇开了家中年迈的老父亲，拖着高烧四十度的身体，辗转在各个涉案省市。这次在洛阳，他们要重点查王勇的资金走向。可是，偌大一个洛阳，突破口到底在哪儿呢？

“队长，调查回来的最新情况：有个叫赵冬梅的妇女，家里有个姓王的女婿在开很大的网站，而且常年不见人，估计是在国外。”

普永亮一说完，大家的眼睛刷的亮了起来。姓王，女婿，开网站，在国外……会不会就是王勇呢？

事不宜迟！吕兵决定果断出击，带着民警在赵冬梅家楼下守候了三天三夜，初步确定了大家的推测。同时，他让民警迅速将前线的最新情况传回马鞍山。

从6月1日成立专案组开始，副局长杨志刚就和专案组民警吃住在一起。他几乎把自己的办公室搬到了网安支队，白天他在自己的办公室工作，中午和晚上就在网安支队吃饭，每天晚上他都要把各地抓捕组的资料汇总，然后和参战民警进行研究，并对第二天的工作进行部署。晚上经常研究工作到深夜，为此他把自己的行军床放在网安支队，有时太晚就睡在支队的值班室。前线的任何一丝消息，都能触动他高度紧张的神经。

“杨局，吕队报：在河南赵冬梅家发现大量男式运动鞋！”

听到这话，正在吃饭的杨志刚扔了筷子，霍地站起来：“告诉前面，赶紧查这个鞋子的去向，围绕鞋子查王勇钱款的去向！一个女人家有那么多男式运动鞋，不是太蹊跷了吗？”

连夜的侦查后，吕兵带领的民警们发现，这些看似平常的鞋子，恰恰是王勇洗钱的秘密武器！原来，狡猾的王勇以“跨境汇款不方便”等理由掩人耳目，在国内和国外分别找到有买卖需要的厂家。在境内，由赵冬梅先买下这些鞋子，等鞋出境后，再由境外的买家把货款直接打到王勇在美国的账号上。这样一来，非法资金披上了合法的外衣，也为王勇省掉了跨境汇款的诸多麻烦。

经过几天的分析、判断、汇总，杨志刚和全体民警对所有账号进行归纳，发现所有账号的钱是从几十个汇总到十几个，最终全部流向了三个账号，而有一个账号一次性被一个叫张炎炎的人取了几十万。杨志刚立刻决定顺着张炎炎摸下去，查到了利益链的源头，为侦查工作铺平了道路。

在前线，吕兵一行已经秘密取得了赵冬梅的照片，准备在其实施转账时对她进行抓捕。由于赵冬梅具有一定的反侦查意识，每次进行转账时都会转乘两次出租车，然后到洛阳市中心的电子银行服务点，在 ATM 机上进行转账。这样做，一来周围人流量大，不容易被注意；二来 ATM 机转账等服务有监控死角，不容易留下证据。

时机已经成熟。6 月 16 日上午，吕兵一行四人跟踪赵冬梅来到洛阳市涧西区的一处商业网点。赵冬梅不动声色，到商场附近完成了 ATM 机上的转账，随后，她一转身进了附近的移动营业厅，在里面绕了一圈才出来。

“赵冬梅!”听到吕兵的叫声，赵冬梅下意识地看了一眼身后，迅速向人群中奔跑！一边跑，她还一边把转账的交易单搓成小团，用手指把纸团向马路上弹，妄图销毁证据。

“抓住她!”这微小的动作立刻被吕兵察觉，他和沈丽燕迅速控制住赵冬梅。同时，普永亮等人已经将被赵冬梅丢掉的交易单找了回来。

人抓到了，但这显然是一根“老油条”。讯问中，赵冬梅既不承认自己有个女儿，也不承认自己认识国外的什么人。时间在一分一秒地流逝，不能贻误战机！吕兵果断决定，立即对赵冬梅家依法进行搜查。

在赵冬梅房间的床头柜上，有一对青年男女的照片，照片中的年轻女子和赵冬梅有几分神似。端详着这张照片，吕兵作出了一个大胆的假设：这个女子是赵冬梅的女儿，而照片上的另外一个男子，很有可能就是“阳光娱乐联盟”的主要犯罪嫌疑人——王勇！

该是与赵冬梅正面交锋的时候了。在面对吕兵的时候，赵冬梅先是假装镇定，接着又开始撒泼装浑，最后什么都不说，只是一个劲儿地哭。赵冬梅的每一个微妙变化，都被吕兵看在眼里。他很自然地拿出在赵冬梅家搜到的那张青年男女的照片说：“你女儿女婿很般配，他们什么时候登记结婚的？”

原本还在哭闹的赵冬梅听到这话，顷刻间僵住了。几秒钟后，她歇斯底里地大叫：“我不同意他们的，我没有承认，他们不算！”话音刚落，她忽然意识到自己的失误，于是双手捂面，不停啜泣。

吕兵趁热打铁：“这个男的是谁？”

赵冬梅有气无力地说：“是安迪。”

“安迪是谁？”

“安迪也是中国人，现在在美国搞一个很大的网站，我女儿喊他小勇。”

“安迪”是王勇的英文名。由于王勇从小移居美国，公安机关在与王勇交锋的七年时间里，一直打着“摸黑战”，即使是睡梦中都想抓捕王勇的普永亮，也不知道王勇究竟长什么样。吕兵带领的小组搜出的这张照片，成了七年来全国公安机关取得的唯一一张王勇的照片。

彻底崩溃的赵冬梅将她的犯罪事实和盘托出。不出专案组所料，“阳光娱乐联盟”的非法收入就是通过赵冬梅在境内购买鞋子的方式转移到美国，从而使王勇获得巨额的财富。

“色情帝国”的罪恶

已经被押回马鞍山等候审判的黄成羽绝不会想到，那个整天与他聊天、广告业务娴熟且说话幽默的“幼香队长”，竟然是一个五十三岁的退休职工。

“幼香队长”真名曾广，是河南省郑州市的一名退休工人。退休后，曾广闲来无事，经常“光顾”色情网站，但看得越多，越觉得现有的色情网站已经不能满足他的胃口。于是，曾广瞄准了境外服务器，找到了一个叫“幼香帝国”的网站，他发现里面的内容很合自己的“重口味”。

在“阳光娱乐联盟”下辖的这四十八家色情网站中，最引人注目的就属“幼香帝国”了。不同于以往的“99情色论坛”，包括这个网站在内的十八家网站都涉及大量的儿童淫秽色情内容。这个网站建设得非常隐蔽。普通会员前来浏览，会觉得它与一般色情网站没什么不同；而付费会员进入“幼香帝国”的页面中，看到的却是另外一幅景象：通过大量隐藏的超链接，他们可以进入另一个庞大的儿童色情网站联盟。

在“阳光娱乐联盟”这个令王勇颇感得意的“色情帝国”中，含有淫秽色情信息的板块数以千计，传播淫秽色情信息的帖子达上亿条。每个注册会员都要向网站交纳季度会员费或终身会员费。如果会员想浏览“更刺激”的淫秽色情内容，只有两种途径：付费，或是累积足够高的积分，以提升浏览权限。

“幼香帝国”的规则更为严苛。在这里，用户必须付费购买“VIP会员”资格，才能浏览儿童色情图片。王勇向每位“VIP会员”收取二十五美元的季度会员费或一百美元的终身会员费。

在成为“幼香帝国”的付费会员后，曾广便在网站上传了大量的淫秽图片和小说，最终，他如愿以偿地当上了网站论坛的版主。

2008年8月，曾广在自己家中，使用电脑登录“幼香帝国”色情网站，并申请该网站论坛账号。2009年1月，曾广以“幼香队长”的网名开始担任该网站论坛管理人员，对网站论坛九大板块和五十五个小板块的四十多个版主进行管理，对各版块的版主进行任免。

到2011年5月，该网站已经积累了大量人气，逐步完善并开始进入赢利阶段。网站加入了国外的一些非法广告联盟，在网站上设立了大量的欺骗链接，通过网民的点击来获利。出售各地卖淫信息也是“幼香帝国”的获利途径，网站上贴出了一些卖淫女的信息和价位，“嫖客”要想了解得更详细，就必须支付虚拟金币才能点击进入，而虚拟金币则需要网民通过银行汇款的方式购买。

公安部网络安全局相关负责人透露：在以“幼香帝国”为代表的十八个儿童淫秽色情网站中，会员们经常就“如何顺利奸幼且不被发现”等犯罪性话题进行交流，同时，他们还频繁交换一些儿童色情图片。如果会员上传的图片、视频或者小说都是原创的并且累积到一定数量，“幼香帝国”会用积分和更高的浏览权限来奖励会员。这对那些本已色欲熏心的会员来说，无疑是更刺激的兴奋剂。这也就意味着，混迹于儿童淫秽色情网站并经常上传原创资料的会员，都有可能是实施过甚至是多次实施过侵犯儿童性犯罪的“黑手”。

1993年出生的齐旭还未满十八岁。十五岁那年，齐旭偶然看到了一个“阳光娱乐联盟”旗下的色情网站“幼香帝国”的广告，出于好奇点击了进去。从第一次浏览淫秽色情网站“幼香帝国”开始，这些色情内容就像毒品一样让他无法自拔。在学校没有电脑，他就用手机上网，他给自己取了个“幼香吗啡”的网名，再后来，他干脆申请做起了色情网站的版主。一次，在看了大量“幼香帝国”的儿童色情图片后，齐旭终于无法自控，伺机强奸了一个刚刚十岁的女孩。

十七岁的高中生孟翔，原本品学兼优，上重点大学指日可待。然而一次偶然的机会，孟翔闯入了网络的“禁区”。在赤裸裸的淫秽表演的毒害下，他竟然多次强奸邻居家八岁的小女孩儿……

在“阳光娱乐联盟”这个大肆传播淫秽色情内容的毒瘤网站背后，不知还有多少像他们这样的青少年深受黄毒之祸。

十八天限时博弈

为打击王勇的嚣张气焰，摧毁其网上淫秽色情信息的传播平台，公安部积极与美国警方进行磋商，中美警方约定：6月20日前后将王勇抓捕归案，由中国警方收集固定王勇从事淫秽物品犯罪并牟利的证据、查清王勇的同伙情况以及其从中国向美国转移非法资金的途径和在美国的银行账号。按照中美间的约定，6月20日之前，专案组必须完成所有的查证工作。

十八天的查证时间，眼看就要到了。

民警们心急如焚。吕兵知道，专案组工作的重中之重就是查明向境外转移非法资金的途径，这项工作要由银行取证组负责。前前后后，有近二十名专案民警投入到这项庞杂的工作之中。但是，王勇旗下有四十八家网站，要从哪一家入手呢？

经过仔细研究，专案组认为：由于中美法律和文化的差异，美国警方更加注重打击涉及儿童的色情犯罪，因此，专案组从“幼香帝国”淫秽网站公布的两个银行账号入手，顺藤摸瓜，发现王勇其他银行账号，并查清其非法牟利并一步步将非法资金转移到美国的过程。之所以选这个突破口，一方面是因为美国警方更容易接受，有利于坚定美国警方抓捕王勇的决心；另一方面，这也是固定王勇牟利情节的必然选择。然而，在银行每天几十万条的转账记录里，办案人员却没有发现和王勇有关的线索。

王勇所采用的这些银行账号，都是他采取不正当方式骗取或以各种理由博得他人同情，以“向境外转款比较麻烦”等借口获取大量的身份证件后，在国内多家银行申请的。八个银行账号都是王勇利用他人身份证在工商银行开设，其中两个银行账户被公布在“幼香帝国”淫秽网站上。账户名为钱宗耀的银行卡在浙江宁波市开户，其他七张卡均在福建省福州市开户。

根据王勇八张银行卡的开户地信息，专案民警先赴浙江宁波、福建福州，根据开户人身份证信息，在当地依法传唤了钱宗耀等人。所有人员均称未在银行办理相应银行卡，而是曾向他人以二百元一次的价格将自己的身份证借给陌生人到银行开设银行账号。通过调查王勇全部八个银行账号的开户人，警方进一步查证了王勇利用非法渠道获取他人身份证信息，并利用他人身份证开设银行账户以非法牟利的基本事实。

王勇八个工行账户资金往来非常频繁，为简化分析，专案民警将八个账号视为一个资金“点”，对其内部转账予以忽略。该“点”自2010年5月份以来，合计收款约一千万元。王勇在收取这些钱款后，迅速将这些资金划转至境内七十张二级账户中，这些二级账户开户地主要集中在福建福州和河南洛阳等地。

在第一层转款渠道无法找到突破口的情况下，办案民警转向调查第二层、第三层转款渠道。只要把转款的过程中涉及的这个真人找到，弄清这个资金的来源，反过来再去查，就能把这些资金的去向和来源查明。

为此，专案组对王勇八个银行账号的数十万条来往账目情况进行了细致分析，重点筛选出七十个第二级可疑银行账号，一一调取并细致分析其开户资料及走账明细，发现犯罪嫌疑人在接受王勇大额汇款后，均迅速将钱款拆分成数笔或数十笔，划转至其他银行账号。通过追踪这些钱款的去向，专案组再次确定了八十一个可疑的第三级、第四级甚至第五级银行账号。专案组层层追查，最终查清极有可能为王勇持有的美国银行账号三个，成功抓获帮助王勇向外转移非法资金的人员两名。

与此同时，针对王勇涉嫌传播淫秽物品犯罪的网上证据收集固定工作也在紧张进行。专案组安排六名民警对王勇创建的四十八个淫秽网站特别是"幼香帝国"等十八个涉幼淫秽网站进行了远程取证。为了按期完成取证任务，办案民警不分昼夜地连续工作十多天，累计下载并依法固定淫秽视频和图文电子证据近10TB（Terabyte的缩写，意为"万亿字节"）。

终于，6月19日，王勇涉嫌传播淫秽物品牟利犯罪的有力证据通过公安部移交美国警方。根据美国法律，控方只能讯问王勇三小时，而且，在整个讯问过程中，王勇的律师会提醒他"有权不回答"。正是靠着中国警方艰苦卓绝的努力所收集的全面证据，使美国警方在不足三小时的讯问时间内，强有力地掌控住了局面，使对王勇的指控最终成立。

收 网

2011年6月23日，美国，纽约。

繁华的皇后区法拉盛街道上，人们行色匆匆，穿梭在高楼大厦之间。此时，多名美国联邦调查局特工已悄然潜入一座居民住宅，执行抓捕行动。随后，华裔男子王勇在家中被警方成功抓获。同时被查封的还有两台位于得克萨斯州的服务器和相关网络支付平台，一系列网站被彻底摧毁。

"'戏子'落网！行动成功！"

捷报迅即从纽约传至北京，公安部专案组成员击掌相庆。在此之前，在公安部统一指挥下，"6·1"专案组已将在境内负责洗钱和维护网站的十余名犯罪嫌疑人抓捕归案。

"戏子"终于无法再逍遥法外。根据美国法律，如果其罪名成立，王勇将面临六十五年监禁。

截至目前，专案组共抓获犯罪嫌疑人十二名，其中为王勇淫秽网站提供管理的境内高级版主五名、在王勇淫秽网站登载广告并向王勇支付"广告费"的广告商四名、协助王勇将其淫秽网站非法所得转移至境外的人员两名、掩盖隐瞒犯罪所得人员一名。

9 月 1 日，普永亮回到办公室，静静地看着一张合影。就在两天前，国务委员、公安部部长孟建柱，副部长张新枫等公安部领导在北京亲切接见了参与侦破"阳光娱乐联盟"网上传播淫秽物品案的专案组民警代表。李群、杨志刚、吕兵和普永亮一起参加了接见和座谈。虽然"阳光娱乐联盟"这个色情帝国已经被端掉，但是，后续的扫尾工作一定要紧锣密鼓地进行，一定要把这起案件办成铁案！普永亮知道，马鞍山市网警在打击淫秽色情案件上的步伐不会就此停歇。

普永亮靠在椅子上，已经好久没有这样安静地坐一会儿了。他忽然想起了日本电影《追捕》中历尽沧桑的男女主角在片尾意味深长的对白。

"完了吗？"

"哪儿有个完啊！"

（原载于《啄木鸟》2011 年第 11 期）

守护你，到你静静离去

沈 雪

一

芦建伦当时是贵阳市公安局市西路派出所的文职人员，从2010年的10月23日开始，他几乎每天都在重复着同样的生活轨迹。早上6：40起床。第一件事，便蹑手蹑脚走进前妻廖清的房间，叫醒睡在沙发上的女儿，帮她收拾好书包送她去乘公交车；第二件事便是赶紧做自己和女友的早餐，女友吃后去上班；第三件事是把廖清叫醒，检查她大小便的情况，把导尿管引流袋里的尿倒掉，把床上清扫干净，然后给她洗漱、做吃的、喂饭，几乎每天都要忙到10点多钟才能匆忙出门赶到派出所上班。第四件事是下午5：30

下班后，跑步到公交车站乘车回家做饭，做好饭后他都是让女友跟女儿先吃，他把廖清喂好后自己才吃；第五件事是守着女儿做作业，陪前妻说说话。如果没出现其他意外情况，劳累一天的他安顿好前妻、女儿后方可得到休息。

这样的生活整整持续了八个月。芦建伦清楚地记得，2010年的10月18日那天晚上，因癌症晚期生活已不能自理的前妻廖清给他打来电话，称她的现任“丈夫”张庆（化名）要和他父亲回新疆办医保，在贵阳找不到其他能够照顾她的人，希望能够得到芦建伦的帮助。接到电话，芦建伦心情十分复杂。他跟廖清离婚已经四年了，并且已经有了新的女朋友，如果答应去照顾她，势必会影响自己的生活。

平心而论，芦建伦是对得起前妻的。他跟廖清相识于1996年。当时芦建伦在贵州轮胎厂当该厂《前进报》的编辑和记者，从盘县乡下到城里打工的廖清在厂门口一小饭馆当服务员，芦建伦常去吃饭，一来二去俩人便相爱了。2000年俩人准备登记结婚时，廖清被查出没有生育能力，芦建伦便执意领养了一个女儿。婚后廖清不喜欢养女，两人经常争吵，2007年的8月，俩人办了离婚手续。

这期间芦建伦离开轮胎厂，和廖清做过小生意，到报社当过记者，2005年他被聘到市西路派出所做文职工作。离婚时，考虑到女人不容易，芦建伦把家中不多的一点儿积蓄全给了廖清，协议书写清楚了廖清每月要负担女儿一百五十元的生活费，但她从未兑现过。月工资一千二百元的芦建伦，带着年幼的女儿租了一间二十平方米左右的房子，日子过得十分清苦。

而离婚后不久的廖清，很快便跟新疆在贵阳做生意的张庆相识并于2008年11月请了酒席，但未办理结婚证。2009年初，廖清被查出患乳腺癌，已到了中晚期。3月，廖清做了手术。5月，廖清不慎摔了一跤，便不能起床了，如果要治摔伤，仅治疗费就需万余元，这时，廖清和张庆仅剩下两千元钱，俩人在困境面前一筹莫展。

廖清的病情让芦建伦感到非常的焦虑和不安，他不忍心看着身患绝症的廖清拖着摔伤的病体遗憾地离去。他想帮她，但自己又捉襟见肘。

芦建伦当时在市西路派出所负责的是文字内勤工作，这份工作让他有了接触公安内网的机会。多年来，爱好文学的他一直把写诗当作自己的业余爱好和精神、情感的寄托。工作之余，他在内网的多个文学论坛邂逅了一大帮公安战线的文学爱好者，他给自己注册了一个“桃园晨笛”的ID，写的诗歌多次在内网和其他网站获奖。2011年，在全国公安文联原创文学举办的迎新春网络诗比赛中，他写的《站在一朵雪花上看春天》的组诗还荣获了二等奖。

廖清摔伤无钱医治后，芦建伦万般无奈之际，向公安内网的朋友们发出了求助的信息，当时，青藤文学网、警官俱乐部、天津民警E站、法制交流社区陆续发起为廖清捐款治病的倡议。内网的战友们很快便给他捐了一万五千余元，帮廖清渡过了难关。

但是到了2009年的9月，廖清因癌细胞扩散造成背部第五节骨头坏死，就只能躺在床上了。从患病到2010年10月以前，廖清由张庆和他的父亲看护，那时候廖清还能勉强撑起身子自己大小便等。

而现在，因为“丈夫”张庆回新疆，廖清要把生命中的最后一根稻草绳交到芦建伦的手中，于情于理，芦建伦都有可以拒绝的理由。于情，芦建伦已有了善解人意的女友，有了属于自己的生活，即使他愿意，他的女友也不一定愿意，更何况要照顾的是他曾经的妻子。于理，廖清已再婚，她有“丈夫”和家人，照顾她是他们的责任。但若不答应，张庆一走，廖清便只有活活被饿死。难以决断的芦建伦在极度矛盾中焦灼地徘徊着。

二

廖清打电话两天后，即2010年的10月22日上午，张庆七十多岁的父亲到派出所找到芦建伦，再提请求芦建伦帮忙照顾廖清的事，希望芦建伦看在一日夫妻百日恩的情分上，照顾她一段时间，说离开期间每月寄500元给廖清作生活费。

芦建伦没办法，只好硬着头皮跟女友小洁（化名）商量此事，之前芦建伦常带小洁和女儿去看廖清，善良的小洁觉得廖清挺可怜，答应了芦建伦并在当天晚上陪他一起到廖清的住处跟张庆父子商议照顾之事。

当晚，张庆俩父子信誓旦旦地承诺说，春节过后他们就回来，不会超过三个月，绝不会为难芦建伦。

10 月 23 日下午，张庆和父亲收拾好行李，给廖清留下九百元钱和可以维持一个月左右的药品后，回新疆了。

他们这一去，便没有再回来。除了每个月按时寄来的五百元钱外，他们把许下的承诺连同他们身影一起带走了。而芦建伦艰难的生活才刚开始。

首先，五百元对于癌症晚期的病人是无济于事的，治疗费、生活费、房租费还有日常的开支是五百元的好几倍。除这五百元外，廖清每月还有三百八十元的低保费仅够付房租。

其次，他面对的是一个癌症晚期随时可能离去已十分孱弱的生命，要照顾一个吃喝拉撒完全不能自理的人多不容易。

另外，他还要顶住来自家人责怪等各方的压力、困难和非议。

但不能丢下她不管，廖清把生存的希望托付给他，对芦建伦的极度信任和依赖。再说，他已答应了张庆父子，就要信守承诺。再艰难，再沉重，他也要用他男人的双肩为弥留之际的廖清撑起那片即将倒塌的天空。

为了方便照顾廖清，10 月 24 日，芦建伦说服女友小洁，带着女儿一起搬到了廖清的住处。廖清的住房十分简陋，除了她住那间二十平方米左右的房间外，还有一间配套的简易房。芦建伦安排女儿睡廖清房间的沙发，他和女友住简易房内，遇上下雪下雨，屋顶就会漏水，还会飘进雪花。

刚开始照顾廖清时，她的精神状态还不错，她还能自己从床上爬起来，用双手撑着床沿坐上十来分钟，芦建伦每天给她做两顿饭喂她吃。困难一些的是她脊柱第五节被癌细胞侵蚀坏死，腰部失去了支撑力，大小便时需要将她架起来放到痰盂上。

芦建伦第一次伸手架廖清的胳肢窝大小便时，简直不敢相信病魔的摧残会如此残酷，廖清原本一百二十余斤的身子只剩下了六十来斤，瘦得皮包骨头，惨不忍睹。但他不敢表露出来，他知道这个时候必须乐观，才能鼓舞廖清活下去的勇气。

为了让廖清能够依靠自己的力量在他们上班后解决大小便的问题，芦建伦和女友小洁到医疗器材店买了一个解大小便的椅子。没想到第二天中午，芦建伦在派出所正准备吃午饭，便接到了廖清的电话，她要小便，但是努力了几次都无法把身子挪移到椅子上。一次再简单不过的小便在廖清面前都成了一座不可翻越的大山。

后来的一段时间里，廖清每次大小便，都得靠芦建伦帮她移到痰盂上。她连坐的力气都没有了，必须得一只手抓着芦建伦的手，另一只手撑住床沿。

芦建伦记得，2010 年的 11 月 5 日，在他的鼓励和帮助下，廖清是最后一次下床解大小便。第二天，她努力了四五次，就再也没办法从床上爬起来过，芦建伦只好买来尿不湿给她垫上，没想到更大的考验接踵而至。

11 月 6 日，芦建伦做好早点喂廖清吃了饭和药后，叮嘱上中班的女友小洁照顾廖清，他去上班。下午，小洁打来电话，告诉他廖清尿涨，但又解不出来，她不知道怎么办让他赶紧回去。

芦建伦回去一看，傻眼了，只见廖清的小腹鼓鼓的，涨尿把她的脸憋得通红，她痛苦地呻吟着。

芦建伦立马带着小洁跑了附近十多家诊所和医院，医生一听是癌症患者，都不愿出诊，后来好不容易找到一个小诊所，一位姓马的医生听他们介绍情况后，说廖清需要上导尿管。但上导尿管有规定，必须在大医院那种无菌的环境里进行，诊所不敢上。芦建伦和小洁给马医生说了一大堆好话，马医生推辞不过，叫上他在医院妇产科当医生的妻子带上导尿管帮助他们。

一番忙碌后，廖清安上了导尿管，看着尿液从导尿管流进引流袋，廖清逐渐恢复正常面孔时，芦建伦和小洁才松了一口气。

廖清插上导尿管后，大便只能靠尿不湿垫着。每次帮她收拾时，芦建伦都会把小洁和女儿叫到他们住的简易房里并且关上门。怕廖清长褥疮，他每天要帮她翻一两次身，三四天给她抹洗一次身子。

导尿管上了没几天，芦建伦发现廖清的尿液出现了异常，有时颜色变红成血尿，有时又变成灰色的浓稠状，这种异常的尿液平均两三天就会造成导尿管堵塞。每次芦建伦都去诊所求医生上门帮她换，或者打急救电话求助。

12月10日凌晨一点过钟，导尿管又被堵塞了，芦建伦再次拨打急救电话。来救治的医生看上去很年轻，弄了近两个小时，急得满头大汗也没把尿导出来，无计可施便走了。

尿液排不出来会导致膀胱破裂致人死亡。芦建伦知道，自廖清使用导尿管后，她的生命便间接地掌控在了他的手中。看到痛苦不堪的廖清，芦建伦决定按照医生的操作过程自己试一下，他把插进尿道的那一头拨出来，发现两个孔被血块堵塞了。将血块清除后，再将导尿管安上，不少暗红色、细碎的血块慢慢流了出来，然后才是浑浊的尿液……

有了这次操作经验后，芦建伦再没有请过医生，为此还每月节省了二三百元请医生的费用。再后来，因为长时期卧床，廖清大便也出现了排便困难，好多次，是卢建伦戴上手套，顶住恶臭，一点点用手抠出来的。那手套、口罩是懂事的女儿心疼他，用节省的零花钱给他买来的。

三

在这个特殊的家庭里，芦建伦在夹缝中艰难地支撑着，日复一日地守着承诺，守着时日不多的前妻，期待着有一天张庆父子能够遵守他们的诺言，回来履行他们应尽的责任和道义。

女友小洁无论是心理上还是情感上，都给了他最大的宽容底线。这期间，小洁跟他一起照顾廖清，上班出门前从没忘记过问廖清想吃什么，廖清喜欢吃馄饨，他们便买来包好给她放在冰箱里，想吃的时候就煮给她吃。小洁上的是倒班，有时廖清疼痛的呻吟声会影响到她的休息，她也有埋怨芦建伦的时候，但想到芦建伦也不容易，她也没有过多的指责。

十岁已上五年级的女儿长期睡沙发，病情不稳定的廖清常常会影响她正常的睡觉，学习之余，她还要喂廖清吃东西，给她按摩等。

而生命垂危的廖清，对张庆父子的背弃十分绝望，又看到自己拖累了芦建伦和女友、女儿，再加身体剧烈的疼痛，她觉得自己生不如死，情绪非常的坏，好多次，她都想到了死，芦建伦总是编造各理由和以讲笑话的方式逗她，鼓励她。

2011 年春节前的一段时间，是芦建伦最艰难的日子，女友小洁病倒了，家里躺着两个病人，都需要他照顾，还有女儿，还要上班。他照看着两个病人，像一台旋转的机子忙了这头又忙那头。他很害怕，这两个他生命中原本可以不相遇，但现在却每天相处在同一屋檐下的女人当中谁有个闪失，那他所有的努力都会失去意义。

而他所做的这一切，怕家人误解和责怪，他一直瞒着他们，直到 3 月媒体采访报道后家人才知道这事，才知道他有多“傻”。

春节后，廖清租住的房子被划定为棚户区改造工程，属于拆迁范围被房东一次次催搬，而其他房主更不愿意把房子租给一个癌症晚期的病人。在这偌大的城市，想给这个曾经是自己妻子的女人一个离去的安静空间都寻不到。芦建伦焦虑疲惫到了极点，他多方奔走、求助无济于事，最后只有苦苦哀求房东，希望他们能够租住到正式拆迁前，最终房东被他的诚挚所感动，一直到廖清去世前没有再催搬。

为了不给廖清残存的生命留下任何的不安和遗憾，芦建想方设法把苦、累藏在心底，把笑挂在脸上，在心底一次次给自己打气。他发誓：一定要带女友和女儿一起守护廖清安静的离去。

四

到了5月，廖清的病情日益严重，稍一碰到身体，她便会疼得尖叫，并且十分坚决不准卢建伦给她翻身。怕她长褥疮，5月13那天，卢建伦强制帮她翻身，刚搬开她的身体，他的眼眶便润湿了。廖清膝盖侧面，腰部，背上都长了褥疮，而且还流着脓血，惨不忍睹，衣服已没法脱下来。为了给她换睡衣，卢建伦只能用剪刀剪掉袖子，再烧水给她擦洗干净后，换了新的衣服。

接下来的日子，廖清的病情开始恶化，除了偶尔喝点儿牛奶外，她的意识开始模糊，不时发出痛苦的呻吟，除了卢建伦外，她已认不出谁。她的状况让卢建伦十分揪心：知道那一天很快会来临，但他不愿意看到她如此痛苦的离去。那些天，他下班回来和女友、女儿吃了饭，总是静静地守在廖清的床前，屋内的空气像凝固了一样，沉闷、压抑。

5月下旬，可能是回光返照的缘故，廖清突然变得十分清醒，精神状态也不错，并且能吃能喝，还能说能笑。阴暗的小屋里又充满了“一家人”的笑声。

进入六月，照顾廖清半年之久的卢建伦再次陷入了绝境。廖清远在新疆的丈夫“张庆”每月承诺五百元的费用不再寄来了，连卢建伦打电话对方也不再接听。而自己无论是在亲情、法律上都跟廖清无任何关系，一旦廖清去世，他根本无权处理廖清的后事。

而廖清远在盘县老家的七个兄弟姐妹，在廖清弥留之际，卢建伦多次打电话通知他们最后来看一眼廖清，均遭到了拒绝，最后干脆不接电话或换了号码。

自6月9日起，廖清已吃不下任何东西，偶尔只能喝点儿水，完全不能讲话，持续几日后，渐入了昏迷状态。

6月22日晚，卢建伦发现廖清焦躁不安，似乎想跟他说什么。在听到卢建伦的轻声呼唤后，她随即安静了下来，第二天（即6月23日）凌晨4时，廖清安静地走了。

有“丈夫”、有七个兄弟姐妹的廖清，在生命的最后时刻，守护她离去的是跟她已毫无任何关系但却胜过亲人的前夫，前夫的女友，无血缘关系的女儿。当弥足珍贵的亲情、爱情在责任面前离她而去的时候，她的前夫，这个曾跟她一起携手走过十年后又分道扬镳的男人却承载起了如此的生命之重。为了道义，为了一份本不该由自己来履行的责任，他用自己看上去不并伟岸的身躯，把这份沉甸甸的承诺演绎得如此淋漓尽致。

从2010年的10月23日开始，整整八个月，在这个组合得有些尴尬的家庭中，作为唯一的男人，卢建伦来回奔波着，日夜操劳着。因为生命的存在，因为他曾经是他的妻子，更因为爱和责任，他在艰难中坚持着，不敢放弃，尽力地守护身患绝症被现任“丈夫”抛弃的前妻，让她的生命得到最基本的延续，让爱的阳光、空气和水沐浴着她，直到她安静的离去……

后记：廖清去世后，因为亲人怕承担责任和费用，不愿意前来签字处理后事，廖清远在新疆的“丈夫”仅寄来了一千元托卢建伦料理后事。为了让廖清早日入土为安，卢建伦携女友和女儿多方奔走、求助，在公安战线一些好友的帮助下，2011年7月5日，停留在殡仪馆多日的廖清终于得以火化。目前，已调至云岩公安分局巡防大队办《巡防报》的卢建伦，恢复了平静的生活，女友小洁在某收费处工作，女儿蕊蕊已上六年级，收入仍然捉襟见肘的“一家人”过得十分快乐。

（原载于《人民公安报》2011年5月14日）

石玉之恋

一　合

顾瑛当兵之前，就认识了每天从他家门前经过的黄玉珍，不仅为之倾倒，而且还为她改了名字。他原来的名字叫“鹰”，雄鹰的“鹰”。现在雄鹰不再是追求的目标，美玉才是。要选一个跟玉靠得最近的字。翻字典：“瑛，一种酷似美玉的石头。”就是它了：顾瑛。她是玉，我是瑛；她是美玉，我是石头。黄玉珍作为一块美玉，雅致而高贵，可是又最怕被玷污、被损害，不正需要他这样一块石头的保护吗？

其实顾瑛改名字的时候，黄玉珍还不认识他，只是听她同学、顾瑛的妹妹说：“顾瑛在江心沙农场劳动，熄灯号一吹，他就跑到野外，杆子上挂一盏马灯照亮儿，脚上穿一双长筒雨靴防蚊，开始夜读。”也许就是这个夜读者的形象征服了她，相恋八年，终成眷属。

后来，顾瑛当了警察，他所爱恋的不再仅仅是黄玉珍，还有他的辖区百姓。

一个伟大的旋律时常会在他身边轰然响起：“起来！饥寒交迫的奴隶！”这是顾瑛一生不变的手机铃声。因为他时常要面对最无助、最悲伤的人群，他要为他们讨还公道，扫去阴霾，确保一方平安。

“家鸟、野鸟和候鸟”

2010年7月20日，江苏省南通市发生了一起命案，那时离顾瑛走完生命的全程还有三十七天。

南通市公安局向世人宣布：命案必破。之所以敢这么宣布，固然显示了当地政府和公安局领导班子决心之大，但也有很大成分是因为刑警支队“特别能战斗”。“特别能战斗的刑警队”是国务院授予的光荣称号。而顾瑛正是南通市公安局刑警支队支队长，是打造这一品牌的主要领导之一。

那天晚上，陈美端穿着一件吊带短裙——她所谓的工作服，坐在玻璃门后。她用胳膊肘支着沙发扶手，用手背托着下巴颏，神情疲惫而慵懒。实际上，她内心的渴望和激情并没有因为夜深而减弱。她双眼透过窗户，捕捉着每一个潜在的服务对象。她是很有魅力的，就像她这足疗店的店名“冰雪佳人”一样，在这炎热的夏季，吸引着饥渴男人的目光。

有三个打工者来到店里。在前厅说笑一会儿之后，陈美端就把其中一个领进了里面的按摩间，做足疗和敲背。这三人走后，已经是10点多了。无人光顾，她便上网与朋友聊天。到11点又来了客人，她便忙了起来。中间有人给她打电话，她都没顾得上接。客人走后，她才把电话打过去，问什么事。朋友邀她去玩。她说我要休息了。其实她哪里顾得上休息，她还要打捞最后一批夜行客，做成自己的生意。所以直到午夜，隔壁浴室的一个看门老头还看到有一个年轻人坐在沙发上，一边吸烟，一边跟她聊天。

第二天早晨，还是这个老头，见她店门没关，大感意外，进去一看，她已经倒在血泊中了。

这是南通市港闸区的地面。接到市局110指挥中心指令，港闸区公安分局领导立即赶赴现场，同时报告刑警支队长顾瑛。顾瑛十分钟就赶到了，随后跟来的是他的技术团队。

南通市公安局副局长吴忠灿也赶到了现场。吴副局长个子不高，虽然年近半百，但长着一张娃娃脸，显得很年轻。他刚刚接手主管刑侦工作，就碰上这种案子，有些突然，就对顾瑛说："老顾，你在前边拿主意，我在后边给你做坚强后盾，这个案子一定攻下来！"

顾瑛理解他的心情，沉稳地说："吴局长，你放心，没问题！"

"你放心，没问题"。这是顾瑛说得最多的一句话。每发生一起命案，他就是这六个字。每当命案发生，大家都会不由自主地紧张，他却总是告诉领导说"你放心，没问题"。难道他就真的不紧张吗？

其实顾瑛比谁都紧张，都放心不下。命案不破，来自上上下下方方面面的压力他可以顶住，但因为这个命案不破而导致下一起命案出现的可能性他扛不住。他为此提心吊胆，紧张万分，放心不下。这种担心和关切注入了他的每一个细胞，钳住了他的每一根神经，调动着他的智慧，使他进入了一种临战的紧张和亢奋状态。

现场勘查车停在路边，从上面下来了法医专业和痕迹专业若干位技术人员。大家快速"三套一罩"，即戴上脚套、手套、头套和口罩，踩着二十厘米宽、一米长的铝合金通行踏板进入室内现场。分局摄影师朱德华从各个角度录像、拍照，记录下原始现场。法医阚卫军观察尸体姿态和血迹分布，然后给陈美端量体温——应该叫尸温。尸温与正常体温相差无几，这是因为夏天温度高。如果是冬天，那就会每小时下降一度。而现在一共才下降了一两度，不足以判定死亡时间。所以又把尸体翻过来，从俯卧变成仰卧，观察腹部挤压处血液沉积留下斑块的颜色，试图以此判断死亡时间。死者腹部被捅一刀，阚法医量刀口的深度。陈小坤法医则在寻找伤痕，刚才看到头部和背部的棍击伤，现在又看到了刀伤。痕迹专业的王浩波用镊子从尸体上取下皮屑、毛发等生物检材，又将陈美端的双手用物证袋套上，扎好，因为指甲里很可能留下案犯的皮屑。

顾瑛有绝对的耐心等待技术人员得出结论，因为那是科学，是破案的依据，来不得半点儿急躁和毛糙。他绝不会站在法医身后盯着问，这人是怎么死的？致命伤在哪里？那种做法是最讨人嫌的。可是当现场勘查结束，大家心里有了谱，顾瑛再走过来听意见，共同给犯罪分子画像时，气氛就不同了。两个法医的判断是木棍击中头部，颅骨破裂，脑出血致死。刀伤则要轻得多，从刀柄接触表皮到刀尖抵达胃壁，只有八厘米长，不能致命。痕迹勘查认为，行凶中有打斗，地板和墙壁上的线形血痕证明了这一点。

这种杀小姐的案件侦破比较困难。就全国来讲，在未破命案中，这类案件占一半以上。来到现场的港闸区公安分局副局长徐浩从一开始就板着脸，忧心忡忡，这命案要是破不了怎么交代？七个年头命案全破的纪录，难道要在自己这里终结？他和民警们不由得把目光投向了顾瑛。

大家的担忧，顾瑛何尝没有？但他不能表现出来。因为在这里他是权威，他是领导。顺序必须是这样：先权威，后领导。如果放在过去，他是理所当然要先领导，后权威。现在不同了，他已经五十七岁了，这是一个“退二线”的年龄。谁都知道，他这个支队长已经干到头了，什么时候被新人取而代之，只是一个时间问题。所以此时他还能够站在这里指挥，首先凭的是个人权威，其次才是领导职务。他并不感到沮丧，因为这反而证明了自己的实力，不是凭领导职务在吃饭，而是凭能力在吃饭。

顾瑛看到民警们的目光齐刷刷转向自己，表示了毫无保留的信赖，他心里便被一股暖流淹没了。那齐刷刷的目光里没有一点儿犹豫，没有一点儿勉强，也没有一点儿程式化，是那么的纯净，那么的透彻，充满了对自己的认可和尊重。这是多么可贵的信赖和真情！一个人能混到这个份儿上，知足了。

当此之时，他能把自己的担心和忧虑表现出来吗？不能。作为一个领导，一个即将退二线的领导，他更应该挺住，为荣誉而战，为尊严而战，为站好最后一班岗而战。这种强烈的责任感，使他立刻进入了一种良好的临战状态。刚才勘查现场和听汇报，他也在分析和思考，但总有些支离破碎。现在随着临战状态的出现，亢奋的大脑把原来杂乱无章的东西理出了头绪，分析、判断、推理、结论，水到渠成。他脱口而出："犯罪嫌疑人可以从三种鸟里选择，家鸟、野鸟和候鸟。"

很新鲜的开场白。

顾瑛接着说："'家鸟'是指有密切关系的熟人，矛盾激化而杀人；'野鸟'是指住在附近的无业游民，见财起意而杀人；'候鸟'则是指偶然经过的歹徒，入室盗窃杀人。依我看，在这起案子里，'家鸟'的可能性不大，'野鸟'的可能性最大，'候鸟'的可能性最小。"

港闸区公安分局副局长徐浩迫不及待地问："为什么说'野鸟'的可能性最大？"

顾瑛却反问："你们说木棍是怎么来的？"

有负责走访群众的侦查员回答说："过去店里没有看到过这根木棍。"

顾瑛说："这就可能是案犯从就近住处带来的，或者从什么地方拾来的。而远来的人要作案绝不会用这种工具，携带不便。"

徐浩问："如果是熟人呢？"

"熟人也很有可能带这样一根木棍，但他就不会大摇大摆地进店了。他会趁主人不备，如主人睡觉时，设法潜入，一棍致命。可是现场勘查表明，二人有过长时间打斗，这就是说，行凶之前有过见面和交谈，然后或见财起意，或因嫖资纠纷引发杀人。要证明这根木棍是案犯带来的，而不是店里的，仅有陈美端朋友的陈述还不够。如果是陈美端自己用的，比如搅拌足疗药，她朋友也许看不到。所以必须把棍子送化验室化验。"

有人问："捅人的那把刀子难道不是'候鸟'可以随身携带

的吗?”

顾瑛没有忙着回答。他把目光投向了阚卫军,这是他的爱将之一:“这个问题就请阚法医来回答吧!”

阚法医气定神闲,从容自信地说:“是的,‘候鸟’可以带这把刀子,但这把刀子杀不了人。刀口很窄,单侧划伤,证明不是双刃匕首,而是单刃水果刀。‘候鸟’带一把水果刀很自然,但带一把水果刀杀人却不合理。”

阚卫军的表现使顾瑛十分满意,这就是人才的作用,只有调动起大家的积极性,才能保证命案全破,还大家安全感。否则多么好的愿望也是空想。为了兑现“警为石,民为玉”这个美好的承诺,他不仅要依靠自己的能力和智慧,还要充分发挥广大民警的聪明才智。

“7·20”案是顾瑛经办的最后一个大案,这个案子陪伴着他走完了生命的最后旅程。为了延迟这个我们不愿意看到的最后时刻,让我们离开“7·20”案,顺着顾瑛走来的路返回去,寻觅他踏过的足迹吧!

杀害一个老百姓,等于割他身上一块肉

就南通市公安局来说,顾瑛只不过是一员出色战将,他并不是局领导班子成员。可是侦破每起命案,都能全局出动,政府支持,社会协助,全民动员。所以然者何?秦剑平之故也。作为南通市副市长兼公安局长的他,知道顾瑛这种人是可遇不可求的,秦剑平局长把刑警这一块阵地交给他,是完全可以放心的。

可是他偏偏放不下心。他想得太多了。南通刑警过去在原支队长郭锦孝的带领下就有过年度命案全破的纪录。2002 年顾瑛接手,能不能再创佳绩,这是一个严峻的考验。但是秦局长很有智慧。他不会一猛子扎到刑警支队去指手画脚,他给予顾瑛施展才华的充分空间。他的着眼点是如何优化警务运行机制,打、防、管、控的相互衔接,条块、警种、专业的互为支撑,整合机关职能,加强基础

建设，建立信息共享……如果把公安局比作一台电脑，他就是给电脑装配软件的工程师，你也许不知道他到底装了什么软件，但你感觉到电脑好用了，功能多，速度快，效率高。

顾瑛对此感受颇深，破案得到各方面支持的力度更大了，调兵遣将更加得心应手了，信息传递更快，警种协作更好，破案率明显提高。

2004 年 5 月 19 日凌晨，启东市汇龙镇中群村民宅起火，烧死两人，这是重大命案。不仅顾瑛和当时主管刑侦的副局长姜建宁及时赶赴现场，秦剑平也来了。两具尸体被烧成焦炭，但女尸身上仍能看到多处刀痕，男尸却没有刀伤。一个判断产生了：丈夫杀死妻子，然后自焚。消防队员已根据火势确认有汽油助燃。果真如此，应该说对公安局是有利的，因为案件已经不攻自破了，剩下的就是收集这方面的证据。

三位领导没有轻易表态。现场一片沉默。

顾瑛开口提了一个问题："凶器在哪里？"

启东市公安局副局长冯平说："没有找到。家里的菜刀没有砍人痕迹。"

这时顾瑛看了一眼法医陈小坤，小坤立刻回答："女的头部被他人砍三刀，背部砍十六刀，双臂有抵抗伤，表明案发时有搏斗。男的看不见任何伤痕。对，我知道您是想问，是用什么刀砍的。不像是菜刀，也许是柴刀。从烧焦了的创口形状看，是一把有些分量的刀。"

顾瑛分析说："不是菜刀，是一把特殊的刀，而且不在现场，说明第三者作案的可能性很大。如果是杀妻自焚，凶器必然丢在现场，不会转移。现在凶器没有了。这只能说明，不是杀妻自焚。"

那么，男的是怎么死的？现场还留下了什么痕迹？难道一场大火把什么都烧光了吗？

"哎，小耿，这可是你们痕迹专业大显身手的时候了。"顾瑛对痕迹专业室主任耿卫华说。

这时，耿卫华正在指挥南通和启东两级技术人员蹲在地上扒拉着满屋的瓦砾和灰烬，然后放进筛子里筛，把灰烬筛出去，把物品残骸留下来。但残骸上还会有什么痕迹，只看到几把钥匙、烧坏的手机、衣服残片、鞋底等，也算是物证吧。“呼呼”地这样筛，闹得烟尘满屋，有点儿不卫生。民警们就把所有东西都用畚箕端到水池旁，用水漂洗，然后把木屑捞掉，把沉下去的东西洗干净，拿出来，一件一件摆好。全是金属元件，电视机的，手机的，还有首饰。他们想找到烧掉的现金的防伪条，没有成功。

秦局长觉得这时候应该给大家减压，就说：“这只是刚开始，哪有那么容易破案的？我来了不是督战，是看大家有什么困难，有什么要求，好及时给大家解决。大家要放松，放松才能出思路。尸体炭化不好辨认伤情，但并不等于不能辨认。需要请省里和上海的专家，我负责。”

在说这些话的时候，他看到顾瑛一直在埋头做记录，还不时扬起脸来看着自己，显得对领导的指示非常重视。他就怀疑，他这是不是在做样子。平时他可不是个很会来事的人，局里召开的各单位一把手会议，他经常借故不参加，并公然宣称，最讨厌开会和坐办公室。他平时不修边幅，穿得邋邋遢遢，警容风纪绝对不合格。可是想不到，就是这么一个不懂官场、不会作秀的家伙，竟然认真记自己的“指示”。

其实他还是不太了解顾瑛。顾瑛对他所钟爱的事物，把命搭上都在所不惜。比如对黄玉珍，一见钟情，矢志不移，花容月貌唯玉珍，天下美女无颜色。比如对老百姓，那种发自内心的深情与呵护，好像是与生俱来的一般。他有一种朴实的百姓情结，杀害一个老百姓，等于割他身上一块肉。

对爱人、对群众这种深厚的爱应该是非常可贵的，可是对顶头上司也这样，就未免有媚上之嫌。对此顾瑛有自己的解释。他套用“无情未必真豪杰”这句话，来了一句“抗上未必真英雄”。说他不懂官场，其实他也很懂，只是无暇无心顾及罢了。他读了那么多古书，这个能不明白？但是他从不去做。对于秦局长这个直接上级，他认为必须搞好关系。不图别的，只图有利于工作，有利于保百姓的平安。有了这个指导思想，自然就有了对秦局长的尊重。而且他也确实佩服秦剑平。他当支队长一年之后，秦剑平才从泰州市调过来，又一年之后，到这次案发，前后对照，他看出秦局的特点，含而不露，干工作有大将风度，很有水平。于是秦局长就成了顾瑛用心对待的对象。顾瑛对所有用心对待的对象都是一丝不苟的。命案的现场勘查是，大面积排查是，读书是，自学是，黄玉珍是，老百姓是，秦剑平也是。

现在，面对复杂的案情，顾瑛感到压力很大。秦局长安慰他说："别有负担，这不姜局也在这儿嘛，加上我，三个臭皮匠，顶个诸葛亮。大家共同担着。"

顾瑛从笔记本里拿出一幅照片，递给秦局长。秦剑平接过一看，是两个青年男女的半身合影。男的面善帅气，女的美丽温柔。顿时他意识到什么，身子一颤。顾瑛说："这就是受害者，男的叫陈鹤飞，女的叫李永娟。现在已经不在人世了。"停了一会儿，他接着汇报，"陈鹤飞在其大哥陈学飞开办的台角空调设备厂任经理，李永娟也在那个厂上班。两人结婚七年，因生育方面问题无小孩，但感情一直很好。"

再往下，汇报就不像汇报了，好像在说自己家里的事。中午嫂子给李永娟过生日，但他讲述时一直省去了"李永娟"，而说成给妹妹过生日。"还给妹妹买了一双皮凉鞋。"他说，"下班后夫妻去超市买了菜，丈夫把菜送到父母家，她高高兴兴地回自己家。她到家干什么？可能会试穿那双漂亮的红色皮凉鞋，然后小心地放在床底下，打算明天穿给丈夫看。可是哪还有明天！"

秦剑平感到很惊奇，还不到半天时间，顾瑛就掌握了这么多情况。更使他感动的是，这位在办案中一贯周密严谨、客观冷静的支队长，居然对受害人这么关注和同情，这么投入感情，甚至把自己想象成了受害者的亲人！

顾瑛接着说："晚上两口子跟姐姐、姐夫和侄女在父母家吃了饭，欢天喜地回来，丈夫和姐夫在后面各推自己的摩托车走，她在前面走。两辆摩托都放在一楼，然后夫妻上楼，姐夫回岳母家。悲剧就在夜里发生了。”

压榨出来的能量

“想不到凶手这么狡猾!”在痕迹上一无所获的耿卫华气愤地说。

顾瑛说:“再来一遍!我知道已经是第三遍了。再来!再来!用多波段光源仔细查看。”

小耿提着这种仪器到处找，最后在楼梯扶手上发现了手套印。虽然不是手印，也是有价值的。又在楼门口外发现一只蓝色拖鞋。幸亏它在门口外边，如果在门口里边就被烧没了。在楼房外面的小葱地里还找到一把开这家门的钥匙。

经过一番讨论，顾瑛初步判断:“作案者有这家的钥匙。也许找到的那把就是他慌忙中丢掉的。打开楼门，换拖鞋，戴手套上楼，进入室内。根据尸体位置，男的躺在席梦思的钢丝网上，证明他没动地方就被砍死了。是的，至今我们还没有在男尸上发现伤痕，但并不等于没有致命伤。我们的法医还在努力，很快就会有结果。女的趴在地上，证明她下床想跑，但经过一番搏斗之后也被杀害了。然后凶犯用带来的汽油点火焚尸。”

这个分析不错，合乎逻辑，但是哪里去找这个人呢?没有指纹，没有脚印，没有血迹，没有毛发、纤维。不能运用这些信息去找，只有先在熟人、近邻中展开排查，范围逐渐向外扩大。顾瑛判断，能有这家钥匙的人，肯定远不了。而且罪犯知道戴手套、换拖鞋作案，并放火烧毁现场，表明计划周全，蓄谋已久，并有一定生活阅历和反侦查能力。另外，手段残忍，应是抢劫杀人或报复杀人。

既然有可能是近邻作案，那就看看他们救火的表现吧!

经排查，发现了三个重点嫌疑对象。

死者小叔。五十多岁，平时跟死者有矛盾。第一个发现着火，喊人来救。他为什么这样积极?是否欲盖弥彰?

刑满释放者。刚刚从监狱出来，没有出来救火，说明做贼心虚。本来正在办身份证，案发以后没有来取，不见了。

捕鱼者。就住隔壁，却第十一个出来救火，只穿着裤衩跑出来。是否作案后处理血衣物证，来不及马上出来救火？

不久，把前两个排除了，只剩下一个捕鱼者，虽然疑点不少，但没发现可靠证据。难道也要排除吗？

发案地启东市就是顾瑛的老家。三年困难时期，父母响应国家号召，“我们也有一双手，不在城里吃闲饭”，便让姥姥带着三个女儿回了老家，身边只留下一个宝贝疙瘩顾瑛。但顾瑛一到假期便回老家找姐姐、妹妹玩，找家乡的许多小朋友玩，自己充当他们的保护神。陈鹤飞和李永娟不就是那时候玩大的小朋友吗？不就是自己的小弟弟、小妹妹吗？一想到妹妹顾绮像条小尾巴似的跟在自己身后，就联想到李永娟也会这样，他心里便涌起一股无限的爱意。一定要为她报仇！

是的，报仇。狭隘吗？感情用事吗？不，这是人性的自然流露。正是这份柔情和爱意，磨砺了他惩恶扬善的钢铁般的意志，打造出一个坚忍不拔、无坚不摧的铮铮硬汉。

像顾瑛这样的硬汉，这里还有一位，他就是南通市公安局副局长姜建宁。这位主管刑侦的副局长从部队到公安，屡创佳绩，但现在却同顾瑛一起，备受煎熬之苦。

造了这么大声势，上了这么多警力，政府支持，社会关注，上下一心，命案必破，你除了尽快拿下，还有别的退路吗？民警们分队编组，包片包村，串街入户，填表格，摸情况，问过来，问过去，一遍，两遍，三遍……开始群众积极配合，热情很高，以为警察布下了天罗地网，犯罪分子很快就会被抓获。可是过了一个多月快两个月了，还没有找到目标，还在挨家挨户地盘问，排查还有完没完？大家有些失去信心了。

再去找，老百姓就不配合了，对警察的能力表示怀疑：破不了，还找我们干什么？连口水都不给喝。大家心里别提多憋气了。但警察没有退路。姜副局长知道，秦局长虽然不断给大家减压，但命案不破，他自己的压力肯定是最大的，两条人命，怎么向市委、市政府交代？怎么向全市人民交代？作为副市长的他又怎么面对命案全破的目标？从秦局长的目光中，他看到的不仅是领导的期望，更看到了一种兄弟般的信任。他必须同顾瑛一起，忍受煎熬，苦中求胜，闯过这道难关。

民警的情绪也处于低潮，姜建宁四次带来“红双喜”香烟犒劳大家，预祝破案成功。民警们说：“姜局，你就多准备点儿‘红双喜’吧！案子一年不破，我们保证盯它一年。”

姜建宁说：“谢谢大家！我保证满足供应。”他做好了打持久战的准备。

顾瑛说：“用不着，你再准备一个月的供应量就够了。”顾瑛从来不说空话，现在却给出了一个时间表，大家眼前一亮。

姜局长兴奋地问：“秦局长请的专家发现线索了？”

“不用秦局长请专家。阚卫军就是专家！”顾瑛盯着年轻法医，底气十足。

阚卫军再一次被震动，智慧之门再一次被开启。他终于在炭化的男尸颈椎上发现了三道刀痕。

顾瑛把现场发现的那只拖鞋交给了贾东涛和朱丽娟。贾东涛在拖鞋上画了个圆圈就放下了，犹豫不决地说：“要不你先做吧！”

朱丽娟说：“你重要，你先做。找到DNA，就能找到案犯了。化验拖鞋有无汽油，只能证明穿拖鞋的人到过现场，而不能找到这个人。”

贾东涛沉默了。他是个话不多的人。但朱丽娟看出，这可不仅仅是话多不多的问题，可能是信心不足。穿一下鞋就能留下DNA吗？而且拖鞋又不是固定一个人穿。顾瑛可给他出了个大难题。

顾瑛鼓励他说：“不要怕，错了算我的，对了又是一个突破。”

于是贾东涛不再叹气，穿着拖鞋在屋里走，做各种姿势的模拟实验，均有细胞脱落，穿着袜子也行，细胞可以二次转移。贾东涛终于从拖鞋检材上做出了三个人的DNA混合图谱，郝金山的遗传基因信息就包含在其中。

郝金山是第十一个出来救火的捕鱼者。早就询问过多次，没有破绽。救火起得晚，是因为前半夜捉黄鳝，后半夜睡得沉，没有听见响动。变换各种询问方式，涉及砍柴刀、汽油桶、细纱手套、蓝色拖鞋、钥匙等，以观察他的神态表情。他没有表情，无动于衷。又套住食指和无名指，测皮肤的电阻；把传感器绑在胸前，测呼吸、心跳、血压。测的时候，不断地问话："你跟某某有仇吗？"在很多"某某"中，突然加进一个陈鹤飞。他都是一样的回答："没有。"皮肤电阻不变，呼吸、心跳、血压正常。测谎这一关，他也顺利通过。警方对他毫无办法，他就请假回老家收麦子去了——毕竟不能限制公民的人身自由啊。

当顾瑛把成功提取DNA和发现陈鹤飞颈上三道伤痕的突破向姜局长作了汇报之后，姜局长大大松了一口气："我看可以把郝金山'请'回来了。"

顾瑛说："我还想清楚了一个问题：试探性询问和测谎之所以对他不起作用，是因为他根本就听不懂民警的南通话，有时说普通话他也听不懂。所以他对所有问题都无动于衷。"

姜局长说："至于杀人动机，我认为也不见得有多么大的仇恨，小摩擦也能激化矛盾。最近两家关系不好，郝金山不再给陈家送鱼，陈家也不给他送菜了。"

顾瑛突然兴奋起来："局长说得对！轻微小事，引发严重后果。咱们在走访中不是早就听说，有个妇女对郝金山说你家儿子像陈鹤飞吗？当时没有留意，现在经你一说，再联想到郝金山文化低，素质低，极有可能做蠢事，这句话也许就是杀人的导火索。他怀疑自己的妻子与陈鹤飞有染，于是便动了杀心。"

郝金山被押回来。三十多岁，瘦小枯干。启东市公安局刑警大队长黄兴华很威严地往他面前一坐，他心就慌了，但还强打精神："说我犯罪，把证据拿出来！"

黄兴华也不说话，把那只蓝色拖鞋猛地甩在地上。他一见，脸就白了。他记得清清楚楚，杀人放火之后，他把拖鞋扔进火里了，怎么还有一只到警察手里了？

他努力静下心来，居然提出三个愚蠢的问题："这个案件你们定的什么性质？是不是杀了人都要偿命？我现在交代算不算自首？"

至此，本案告破，时间果然没有超过顾瑛的预计。

"咚！咚！咚！"和"咚——咚——咚——"

顾瑛从受害人李永娟想到自己的妹妹顾绮，又从妹妹顾绮想到了妻子黄玉珍。玉珍和妹妹是同班同学，每天上学结伴而行。玉珍在楼下叫一声，顾绮就出去。虽然玉珍还不曾进过他家的门，但却已经走进他心里，赶也赶不走。

顾瑛改名的事，玉珍一点儿也不知道。因为当时顾瑛并没有引起玉珍的注意。顾瑛初中毕业后集体到江心沙农场劳动，1970 年当了兵，回家探亲时正式见了一次面，但她还是觉得对他不了解。高中毕业，她和顾绮都回到老家各自所在的大队当党支部副书记。后来又同时调到一个公社，玉珍当公社团委书记，顾绮当公社妇联主任。顾瑛的许多"事迹"，就是在这期间不断从顾绮嘴里传到玉珍耳朵里的。什么穿着长筒雨靴夜读啦，什么没有书看就背字典啦，什么啃《资本论》啦，什么孝敬父母啦，什么助人为乐啦，等等。

正在这时候，一个考入大学的中学同学托驻地部队的某指导员向她发起了感情攻势，要跟她谈对象。这时她才感到顾瑛的重要，说："我已经有了，是当兵的。"那人说："小当兵的会有什么前途！"她坚决地说："是金子总会发光的！"

这是一个转折点，顾瑛一下子在她眼前亮了起来，他真是一块金子吗？好像还有点儿差距。以班长复员，在印染厂当了个工人。而她展翅高飞上了大学，南通医学院临床医学专业，毕业后分到卫校当老师。

就在这个节骨眼儿上，金子忽然闪光了。他送她到码头上轮船，去南京考试。说好第二天回来，结果没有回来，跟老师到苏州开药理学年会了。顾瑛以为出了什么意外，到处打电话，每天到码头去接。三天之后，她回来了。顾妈妈对她说："我从来没见我儿子这么着急过。”

按说这也不是什么惊天动地的事，但玉珍因此下了决心：结婚！

好像这件事一下子把顾瑛照亮了，通过这件事，使黄玉珍看到了顾瑛的执著和爱心。她想，人有了这两样，就绝不会是一个平庸者，更不会是一个坏人。

从江西医科大学进修回来后，这个医学世家的才女终于修成正果，进了南通医学院，先后担任生物系书记、人事处长，副研究员、研究员。而顾瑛也在 1978 年考入公安机关，从普通民警起步，派出所教导员、派出所所长、刑警大队大队长、分局副局长、副支队长、支队长，一步步走到了今天，也算继承了父业母业，因为二老都是公安。

结婚以后，他的执著和爱心表现得更加淋漓尽致。虽然只是初中毕业，但他读过很多书，南京大学法律专业的自学考试，他竟一门一门地通过了。黄玉珍本来想考研，但却为他做出了牺牲，照顾孩子，操持家务，还当他的陪读。晚上顾瑛泡脚，她在旁边拿着顾瑛自学考试的课本，让他背，检查背得对不对。

顾瑛的目标就是命案全破，但那不是说出来的，而是干出来的。他带着七种慢性病坚守在岗位上。她经常打电话提醒他吃药，或委托别人监督他吃药。深夜听到“咚！咚！咚！”的上楼声，说明他还行，她心里高兴。听到“咚——咚——咚——”就知道他快坚持不住了，她马上开门出去搀扶他。

办案的时候，顾瑛经常需要得到妻子的帮助。每当这个时候，黄医生——南通市公安局的民警们都这样称呼黄玉珍，其实她没有当过医生，只是在南通大学医学院当过研究员、人事处长什么的——就非常高兴。从她给顾瑛当“陪读”时起，她就把自己的生命融入到顾瑛的生命之中，夫唱妇随，以他为圆心旋转。她从讨论案情中得到满足和快乐，认为那也是自己价值的体现。不是侦探，胜似侦探。

顾瑛深知亏欠妻子的太多，见妻子对破案感兴趣，所以就更加主动地跟她研讨案情。他还能给予妻子什么呢？帮着干家务办不到，陪着出去旅游办不到，照顾女儿办不到，甚至每天都回家也办不到。那么，他还是个称职的丈夫吗？不能为了老百姓那块大玉，就冷落了她这块珍贵的小玉。于是一起研讨案情，成了他弥补过失的一种手段。

2006年启东市发生“5·14”案件时，顾瑛曾问她：“Y基因不同的家族，DNA相同的概率是多少？”她马上去找南通大学生命科学院谭教授去问。谭教授查阅资料后准确告诉她：“五十万分之一。”

黄玉珍对这个案子一点儿也不陌生，因为它整整折磨了顾瑛六个月，成了顾瑛的一块心病。各种各样的人都分门别类地排查了，到底是谁杀害了启东市区汇龙镇的一个歌厅小姐叶雯雪？她是夜里被奸杀的，发现时赤身裸体，盖着被子。排查她的男友，有十几个。排查近期到歌厅跟她唱歌的人，有三十几个。她夜里下班回出租房，打不起的士，坐三轮车，三轮车夫也列入排查对象。现场有盛盒饭的盒子，顾瑛派人找到三十八家使用这种饭盒的饭店，询问那天买盒饭的人，不论男女，然后千方百计地找到他们，询问那天买了盒饭之后干什么去了。对和平路上的一个大排档进行了重点调查，因为那里距叶雯雪住的出租房只有二三里地，她很可能从那里买盒饭，被大排档周围的人盯上了，或者有人从这里买了盒饭带到她那里去吃。

还有什么人应该排查而没有排查？那天夜里，顾瑛忽然被一阵电话铃惊醒了。随着他的惊醒，玉珍也醒了，这也已经成为习惯。其实并没有电话铃响。他马上意识到那是做梦。回想刚才的梦，是叶雯雪没有手机，他就给配了一个，这样一查通讯记录，出来了一大批嫌疑人！可是自己却被想象中的电话铃声惊醒了。对，没有手机她就不能打电话了吗？他拉着妻子的手说：“查电话！查歌厅座机的电话。”玉珍知道他的意思，补充说：“还要查路边电话亭！”

附近路边所有电话亭都查了，5月14日当天，案发前打出的电话、打进的电话，都找到了接电话和打电话的人，共有一千多人。

又是一个多月过去了。每当听到顾瑛“咚——咚——咚——”的上楼声，黄玉珍就知道那不仅是疲惫。这中间顾瑛又好几次接手别的案子，光笔记本就换了好几个。她常常翻看顾瑛的笔记本，关注这个案子，看到隔上十几页二十几页，就会出现“5·14”案件的记录。

在笔记本上，顾瑛写道：“叶雯雪，二十九岁，初中，自学大专。有虚荣心，寻找感情寄托。2003 年离婚，有一个五岁男孩，由叶父母带。现场勘查情况：床上三件上衣，长绒套头衫，四色双层睡衣，枕下橙色长袖 T 恤。左腿下压着胸罩。枕头右下角压一把钥匙。红白两条短裤，白的在床下地上，红的在板凳上。尸体头顶西墙壁，被扼颈而死。全身裸露，脚穿袜子，袜底干净。从出租房位置看，虽偏僻，却视野开阔，加之受害人服饰鲜艳，身材修长，相貌姣好，容易成为被攻击目标。犯罪嫌疑人见色起意，连哄带骗，受害者半推半就，让凶手进了门。可能性较大的是隐蔽性很大的外地人或生人。”

现在翻回头看，这些白纸黑字记在笔记本上的推断是非常正确的。从这些记录中我们也能看出他对受害人的关切和同情，正是这种一贯的对“玉碎”的惋惜，才给予他追捕凶犯的感情上的动力，血债要用血来还，不能让凶手肆无忌惮地用暴力对付一个弱女子，像掐死一只小鸟一样杀害她，然后一走了之。

但如何找到这个“外地人或生人”可就难了。这时已经到了 11 月份，本地人、熟人、朋友、与叶雯雪发生性关系的人，都排查了，也都排除了，其 DNA 与现场精斑 DNA 不同。指挥部坚定不移地以汇龙镇和周边乡镇为中心，以进城打工和夜间游荡者为重点，以现场精斑为主要甄别依据，开展大规模全方位的排查，到 11 月中旬排出一万四千余人，抽血剔除三千余人后，终于有了重大突破。

这一天，黄玉珍听到了“咚！咚！咚！”的上楼声。顾瑛进门就说：“一个姓黄的厨师嫌疑很大，案发后跑掉了。”

玉珍很替他高兴，难得他有这样的好心情。细一问才知道，民警在现场附近的一家饭店走访时，发现一个案发时在店里做厨师，案发后突然报名劳务输出去了新加坡的青年人黄某。此人年纪虽小，但吃喝嫖赌样样精通，经常夜间游荡，作案时间、因素、条件、关联全部具备。指挥部对其进一步调查的同时，设法采到黄某父母的血样，与现场精斑作比对。

听到这里，她虽然很兴奋，但几个月来嫌疑人一个个被排除的例子太多了，所以也不敢抱太大的希望，只是心里企盼，这个姓黄的能是个例外。

鉴定结果出来了，是否定的。但做“Y”基因比对时，令人振奋地发现现场精斑与黄父的Y基因一致，也就是说案犯与黄厨师有着同一的遗传关联，就藏身于黄氏家族之中。父系基因是用Y表示的。案犯的Y与黄氏家族的Y相同，说明他们是同一个家族，也就是说，现场DNA的拥有者，只能从这个家族中去找，因为Y基因不同的家族而DNA相同者，只有五十万分之一！

于是指挥部组织十余名精干警力，对黄氏家族全面清理，一直查到四代曾祖父辈三个族系三十九个男性子孙，遍及江、浙等十余个城市。那就都采了血样来检测，警察绝对不嫌麻烦。但是检测完后，都排除了，没有人了。再往上，死掉了，不知后代在哪里。就查名字，到黄氏祖坟上去查，问每年都有什么人来上坟。上坟的后代找到了，又检测，又排除了。说有一个姓黄的特别多的大兴镇，但被淹了，人都分散到各地了，只打听出有“石”字辈这一信息。于是把叫“黄石某”的人都调出来，共七十四人。一一检测，一一排除了。

接受排查的“石”字辈人说，还有兄弟俩得肝癌死了。这也不能放过，民警们到久隆镇找到他们的父母，看还有没有别的后代。没有，但早年间有本家族的人在北兴镇开染坊。于是取了二老的血样，到北兴镇去完成任务，同时也帮着认祖寻根。说确实有染布的黄姓人家，但都搬到上海去了。又到上海去找，运气不错，找到了，但结果还是再一次排除。刑警不死心，问启东还有什么亲戚本家没有？说永安镇有。于是又返回启东到永安镇，共找到二十几个，都排除了。一家有五个儿子，死了两个，检测了两个，还有一个哪里去了？说送人了，还查吗？查！送哪儿了？送惠丰镇汤家了。于是到了汤家，找到领养来的汤飞，采血样，检测，其 DNA 居然与现场检材完全相同！原来，他在启东市打工，路过和平路夜排档，看到叶雯雪买盒饭，穿着红色牛仔裤，眼就直了，跟到出租房，将她强奸杀害。

黄玉珍记得很清楚，那天顾瑛上楼的脚步声是“咚！咚！咚！”的，但这不能说明他身体好，叶雯雪的案子压了他整整六个月，成了一块心病，再加上劳累，体力已过度透支。这“咚咚”声只能表明他心情好。

果不其然，他进门第一句话就是：“案子破了！”

撒手锏

现在，让我们再回到“7·20”案件上来。这时已经到了 7 月 25 日，距离顾瑛走到生命的终点还有三十二天。

在顾瑛的心里，永远的牵挂是老百姓。他尊重生命。李永娟这样的良家妇女不应该被害，叶雯雪这样的歌女不应该被害，同样，陈美端这样的小姐也不应该被害，她们都有生存的权利。

在生命的最后时段，他一直以抓“7·20”案为主，让最年轻的副支队长倪勇配合自己，还调来重案大队长邓金俊。二人都是彪形大汉，一个多谋善断，一个行动迅速，一个打里，一个打外，顾瑛坐镇指挥。

顾瑛的“三鸟”论虽然缩小了排查范围，但任务还是不轻，光“冰雪佳人”店对面的中国集装箱集团就有三万名工人，拣重点排查也有好几千。另外还有其他企业和周围村庄，加在一起就是几万人。这还不算她的姐妹朋友和来往密切的男人。专案组上了七十人，分成二十几个组，分片包人，每天晚上回来汇报。那些日子，顾瑛不到凌晨两三点钟睡不了觉。近在咫尺，回不了家，黄玉珍的电话不断打给倪勇，让他监督顾瑛吃药。

现场留下的生物检材，除了血指纹以外，地上的唾液、烟灰缸里的烟头等，在化验室是分别编号的。在倪勇这里，为了形象生动，说着方便，则分别命名为：血指男、唾液男、烟头男。全部排查就是为了找这几个男，整天挂在嘴头，却踪迹不见。虽然指纹信息也通过电脑发到全国各地，但石沉大海，没有反馈。DNA 信息倒是找到几个，不过只是一般朋友关系，不具备作案条件。棍子经朱丽娟化验，没有药物存留，证明确实是凶犯带来的。怎奈不能从棍子找到人。

怎么打开思路？怎么突破僵局？大家把目光集中在顾瑛身上。顾瑛难道是专门出思路的吗？给大家的感觉，他就是这样的人。禀赋，天赋，这些东西就不说了，反正肉眼看不见。顾瑛也许有，也许没有。但实实在在有的是他对案子的关注程度，对受害人的同情心。这个谁也比不了。他不是为了政绩在干，他是要去掉一块心病，案子不破，心病不除，他寝食难安。

大家相信顾瑛总会拿出一个思路来。但是这次他的思路很平常。他说：“看录像。”

大家没有表态。这个工作早就做了。在南通，电子影像监控遍布每条街道，各个卡口都有高清抓拍，一辆汽车进入南通，只要给出牌号或特征，立马就能把它的运行轨迹找出来。但这是对车，而不是对人。人没有牌号，特征倒是有，但没有留下，你不知道，怎么把他找出来呢？

顾瑛当然也知道这个工作已经做了，而且还在继续做着。看录像的人很聪明，比照、清点“冰雪佳人”东西两个探头前路过的人数，进入这个区域多少人与出去多少人的数字之差，就是有可能进入“冰雪佳人”的人数。然后再慢慢把这些人的影像找出来。费了老大的劲就在干这事。不得要领。大家失去了信心。

顾瑛说：“把吴军调来。”

吴军是他赏识的人才。关键时刻打人才牌，是顾瑛的撒手锏。但这次能灵吗？

吴军一米八三的大个子，崇川分局的刑警，曾在狼山派出所当民警，管两个村。顾瑛发现，他看影像有一套，向他请教，他却吞吞吐吐说不清楚。不是保密，而是不善言谈，茶壶煮饺子，肚子里有却吐不出来。

前两年婚介所女老板在南通闹市区的店铺里大白天被奸杀了。顾瑛说："把'村长'调来看录像。"大家听不明白。顾瑛补充说："就是那个管过两个村的民警吴军。"当时有二十多万人在那个时间段通过店铺前面的摄像头，简直是大海捞针。可吴军硬是捞上来了，而且是兄弟俩。问怎么看出来的，他吞吞吐吐说不清。旁边他的师傅便衣行动队副大队长姜卫泽替他说："就是从步伐、神态看人的心理状态。凶手的心理状态是与常人不一样的。不仅心理状态看出来了，最关键的是，他还看到兄弟两个进去时没戴手套，出来时戴了，证明作案时戴手套忘了摘了。"

顾瑛认准了吴军是个看录像的人才，颇费了一番周折，把他调到了刑警支队。如今"7·20"案件到了关键时刻，就凭一个"村长"能解决问题吗？大家表示怀疑，顾瑛坚信不疑。顾瑛解释说："我们是用他的眼睛，点子还得大家出。那么多摄像头，那么多路段，看哪儿，舍弃哪儿，掐什么时间段，都要有个科学分析。"

倪勇副支队长受了启发："过去看的录像都是卡在陈美端上网之前，以为上网的时候没有客人来，就没看。我觉得这个时间段不能排除。"

顾瑛很欣赏地看着倪勇："用'村长'的眼睛，用你的脑子，把这个案子给我拿下来！"

第二天，吴军准时站在顾瑛面前。顾瑛说："你负责图像这一块，有什么要求尽管跟倪勇提，他有什么指示，你也要坚决执行。去吧！"

吴军要求看三百五十个不同方位、不同路段摄像头的记录，倪勇给他调来了。吴军要求增加人，倪勇给他加派了。于是吴军就指挥一屋子人看录像，好像他们把那天晚上南通市所有的夜游人都看到了，都掌握了。尤其是倪勇指出的那个时段，他们看得更加仔细。一遍，两遍，三遍，五遍。下属问："还往下看吗？"吴军眼睛不离电脑显示屏："接着看第六遍！"

连续看了二十多天，终于看出了一个眉目：在那个敏感的时段，从进出人数差的十几个人中选出了一个人，因为他戴着手套。大夏天戴什么手套？要知道录像里的时间是夜间，能看出戴手套，非火眼金睛不可。

亲和力与战斗力

顾瑛对上级负责，但不媚上；对下级严厉，但不盛气凌人。他有一种天生的平民意识，对老百姓的关爱是骨子里的。于是，对基层民警就相当重视，相当友好。因为指着他们干活呢。这个关系搞不好，命案全破就是一句空话。所以他公开声明，讨厌机关和办公室，喜欢待在基层，喜欢办案。

如果光是态度上亲热，行动上却摆架子，让你伺候，让你陪着吃喝、娱乐，你也受不了。幸好顾瑛一点儿这个毛病也没有。有一段时间，顾瑛到海安县去得比较多，开个简陋的房间一住了事。他唯一的要求就是让给换个度数大的灯泡，晚上看《论语》《老子》等经典著作，或写刑侦理论文章。

一旦办起案来，顾瑛更是官兵一致，跟同志们一同打地铺，睡办公室。2005年夏天他到如东县办命案，县局领导要给顾瑛在辖区乐乐宾馆开个房间，顾瑛说："开什么房间，我和同志们一起睡，今天就睡指挥部。"说着拿起一块包装空调的纸壳板铺展开来，睡在地板上了。

是的，一切都是为了破案，一切都是为了一个神圣的职责，确保一方平安，确保百姓的生命财产不受威胁。大量读书使顾瑛的思维很有哲理性，他在读书札记中写道："人都是幸存者，生存即幸存。生存是在死亡的威胁中行进的，这是每个人无法逃脱的命运。只有幸运才能避开自然与人世的一切威胁而幸存。"

他要使南通每个市民都成为这样的幸运者。但每年仍然有几十起命案发生，无端地把鲜活的生命夺去。

2005 年 1 月 16 日，一个老人再也无法欢度即将到来的春节，倒在了罪恶的枪口之下。是老头的儿媳报的案。她是第二天下午 4 点回家取衣服时发现的。她和丈夫住楼上，公公住楼下。她和丈夫在县城还有一个住处。丈夫在新疆搞建筑。她为公公的惨死感到十分悲伤，但也没有提供什么线索。

顾瑛和姜局长立即赶到海安县大公镇案发现场。现场很简单，老人倒在血泊中，头部有致命伤，屋里的东西被翻动，凶手戴手套作案，没有指纹，但有脚印。留下技术人员仔细勘查，二位领导走了出来。过了一会儿，法医沈连仲悄悄走到他们身边，小声说："是枪击，子弹还留在脑袋里。"

顾瑛马上想到：太危险了！案犯还可能作案，还可能有人倒下。

问题十分严重。尸体已运回解剖室，目前还只限于核心领导知道是枪击。枪杀案的消息不宜扩散，不能引起群众的恐慌。

寻访在进行着。有人说，案发前曾看到两个黄头发的青年人在附近出现过。

法医推断死亡时间为昨天傍晚。接着分析作案性质。老头有两个儿子，一个是包工头，一个是军官。是这两个儿子在外面跟人结了仇，对方报复：仇杀；还是老头平时与几个女人来往密切：情杀？

顾瑛的判断却是：谋财害命。理由：第一，东西被翻动过，丢了手机、手表和香烟。这是被害人儿媳初步回忆出来的。第二，有搏斗痕迹，可能是先盗窃，被老头发现后，发生打斗。第三，门是被踢开的，明目张胆入室盗窃，发现有人格杀勿论。第四，尸体位置不是在卧室、客厅，而是在门边。如果是仇杀，凶手会直扑受害人。第五，尸体被移动过。通过痕迹看出，原来尸体在玻璃门处，后被拉开，靠里边一点儿。这说明，案犯不想马上离去，还要盗窃钱物，害怕尸体被外面人看到。

海安县公安局副局长、刑警大队长席玉龙对顾瑛的分析心服口服。他本来也是这么想的，但说不出这么多条来。那么，侦查方向怎么确定呢？熟人作案、本地人作案，还是外地人流窜作案？

顾瑛说：“群众说的两个黄头发青年可作为排查重点。另外案犯可能是熟悉这里情况之人，知道葛家有钱。因此要以本地人作案为主要侦查方向，除了大公镇，周围三个乡镇也划入排查范围。但案情重大，不容有丝毫遗漏，外地侦查必须同时进行。现场鞋印表明，其中一个案犯穿的是浙江生产的运动鞋，最大的经销点在安徽，上海、新疆、江西也有销售。”

席玉龙感到，这次顾瑛很谨慎。像今天这种现场分析，以前他会特别强调本地人作案，这次没有，却要求“外地侦查也必须同时进行”。这就给人一个信号：枪案是万万不能马虎的！

一切部署完毕之后，顾瑛拉着政委方建新到了现场，又让耿卫华把受害人家属找来。他对方政委说：“今天就请痕迹专家给我们重建一个作案现场。”

重建现场，这是顾瑛经常使用的一招儿。不过“1·16”案的现场很不好重建。方建新想，老顾的意思肯定不是想知道杀人的过程，这已经十分清楚了。他是想在其他方面寻找破案线索。什么方面呢？他一看受害人家属都来了，就明白了，老顾是想知道究竟还丢了什么东西。他就打开柜子和抽屉，让家属查看和回忆，除了手机、手表和香烟之外，还丢失了什么？不愧为痕迹专家，不用任何仪器，耿卫华竟能看出：“这个地方是不是放过摄像机？”家属赶紧回忆，说：“我想起来了！这儿是有过一台摄像机，旁边还放着一块名表，欧米茄！”接着别的家属又回忆起金项链、金戒指、照相机，还回忆出两部手机。

这些东西都是极为重要的物证，找到它们也就等于找到寻找案犯的路径，特别是手机。但是没有一个确定的区域，也很难找。

时间一天天过去，顾瑛心里着急，忘记吃药的次数更多了。方政委记得医生的嘱托：监督他吃药，不行了，就强行送回去休息。他把这个情况汇报给姜副局长，姜局说：“现在能治他病的，已经不是药物了。”

一天晚上，姜局见他坐立不安，就拉着他说：“走，到学校找找灵感！”

大公镇派出所后面就是一所中学。两人来到中学操场上，边走边谈。顾瑛忽然站住了，停了片刻，说道：“‘1·16’案会不会是学生干的？开始以为学生小，不会有枪，但这也很难说，况且还有毕业走入社会的学生呢！”

于是学校把有劣迹的学生，包括走入社会和考入大学的，共一百多名，列出名单来，上面有基本情况和不轨行为。一个叫王斌的人进入了他们的视线。

当海安县公安局刑警大队长席玉龙带领人马奔赴江西省抚州市时，他对顾瑛的佩服已经到了无以复加的程度。一开始顾瑛就断定谋财害命和本地人作案，接着那重建现场的精彩一幕，追出了大件赃物和多部手机，最后从学校入手掌握了犯罪嫌疑人王斌，把重点定在了他上大学的抚州市，由当地公安确认了。席玉龙这次去就是抓人取赃。

抓到王斌，他对入室盗窃、枪杀葛老爷子的罪行供认不讳。赃物除了手机、项链等，还有一千多元现金。金项链和手表给了女友，摄像机卖给了老师。到了他和女友同居的出租房，从褥子底下拿出一把“六四”式手枪、一个消音器和几发子弹。他的同伙魏龙也被抓获。

席玉龙以为，顾瑛这回可该歇歇了。他一直脸色苍白，嘴唇发紫，政委几次拖他回去住院，他就是不肯。他说：“在这个节骨眼儿上我怎么能离开？”现在案犯抓获，大功告成，可以住院了。正这样想着，顾瑛站在他的面前：“走，带我看看王斌去。”席玉龙说：“您不是讯问过了吗？他一切都承认了，态度很好，还找他干什么？”顾瑛说：“哪儿这么多废话？走！”

顾瑛眼前的王斌仍然是一副满不在乎的样子。

“为什么不好好上大学，而去盗窃杀人？”顾瑛严肃地问。

王斌扬着脸说：“上什么鸟大学，还不如抢一笔钱过富人的日子。”

顾瑛说：“华东理工学院培养了很多人才，你不想成为其中之一吗？你学的又是计算机，很热门的。”

“话是这么说，可我快毕业了，到人才市场上去应聘，用人单位却要求有两年以上工作经验。这不是无稽之谈吗？”

“就这个原因吗？”

王斌无可奈何地说：“我有个女友，明确向我表示，像她这样的女孩，非大款不嫁！所以我必须成为有钱的人。”

顾瑛说：“在中学你是全年级第一名，在大学更应该好好学习。你这么挥霍，却骗家里说学校收费多，逼得你父母东拼西凑，一年就给你寄了四万多元。你还有没有良心？”

良心、环境、社会、教育。到底是哪一个环节出了问题，还是共同出了问题？顾瑛苦苦思索着，他要把思考的结果反映给有关部门，挽救类似王斌这样的学生，减少犯罪，使悲剧不再发生。席玉龙理解了顾瑛的良苦用心，再一次被感动了。

但是事情还没有完。王斌的枪是花八千元从网上买的，顾瑛以王斌交代的“无声老枪”为线索，带着席玉龙去了北京，与北京市公安局联系，使他们破获了一个网上卖枪团伙，又顺藤摸瓜，乘胜追击，在青海破获了个造枪团伙。

至此席玉龙才彻底明白，顾瑛牵挂的，不仅是侦破命案，还要防止命案的发生。他的唯一目的，就是确保人民生命财产的安全。

进入嫌疑人的心里

快过年了，常德明在路口等大巴车要回老家。常年在外漂泊，也该回去看看了。等了好久，没有合适的车。正好来了一辆出租车，女司机摇下玻璃问：“去哪儿？”他说：“去泰州。”她说：“那就上来吧！”他犹犹豫豫地上了车。本来他是不准备打车的，想省几块钱，但在女人面前不愿表现出小气来，再说天也晚了。

下车的时候，常德明拿出百元钞票让她找，女司机吕良华说：“这是假币。换一张！”他不肯换，她就拽住他不让离开。常德明捡起地上一块砖头，拍了一下她的头部。她喊：“救命啊！”他就又拍了几下。她不喊救命了，而是求饶说："我不要钱了。你把我送医院吧！求求你了！你肯定会开车吧？"

他当然会开车，他在海军陆战队当过特种兵，不仅会开汽车，还会开快艇。身上功夫更是好生了得，本来一掌就可以把她拍死，何必用砖头拍好几下？虚张声势，吓唬她而已。不过还是下手重了些。他一边开车向城里医院赶，一边看躺在后面的吕良华，心想，到医院怎么办？她会不会指控他？即使不指控，他也脱不了干系。想到这里他停下了车，打开后车门，把她拖了出去，扔在路边。还没等他走到车前，身后喊："救命！"回头一看，吕良华站起来了，趺趺撞撞往前跑。常德明吓了一跳，一个箭步蹿过去将她抱起，塞进车里。他决定把她扔得远远的。

他就开着车在长江边上转，到底扔在哪里好呢？扔到长江里？不行，不能那么干。还是扔到江边吧！但是到达口岸镇时，看到通向长江路上的卡口灯火通明，不敢过，怕检查，就掉转头往海安开，他记得那里有一条河，离泰州又远，发现了也找不到他头上。

2009 年 1 月 15 日晚，泰州市一名女出租车司机吕良华失踪。

1 月 16 日上午，海安县境内一条河的桥下发现一具女尸，死去的女人侧卧在河岸上。

1 月 17 日凌晨，如皋市城西一条未开通的公路末端停着一辆吉利牌轿车，虽然被烧毁，却仍然能看出车停得很标准，很规范，恰到好处地靠在了路的右侧。

经辨认，那具女尸就是吕良华。那辆吉利牌轿车就是她驾驶的出租车。

海安——如皋——泰州，画了一个椭圆，周长一百五十多公里，面积四五百平方公里，好大一个作案现场！顾瑛知道，这又是一场硬仗。吴忠灿副局长更知道，这将是对他主管刑侦工作的一次严峻考验。

海安、如皋属南通市管辖，泰州却是另外一个省辖市。不过秦剑平局长是从泰州市公安局调过来的，正好可以利用这个关系进行协调。

死者是泰州人，案发现场却在海安，办案应归哪家公安局？哪家都可以，但案发现场有优先权。面对命案，谁都要慎重，谁也没有必破的把握。但南通市公安局命案全破的名声已经在外，泰州何苦来争呢？这可是一块烫手的山芋啊！南通市公安局刑警支队接手了这一命案。

又是一个"1·16"！跟2005年那个"1·16"会有什么不同呢？一切都还是谜。

现场寻访在继续，各路侦查在进行。

1月15日深夜，泰兴根思镇一位失眠的村民隐隐约约听到外面有呼救声。这正是吕良华拽着常德明索要车费，被拍了一板砖时呼喊的那声"救命"。侦查员让他带着到了现场，发现马路边有一些暗红色的泥土。经提取化验，泥土中的血液血型和受害人血型吻合。但对破案更有帮助的脚印，却被大雨冲刷得一干二净。这能证明吕良华是这个时间在这里被杀害的吗？

1月17日凌晨5时左右，如皋市郊的村民听到了一声爆炸，从窗户往外看，断头路上一团火光。这确定了吉利牌出租车被烧毁的时间。

被安全带固定在副驾驶座位上的吕良华苏醒过来，有气无力地问："你把我送哪儿？"

常德明看了她一眼，没有吭声，继续开车。

吕良华说："别杀我，救救我，我有俩孩子，撇下没人管。"

车减了一下速，却又猛地加快了。

这时放在车窗下的手机响了，她伸手够手机，他把手机拿开了。她央求说："这是我女儿打来的，让我接一下吧！"

他说："没必要。"

"救救我吧！送我上医院，我身上的钱全给你。"

他停下了车。

"钱在包里，有两千，还有银行卡。"

他翻了出来，把钱揣进裤兜，手里拿着两张卡问："密码？"

她不说。

“不告诉我密码，不送你上医院。”

她说了。

1月19日，外出查证的民警反馈给专案组一个令人兴奋的消息：吕良华的银行卡在泰州市海陵区有取款迹象。

调来视频资料观看，嫌疑人穿着羽绒服，戴着放下面罩的摩托车头盔，把自己包裹得严严实实，除眼睛和取款的右手外，别的什么也看不见。反复看那只右手，发现手腕部有一块暗红色花纹，判断是文身。这个人可能就是犯罪嫌疑人。于是嫌疑人的画像出来了：身高一米七左右，右手腕有文身，会驾驶，反侦查能力较强。

排查在一个很大的范围内进行，包括南通市的海安县、如皋市和泰州市的泰兴、姜堰两个县。但很长时间过去了，只有排查人数的增加，没有实际的进展。虽然从吕良华的指甲里采集到了案犯的DNA，但是在排查的数千人里却找不到，信息库里也没有。

跟随顾瑛办案的倪勇、邓金俊和海安县刑警大队副大队长蒋琪，都感到这次的顾瑛跟以往的顾瑛有所不同，那就是，说话、判断、下结论比过去少了，没有说出多少条来，而思考、沉默却比过去多了。当倪勇对顾瑛说出这种感觉时，顾瑛平静地说：“办案有时候需要热情、勇气和决心，有时候则需要平静、沉着和坚韧。同样是斗智斗勇，有时候可以势如破竹，一鼓作气拿下，有时候则要放松下来，文火慢炖，急不得。”

倪勇问：“您是说欲速则不达？”

顾瑛说：“问题是速不起来。作案现场横跨几个市县，行政区划又不一致，这就不同程度地造成四种信息——即高危人员信息、现场勘查信息、案件侦办信息、区划社情信息的不流畅、不全面、不准确。”

倪勇急切地问：“有什么办法弥补吗？”

顾瑛说：“有！那就是在现场证据和各种信息薄弱的情况下，多研究和揣摩案犯的心理。”

倪勇抓了抓头发。“案犯现在想什么，做什么？”

“你太心急了。目前我只能根据已掌握的情报和信息，推断案犯不是一个穷凶极恶的人，他的思想是矛盾的。我已经驱车走完了他所走过的道路，当然，大部分是你们侦查认定的，也有我根据案犯心理选择的。这个路程远比一百五十公里要长，要复杂，就跟他的心理轨迹一样。”

如果吕良华不告诉常德明密码，他可能拿了钱后把她扔下，开车就跑了。他知道只要不是命案，一般的抢劫案，警察是不会投入太大力量来破的。可是知道密码之后，他只得继续拉着她往前走。他在考虑怎么处理较为妥当。得让她两天之内不能挂失，等他顺利取了款。

吕良华见他沉默不语，就问：“你真是送我上医院吗？”

他想，这女人真是愚蠢！送你上医院，我还跑得了吗？

其实，女人一点儿也不愚蠢：“到医院我就说你是见义勇为。”

他沉默不语。

“你同意了？”

他有点儿受不了了！恰好已经到了他熟悉的那条河边，前面就是海安县的雅周收费站，他是不能过的，万一盘查怎么办？他停下车，从后备厢里拿出千斤顶，把她打昏。是的，没有用大力，不想把她打死，而是要打昏。但是他本来就手重，这一下谁知道是死是活？但他以为两天之内肯定醒不过来。于是摘下她手上的金戒指，把她抱到桥下河边。

他把车开到另一条河边，把吕良华的手机扔到了河里，千斤顶也扔到河里，把驾驶证、书包、带血的坐垫在河边烧了，又打水把车子清洗一遍，然后轻装前进，逃到如皋市长青镇境内。这时天已蒙蒙亮，他便把车开到一片桑田中。整个白天，除了在车里睡觉，就是到外面吃饭和转悠，并买回十公升汽油，准备烧车。夜里睡到凌晨被冻醒，便把车开回公路，往如皋方向开去。到了城西那条死路上，倒上汽油，烧了车。沿路返回，在路口打车到如皋长途车站，经靖江、泰兴逃到泰州。

18 日，他躲在泰州一家小旅馆睡到下午 4 点，出去买来羽绒服、羽绒裤。他本来瘦高，穿上这两件行头，倒显得矮了一些，胖了一些。晚上 8 点多，伪装好的常德明拿着两张卡，在建行和工行的自动取款机上各试两遍，由于密码错误，没能取到钱。他苦笑一下，心想，不知那个女人是死是活。无论死活，下一步该面对警察了。

剑走偏锋

对于杀害女出租车司机吕良华的“1·16”案件，顾瑛虽然对案犯作案时的心理有了一个基本正确的分析，但根据这个心理轨迹能推断出什么来，还没有一定的把握。他继续组织人看录像。一个好消息传来了。吴军和他的同伴们看出，案犯右手腕上不是文身，而是贴画。这很重要吗？当然。案犯的用意昭然若揭了，他是想误导警察去找那些带有文身的人，现在却可以排除文身者了。还有，他们又看出，没戴手套的右手，并非没有保护，按密码的食指戴了一个透明胶套，当然也就不会留下指纹了。

顾瑛说：“这个透明胶套，虽然把他的指纹去掉了，但为我们留下了一条重要信息：他有前科，极怕我们到指纹库里去找。”

又经过了一轮排查寻访，汇集了许多新的信息，顾瑛竟然给出了一个谁也没有想到的判断：“案犯身高在一米七七以上！”

过去的推断是一米七左右，怎么相差这么大？有什么根据？

顾瑛说：“没有根据。”

大家你看看我，我看看你，没有言声。

顾瑛笑笑：“难道没有根据，只凭直觉，就不能作出判断吗？”

倪勇说：“能作出判断！不过这个判断的准确性会大打折扣，不到万不得已，不要冒这个险。”

顾瑛很欣赏地看着倪勇：“对！不到万不得已，不要冒这个险。现在我们已经到了万不得已的时候了！秦局长为这个案子付出了多少心血！协调了多少关系！还有吴忠灿副局长，时刻盯在案子上，跟大家一起摸爬滚打，今天又到泰州去了吧？他们心里急啊！已经七个月了，案子还没有眉目！我怎么办？大家怎么办？我们已经到了最危险的时候！刑警支队已经到了最危险的时候！现在我命令：排查改为一米七七以上，这个高度以下的人全部排除。”

“您是要赌一把？”

“说得好听点儿，就是剑走偏锋！”

大家有点儿理解顾瑛了，案子久侦不破，领导着急上火，民警疲惫不堪，群众怨声载道。他这个刑警支队长该怎么办？上压下挤，左右受阻，只能剑走偏锋。

有点儿像是被逼出来的。但真正逼他的不是领导和群众，更不是民警，而是案犯。他觉得案犯跟他开了一个天大的玩笑。他一直以为右手腕上是文身，到头来却是贴画。一直以为他左手戴手套右手按密码键盘却不戴手套是一种愚蠢，到头来愚蠢的不是案犯，而是自己，因为案犯是想误导你去验别人的指纹，而他的手指上却戴着透明胶套。手腕、手指可以误导你，身高为什么不可以误导你呢？实际上你已经被误导了好几个月了！案犯是一个善于误导警察的大师！他为什么要穿厚厚的羽绒服，并且戴上头盔？是为了隐藏面孔和身形。身形包括身高、胖瘦、四肢比例等。吴军身高一米八三，让他像案犯一样打扮起来，到那个银行去取款，在摄像镜头里显得就像是个一米七出头的人，所以顾瑛定一米七七确实还是留了很大的余地呢！他从案犯的误导中走出来了！

接着顾瑛又给大家带来第二个惊奇：“案犯可能当过兵。”

他的判断来自对案犯心理的揣摩。方圆一百五十公里的作案现场，有的地方有血痕，有的地方有衣服上脱落的纽扣，有的地方听到过呼救声。这说明他和那个女人一直纠缠不休，在协商着什么，谈判着什么。协商不成，谈判破裂，便出现了一块血痕，脱落了一个纽扣，传来了一声呼救。如果案犯下狠手，她早就没命了，哪还有这些迹象？哪还需要跑一百五十公里？这说明案犯的心理是复杂的，也许在行凶之时，还有一些犹豫？还有一点儿不忍？

如果是这样的话，他又进一步认为案犯应该受过一定的教育，因为他跟那些无知凶残的家伙是不一样的。案犯是在哪里受的教育？是学校，还是部队？他认为是部队。他自己当过兵，部队给人的教育往往是终生的。无论你后来干了什么职业，军人的情感，军人的严谨，还会顽强地、不同程度地跟随着你。

顾瑛开车在偌大的现场走走停停，在某些能找到痕迹的地方仔细观察，他发现案犯的车技很好。烧毁的出租车在路旁停得非常规矩，这也使他想到当兵的人。于是一切都顺理成章了。

过去排查身高一米七以上的人，任务非常大，因为那是一个庞大的人群；而且地点也分散，有血痕的泰兴排查，抛尸的海安排查，烧车的如皋排查，共排查了六千多人。现在排查一米七七以上的人，数量就少多了。检测了五百人的血样，案犯已经进入视野。

过去排查曾三次去过常德明的家，他不在家，也没对他产生怀疑。因为他虽有前科，但海军陆战队特种兵的光环就把他排除在外了。再加上身高远远超过一米七，手腕上又没有文身，就更加不再怀疑。三次去，三次不在家，本来应该怀疑，但他本来就常年不在家，老婆想跟他离婚都找不到他。这次排查标准一变，他完全符合条件了，只差拿来血样去检测 DNA。所以必须找到他。

调来了精兵强将，集中在泰州地区，排查、搜索、跟踪、蹲坑，在所有的旅馆、网吧、游戏机房、洗浴场所、各类中介机构布下了眼线，终于发现常德明住在泰兴一个很小的旅馆里。但他已经好些日子没有回来了，衣服箱子寄存在老板的房间。身着便衣的重案大队长邓金俊对老板说：“他欠我们钱，他回来请你报告公安局。”

常德明回到旅馆后，老板报告了泰兴公安局，泰兴公安局顺利把他抓获，当然也就得到了血样。拿到南通一检测，其 DNA 与被害人吕良华手指缝里的检材完全一致。

是的，他的确当过兵，而且是海军陆战队的特种兵，擒拿格斗，游泳驾车，无所不能。复员后安排在扬子药业当推销员，一次被骗几十万元，让公司开除了，成了无业游民，走上堕落之路。

当他得知被他侵害的女人已经惨死，内心无比悔恨。他决心不外逃，警察抓不住，就继续在社会上混，被警察抓住了，也是报应。而且他坚信，凭自己在部队练就的艰苦条件下生存的能力，躲开警察的搜捕是不成问题的。在躲避警方追捕的同时，他还不忘在农历鬼节的晚上，来到雅周镇的仁巷桥下，烧纸祭奠那个被他打死的女人。

被捕后他一点儿也没有抵赖，对犯罪事实供认不讳。当媒体采访他，问他的感受时，他说："最深的体会是，作案后很孤独，知道自己罪大恶极。我想通过认罪伏法，给死者家属一个心灵上的安慰。"

破案后，吴副局长对顾瑛分析案犯心理轨迹，找出侦查关键点的做法十分赞赏。顾瑛说："这也是被逼出来的。各方面的信息都不全，底数不清，科技手段派不上用场，只有从心理分析入手。但我们绝不能像福尔摩斯那样，光凭个人的分析推断破案。所以我有一个公式：信息 + 科技 + 心理分析 = 破案。"

"老妈妈，我来晚了！"

"7·20"案还没破，又来了一个"8·13"！此时距离顾瑛走完生命的全程还有十四天。

就在案发的前一天，8 月 12 日，召开部署侦破"7·20"案件的会议，顾瑛在会上强调说："大家要互相帮助，信息共享，都为侦破'7·20'案出一把力。曹勇，你们通州做到做不到？没准你们那里发生案件，也需要港闸区的配合帮助呢。"

没想到第二天通州就发生了"8·13"案。

曹勇是通州区公安局主管刑侦工作的副局长。他在分局干刑警，跟顾瑛在支队干刑警是同步的，十几年来结下了深厚的战斗友谊，也从顾瑛身上学到不少东西。

在顾瑛心里只有工作和办案，没有个人得失和健康考虑。只要对工作和办案有利的事他都能够办到，他可以"从这里跳下去"。

可是对于个人得失和身体健康，他就一点儿也做不到了。不是不愿意做到，而是无法做到。他知道，心血管和肝、肾等器官上的七种慢性病，只有在充分放松的前提下才能延缓病情的进展，否则吃什么药也是杯水车薪。而他是绝对不能放松的，必须时刻绷紧了弦儿盯在命案上。能申请换一个轻松的岗位吗？就是可以，他也不会去。因为他觉得只有在这个岗位上，才最能够体现自己生命的价值。

这就出现了一种必然的结果：自己生命的迅速透支，他人生命的得以保存。他十分清楚，正因为命案全破，才保证了南通市每年命案发案率的大幅度下降。下降了几十起，就意味着保住了几十条生命。生命是无价的。面对鲜活的生命，面对幸福的脸庞，面对别人生的希望，他可以笑对自己死的威胁。

最令曹勇感动的是顾瑛在“8·13”案上的表现。顾瑛在这个案子上，投入的不仅是智慧和精力，还有无法估量的情感。关注民生，确保公民的生命安全，是顾瑛一贯强调和追求的。这个民生，既包括富人，更包括穷人；既有上层人士，更有下层民众。两相比较，顾瑛对后者投入的情感更多。因为他认为，警察当然更应该关注弱势群体。

所以，当听到“8·13”案件时，顾瑛肺都气炸了。一个九十岁的老太太跟两个五十岁左右、没有成家的哑巴儿子相依为命，艰难度日，好不容易省吃俭用，攒了点儿钱，也想学别人的样子盖个小楼——但规格差远了，上下两层统共才四个小房间，像一个寒酸的小炮楼。房子盖了半截，贼人把钱偷走了，还杀死了老娘。

顾瑛赶到现场，对着大娘的尸体动情地说：“老妈妈，我来晚了！我没有尽到保护您老人家的责任，您至今还住在这样的矮房里，最后死在这样的矮房里，这是我的失职！还有两个兄弟至今没有成家，我也有责任。我来晚了，我好后悔啊！”

顾瑛的肺腑之言让在场众人无不动容，尤其是两个哑巴，他们确实被他感动了。都说现在有的官高高在上，作威作福，这个官可不是啊！他们感到这个官的心跟自己的心贴得那么近，没有一点儿隔膜。

顾瑛的肺腑之言也非常强烈地震撼了曹勇。二人相处时间不短，但他从来没有见过顾瑛感情冲动得这么厉害。这是一种惊天动地的冲动，不是为个人的父母，是为人民这个大父母，是一种大冲动。

冲动过后，顾瑛平静下来，还得破案啊！为了尽快破案，上了百十名警察，顾瑛决心速战速决。各种迹象表明，这不是流窜作案。案犯知道这个家什么地方放着钱，知道两个哑巴什么时候不在家，知道这个家里有准备买料建房的钱。因为小哑巴太天真了，什么事都向外人展示，以证明他们家也盖得起楼。有人问：“有钱怎么盖了半截?”他打着手语说：“钱已经准备好了，过几天就去买料。”说者无意，听者有心，贼人就惦记上了这点儿钱，把它给偷了，把人给杀了。这个人还能远得了吗?

专案组在村里展开排查。这是南通市通州区二甲镇通运桥村，案发地点是这个村第56组048号岑家，老太叫邢加英。岑家对面的曹家场院很大，便于停车，专案组就在曹家找人询问，做笔录。曹家主人曹步昌跑前跑后，端茶倒水。通州区公安局刑警大队副大队长王新权对他的招待非常过意不去：“麻烦你了，我代表刑警大队向你表示感谢!”曹步昌说：“这说的哪里话！什么也不要讲了，希望尽快破案，为邢加英报仇，为全村人除害，铲除这个害群之马。”

案发那天夜里，哑巴哥儿俩3点就起床了，他们要去河里取黄鳝。是天黑时放的篓子，夜里黄鳝钻进去偷吃里面放的蚯蚓，吃完之后却怎么也游不出来了。出门前小儿子岑小云还到母亲的屋里看了看，见妈妈醒着，就在朦胧月光中打着手势对她说：“娘，我们走了。你在家好好睡觉吧！一会儿就回来。”邢加英说：“别管我，干你们的事去吧！让你哥少干点儿，他身体不好。”她总是这样像正常人一样对自己的两个哑巴儿子说话，从中得到一种安慰和满足。等在屋门口的老大岑渭鹏虽然什么也没听到，但是他知道娘在说什么，就“呜啦呜啦”地表示：“娘，我身体没事，您别操心了。”

鱼篓放了两个地方，哥儿俩出了门，便一个向东，一个向西。向西的岑渭鹏看到曹步昌坐在门口抽烟，就“啊吧啊吧”打了个招呼，曹步昌却好像没有听到，也没有看到，仍然姿势不变地抽烟。

哥儿俩走后不一会儿，贼人就进了屋。钱放在老太太的木箱里，这个他知道。小哑巴经常打手势向人显摆：他不是没钱，他有钱，在母亲的木箱里锁着呢。贼人白天进来看过，知道箱子摆放的位置，也知道箱子没有正经的合页，是用铅丝代替的，所以就带来一把钳子。他摸黑找到箱子，上前一步正要用老虎钳剪铅丝时，脚下碰翻了洗脸盆，“咣当”一声把邢加英惊醒了。她以为是儿子回来了，就拉亮了灯。

“哎！大半夜的，你到我家来干什么？”老太太问他，“找你两个兄弟有事啊？他们取鱼去了。”

这完全是善意的，一点儿也没怀疑到他。但做贼心虚，他以为邢加英发现了他要偷钱，后面的话只是为了把他稳住，事后再当众揭发他，他的名誉可就完了。邢加英会这么做的，这个女人年轻的时候精明得很，里里外外一把手，当时在他们这些孩子眼里，可是个不寻常的女人。想到这里，他就从床上抻过被子，把她捂住了，然后又伸进手去掐她的脖子。老太太邢加英就抓他的手。手被抓破了。最后邢加英不再动了。他剪断铅丝，打开箱子，拿了钱，来不及数，连那把钳子，匆匆藏到草堆里。

贼人的手被邢加英抓破，血流在了铅丝上。抽了一百多个人的血去做DNA检测，检测结果一个个送来，但都不是。

王新权在场院的树荫下一个人思考。案发后，他一直忙着指挥调度，很少有静下心来的时候。他这么做也是对自己的一种控制，他本来是不习惯这样做的。当机立断，勇往直前，才是他的风格。这是因为听了曹勇的话，而曹副局长跟顾瑛接触多，有些经验都传给了他，他再传给他，这不是一件很划算的事吗？有一次曹局长对他说：“我们要像顾支队那样，关键时刻能走进案犯的心里。”现在就到了关键时刻，他要强迫自己静下心来想一想案犯的心理活动，不仅是案发时，也包括案发前和案发后，看能否通过这些心理活动，看出某些人的异样来。

案发前案犯一定想知道岑家的两兄弟是否在家。进屋时他一定不想让邢加英发现。案发后他一定极力想隐瞒事实，以各种不同的方式伪装成一个正常人。这个人是谁呢？一百多个被排除的人不算了，剩下的就应该是那些表面一看不太像，细分析起来才像的人。

他第一个想到的就是曹步昌。不过，他六十七岁了，在年龄上不太符合，社会地位和经济状况也不太符合。他是乡村医生，儿子在外面做生意，经济条件不错，大可不必去盗窃杀人。那就得看他都有些什么行动，这行动能否对得上案犯的心理。

他跟岑家住对门，他又半夜在门口抽烟，是不是在刻意观察两个哑巴何时出门？这个事实是岑渭鹏向他反映的。

案犯之所以不想让邢加英看到自己，因为他是偷，但邢加英看到了。岑小云表示，他回来时看到母亲屋里的灯亮着，以为妈妈要起床了，进屋一看母亲还躺着，一摸，一动不动。灯亮，肯定是邢加英拉的，证明她看到了案犯，那案犯跑了就是了，何必杀人？这就证明是熟人，而且可能是一个有点儿地位的熟人，不杀人就难以保护自己的名誉。这个人会是谁呢？曹步昌比较符合。

案发之后，他的行为又与案犯极力想隐瞒事实真相，伪装成一个正常人特别相符。他说看到哑巴的时间是早晨5点，他取鱼回来的时候。而岑渭鹏却说，他出去取鱼的时候是凌晨3点。当时王新权以为哑巴表述不清，以曹说的时间为准了。分析了案犯的心理之后，觉得必须反过来，应以岑说的为准。

再就是他的过分积极和讨好。忽然有一句话，这时也明显地跳了出来，使王新权感到大可分析。这句话就是："为全村人除害，铲除这个害群之马。"这话的意思不就是说案犯是全村人中的一个吗？

于是也采了他的血样。过了一天结果送回来了，案犯的 DNA 跟他完全相同。

在证据面前，曹步昌只有缴械投降，对犯罪事实供认不讳。

8月17日，在二甲镇党委政府举行的庆功宴上，顾瑛兴奋地说："为弱势群体伸张正义，是公安民警的重要使命！"很少喝酒的他那天喝了二两红酒，他对一旁的镇党委书记和镇长说："你们能不能送一瓶红酒给我？这是喜酒，我要把它带走，让侦破'7·20'案件的兄弟也沾沾喜气。"

"破案之杯"

当我们再次回到"7·20"案件上来的时候，距顾瑛离开人世还有一天。

那是8月25日上午，在港闸区天生港派出所的"7·20"案件指挥部里，大家聚在一起研究案件，还没发现有价值的线索。顾瑛看到派出所门前正在修路，就跟派出所长开玩笑："龚贤，你得赶快把派出所门前的路打通了，否则我们办案的思路都让它给堵住了。"

忽然，顾瑛的手机响了，如东县发生了命案。他通知吴军立即赶到指挥部，同他一起去，让支队技术部门的同志先期赶赴现场。

吴军匆忙赶到时，见顾瑛正坐在车里等他，非常过意不去。顾瑛对他说："来了？不幸中的万幸，如东两个老人没有死，到医院抢救过来了。"

由于没有死人，二人的心情都放松了许多。出发后，吴军解释说："家里买新房一个多月了，还没来得及去看，今天装修动工，去看了一眼，耽搁时间了，没能按点到指挥部。"

顾瑛没有责怪他，还颇有感触地说："做一名刑警确实亏欠家里太多啊！我明年退休以后在家看看书，写写文章，种点儿花草，多陪陪家人。我有一个最大的心愿，就是退休以后，带上爱人去旅游！"

汽车一路行驶，顾瑛接了几个电话之后，非常严肃地对吴军说："我看大家对看录像有点儿信心不足了，这很正常，因为咱们一个多月还没有取得成果。你看，再看下去……"

吴军接过话说："再看下去肯定会出成果，肯定会把那个人找出来。他的影像虽然模糊，但在我的心里并不模糊。"

顾瑛拍着他的肩膀说："好！有你这句话，我就放心了。"

案发现场是马塘镇一个低矮的小屋，顾瑛下车后立刻"三套一罩"钻进去，仔细勘查，出来时浑身都被汗水湿透了。如东县公安局副局长陈小林劝他回局休息一会儿，他没有理会。有人递上一条毛巾让他擦汗，他一看现场有那么多民警，就吩咐陈小林买来五十条毛巾，送给每个民警擦汗。天太热，为了活跃气氛，他和陈小林开玩笑说："听说小林局长的老家就在这儿，这个案破不了，以后你可没脸再回家了。"

顾瑛说着从帆布包里掏出旧茶杯，递给陈小林让倒杯水。陈局长接过杯子端详着说："就这破杯子，快扔了吧！"

顾瑛赶紧说："扔不得！要的就是这个'破'。走到那儿，拿出它来，案子就破了，这是一个'破案之杯'！"

吃午饭的时候，顾瑛见民警们太热，就说："都是大小伙子，脱光膀子吧！"这时候主动来现场帮忙的马塘建民化工公司负责人施崇高说："脱了衣服没关系，我去给你们每人买一件汗衫来。"马上就把汗衫买来发给民警。顾瑛对他表示感谢。施崇高说："应该感谢公安，没有前段打黑除恶，命案还不知道要出多少呢！"

一提打黑除恶，顾瑛的关注点也立刻随之转移。施老板对打黑除恶的肯定，更证实了这一行动是多么重要！打黑除恶跟破命案有所不同，是两股劲儿。破命案是勘查现场，观察痕迹，比对指纹、血样、足迹等，科学办事即可。打黑除恶往往牵涉关系复杂，牵一发而动全局。

面对这块难啃的骨头，顾瑛没有退缩，秦剑平局长对打黑除恶的果断决策和明确指示给了他力量和底气。一场大行动在如东展开了。

如东县紧靠大海，海岸线长，滩涂辽阔，海洋捕捞和滩涂养殖发达，人们靠海吃海。以朱广东为首的黑恶势力团伙以东霞公司为依托，收罗数十名骨干成员，盗窃养殖场里的文蛤、花蛤，敲诈勒索，强迫交易，向从事合法捕捞的船只收取滩涂资源费、补偿费，还向小商小贩乱收费和罚款。这样的黑恶势力不打不能够保安定，不除不足以平民愤。

本来这是2010年三四月份南通六个市县的统一行动，市局指示，每个市县至少上报一个挂牌督办的打黑除恶案件。朱广东团伙早已恶名远扬，群众恨之入骨，但是当如东县公安局刑警大队教导员肖学俊带人到东凌沿海一带调查时，渔民却敢怒不敢言。案子还没有上报，就遇到了阻力。这也难怪，朱广东等横行霸道也不是一天了，过去政府为什么不管？公安为何不问？谁知道上头跟他们什么关系？朱广东可是县人大代表，脸面人物，别打不着狐狸闹一身臊。

当肖学俊向顾瑛汇报这一情况时，顾瑛紧锁眉头："就差怀疑咱们警匪一家了！我说老肖啊，你别嫌我的话不好听，咱们整天盯着命案，对打黑除恶关注不够，这个教训应该吸取。这回秦局长的决心很大，让咱们放开手脚干，牵扯到什么人物，遇到什么阻力，只管顶住，他给做坚强后盾。"

听了顾瑛的话，肖学俊心里有底了。他走村串户，以实际行动向渔民兄弟证明，他们绝非警匪一家，而是警民一家！渔民们开始试探着说出自己的冤屈。肖学俊再次向顾瑛汇报后，顾瑛果断立案侦查，并带打黑办的同志来到如东，在前期调查的基础上，加大外围取证力度，亲自出面协调，外查内调，一步步掌握了他们的基本犯罪事实。

东凌一带渔民以捕捞相思螺、角螺为生，只图在市场上卖个好价钱。可是以朱广东为首的黑社会性质组织却强迫渔民低价卖给其团伙成员余百扣。他们召集渔民开会，强迫每人每年交三千元押金，如不卖给余百扣，则押金没收，并禁止下海捕捞。他们还以搜查、殴打等暴力手段垄断市场，阻止他人收螺。

2008年以来，他们还控制垄断了东凌港的活虾市场，从渔民手里收购活虾，不谈价格，不付款，等活虾售出，扣除成本、利润和给朱广东的提成之后，才以大大低于市场的价格付款。东凌港成了他们的摇钱树，为了再多出一个树枝来，他们擅自将港口海堤的挡浪墙砸掉一段建了一座码头。如此胡作非为，横行霸道，居然没有任何部门制止，可见后台之强硬，关系之复杂。

再也不能容忍了，再也不能等待了，群众在看着我们呢，我们不能辜负群众的信任和期待，顾瑛一声令下："抓！"

2010年5月18日晚上，顾瑛坐镇指挥，抽调各警种百余人突然出击，抓捕了包括朱广东、周卫兵、张国富、陆海峰等头目在内的十几名黑恶组织骨干成员。一时间如东震动了。民众惊喜地看到公安的力度竟有这么大，敢在这些平日不可一世的"太岁"头上动土，真是大快人心！而那些与黑社会性质组织有某种瓜葛和联系的人也在大肆活动，他们不相信公安能吃得下这块肥肉。

秦剑平局长和顾瑛早已预料到这一点，不仅协调检察院、法院提前介入，把关定向，而且为了防止说情干扰，将四个头目异地关押，从组织特征、经济特征、控制特征和行为特征四个方面调查取证，扎扎实实落实了朱广东的罪行，还有二十名团伙骨干被提起公诉。广大受害人见公安力度这么大，纷纷出来揭发、作证，使他们的罪恶行径暴露无遗。

从4月立案侦查，到8月正式起诉，顾瑛冲破阻力，顶住压力，终于啃下了朱广东这块难啃的骨头。命案能破，黑恶案照样破，"破案之杯"所向披靡。黑恶势力被铲除了，群众欢欣鼓舞。

这次到如东来，顾瑛还一直把打黑除恶的事挂在心上。现在由施老板的热情，想到这一行动的深得人心，饭后也没休息，就跟陈小林副局长研究起这个问题，一直到很晚才回"7·20"案件指挥部。他所关注的"8·25"案件，也在当天夜里抓到了犯罪嫌疑人。

两只羊大于一辆宝马

8月26日上午，顾瑛在市局召开研究入室盗窃案件如何侦破的会议。10点30分，他给陈小林打电话："我下午4点到如东，把你们成功侦破入室盗窃案件的材料准备好。"这时候，距离顾瑛走到生命的终点，谢幕人生舞台，最后离开我们，还有五个多小时。

顾瑛的父母都是老公安，父亲是治安科长，母亲后来调到安全局。顾瑛从小耳濡目染，有一种保卫别人的意识。家里只有他一个男孩，一个姐姐、两个妹妹，都需要他这个男子汉的保卫。特别是妹妹顾绮，整天像个小尾巴似的跟在他身后。他当警察后，一发生杀害女孩的案件，他就无端地想到自己的妹妹，心里一紧一紧的。他容不得老百姓受一点儿委屈。

2010 年，顾瑛重点研究的就是事关百姓切身利益的案件。他经常说："如果一对农村贫穷老夫妇养的两只羊遭窃，而那两只羊本来是预备过年的，那么，我敢说，这比富人丢了一辆宝马还要难过。"

两只羊大于一辆宝马，这就是顾瑛的数学，因为不等式的两边，不是物质，而是感情。他说："现在有很多涉及老百姓的侵财案件，只有很少的人关注；而少数涉及老板、官员的案件，却有很多人关注。这不符合民生思想。"

民生，民生，民的生活，民的生命，他看得比什么都重要。这一年，由他亲自研究策划，先后在全市开展了三大切块攻坚行动。第一块"主攻电信诈骗案"，第二块"主攻抢劫抢夺案件"。现在前两大切块弄完了，该第三块"主攻入室盗窃案件"了。

顾瑛在 8 月 26 日上午的会上特别强调说："入室盗窃案件是引发命案的导火索，如果我们不想面对一具具尸体，那么，就要坚决高效地打击入室盗窃，刻不容缓。能在此刻办的，不放到下一刻去办，因为下一刻，命案可能已经发生了，没有后悔药可吃。"

接着他决定，立即由他本人、顾林、魏建华、施伟、秦国峰、韩建军等人分成三个组，分别到市区、北片、南片去调研。设在天生港派出所的"7·20"案件指挥部在市区北边，顾瑛为了两头兼顾，就包了北片的如皋市、海安县和如东县。他首先去的是如东县。

下午天气骤变，狂风暴雨铺天盖地而来。一声巨雷，把电脑都震得关了机。方建新一想不好，顾瑛还要去如东，就闯到他的办公室，看他正在戴帽子，就制止道："现在不能走！雨停了再走！"顾瑛笑道："风雨交加，以壮行色，此时不走，更待何时！"说完便下楼去了。

15点20分，顾瑛在办公楼下的地下车库里碰到了副局长吴忠灿。二人上午商定，吴去如皋市参加警民恳谈会，顾去如东县研究案件。顾瑛亮着大嗓门儿乐呵呵地说："吴局长，你放心！如东'8·25'案件定性了，没问题！"吴忠灿关切地说："听说你还要召开入室盗窃案件讨论会，身体不好，别累着啊！我得对嫂子负责。"

那天是少有的暴风骤雨，电闪雷鸣；顾瑛也是少有的心情急迫，分秒必争。要不他为什么不等雨停一停，小一点儿再走呢？真的是为了风雨交加，以壮行色吗？不！上午讲了，刻不容缓。缓一刻，也许命案已经发生了，后悔药吃不得！南通市十七年命案侦破率百分之九十五，七年命案全破的神话不是凭空说出来的，而是一刻也不停干出来的！

15点40分，顾瑛打电话给陈小林说："我已到通州，外面下大雨，可能还要四十分钟到。"

陈小林回答："没事，会场、材料都准备好了。"

过了两三分钟，顾瑛又把电话打过来："我想起一件事情，请卢局长也参加，还要听一听打黑除恶的事情。"

卢瑞华局长接到报告后，指示通知指挥中心和情报中心的负责人，一起参加顾瑛的关于入室盗窃的汇报会。

16点20分，应该是顾瑛到达如东的时间，却没有到。

陈小林连续给顾瑛拨打电话，无人接听。

同时，通州区公安局接到重大交通事故报警，顶着大雨抢救伤员，勘查现场时发现一个写有"南通刑警支队顾瑛"的眼镜盒，一部手机不断响着震撼人心的旋律："起来！饥寒交迫的奴隶！"

尾　声

顾瑛生前最牵挂的"7·20"案，于一个月后告破。

9月29日，警方终于辨认出了犯罪嫌疑人的影像。9月30日，民警邵义拿着那张照片让一个妇女辨认，问：“认识这个人吗？”那妇女高兴地说：“这是我儿子！”邵义问：“怎么证明是你儿子？”她说：“我的儿子我还能不认识吗？你们看，这辆自行车，是不是照片上他骑的那辆？”说着拍了拍自己骑的自行车。邵义一看，果然不错，又问：“他在哪儿？”女人说：“到金华打工去了。”

把指纹等信息发过去，在金华市公安局的帮助下，把犯罪嫌疑人李飞抓到了。他正在一个网吧里上网。李飞对犯罪事实供认不讳。

此案告破，秦局长异常激动，终于了结了顾瑛的心愿，可以告慰他的在天之灵了。这是献给顾瑛的最好礼物——这个案子不正是在他的指挥决策下破的吗？

8 月 28 日上午，举行顾瑛遗体告别仪式，原通知一千五百名民警到场——必须限制人数，灵堂盛不下，但来了三千多人，除了警察，还有许多老百姓。

顾瑛躺在灵柩里，母亲站在灵柩外。他对母亲表示歉意：“本来要在今年 10 月给您过八十大寿，我却提前走了。”

顾瑛躺在灵柩里，妻子站在灵柩外。他对玉珍表示歉意：“本来说好退休后给你开车当司机，带你去旅游，给你做我的拿手好菜，把咱们石和玉的关系打造得更美好。现在实现不了啦，对不起。”

南通市党政领导和市公安局领导向顾瑛告别。民警们向顾瑛告别。每个县市只能来五个人，陈小林是五人之一。那天顾瑛召开的会议没有开成，就一直等着，好像顾瑛还能回来似的。后来知道回不来了，刑警大队副大队长陈学荣塞给他一袋材料，都是按照顾瑛要求总结的打击入室盗窃避免引发命案的经验。陈学荣哽咽着说：“带过去烧给老顾吧！”陈小林说：“不要烧，让老顾好好休息吧，工作的事不应再打扰他了。”

老百姓都是自发来的。有崇川区一位被杀害老太的子女们，有小哑巴岑小云，以及他们的左邻右舍，那些被凶案惊吓，又为破案惊喜的群众；也有与命案无关，但从心里感谢顾瑛给社会带来安定，给民众带来平安的各行各业的人们，如理发店给他理过发的姑娘，水果店卖过芒果给他的小贩，卖鱼的，卖肉的，卖百货的，卡车司机，出租车司机……特别是居委会的老大妈来得不少，因为顾瑛在城区几个派出所干过。邻居也来了，因为他们和黄玉珍一样，再也听不到他那“咚！咚！咚！”或“咚——咚——咚——”的上楼梯的脚步声了。

还有很多人没有来到灵堂，而是等候在殡仪馆到公墓的必经之路上。当运送顾瑛骨灰的灵车经过的时候，他们以各自不同的方式表达了敬仰和哀悼。

当骨灰盒送到安息堂的时候，已经没有灵位了。找了半天，找到了一个110号的位子。生前从110指挥中心接警破案，死后还继续吗？

黄玉珍把顾瑛的骨灰盒端端正正放在灵位上，让这个有着特殊意义的数字伴随他安息吧！忽然，她感到身后有气息在流动，有人体在充塞，有声音被压抑。她知道大家都进来了，老百姓都进来了。然而她还努力保持着刚才与顾瑛一递一声的呼唤。

玉珍呼：“瑛——”

顾瑛唤：“玉——”

一个中年人走上前说：“夫人节哀，我们这些平头百姓跟夫人一样，都是他所惦记的对象。他生前是个好警察，牺牲后还归位在110岗位上，这是天意啊！到那边还不歇着，还为百姓值班。”

于是安息堂里刚才压抑着的声音，此刻爆发出来，是一种震撼人心的一递一声的呼唤。

百姓呼：“瑛——”

顾瑛仿佛在呼应：“玉——”

警为石，民为玉，绝非虚言；石玉之恋，亦非妄说。

（原载于《啄木鸟》2011年第2期）

平民警官马长林

郑天枝

读了马长林同志的事迹材料，深受感动。作为一名社区民警，长期扎根基层，任职多地，忠诚、敬业、爱民始终不变，人民警察的核心价值观始终坚持并处处体现，值得全省公安干警学习。

——时任浙江省委常委、政法委书记、公安厅长　王辉忠

马长林同志的事迹真实感人，他十多年如一日，勤勤恳恳，踏踏实实，在平凡的岗位上做出了不平凡的贡献，他是基层党员的优秀代表，是争先创优活动中涌现的又一先进典型，值得宣传，值得学习！

——湖州市委书记、市人大主任　孙文友

马长林是自觉践行人民警察核心价值观的优秀楷模，是爱民模范中的生动榜样。在担任开发区公安分局杨家埠派出所罗师庄社区民警后，一年365天，不管白天晚上，他几乎天天坚守在社区，用自己的心血和汗水，把一个流动人口众多、治安混乱的社区打造成和谐安定、群众满意的新家园，以实际行动赢得了群众的信任和拥护，被老百姓称为社区的守望者，百姓的贴心人；马长林是深得人民群众拥戴的平民警官、草根典型。

——湖州市委常委、公安局长　金伯中

马长林的警务实践开创了高度动态环境下社区警务的成功之路，马长林的警务实践为修复高风险时代的社会信任关系提供了重要启示。马长林的存在价值在于，如果我们的干部、公职人员都能像他那样，我们这个社会就会很和谐、很安宁。

——湖州经济技术开发区管委会党委委员、

副主任、公安分局局长　沈秋伟

马长林几十年如一日，一直做好事、做善事，无怨无悔，这就是一种境界、一种胸怀；我见过的典型很多，但马长林这个典型是令我最感动的一个。在物欲横流的社会里，很多人迷失了方向，没有了精神寄托；时代需要马长林，他的核心价值是真善美，是时代性、民族性的完美结合。他是可亲的、是实在的、是会让人感动的；整个人类都需要这样的精神。

——浙江省警察协会副秘书长　郑德明

用心走出一条和谐路

2011年2月22日，湖州市经济技术开发区杨家埠镇罗师庄社区来了一群特殊的客人。

在一家小餐馆内，领头的中年人和老板娘拉起家常：“这里做生意安全吗?”

“很安全。过去很乱，现在好多了。”

“靠啥保障安全?”

老板娘指着一旁的马长林说：“靠他，他是我们的保护神!”

接着，他们又走入一户羊毛衫加工点，中年人指着马长林问：“这个人你认识吗?”

女主人笑道：“他是我们这里的社区民警马长林，常来这里，我们都认识他。”

随后，这些人又来到一户出租房，房东配备的灭火器、应急照明灯一应俱全。中年人翻了翻出租房登记本，登记得很详细。

这些人走走停停。路上，中年人又随便拉住几位群众，问起辖区的治安情况，听到肯定的回答，中年人露出了笑容……

这个中年人就是浙江省公安厅党委副书记、副厅长张景华。

这天，张景华轻车简从来到湖州市开发区杨家埠派出所罗师庄社区，视察了警务室，听取了社区民警马长林的工作汇报。这是张景华第二次和马长林见面。早在四年前，他视察当时马长林工作的黄墅警务室，对马长林一心为民服务的警务工作就留有深刻印象。

在罗师庄警务室，张景华仔细察看了马长林做好外来人员服务管理的几件法宝：手提录音机、手持扩音喇叭等工具。听了马长林“以房管人”的工作经验后，张景华饶有兴趣地打开马长林的电脑，亲自核实马长林登记簿上的出租私房、外来人员、企业单位、网吧甚至街面上小摊小贩的信息。

马长林还向张景华演示网上的马长林警务室。警务室向外来人员提供租房、求职等中介服务，有留言板供外来人员反馈互动，甚至不少外省人都通过这个平台找到了工作。张景华连称这个做法好，既方便了群众，也有利于社会安定。

罗师庄辖区住户百分之九十以上为外来人员，去年警务室搞了二十多次警务广场活动，有很多好的群众建议得到吸纳并实施。比如，建立外来人员（新居民）党支部、平安志愿者服务队、志愿者宣传队、治安队、巡逻队等。针对去年辖区最大的治安问题——收费停车场乱停车，警务室邀请司机、饭店相关人员、业主等人，开展了六次警务广场活动，动员社会力量建起视频监控系统，在交警配合下，问题得到了有效解决。

张景华握住马长林的手说："老马，你把警务广场做深做细不是作秀，是实实在在帮助老百姓解决问题。我在这里看到了湖州警务广场的生命力。老马，你是个平民警察，工作有激情，对老百姓有感情，我们要好好宣传你的事迹……"

望着张景华一行远去的背影，马长林感慨良久。在罗师庄这块土地上，他和战友们辛勤耕耘，换来老百姓的安居乐业，这让他感到欣慰。自2008年8月1日和罗师庄有了密不可分的关系，那些一路走来的场景在马长林脑海里慢慢呈现……

罗师庄村地处城郊接合部，是个典型的城中村，实有人口两万余人，其中来自全国二十多个省份的流动人口约一万八千人，本地常住人口仅一千八百余人，村周围有大小企业六十余家，房屋出租户七百余家，个体工商户近三百家。一到夜晚，村里四处是小摊小贩，人流如潮，非常热闹，被当地人称为是杨家埠镇上的夜上海、小香港。

由于管理体制、基础设施等原因，当时的罗师庄村治安和环境状况非常复杂。罗师庄面积占杨家埠派出所辖区面积不到百分之二，但是全年报警量却占全所的百分之三十以上，刑事案件总量占全所的百分之五十以上。辖区内流窜偷盗、纠纷争斗、敲诈勒索、寻衅滋事等治安乱象时有发生，有一户村民一天之内就被偷了三辆电瓶车。当地村民因为害怕出事，一到天黑都不敢出门。由于人员成分复杂、流动性大，派出所民警在处警中经常遇到围观起哄。

鉴于罗师庄村的治安形势，杨家埠派出所决定在此成立警务室。这个最不放心的地方，需要派一个最放心的人去。所里领导不约而同地想到了马长林……所里人都说，用临危受命来形容当时的情形一点儿都不过分。

2008年8月1日，马长林走马上任罗师庄，遇到的几乎全是冷漠。这里从来都是无拘无束的外来人员，忽然间来了个专管他们的警察，抵制不足为怪。那时，马长林最担心的是一个警察面对两万多人，如何才能应对？虽然心中没底，但马长林深知自己的工作是为了两万多人的安居乐业，必须迎难而上。

罗师庄的常住人口几乎都是房东，他们以租房为谋生手段，而房客全是外来人员。要管理首先得弄清管理对象，否则就是无的放矢。为此，马长林设计制作了房屋出租登记本，要求房东必须对租客进行详细登记。然而，当马长林满怀信心地走访群众时，等待他的却是闭门羹，不光外来人口，就连本地群众也不欢迎身穿警服的马长林。

马长林感到了前所未有的压力，似乎自己与群众之间有着一堵看不见却坚硬无比的墙。怎样才能打通这堵厚墙呢？

首先得让大家认识自己，接受自己，马长林决定从宣传入手。他买了一个录音机和一个扩音喇叭，在录音机的提把两端系一根尼龙绳，肩上一挂，手握喇叭对着录音机的出口喊话，这样就成了一套人工组合音箱。马长林就用这套人工组合音箱，向群众宣传安全防范知识以及出租房登记的好处。

马长林在街上来回不停地转，群众被他这套奇怪的装备吸引了。整整三个月，马长林与他的人工组合音箱走街串巷，每天下来，体力消耗很大。毕竟老马已是五十岁的人了，而且身患高血压等疾病。抚摸着红肿的双肩，他默默无语。但是，想到领导的嘱托和老百姓的期待，马长林咬牙坚持了下来。

那三个月，对于马长林来说非常难熬。他告诫自己，必须坚持下来，用一颗真诚的心去赢得老百姓的理解和支持。

起初，老百姓看热闹的多，渐渐地，他们被马长林感动了。这个警察很实在，这样做是为了老百姓好。慢慢地，群众家门好进了，脸色好看了，登记工作也打开了局面……

罗师庄 304 幢沈祥宝家，马长林去了不下十次，但老沈不是家里没人，就是不开门。一天晚上，马长林把电话打到沈祥宝家，刚好他有客人，一听马长林的来意，沈祥宝说："我服你了老马，原以为你是做做样子的，没想到你还真当回事，今晚我就把十几名租客的信息给你登记齐全了。”

罗师庄526幢的胡怀宝家，有十七间出租房，房租收入占了全家收入的大部分。起初他对马长林上门登记工作非常不配合，以为马长林是来赶租客的，经马长林一次又一次上门做工作，他才勉强答应。

2009年4月16日，老胡家301室发生一起强奸案。马长林从出租房登记本上查到登记人姓名及联系方式，但那人正在南浔出差，而他把钥匙交给了自己的朋友。顺藤摸瓜，警方掌握了作案男子的信息，3个小时就把犯罪嫌疑人抓获。

事后胡怀宝感叹说：“如果当时没有登记，这个人就难抓了。现在我明白马警官的用意了，他是为了咱老百姓的安宁啊，我要帮他宣传这种好做法。”如今，胡怀宝成了马长林维护辖区治安的积极分子和得力助手。

从这两个例子我们可以想象得出，马长林捧着一颗赤诚的心走进老百姓心中……

自从来到罗师庄警务室，一年三百六十五天，除了生病住院，马长林天天都在警务室工作。马长林所做的那些事很平凡很细小，却满足了老百姓最基本的也是最急迫的需求。马长林刚到罗师庄时，没有得到老百姓的认可，甚至常吃闭门羹，老马并不气馁，而是放下架子，俯下身子，把自己当做人民的儿子来尽孝尽责。两年多的时间里，马长林走遍了罗师庄村的每一户人家，用脚、用爱心缩短了人与人之间的距离，用辛勤耕耘的汗水浇灌着和谐的花朵，用真情真爱赢得了民心。如今的马长林已和罗师庄融为一体，他离不开罗师庄，罗师庄的群众也离不开他……

穿警服的“社区保姆”

马长林爱管闲事远近闻名，而他的同事和领导对他爱管闲事甚为佩服。我在罗师庄警务室和他们聊天时，他们都说，像老马这样爱管闲事的人，如今真的很难找了。在领导和同事们眼里，老马是一个闲不住的人，更是一个充满爱心的人，他所管的那些闲事，都与群众切身利益休戚相关。

在工作中，马长林已经自觉不自觉地把社区警察的职责无限放大，他认为，为群众服务不应该划定什么界限。

协警小钱说："老马是一个警察，也是一个计生干部、环卫工人、城管、交警，罗师庄的事情几乎没有他不管的。"

一次，几名村民找到警务室："老马，新竹路上有堆垃圾，没人管，臭死了，你去看看。"老马跑到现场一看，果然有一堆垃圾，由于责任不清，没人清理，散发出阵阵怪味。老马二话不说，挽起袖子就干。小钱等同事深受感染，也加入到清扫队伍中。

第二天，老马又召集责任区的环卫工人来警务室开会，商量责任区清扫的问题，警务室俨然成了环卫所……问题最终圆满解决，群众满脸笑容，老马自然是喜上眉梢。

"老马太热心了，自己的事情会去做，不是自己的事情也抢着去做。"罗师庄村治保主任方东宝一再感叹。老马来到罗师庄后，就像来了个万金油干部，哪里都派得上用场，能经常看到他为群众热心办事的身影，而且不厌其烦，乐呵呵的，很亲切……

马长林随身带着一个笔记本，一接到群众来电他就记好，像办自己的事情一样想方设法去解决。通过办好群众的每一件平凡小事、平常琐事，马长林真正走进了群众的心坎，大家形象地把他比喻为"身边的110"。

马长林说："我出生于农家，自幼家贫，老百姓在我眼里就像家人一样。虽然我也不年轻了，但离退休还有十来年的时间，我要抓紧时间为老百姓多做事，做好事。"

老马干得最出名的一件闲事，是把警务室办成了免费中介，这事后来上了《湖州日报》《平安时报》《都市快报》等多家媒体，老马的热心也被更多的人所称道。

免费中介服务是马长林为罗师庄村的外来务工人员推出的一项亲情服务。马长林在工作接触中发觉，外来务工人员常常为在当地找工作和租房犯愁，他意识到，住宿和务工是关系民生的两件大事。在去市区考察后，2009 年 4 月，罗师庄警务室推出免费中介服务，马长林还自己动手草拟了合同。

免费中介服务推出后，众多外来务工人员通过这一平台得以在罗师庄村落脚谋生，当地一些出租房主和企业也通过这一平台各取所需。去年至今，通过马长林介绍到企业工作的外来务工人员有三百六十余名，介绍房屋租客近四百人。很多外来务工人员将马长林看作是帮助自己在湖州安家落脚的老大哥，附近的外来务工人员也常到老马的免费中介看看有没有合适的工作。罗师庄警务室每天都吸引着许多外来务工人员，织里、菱湖等地外来务工人员也打电话请马长林帮助寻找工作……

如今，警务室和警务室门前的信息栏已经成为老百姓心中的一个亮点，外来务工人员的希望所在。

去年 5 月，经过马长林的牵线，罗师庄村还举行了首期外来务工人员电子电工专业培训班，三十多名外来人员在异乡接受了技术培训。之后，他又和辖区的企业、技校联系，针对企业用工需要，协办了多期职业技术培训班，使二百多名外来务工人员因为有了一技之长找到工作，有了稳定的收入。

马长林对我说："看到村里那些外来务工人员，我就会想儿子(马长林的儿子大学毕业后在长春打工)。如果他在异乡打工时能遇到关心他的人，一定会非常高兴。将心比心，我能多为那些外来务工人员办点儿事情，他们也一定感到高兴，感受到湖州的美好。"

马长林是一个管理者，却把老百姓当主人、当亲人、当靠山，把姿态放下来，发自内心地与老百姓融为一体。马长林平易近人，从来不以管人者自居，而是满腔热忱地为老百姓办事，为老百姓排忧解难。马长林在自己的岗位上为老百姓做好分内分外的事情，赢得了老百姓的爱戴。更难能可贵的是，马长林从中找到了幸福感，找到了人生价值的体现。

"社区民警为什么要做那么多分外的事？"开发区公安分局局长沈秋伟认为，从某种程度上讲，社区民警在社区里起着政府代言人的作用，是政府形象的延伸，是政府职能的神经末梢。老百姓需要政府做的事情，宽泛地讲都可以看作是社区民警的职责，不属于民警职责的，再由社区民警出面协调相关部门共同搞好管理和服务。社区警务室可以看作是政府最小的一个节点，马长林就在这个节点上任劳任怨地工作着，他做到了，做得很出色，老百姓就欢迎他，拥护他……

我赞同沈秋伟局长的理念。社区是社会和谐的基础，社区工作做好了，有利于增进社会和谐，提升老百姓的幸福感和满意度。马长林的做法，深深启迪着我们：同老百姓打交道，必须从一点一滴有关民生切身利益的小事做起，真正把群众的小事当大事，千方百计为群众排忧解难。

被别人需要是一种幸福

马长林告诉我，他从小历经生活艰难，将心比心，就容易理解别人的困苦。如果能帮助别人做点儿事，尽点儿力，看到别人愁眉舒展，他就会很开心。一个人能被人需要，其实是一件很幸福的事。

这是老马的肺腑之言。

这次采访马长林，我听到了许多马长林热心帮助素不相识者的故事，感动的同时，也在深思一个人活着的意义所在。采访的那些日子里，马长林的手机难得闲下来，这些电话或者短信，有的向马长林求助，有的向他反映治安情况，而他总是不厌其烦地耐心解答并给予帮助。还有不少人到警务室找他办事，有的是寻找工作，有的是寻找出租房屋，有的是寻人……不管分内分外，老马都笑脸相迎，热心解答，出谋划策。

那天采访完后从妙西返回湖州途中，马长林看见两个年轻人在前面走，就停下车问他们是不是到湖州，明白了老马的用意后，年轻人说他们前面就到，并连说谢谢。

我问老马，这两个人你认识？他说，不认识，我想他们如果到湖州去，我们可以顺路捎上他们……老马做好事成了一种习惯，已经做到了下意识的地步。

我问老马这些年都做了多少好事，他挠挠头说：“嘿嘿，真记不清了，再说，做过了，也没有必要记住。”我让他说说最近的，他见拗不过我，便讲了到罗师庄警务室后几件印象较深的事。

一个周末，马长林像往常一样来到警务室，只见一个小孩蹲在地上哭，一旁的协警正在哄他。原来，在罗师庄 104 国道红绿灯处，这个小孩因为贪玩和家长走失了，恰巧被巡逻的民警碰上，就抱回了警务室。

“这样的事情也不是第一次发生了，还是用老办法吧。”随即，老马开着警车在罗师庄大声喊话：“乡亲们，有一个小孩走失了，知情的人与我联系。”

车子刚开到罗师庄老菜场，一个中年男子跑向警车：“马警官，我家小孩丢了……”马长林将中年男子带到警务室，小孩跑过来就喊“爸爸，爸爸……”

村民高炳发几年前因车祸右腿截肢，生活困难，抱着试试看的心情，他向老马反映了自己的情况。“你放心，你的事就是我的事。”带着这句话，马长林四处奔波，不仅帮助高炳发大女儿找到了工作，还积极帮助高炳发寻找力所能及的工作。说起马长林，高炳发一脸感激：“马警官是我们家的恩人。”

去年 4 月 11 日，是星期天，一大早马长林就在警务室忙碌。没一会儿接到辖区群众小张的求助电话，他立即驱车赶到那里。经了解，原来一名姓李的流浪汉在小张的饭店里已经蹭了几天的饭，小张发现此人想要回老家，便向马长林求助。

听完大致情况后，马长林将李某带回警务室。经过询问，得知李某老家在江西，由于一起交通事故丧失了部分劳动能力，为了家里的儿女仍外出打工。李某先到杭州找工作，但总是干不长，便一路乞讨从杭州到了湖州。在罗师庄，李某遇上了好心的店主小张，这几天才没饿着肚子。

听了李某的遭遇，马长林自己掏出钱来给他回家路上应急用。李某感动得不知说什么才好，重复说着谢谢，眼中早已噙满泪水。

随后，马长林将李某送到浙北高速客运中心，并帮他买了车票，一再叮嘱李某到杭州下车后直接找民警帮忙，还给了他联系电话。这样，马长林还不放心，特意交代司机帮忙看好李某，千万别让他半路下车。

“马警官，你来了，这下好了，李奶奶家的烦心事总算有人帮忙了。”刚走到李奶奶住所附近，李奶奶的邻居就向他反映这两天发生在李奶奶家的烦心事。不知道什么原因，李奶奶家的下水道堵塞了，楼上的生活污水直接倒灌进李奶奶家厨房，弄得厨房满是臭气，无法正常烧水做饭。李奶奶想到了马警官，但看到马警官很忙，就没忍心打扰他。

了解事情原委后，马长林一边打电话向村里反映，一边挽起裤脚冲进李奶奶家厨房进行查看，并用借来的管道疏通工具疏通……（警务室协警小钱也向我讲过这事，他告诉我，当时厨房漂着粪便，很恶心，换成自己的家，恐怕自己也不会去动手的。）

疏通好管道，马长林顺便将里里外外的卫生打扫干净。临走时，马长林有点责备地对李奶奶说：“以后有困难就打电话给我，不要觉得不好意思，如果我们警务室解决不了，也会打电话给其他部门，向他们求助解决。”李奶奶一边擦眼泪一边点头，逢人便说：“我虽然没有儿女，马警官这么关心我，帮助我，我觉得他就是我的儿子。”

“自从我姐姐去新疆后，整整二十七年没有她的音讯，想不到我们还有重逢的机会。谢谢，谢谢，太感谢马警官了……”今年3月24日，在湖城某公司一间办公室，保安陈琪尔紧紧地握着马长林的手说。

事情还要从今年2月20日的马长林网上社区警务室说起。当天，马长林像往常一样浏览网上警务室的留言板，看到一则寻人求助的留言：“马警官，我叫陈奚，于1971年来到新疆，我要寻找失散多年的弟弟陈其尔；最后一次与弟弟联系是1984年，后就再没联系上……我也不知道该向那个部门咨询，不知您能不能帮上忙……”

马长林马上给她打电话，让她放心，表示会尽全力帮助。随后，马长林利用多种渠道调查访问，经过几多周折（陈奚将弟弟名字记错了一个字，给寻找带来很多困难），终于像大海捞针一样找到了陈奚苦苦找寻了二十七年的胞弟陈琪尔。

3 月 24 日晚，陈奚女士在网上发来感谢信："接到失散多年的弟弟打来的电话，心情很激动！真心感谢心系群众、不辞辛劳帮我找到亲人的马长林警官……"

2010 年 9 月 26 日，对于从江西南丰县来湖州打工的刘某来说，一生难忘。这天下午，马长林刚处理完一起纠纷回到警务室，罗师庄居民潘惠全来反映，租住在他家的江西女子刘某刚生下一个女婴，她老公前几天因盗窃被开发区公安分局抓进去了，身边无人照料，怕有生命危险。

马长林立即和潘惠全赶到罗师庄老村看望刘某，交代房东及周围邻居，在未找到刘某亲属前和警务室一起落实好刘某的日常起居，同时将情况向杨家埠派出所领导汇报，设法联系刘某亲属，并出面和民政部门联系，申请扶贫支持，帮助购买被褥、小孩衣服等。

9 月 28 日，马长林得知刘某的婆婆暂住在德清，立即驱车赶到当地，把老人接回罗师庄照顾刘某。马长林的言行深深感动着周围的外来务工人员，他们也纷纷自发帮助照料刘某母女俩的日常生活，使她们熬过了难关。

三十二岁的四川人李爱军，绰号小黑，自称罗师庄庄主。马长林刚到罗师庄时就知悉他是个喜欢惹是生非的刺头，常纠集一帮同乡在村上寻衅滋事。刚开始，老马给他做思想工作时，小黑连老马的电话都懒得接，抵触情绪相当严重。马长林并不介意，一遍遍上门开导李爱军，跟他讲做人的道理，同时帮他母亲、姐姐找到了工作。本质并不坏的小黑被马长林的真诚渐渐融化了……后来，老马又帮助李爱军找到了一份不错的工作。

现在李爱军已成为老马的一个哨兵，多次协助老马化解矛盾纠纷。晚上还义务执勤，遇到捐款之类的事情，他会第一时间响应。

“有几次都快要打群架出血案了，幸亏李爱军及时发现，及时化解。”老马看着小黑一天天由当初的混混变成大家眼里的热心人，很是欣慰。

“我从小没了爸爸，马警官没把我当坏人看待，还帮助我，我现在就叫他干爹，结婚时要请他当证婚人。”一提到马长林，小黑就露出笑容，笑容中满是真诚，满是依恋。

罗师庄新居民邓某的儿子，去年 10 月在一起交通事故中不幸身亡。今年 4 月 6 日，法院开庭审理的前一天，邓某来到警务室寻求马长林的帮助。马长林对邓某说：“家里出了这么大的事情，怎么才来找我啊？放心，我会全力帮助你打好这场官司！”

老马立即查找原始资料，很快找到了对邓某儿子赔偿有利的直接证据……4 月 9 日，邓某带领家人赶到罗师庄警务室，送上一面锦旗，锦旗上写了“亲人马长林”几个字，以表达感激之情……

马长林做这些事，有的是举手之劳，有的会花费很多时间和精力。这些事在别人看来可能是小事，但老马却不这么认为。在他眼里，我们看起来是一件小事，对群众来说就是大事。“人民警察爱人民”不是一句空洞的口号，而是靠每一个民警用一个又一个具体细小的行动写就的。

因为一心扑在工作上，马长林很少顾及自己的家人，尤其是年迈多病的母亲。为此，他常常内疚。今年春节，本想回老家看望年迈多病的老母，但又放不下罗师庄的工作，忘不了老百姓求助的眼神，只好打电话给哥哥嫂嫂，请他们照顾好母亲。

大年初二，马长林的老母患病，曾经做军医的哥哥忙里忙外，承担了服侍母亲的任务。直到初七，母亲的病情有所好转，哥哥才打电话告诉马长林。马长林问哥哥怎不早点儿告诉他，哥哥说：“告诉你有什么用，你又没时间回来。”哥哥的话让马长林一时无语。

采访中，我提出顺便到妙西看望他的母亲，马长林连说：“好的，好的。感谢您想得这么周到。这次您一定帮我和母亲合个影，我父亲到死了我们都没有合过影。”

马长林说着，掏出皮夹，取出一张照片给我看：“这就是我父亲，我一直带在身边。可惜，我没有和父亲合影的照片……”说到这里，老马的眼圈红了。

马长林老家的门虚掩着，老马轻轻推开门，叫着“妈妈，妈妈……”少顷，里屋传出低沉的声音。我们推门进去，马长林的母亲正躺在床上，马长林连忙扑过去问：“妈，您怎么啦？哥哥不是说您病好了吗？怎么会是现在这个样子啊……”

马长林一手握住母亲的手，生怕母亲丢失了似的，一手不停地擦眼泪：“对不起，妈妈。儿子不孝，儿子不孝！”

马长林扶起母亲，母亲倚在床靠背上，安慰儿子：“妈不要紧，不会死的。妈知道你忙，不怪你，这么多年你都是这个样子，我们都支持你的工作。”

马长林找出杯子，倒出保温瓶里的汤药放在嘴边吹了一会儿，递给妈妈：“妈，您慢慢喝，不要烫着……”

过了一会儿，母亲挥挥手，让马长林早点儿回去，不要耽误了工作，叮嘱儿子不用为她的病情操心。老马为母亲掖好被子，俯身和母亲告别：“妈，我回去了，您多保重……”

离开家门，转身的时候，我看见老马悄悄地擦着眼泪……这一刻，我读出了人世间的爱，那是真情，是大爱。

爱，是人与生俱来的一种能力，但是能够对没有任何瓜葛的陌生人无私地给予爱，却不是每个人都能做到的。马长林做的事情，奉献的都是爱心，有些看起来可能是小爱，但这样的小爱不简单，能够汇成一条河流温暖人心。马长林这样做了，始终如一，不求回报，而且从给予之中找到了人生的快乐。

一个感动串起无数的感动

“他的身上总有一种东西打动你。”和马长林有过接触的人，都有这样的感受。

“父老乡亲们，今儿我们在此相聚，一起吃顿年夜饭，饭菜虽简单，但是情意无价，感谢这一年来大家对我的支持和帮助，希望明年你们的生活更和美，日子更红火。来，大家干一杯……”2011年1月31日傍晚，一段特殊的祝酒词从湖州市经济开发区罗师庄里传出，说这段祝酒词的不是别人，正是湖州市经济开发区罗师庄社区民警马长林。

这天是他做东，客人是三十多位今年春节不回家的罗师庄新居民，来自四川、河南、贵州等十多个省市。这个晚上，对于居住在罗师庄的打工者来说是特殊的，忙活了一年的他们，由于种种原因不能回家过年，本想简单地过个年就算过了，没想到社区民警马长林邀请他们一起吃团圆饭，共庆新春佳节。

大家围坐在一起，聊着一年来的工作和生活，欢声笑语在大厅里萦回……一位大妈站起来向马长林敬酒：“谢谢你，小马。我身体不好时，你帮我联系医院，帮我垫付医药费，前不久我回家，你还给我路费……”话未说完，大妈已泣不成声。

马长林安慰说：“过年了，别掉眼泪，以后有困难，我还会尽力帮忙的。”原来，这位大妈因为家里经济困难，自己身体又不好，马长林时常嘘寒问暖，多次接济。“我太感谢马警官了，才会这样。马警官是个好人……”大妈用衣袖擦着眼泪。

今年春节前的另一件事同样让人感动。辖区内有一对五十多岁的夫妻，带着二十多岁患有间歇性精神病的儿子在湖州打工，一家三口靠卖爆米花为生。一次群众报警，说小伙子将人家的汽车砸坏了。马长林立即前去处理，了解到这个小伙子前不久被一辆汽车碰了一下，心里有了阴影，看见汽车就有砸的冲动。仔细询问他的父母后，老马判断，小伙子的精神病可能复发了。

马长林开车将小伙子送到市第三医院看病，确诊是旧病复发，须住院治疗。可是，他们已经欠了房东两个月的房租，哪还有钱给儿子看病？马长林垫付了诊断费并配了药，将他们送回租房，商量如何解决这事。因为小伙子的医疗关系还在老家，在湖州看病不能享受医保，马长林就动员他们回老家治疗。小伙子的父母犹豫半天，始终没有明确表态。

回到警务室，马长林依旧放心不下。他再次来到出租房，和他们商量解决办法。最后确定回老家治病，老马自己掏了七百多元给他们买了车票，还找到他们的同乡，安排他们同一辆车返回，路上好有个照应。车子开动时，小伙子的父亲不停地抹着眼泪……

在马长林的眼里，罗师庄两万多人都是他的亲人，都是他的兄弟姐妹，他有责任、有义务照顾好他们，一时解决不了问题，送上几句安慰的话也是好的。

同样被感动的还有他身边的亲人和同事。

马长林随身带着一个笔记本，上面都是他平时的记录，密密麻麻的人名后面有着众多别人看不懂的记号。这是他的百宝全书。同事曹福龙说，4 月 16 日他去罗师庄警务室，马长林正在泡方便面，还没来得及吃，手机响了：有人倒在血泊中。几个人迅速赶到现场，马长林一眼认出受害人，一翻本子找到了住址。根据现场访问调查，马长林当即锁定嫌疑人，又是一翻本子，找到了相关信息。很快，犯罪嫌疑人在卡点上被抓。

“这起案件的侦破用了不到三个小时，功夫在平时啊！”当时的办案民警很是佩服和感动，而这与马长林的“睡不着觉”密不可分。

许多人被马长林的为了群众安危“睡不着觉”的精神所感动。湖州市委常委、市公安局长金伯中在许多场合讲马长林的“睡不着觉”，号召民警向马长林学习，学习马长林为了人民群众的利益而忘我工作的精神。

2005 年 3 月，曹福龙由湖州经济技术开发区公安分局机关调任杨家埠派出所教导员。说起同事马长林，他告诉我，他到派出所没多久，接连发生的两件事，让他对还不太熟悉的马长林产生了非常深刻的印象——

2005 年 4 月 2 日，杨家埠派出所辖区发生了一起凶杀案件。案发第二天，所里召开会议研究案情，大家忽然发现马长林也来了。因为，马长林的父亲几天前刚去世，这天是下葬的日子。大家劝他回去，他却说：“所里人手这么紧，多一个人就多一份力量。家里的事我已经安排好了。”

马长林忍受着丧父的巨大悲痛，和大家一起苦战二十四天，直到案件告破。望着日渐消瘦的马长林，领导和同志们很是感动。案件告破后，马长林赶回老家，独自一人来到父亲坟前，触景生情，泪流满面，在父亲坟前长跪不起……

2005 年的 10 月 8 日深夜，104 国道杨家埠九九桥上发生一起特大交通事故，一辆载有数十人的大客车翻进河里。正在家休息的马长林接到通知后，几乎和备勤的民警同时在第一时间赶到现场，二话不说，脱掉衣裤准备下水营救，被领导和同事一把拉住。因为大家都知道他患有严重的高血压和胃病。

那天的气温只有十摄氏度，不少人穿着棉大衣。一个通宵下来，马长林和大家一起都没有合过眼。第二天，他又坚持在现场巡逻，维护秩序。下午 4 点，马长林突然晕倒在岗位上，同志们赶快把他送到医院抢救，经诊断是胃出血。

事后才知道，那天他发高烧三十九度八，下午还在挂盐水。照理，他应该请假好好休息，但他偏偏忘了自己是个病人。曹福龙说，老马用无私的奉献感染着我，也感动着我们身边的每一个人。

罗师庄协警老何是一个老治保干部，后来调到杨家埠派出所当协警。在老何的眼里，像老马这样没日没夜为老百姓着想的人太少了。他经常看见老马自己出钱帮助那些急需帮助的人，老马经常和外地人打成一片，有求于他的，他都会尽力去办，绝不“捣糨糊”。因为他真心为群众，所以赢得老百姓的信任，这也是很自然的事情。

2008 年 8 月，马长林调到罗师庄警务室后，还兼管着原来的康山警务室。那时康山警务室就剩下老何一个人，没有食堂，老何吃了三个多月的方便面，直到调到罗师庄警务室。虽然家离警务室不远，老马也叫老何中午回家吃饭，但是老何没有回去。

我问老何为什么，老何说，马长林在的时候，警务室从来不断人。他说越是休息时老百姓可能越有事找我们。我吃了三个多月的方便面，完全是自愿的……此刻，我的脑海里跳出了这句话：喊破嗓子，不如做出样子！

采访马长林的妻子，说到老马她很是敬重。同为警察的她，同样被马长林所感动，从而积极支持丈夫的事业，关心丈夫的身体和疾苦。老马的妻子是吴兴区人大代表，她经常为丈夫出谋划策，当好贤内助。

“放不下。”这是马长林给予妻子最深的感受。她告诉我，老马经常半夜醒来，坐起来想工作。他这个人，一件事情没办好，都会觉得是自己的责任，为此自责而睡不好觉。而家里的事，他基本上是甩手掌柜，房子装修不闻不问，连水龙头坏了也不管。

“可是，他这个人还是很有良心的。为了工作，他顾不了家，总觉得亏欠我们，老是内疚，想法补偿……”

她讲述了这样一件事：“去年6月，我颈椎不好住院，老马很忙，白天晚上都很忙，可是，他坚持晚上12点后处理好警务室的工作到医院来陪我。我叫他不要来，他还是我行我素。晚上，我们挤在一张病床上，他常常做梦用脚踢我，反而让我没法好好休息……但我还是很感动，说明他有情有义。他对老百姓比对他自己的儿子还要好，儿子大学毕业了，一个人在外地打工，他也很少过问……”

“老马这个人，工作起来不要命，我常常担心得睡不着觉。去年5月，老马腰椎间盘突出病复发，蹲在地上搬东西爬不起来，睡在床上自己也起不来，得我抱着他，拉他起来。我出差了，就在窗户上拴一根绳子，另一头放在床上，老马可以拉着绳子爬起来……看他这样累，真的不忍心，我多次劝他休息几天，可他总是说太忙了……”

今年3月24日，开发区公安分局在罗师庄警务室举行了社区民警跟班学习启动仪式，首批参加跟班的民警纷纷表态，我相信那些话都发自内心，因为，在马长林的身上，会有一种东西打动他们。

一个人，每做一件好事，就好比积累了一个珍珠，做多了，积累许多珍珠，串成一串闪光的项链，而这样的项链会聚集人心，会生发信仰。只要你真心付出，老百姓就会看在眼里，就会记在心里，就会在感动的同时去做让别人感动的事……

每个人的心里都有一杆秤

马长林到罗师庄警务室工作两年多，所做的点点滴滴，老百姓都看在眼里，记在心上。因为，每个人心里都有一杆秤。马长林真诚付出且不求回报，但是所有得到过他帮助的人，自己的心里会有一本账，会用自己的方式来表达自己的情感。

在采访马长林的日子里，我亲眼目睹了老百姓的回报：有人到警务室向老马反映治安情况；有人打电话问候老马，请他多保重，不要太累了；有人发短信给老马，汇报自己的工作情况；甚至有人谈恋爱了都找老马当参谋……在马长林的手机里，群众给他提供的各种办案线索和反映社情民意的短信，比春节拜年短信还要多得多。

来到湖州已经四年的河南人张灿霞，在罗师庄经营一家烩面店，她的手机通讯录中，第一个号码是她丈夫的，第二个就是马长林的。“以前罗师庄比较乱，自从老马来了，情况有了很大改变。现在大家都养成了习惯，一有什么事情，第一个想到的人就是马警官。”这是信任，也是一种回报。

黄光远是湖北咸宁人，在罗师庄一家宾馆打工，他很敬重马长林：“对老马，我打心眼里服气。他帮我们外地人找房子，找工作，解决纠纷，特别是警务室的免费中介服务，为我们外地人解决了很多生活困难。”

在马长林的影响下，黄光远积极帮助维护社会秩序，一看到周边有小摩擦、小纠纷，马上上前调解。“老马为我们老百姓操心，我们能帮助老马做一些力所能及的事，开心的同时也想表达心里的感激……”不仅如此，他还团结了二十多位老乡，组成黄光远志愿小组，义务帮助马长林维护社会秩序。

和黄光远一样，从部队退伍后随父母来到罗师庄的张二权，也是马长林的治安积极分子。听说马长林招募志愿者，他马上到警务室报名：“我曾是一名军人，也是一名党员，退伍但不能褪色。老马平常帮我们大家那么多，我帮他做一点儿事，那是应该的！”利用在村里菜场门口摆小吃摊的有利条件，张二权积极履行自己信息员、调解员的职责。

湖州丰泽食品有限公司董事长吴永梅对马长林了解很深：“罗师庄范围内有大小企业六十多家，不管是省市重点企业还是规模较小的私营企业，老马都一样对待，一样做好服务，为企业的发展尽心尽力。有困难找到他，他都会当成自己的事情认真去做。”现在，只要马长林工作上有什么需要，吴永梅同样会尽力帮助：“老马为我们企业做的事，我们都看在眼里，记在心上。能为老马做一些有益的事，我们非常乐意。”

如今在罗师庄，许多人和老马一样将这里当成自己的家，都想为自己家的平安和谐出一份力，尽一份责。许多人心甘情愿地聚拢在警务室，为罗师庄的社会安定出谋划策，出钱出力……在这些事情背后，我读出了将心比心，读懂了人心向背……

这是一件让马长林难以忘怀的事。一天半夜，老马拖着疲惫的身体回家，不料半路上被人拦住了。原来，几个河南老乡多次邀请他吃顿饭，可他一直没有答应。见这阵势，老马无奈地说：“吃饭可以，由我埋单。”

席间，人越聚越多，大家都很开心。一个老乡忽然抱住老马，流着眼泪说：“大哥，我们在这里打工赚的钱用得完，可你给我们的这份情义，我们一辈子都忘不了啊！”

此时此刻，从不喝酒的老马推开茶杯，端起满满的一杯酒，闪着泪光回敬大家：“这杯酒，我喝了！”

而我亲身经历的场景则更刻骨铭心。3 月 25 日，我和马长林来到梅峰警务室，梅峰街不过百余米长，我们的车子走走停停，竟然用了一个多小时。

车子刚停在原梅峰乡人武部长陈新林家门口，老陈的爱人看见了，一边叫着小马，一边赶紧回家拿烟。过了几分钟，穿着内衣内裤、披着大衣的老部长出现在我们面前，老陈的爱人连忙解释，老陈刚干完活，正在洗澡，听到小马来了，就赶紧出来……

在一家小饭店门口，店主人夫妇硬将我们请进去，敬茶，递烟，和老马一起回忆那些难忘的日子。

我们就这样走走停停，握手，拥抱，递烟，寒暄，开怀大笑……老马，小马，马警官，长林，各样的称呼都有……而这是在马长林离开梅峰十多年之后发生的事。马长林在这里只工作了两年多时间。这段时间，正是马长林人生中的低谷期——由副乡长变成一名普通民警。在世俗的眼中，会出现一些意料之中的事情，还有一些让人难以忍受的闲言碎语……但是，马长林经历了短暂的彷徨后，将自己的苦痛埋入心中，全身心扑在新的工作之中，他相信，爱可以融化一切。

我想起了老马爱人说过的另一件事。2007 春天，单位几个同事一起到青山乡三合村，老马刚下车，老百姓就围拢过来，拉着老马的手嘘寒问暖。老马很开心，看见年纪大的人，就像看见自己的老爸老妈一样，他离开青山乡都十几年了，那些白发苍苍的老人还记得他。离开时，大家争着往汽车里塞春笋，车子开出了一段路，还朝着车子挥手……

马长林的爱人说，当时她真的很感动，很感动！我对她说，听了你的讲述，我现在和你一样，同样是很感动，很感动！

在马长林的办公室，老马至今珍藏着一盒苦丁茶。他告诉我，到现在他也不知道这盒苦丁茶是谁送的，那张写有“老马，你为我们老百姓操劳不分日夜，太辛苦了！一定要注意自己的身体，罗师庄需要你……”的留言条和那盒苦丁茶，老马都珍藏起来。他觉得这份关爱很重，沉甸甸的。

有人知道马长林患有严重的高血压，就悄悄买好药放到他的桌子上；雨中，李平老人为马长林撑伞；玉树地震，李爱军冒雨和马长林张罗着捐款并带头捐出几百元……这些细微的关怀，让马长林很感动，很温暖。

是啊，送人温暖，在让他人的心暖起来的同时，自己的内心也会更加温暖。

“我做得还不够，很不够，可是老百姓的回报何止百倍千倍啊！”采访中，马长林不止一次念叨着这样的话。

有事找马警官……老马就是我们的守护神……我们罗师庄不能少了马长林……这些发自内心的呼声，发自内心的称赞，不就是最好的回报和最好的奖赏吗？

人人心里有杆秤，老百姓的心才是真正的明镜高悬……

时代需要这样的平凡与感动

当我走近马长林，看到的是一个真实而普通的人，有泪有笑，真诚关爱别人，也疼爱自己的老婆孩子。三十年来，马长林始终如一，用最真的心、最善的情、最美的行为，去面对平凡的工作和生活，面对那些日常的琐碎和分内分外的助人为乐。

采访中，没有谁将马长林当做遥远的先进典型，大家说他亲切，说他随和，说他有一副菩萨心肠，就连马长林的笑容也是那样质朴单纯——许多和他有过接触的人都有这样的感受，他的笑容里传递着阳光般的温暖。

也许，马长林原本就不是那种高山仰止般的英雄，他只是一粒种子，一粒深深扎根于人民群众这片沃土的最朴实的种子，并在这片土地上生根开花结果。

马长林又是不普通的。做一件好事并不难，难的是一直做好事，更难的是一直做琐碎的不分分内分外的好事。这样的难处不仅在于需要付出更多的时间和精力，还在于可能面对各种质疑与揣测。

马长林长年累月坚持为群众做好事，为群众排忧解难，持之以恒并将此视为幸福和快乐，甚至把做琐碎的好事作为一种信仰，做这样的人，不容易。

但是，我们的时代需要千千万万马长林这样的人，我们的时代需要更多的马长林这样的平凡与感动！

此时此刻，我想到了镜子，对，镜子！马长林就是立在我们面前的一面镜子。在这面镜子面前，我们需要找到自己的愧疚，看见自己脸上的灰尘。

这些日子，感动与惭愧一直在我心里萦绕。我想走近马长林，却发现很难，因为我们之间存在距离。他做善事的那种无怨无悔、不求回报的襟怀，他以党员的使命和责任为老百姓谋利益的一个个具体的小事，他的淡定、幸福和快乐，都让我觉出了自己的渺小。

初升的朝阳明净温暖，沐浴着朝晖，很暖的感动流遍全身。由太阳的光芒我想到我们伟大的党，她领导我们走过了九十年的光辉历程。在崭新的时代，历史赋予我们崭新的责任，胡锦涛总书记曾要求每一个共产党员“要在思想感情上贴近人民群众，真正把人民群众当主人、当亲人、当老师，越是职务高了越是要注意同人民群众保持密切联系，越是要深入到基层和群众中去，了解实情、体察疾苦、汲取智慧，获得力量，做到同人民群众心连心”。作为一名党员，一名扎根基层的普通民警，马长林始终牢记全心全意为人民服务的宗旨，在平凡的岗位上做出了不平凡的业绩，在他的身上体现着许多让人感动的东西，他为辖区老百姓的安危“睡不着觉”的精神深深打动和感染着身边的人。2010 年 4 月 23 日，湖州经济技术开发区公安分局党委作出《关于向马长林同志学习的决定》；2010 年 5 月 6 日，湖州市公安局作出向马长林同志学习的决定；2010 年 6 月 30 日，浙江省公安厅发出通知，开展向马长林同志学习活动；2010 年 8 月 10 日，湖州市委发出向马长林同志学习的决定……

“马长林能做到的，我们每一个人都可以做到。”这是我采访马长林后最深的印象和感触。马长林像烛光，像炭火，也许微弱，但却温暖了老百姓的心坎，又像春天的阳光融化了隆冬季节残存的冰雪。马长林，不仅仅是一个名字，更是一种时代变革中容易忽略但不能缺失的力量，完善着我们的生活！

阅读链接：马长林荣誉名片

1982年　共青团浙江省委、浙江省农业厅农村青年学科学、用科学标兵

1985年　共青团湖州市委新长征突击手

1991年　湖州市委、市政府旄儿港会战先进工作者

2008年　湖州市公安系统抗雪救灾先进个人

2008年　“王法金式”优秀社区民警

2009年　湖州市首届“我最喜爱的十大人民警察”

2009年　浙江省优秀人民警察

2009年　浙江省政法系统“学枫桥　保平安　促发展”先进个人

2010年　湖州市总工会五一劳动奖章

2010年　感动湖州2010年度人物

2010年　荣记个人一等功

2010年　湖州市公安机关实施“警务广场”行动计划先进个人

2011年　浙江省五一劳动奖章

2011年　浙江省优秀党务工作者

（原载于《青年文学》中旬刊2011年第6期）

汪雪艳——废墟之上的中国形象

仇恒泉

“大地的一次颤抖，遥远的岛国坍塌成一片废墟，出生入死，异国救援，有一双安徽儿女。多少个震后的日子，他们折叠起对家乡的思念，以同胞之情，在动荡贫困的土地培植橄榄与希望，以维和警察的中国品质，把大爱谱写成世界上最美丽的语言。”2011年1月10日，在“2010安徽年度心动人物”颁奖会上，首先出现了这段动人心扉的颁奖词。这对“安徽儿女”的名字叫汪雪艳、黄礼杰。

汪雪艳，女，汉族，安徽省六安市人，1988年参加公安工作，历任安徽省淮南市公安局刑警支队秘书科副科长，刑警支队反扒大队教导员。2006年3月，汪雪艳同志通过公安部组织的维和警察选拔考试，7月通过联合国维和行动部来华甄选，获得联合国维和警察资格证书，2009年9月25日赴海地执行联合国维和任务。她先后荣获联合国国际和平勋章、公安部和平勋章、2010年度全国五一巾帼奖章；被评为“2009首届淮南市十大女杰”“2009年度全国十大非凡女性”“2010年度安徽省十大新闻人物”“2010安徽省十大心动人物”的称号。

这个外表柔弱的女子，在海地发生地震之时，她冒着生命危险，徒手从倒塌的残垣中救出5名当地群众。美国有线电视新闻网、美国《纽约时报》、加拿大《环球邮报》等世界强势媒体都采访报道过她。央视《新闻联播》等十六个栏目以《汪雪艳：双手救出五条生命》等为题，重点报道过她的事迹。面对媒体的镜头和话筒，她说：“我不是弱女子，我是维和警察，在危难时去帮助人、去救护人，这是我们最基本的职责。”

众媒体集体给予的评价是：（汪雪艳所在的）这支148人组成的中国维和警察，即使在随后汇聚而来的国际救援大行动中，所彰显出来的“中国力量”也格外耀眼夺目。

漫漫维和路

在全球化的今天，汪雪艳知道，要当好一名新时期的警察，必须有更开阔的视野。当初，即使在反扒大队的工作很紧张，她也会利用不多的休息时间看资料学习。美国全英文版一百多集的电视连续剧《犯罪现场调查》就是在这样的情况下不知不觉看完的。汪雪艳认为，这不仅让自己学习了英语，更吸取了丰富的刑事科学知识，拓展了侦破思路。

她还报考了安徽大学英语专业自考。没有对话环境，汪雪艳一有时间就跟着英语频道节目练口语。她买来复读机，每晚练习一小时。汪雪艳家里，最常见到的一个场景是儿子在房间里写作业，她在客厅里读英语。而不少人怀疑她是三分钟热度，以为她迟早会放弃。每当这时，汪雪艳总是笑而不语，不予辩驳。几年下来，她用坏了六部复读机，四个 MP3，最终顺利通过了英语自学考试，拿到了英语专业本科文凭。一个偶然的机会，汪雪艳看了有关维和警察的报道，他们无私而高尚的责任意识，让她久久不能平静。

“我可以成为其中的一员吗？”一颗梦想的种子就这样埋在了她的心间。从此，她开始利用一切时间苦练射击等专业技能。

2003 年，公安部面向全国范围招考维和警察，那时，汪雪艳正在中国人民公安大学进修，面对突然到来的机会，她犹豫了。

一年后，汪雪艳的一位警校同学在追捕逃犯时英勇牺牲。追悼会上，她看到了生命的短暂和脆弱，也正如此，她终于下定决心实现梦想，做一名维和警察。

2006 年年初，公安部再次在全国招考维和警察。汪雪艳毫不犹豫地参加了选拔考试，在全国 640 名符合条件的人选中，她是安徽省唯一通过初试的民警。

7 月初，联合国维和行动部官员开始主持甄选考试。考核内容包括：英语阅读、听力、写作、口语；汽车驾驶的基本操作；射击的枪械拆装、五米速射、七米慢射等多项。

等待考官宣布通过名单的过程很难熬，虽然只有短短两个小时。当名单快宣读完时，汪雪艳依然没有听到自己的名字，她的心一点一点地往下沉。没想到，最后一个名字就是她！

就这样，汪雪艳拿到了联合国维和警察资格证书，成了安徽省第一个女性维和警察。

此后，汪雪艳来到河北廊坊接受业务培训。只有联合国向中国外交部提出维和民事警察派出请求时，她才有机会出国执行任务。

2009 年 2 月，已经四十一岁的汪雪艳又一次面临淘汰式甄选。比赛在零下十摄氏度的大雪中进行，汪雪艳只穿着一件单薄的毛衣和春秋季节的警服，冒着严寒参加驾驶和射击考试，最终，在五十一人中只有三十二人通过了甄选，之后，又有 7 人在联合国高级考官的电话面试中被淘汰。一次又一次地艰难突围，汪雪艳的心理承受能力也一次次被考验着。

此时，公安部改变了外派政策，开始以省为单位外派维和警察，汪雪艳是全国招考的，一直没有外派。但在漫漫三年等待中，她从没有放弃对理想的追求，她给部领导写了信，表达了自己对维和的执著追求。信的结尾，她这样写道：不抛弃，不放弃，你们不抛弃我的一片报国之心，我也绝不放弃自己对理想的追求。

这封信使部领导记住了“汪雪艳”这个名字。组建海地警队时，第一个就想到了她。

为幸存者打开生命的通道

2009 年，她刚到海地任务区，由于面试时的出色表现，她被分到警察总部行动部观察分析中心工作。这是行动总警监的执行办公室，直接隶属行动警察总监指挥。汪雪艳第一次参加维和就在这样的核心部门工作，既感到骄傲，又感到压力。开始时，可谓困难重重，学业务，适应语言，熟悉环境，融合文化，开展工作几乎同时并行。每天，回到驻地还要阅读各种报告到深夜。仅仅工作一个半月，汪雪艳就以突出的工作业绩被提升为所在部门的副主管。她在工作中所展现的中国警察良好的素质、高度的专业性，得到了总警监和同事的好评。同时，作为海地维和警队党组织唯一的女支委，她还担负着中国警队汇报和宣传工作，要向国内写大量的报告和汇报。

不到一个月，她就瘦了十几斤。

就在汪雪艳刚刚适应任务区生活，准备递交竞聘部门主管时，海地时间 2010 年 1 月 12 日下午 4 时 52 分，海地突然发生了二百年来最强的里氏 7.3 级大地震。一瞬间，三十一万人失去了生命，中国代表团八名成员牺牲在联海团总部大楼。地震时，汪雪艳与加拿大籍的马丁警官正在距离总部二百多米外的路上开车。

地震刚停，汪雪艳与马丁驱车来到相对安全空旷的八号停车场，这时，一名当地青年焦急地跑到他们面前，请求救人。他们立即赶了过去。眼前是一幢三层的楼房，基本已成废墟。汪雪艳看见一楼门口有一个脚部受伤的老人在往外爬，她立即跟马丁将老人拖放在门板上抬到安全区域。

这时，一楼传来了微弱的呼救声。而伴随不断的余震，进入室内随时都有生命危险，何况汪雪艳的身上没有任何防护措施。她冲进了一楼，迅速观察地形，发现伤者躺在地上，腹部鲜血直流。她又很快跑出室外，拿了一把椅子，和马丁再次冲进去，将伤者扶到了椅子上抬出来，转移到空旷地带。

此时，可能是听见了外面的声音，二楼夹缝中又传出了微弱的此起彼伏的求救声。汪雪艳未作任何犹豫，和马丁拖了一个梯子就爬上了二楼。余震让他们不时能感觉到摇晃。经过了近两个小时，清理瓦砾和障碍，他们又从二楼的夹缝中，成功地救出了三名伤员。

事后，许多人问过汪雪艳：是什么让你那么勇敢？

“那些呼救声不容拒绝！”她的声音坚定而温暖。

在这五名被救人员中，有海地当地居民，有其他国籍的联合国工作人员。

险象环生中不忘维和使命

由于联海团在地震中遭受重创，所有的最高行政长官都在地震中失去了生命，联海团的工作处于无序状态，但此时正是各国警察在大灾面前的专业性和基本素质大比拼的时候，强烈的民族自尊心和荣誉感使得汪雪艳地震第三天在没有人安排工作的情况下，主动来到了护送各国救援队的行动车队工作。

每天从早晨 6 点一直工作到晚上 11 点。此时的海地，余震随时发生，险情不断，三十一万人丧生，近百万人无家可归，街面上到处是尸体。地震使得这个世界上最贫困的地区雪上加霜，人民生活几近绝望境地。汪雪艳一边护送着救援队进行废墟搜救，一边还要开车时时刻刻注意着路边的危房。当时的海地有六千名越狱逃犯，汪雪艳还要警戒人群中会不会有持枪射击的人。那时候，大部分时间一天只能吃一顿饭，在野外工作一晒就是十几个小时，而且，还要提防不断发生的瘟疫，体力心力极度透支，免疫力下降，使她一直耳鸣、头晕、恶心，血压低到了58/80，随时都有感染致命疾病“登革热”的危险。对牺牲战友的怀念、对家乡亲人的思念也时时刻在心头，使她深受煎熬。可就在此时，她更加明白自己是中国警察代表。当时的海地成了世界的焦点，到处都是各国的救援力量，而她是整个车队中唯一女性，每当她从警车上下来进行指挥疏导时，各国媒体都竞相拍摄这个娇小的中国女警，各国救援人员和维和部队人员也跟她招手致意。

那时，地震孤儿比比皆是，汪雪艳在开展联合国维和工作的同时，每日从警队战友及防暴队战友那里，搜集大量食品和饮用水，在上下班路上，将食品和水分发给路边的妇女、儿童。她还经常去超市自掏腰包，买了大量食品分发给难民。战友们都知道她这个习惯，主动省下食物，托她带给灾民。

因为海地血库告急，联海团号召维和人员献血。汪雪艳知道后，一大早就来到了联海团诊所，要求献血。诊所的医务人员看到她又瘦又小，不忍心抽她的血。她用“我的体重”达标的理由说服了医生。在场的男警察和维和士兵都被这个中国女警察深深感动了，纷纷给她送水和食品。维和部队的司令还专门看望她，向她表示敬意。

在地震搜救告一段落后，她调到了行动部行动中心工作。这是震后最直接的行动部门，负责护卫世界各国首脑要人、国际组织以及人道主义援助物资，不仅时刻暴露在越狱逃犯和非法武装分子枪口之下，每天只能吃两顿饭，而且住在搭建帐蓬里，雨季来临，还有蚊子叮咬。帐篷内满地是水，物品浸在其中，床单和被褥全部是潮湿的。

在四月底中国防暴队撤防以后，工作生活就更加艰难了。地震以后大部分房屋都倒塌了，租房困难，她跟一个巴基斯坦女警租住在民房里。从这到总部上班需要翻一座山。每当大雨来临，她要冒着生命危险在崎岖的山路上开车上下班。房屋经常断水断电，几天洗不上澡，老鼠、蜥蜴、巨型蜘蛛爬满了房子，每晚听着枪声入睡。由于长期劳累，加之营养不良，她的免疫力迅速下降，扁桃腺不断发炎，稍有不慎就发烧。由于经常断电、断网络，跟家人的联系也时断时续。而她也牵挂着正面临中考的儿子和上了年纪的母亲。整天担惊受怕，儿子的成绩也下降了很多，汪雪艳知道后，心里十分难过。

即使这样，汪雪艳也没有忘记做慈善事业。

联海团工作异常繁忙，她的工作是一星期工作七天，没有节假日，每工作五天休假半天，两次休假间要间隔二十一天，期间也不能开车。这些种种限制使汪雪艳没有一点儿业余时间，加上语言不通，更重要的是在海地做慈善不能给大笔现金，会给受助方带来杀身之祸，必须分期分批以实物方式救助。在这种情况下，她主动与部门主管沟通，表达了中国人对海地人民进行慈善救助的美好意愿，得到了部门主管支持，可以在上班时间联系慈善事宜。

同时，她积极与加拿大警队联系，利用加拿大警队人员精通当地语言，人熟地熟的长处，共同探访多个孤儿院，了解孤儿院紧急所需，列出单目，制订各项救助计划，最终将国内救助基金落实到各孤儿院，解决了孤儿院的住房重建，以及一段时间的食品供应。这一切使得海地人民感受到了中国人民的爱心和善心。

在任务结束前一个半月，联海团总部找汪雪艳谈话，想留下她做警察总部驻联海团妇女儿童保护组织的联络官。可是，此时公安部为了安全，要求女警按时回国，汪雪艳服从组织安排，婉拒了联海团的邀请。此后，警察总部是这样评价她的：汪雪艳在工作中有着出色的表现，展示了她杰出的工作能力，为行动部做出了重要的贡献。她展示了中国人的良好形象，完全胜任她分配的工作，具有作为一个警察的专业性。她的优秀表现不仅在于她专业性的工作，也在于她的个人品质。强烈推荐她再次参加维和任务。

回国后，时任安徽省委书记王金山，省长王三运，省委政法委书记、公安厅长徐立全以及淮南市委书记杨振超、市长曹勇等省市领导，亲切地接见了她。淮南市委书记杨振超在接见汪雪艳时，用了“三个不容易”赞扬了汪雪艳的良好个人素质：一是通过公安部的严格选拔，成为一名出类拔萃的维和警察，很不容易；二是地震给人们以沉重的精神打击，逢此大难能如此镇定，很不容易；三是地震之后，能继续留在海地执行维和任务，帮助海地人民重建家园，更不容易。

（原载于《现代世界警察》2011 年第 3 期）